Karin Fossum
Evas Auge

Karin Fossum

Evas Auge

Roman

Aus dem Norwegischen von
Gabriele Haefs

Piper
München Zürich

Die Originalausgabe erschien 1995 unter dem Titel
»Evas øye« im J. W. Cappelens Forlag a.s., Oslo.

ISBN 3-492-03907-3
© J. W. Cappelens Forlag a.s. 1995
Deutsche Ausgabe:
© Piper Verlag GmbH, München 1997
Gesetzt aus der Baskerville-Antiqua
Gesamtherstellung: Friedrich Pustet, Regensburg
Printed in Germany

Für Vater

Es sah aus wie ein Puppenhaus.

Ein winziges Haus mit roten Fensterrahmen und Spitzengardinen. Er blieb ein Stück davon entfernt stehen, horchte, hörte aber nur den Hund, der hechelnd neben ihm stand, und ein schwaches Rauschen in den alten Apfelbäumen. Er wartete noch eine Weile, spürte, wie die Feuchtigkeit des Grases durch seine Schuhe drang, und sein Herz, das noch immer im Takt der Verfolgungsjagd durch den Garten schlug. Der Hund sah ihn erwartungsvoll an. Seine große Schnauze dampfte, die Ohren zitterten, vielleicht hörte er aus dem Häuschen Geräusche, die der Mann nicht wahrnehmen konnte. Der Mann sah zum Wohnhaus zurück, wo hinter den Fenstern warmes, gemütliches Licht leuchtete. Das Hundegebell verhallte. Stille. Niemand hatte sie gehört. Unten auf der Straße stand sein Wagen, zwei Räder auf dem Bürgersteig, und mit offener Tür.

Sie hat Angst vor dem Hund, überlegte er verwundert. Er bückte sich, packte den Hund am Halsband und näherte sich langsam der Tür. So ein Häuschen hat auf der Rückseite sicher keinen Ausgang, bestimmt kann man noch nicht einmal die Tür abschließen. Ihr ist inzwischen sicher klargeworden, daß sie in der Falle sitzt. Es gibt keinen Ausweg mehr. Sie hat keine Chance.

Das Gericht lag in einem sechsstöckigen Betonge-
bäude, das sich wie ein grauer Wall in der Nähe der
Hauptstraße der Stadt erhob und dem eiskalten
Wind vom Fluß her die ärgste Schärfe nahm. Die
Baracken auf der Rückseite lagen im Windschutz,
im Winter war das ein Segen, im Sommer wurden
sie in der stillstehenden Luft gebacken. Über dem
Eingang zierte eine sehr moderne Frau Justitia die
Fassade, aus der Entfernung ähnelte sie eher einer
Hexe auf ihrem Besen. Polizei und Kreisgefängnis
verfügten neben den Baracken auch über die drei
obersten Stockwerke.

Die Tür öffnete sich mit unwirschem Ächzen.
Frau Brenningen fuhr zusammen und steckte hinter dem Wort »Wahrscheinlichkeitspotential«
einen Finger in ihr Buch. Hauptkommissar Sejer
betrat zusammen mit einer Frau das Foyer. Die
Frau sah mitgenommen aus, ihr Kinn war zer-
schrammt, ihr Mantel und Rock zerrissen, sie blutete aus dem Mund. Frau Brenningen starrte sonst
nie Fremde an. Im Foyer des Gerichtsgebäudes, wo
sie nun seit siebzehn Jahren saß, hatte sie alle mög-
lichen Leute kommen und gehen sehen, aber jetzt
starrte sie. Sie klappte ihr Buch zu, nachdem sie
zuerst einen alten Busfahrplan hineingelegt hatte.
Sejer legte der Frau die Hand auf den Arm und

führte sie zum Fahrstuhl. Sie ging mit gesenktem Kopf. Dann schlossen sich hinter den beiden die Türen.

Man konnte Sejer nicht ansehen, was er dachte. Er sah mürrisch aus, während er in Wirklichkeit nur reserviert und hinter seiner strengen Miene eigentlich recht freundlich war. Aber er warf nicht mit herzlichem Lächeln um sich, er benutzte sein Lächeln nur als Eintrittskarte, wenn er Kontakt aufnehmen wollte, und ein Lob hatte er nur für sehr wenige. Er zog die Tür zu und nickte zu einem Stuhl hinüber, zog einen halben Meter Papier aus dem Handtuchbehälter über dem Waschbecken, feuchtete ihn mit warmem Wasser an und reichte ihn der Frau. Die wischte sich den Mund ab und sah sich um. Das Büro war ziemlich kahl, aber sie musterte die Kinderzeichnungen an der Wand und eine kleine Salzteigfigur auf seinem Schreibtisch, die bewiesen, daß Sejer außerhalb dieser Wände noch ein anderes Leben hatte. Die kleine Figur stellte einen Polizisten in veilchenblauer Uniform dar, er war ziemlich in sich zusammengesunken, sein Bauch hing ihm auf die Knie, und er trug zu große Schuhe. Er hatte keine große Ähnlichkeit mit dem Modell, das jetzt mit ernsten grauen Augen ihr gegenüber Platz nahm. Auf dem Schreibtisch standen ein Kassettenrekorder und ein PC Marke Compaq. Die Frau musterte beides verstohlen und versteckte ihr Gesicht in den feuchten Papierhandtüchern. Sejer ließ sie gewähren. Er zog eine Kassette aus der Schreibtischschublade und beschriftete sie mit: »Eva Marie Magnus«.

»Haben Sie Angst vor Hunden?« fragte er freundlich.

Sie blickte auf.

»Früher vielleicht. Jetzt nicht mehr.«

Sie zerknüllte das Papier zu einem Ball.

»Früher hatte ich Angst vor allem. Jetzt fürchte ich mich vor nichts mehr.

Der Fluß strömte durch die Landschaft und zerriß die kalte Stadt in zwei fröstelnde graue Hälften. Es war April, es war kalt. Dort, wo der Fluß die Innenstadt erreichte, ungefähr beim Zentralkrankenhaus, begann er, zu schäumen und sich aufzuspielen, als ob ihn der Lärm des Verkehrs und der Industrieanlagen an seinen Ufern nervös mache. Der Fluß strömte und sprudelte immer heftiger, je weiter er sich in die Stadt vorarbeitete. Vorbei am alten Theater und am Bürgerhaus, entlang an der Eisenbahnlinie und vorbei am Markplatz, an der alten Börse, in der sich jetzt ein McDonald's eingerichtet hatte, hinunter zur Brauerei mit ihrer schönen pastellgrauen Farbe, die außerdem die älteste Brauerei im Land war, bis zum Cash & Carry, zur Autobahnbrücke, einem großen Gewerbegebiet mit mehreren Autohändlern und schließlich bis zum alten Wirtshaus. Dort konnte der Fluß endlich den letzten Seufzer ausstoßen und sich ins Meer wälzen.

Es war später Nachmittag, die Sonne ging schon unter, und bald würde sich die Brauerei aus einem öden Koloß in ein Märchenschloß mit tausend Lichtern verwandeln, die sich im Fluß spiegelten. Erst nach Einbruch der Dunkelheit wurde diese Stadt schön.

Eva ließ ihre kleine Tochter, die am Flußufer entlangrannte, nicht aus den Augen. Die Entfernung zwischen ihnen betrug zehn Meter, und Eva gab sich Mühe, mit der Kleinen Schritt zu halten. Es war ein grauer Tag, nur wenig Menschen waren hier unterwegs, ein eiskalter Wind kam vom schäumenden Fluß her. Wenn Eva jemanden mit freilaufendem Hund sah, atmete sie erst wieder auf, wenn der Hund an ihr vorbei war. Sie sah niemanden. Ihr Rock flatterte ihr um die Waden, der Wind wehte durch ihren Pullover, und deshalb hatte sie sich beide Arme um den Leib geschlungen. Emma lief zufrieden immer weiter, sie sah nicht besonders graziös aus, denn sie wog viel zu viel. Ein dickes Kind mit großem Mund und eckigem Gesicht. Ihre roten Haare schlugen ihr in den Nacken, und durch das Wasser in der Luft sahen sie schmutzig aus. Durchaus kein hübsches, adrettes kleines Kind, doch das wußte Emma nicht, und deshalb tanzte sie ziemlich sorglos dahin, ohne Eleganz, dafür aber mit einem Lebenshunger, wie ihn nur ein Kind haben kann. Noch vier Monate bis zum Schulbeginn, überlegte Eva. Eines Tages wird sie in den kritischen Gesichtern auf dem Schulhof ihr Spiegelbild entdecken, und sie wird sich zum ersten Mal ihrer unschönen Erscheinung bewußt werden. Aber wenn sie ein starkes Kind ist, wenn sie auf ihren Vater kommt, der eine andere gefunden hat und weggezogen ist, dann wird das keine große Rolle für sie spielen. Daran dachte Eva Magnus an diesem Tag am Flußufer. Daran, und an den Mantel, der zu Hause im Flur am Haken hing.

Eva kannte den Weg sehr genau, sie waren hier

schon zahllose Male entlanggewandert. Emma bestand immer wieder darauf, wollte nicht auf die alte Gewohnheit verzichten, über den Flußweg zu schlendern. Für Eva war das nicht so wichtig. In regelmäßigen Abständen verschwand die Kleine unten am Wasser, weil sie irgend etwas entdeckt hatte, das sie genauer in Augenschein nehmen mußte. Eva starrte mit Adleraugen hinterher. Wenn Emma ins Wasser fiel, gab es außer Eva niemanden, der sie retten konnte. Die Strömung war reißend, das Wasser eiskalt, das Kind schwer. Eva schauderte.

Jetzt hatte Emma einen flachen Stein ganz unten am Wasser entdeckt und rief nach ihrer Mutter. Eva ging zu ihr. Der Stein war gerade so groß, daß beide darauf sitzen konnten.

»Hier können wir nicht sitzenbleiben, der Stein ist naß. Wir können uns eine Blasenentzündung holen.«

»Ist das gefährlich?«

»Nein, aber es tut weh. Es brennt, und du mußt dann dauernd Pipi machen.«

Sie setzten sich trotzdem. Beobachteten staunend die lebhaften Stromwirbel.

»Wie kommt die Strömung ins Wasser?« fragte Emma.

Eva mußte kurz überlegen.

»Nein, Himmel, das weiß ich wirklich nicht. Vielleicht hat es etwas mit dem Flußboden zu tun, es gibt soviel, was ich nicht weiß. Das lernst du bald alles in der Schule.«

»Das sagst du jedes Mal, wenn du keine Antwort weißt.«

»Ja, aber es stimmt auch. Auf jeden Fall kannst

du dann deine Lehrerin fragen. So eine Lehrerin weiß viel mehr als ich.«

»Das glaube ich nicht.«

Ein leerer Plastikkanister kam in hohem Tempo angesegelt.

»Den will ich! Holst du ihn mir raus?«

»Nein, igitt, laß das schwimmen, das ist doch bloß Abfall. Ich friere, Emma, können wir nicht bald nach Hause gehen?«

»Nur noch ein paar Minuten.«

Emma strich sich die Haare hinter die Ohren und stützte das Kinn auf die Knie, aber ihre Haare waren starr und unwillig und fielen ihr wieder ins Gesicht.

»Ist das sehr tief?« Sie nickte zur Flußmitte hinüber.

»Nein, eigentlich nicht«, sagte Eva leise. »Acht oder neun Meter, nehme ich an.«

»Das ist doch schrecklich tief.«

»Nein, ist es nicht. Die allertiefste Stelle der ganzen Welt ist im Stillen Ozean«, sagte Eva nachdenklich. »Eine Art Graben. Er ist elftausend Meter tief. Das nenne ich schrecklich tief.«

»Da würde ich aber nicht gern baden. Du weißt doch ganz viel, Mama, so eine Lehrerin weiß das bestimmt nicht alles. Ich wünsche mir eine rosa Schultasche«, sagte Emma.

Eva schauderte.

»Mm«, sagte sie laut. »Die sind schön. Aber sie werden so schnell schmutzig. Ich finde die braunen schön, diese braunen Ledertaschen, weißt du, was ich meine? Solche, wie die Großen sie haben?«

14

»Ich bin nicht groß. Ich komm' doch erst in die erste Klasse.«

»Ja, aber du wirst doch größer, und du kannst nicht jedes Jahr eine neue Schultasche haben.«

»Aber jetzt haben wir doch mehr Geld, oder?«

Eva gab keine Antwort, warf bei dieser Frage jedoch einen raschen Blick über ihre Schulter, eine Angewohnheit, die sie früher nicht gehabt hatte. Emma fand ein Stöckchen und hielt es ins Wasser.

»Wie kommt der Schaum ins Wasser?« fragte sie dann. »Dieser gelbe, fiese Schaum.«

Sie schlug mit dem Stöckchen ins Wasser. »Soll ich die Lehrerin danach fragen?«

Noch immer gab Eva keine Antwort. Auch sie hatte jetzt das Kinn auf den Knien liegen, ihre Gedanken gingen wieder auf Wanderschaft, und sie sah Emma nur noch undeutlich aus dem Augenwinkel heraus. Der Fluß erinnerte sie an etwas. Jetzt konnte sie unten im schwarzen Wasser ein Gesicht flimmern sehen. Ein rundes Gesicht mit schmalen Augen und schwarzen Brauen.

»Leg dich aufs Bett, Eva.«

»Was? Wieso denn?«

»Mach es einfach. Leg dich aufs Bett.«

»Können wir zu McDonald's gehen?« fragte Emma plötzlich.

»Was? Ja, sicher. Wir gehen zu McDonald's, da ist es immerhin warm.«

Sie erhob sich leicht verwirrt und nahm ihr Kind am Arm. Schüttelte den Kopf und starrte in den Fluß. Das Gesicht war verschwunden, aber sie wußte, es würde wieder auftauchen, würde sie vielleicht für den Rest ihres Lebens verfolgen. Sie gingen hoch zum Wanderweg und gingen weiter zur Stadt. Niemand begegnete ihnen.

Eva merkte, daß ihre Gedanken wegliefen, sie gingen ihre eigenen Wege und landeten an Orten, die sie lieber vergessen hätte. Das Rauschen des Flusses ließ Bilder vor ihr auftauchen. Sie wartete auf das Verschwinden dieser Bilder, sie wollte endlich ihre Ruhe. Und inzwischen verging die Zeit. Ein Tag nach dem anderen, und inzwischen waren es sechs Monate geworden.

»Kriege ich eine Juniortüte? Die kostet siebenunddreißig Kronen, und mir fehlt noch Aladdin.«

»Ja.«

»Und was willst du, Mama? Chicken McNuggets?«

»Weiß noch nicht.«

Eva starrte wieder in das schwarze Wasser hinab, beim Gedanken ans Essen wurde ihr schlecht. Sie aß überhaupt nicht sonderlich gern. Jetzt sah sie, wie sich unter dem graugelben Schaum die Wasseroberfläche hob und senkte.

»Wir haben doch jetzt mehr Geld, Mama, wir können essen, was wir wollen, oder?«

Eva schwieg. Sie blieb plötzlich stehen und kniff die Augen zusammen. Dicht unter der Wasseroberfläche sah sie etwas Grauweißes. Es wiegte sich schlaff hin und her und wurde von der starken Strömung ans Ufer gepreßt. Evas Augen waren so sehr mit diesem Anblick beschäftigt, daß sie die Kleine vergaß, die nun ebenfalls stehengeblieben war, und die genauer hinsah als ihre Mutter.

»Das ist ein Mann!« rief Emma. Sie bohrte die Fingernägel in Evas Arm und machte große Augen. Einige Sekunden lang starrten beide nur die aufgedunsene, halb aufgelöste Gestalt an, die mit dem Kopf voran zwischen die Steine trieb. Der Mann lag auf dem Bauch. Sein Hinterkopf war nur schütter behaart. Eva nahm Emmas Nägel, die sich durch ihren Pullover bohrten, gar nicht wahr, sie sah nur den grauweißen Toten mit den blonden, zerzausten Haaren, und sie wußte nicht sofort, daß sie wußte wer er war. Aber seine Turnschuhe – die hohen, blauweißgestreiften Turnschuhe … ein heftiger Blutgeschmack füllte plötzlich ihren Mund.

»Das ist ein Mann«, sagte Emma noch einmal, jetzt leiser.

Eva wollte schreien. Der Schrei erstickte in ihrer Kehle. »Er ist ertrunken. Der Arme, er ist ertrunken, Emma!«

»Warum sieht er so fies aus? Fast wie Wackelpudding!«

»Weil«, stammelte Eva, »weil das so lange her ist.«

Sie biß sich so hart auf die Lippe, daß sie platzte. Der Blutgeschmack ließ Eva fast umsinken.

»Müssen wir ihn aus dem Wasser holen?«

»Nein, spinnst du! Das macht die Polizei!«

»Rufst du die jetzt an?«

Eva legte den Arm um die breite Schulter ihrer Tochter und stolperte mit ihr über den Weg. Gleich darauf schaute sie sich um, als erwarte sie einen Angriff. An der Auffahrt zur Brücke stand eine Telefonzelle, und Eva zog ihre Tochter hinter sich her und wühlte in ihrer Rocktasche nach Kleingeld. Sie fand einen Fünfer. Der Anblick der halbverwesten Leiche flackerte vor ihren Augen wie eine böse Vorwarnung all dessen, was jetzt noch kommen würde. Sie war nun endlich zur Ruhe gekommen, die Zeit hatte sich wie Staub über alles gelegt und die Albträume verblassen lassen. Aber jetzt hämmerte das Herz wie wild unter ihrem Pullover. Emma schwieg. Sie folgte ihrer Mutter mit verängstigten grauen Augen und blieb stehen.

»Warte hier. Ich rufe die Polizei an und sage, daß sie ihn holen müssen. Geh ja nicht weg!«

»Wir müssen sicher auf sie warten?«

»Nein, das müssen wir nicht.«

Eva ging in die Telefonzelle und versuchte, ihre Panik zu unterdrücken. Eine Lawine von Gedanken und Ideen raste durch ihren Kopf. Dann faßte sie einen schnellen Entschluß. Ihre Finger waren schweißnaß, sie ließ den Fünfer in den Schlitz fallen und wählte rasch eine Nummer. Ihr Vater antwortete, müde, er schien gerade geschlafen zu haben.

»Ich bin's nur, Eva«, flüsterte sie. »Habe ich dich geweckt?«

»Ja, aber das wurde wirklich auch Zeit. Ich verschlafe jetzt ja fast schon den halben Tag. Stimmt was nicht?« brummte er. »Du klingst so aufgeregt. Ich kenne dich doch.«

Seine Stimme war trocken und brüchig, aber trotzdem hatte sie eine Stärke, die Eva immer geliebt hatte. Einen Stachel, der sie an die Wirklichkeit nagelte.

»Nein, alles in Ordnung. Emma und ich wollten gerade essen gehen, und da kamen wir an einer Telefonzelle vorbei.«

»Gibst du sie mir mal?«

»Äh, geht nicht, sie ist unten am Wasser.«

Eva sah zu, wie die Einheiten im Zähler weitertickten und warf einen raschen Blick auf Emma, die sich gegen die Glastür preßte. Ihre Nase wurde platt wie eine Marzipankartoffel. Ob sie hören konnte, was hier gesagt wurde?

»Ich habe nicht mehr viel Kleingeld. Wir kommen dich bald besuchen. Wenn du willst.«

»Warum flüsterst du eigentlich so?« fragte ihr Vater mißtrauisch.

»Tu ich das?« sagte sie ein wenig lauter.

»Gib deiner Kleinen einen Kuß von mir. Ich habe eine Überraschung für sie.«

»Was denn?«

»Eine Schultasche. Die braucht sie doch im Herbst, nicht wahr? Ich dachte, ich könnte dir die Ausgabe ersparen, du hast es schließlich nicht so leicht!«

Wenn er wüßte! Laut sagte sie:

»Das ist lieb von dir, Papa, aber sie weiß ziemlich genau, was sie haben will. Kann die Schultasche noch umgetauscht werden?«

»Natürlich, aber ich habe die genommen, die mir im Laden empfohlen worden ist. Eine rosa Ledertasche.«

Eva zwang ihre Stimme in einen normalen Tonfall. »Ich muß auflegen, Papa, ich habe kein Geld mehr. Paß auf dich auf.« Ein Klicken war zu hören, dann war er verschwunden. Der Zähler stand still.

Emma starrte sie gespannt an.

»Kommen die jetzt sofort?«

»Ja, sie schicken einen Wagen. Komm, jetzt gehen wir essen. Sie rufen uns an, wenn sie mit uns sprechen müssen, aber ich glaube nicht, daß das nötig ist, jetzt jedenfalls nicht, vielleicht später, und dann melden sie sich. Uns geht das Ganze ja eigentlich auch gar nichts an, weißt du, im Grunde nicht.«

Sie redete fieberhaft und fast schon atemlos drauflos.

»Können wir denn nicht warten und zuschauen, bitte!«

Eva schüttelte den Kopf. Sie überquerte, die Kleine im Schlepp, bei Rot die Straße. Sie waren ein ungleiches Paar. Eva lang und mager mit schmalen Schultern und langen dunklen Haaren, Emma dick und breit und x-beinig, mit leichtem Watschelgang. Beide froren. Und auch die Stadt fror im kalten Wind. Das ist eine unharmonische Stadt, dachte Eva, sie scheint niemals richtig glücklich sein zu können, weil sie zweigeteilt ist. Jetzt will jede der beiden Hälften die wichtigere sein. Die Nordseite mit der Kirche, dem Kino und den teuersten Warenhäusern, die Südseite mit der Eisenbahn, den billigen Einkaufszentren, den Kneipen und dem Schnapsladen. Letzterer war wichtig, denn er lockte einen gleichmäßigen Strom von Menschen und Autos über die Brücke.

»Warum ist der Mann denn ertrunken, Mama?«

Emma starrte ihre Mutter an und wartete auf eine Antwort.

»Ich weiß nicht. Vielleicht war er betrunken und ist in den Fluß gefallen.«

»Vielleicht ist er beim Angeln aus dem Boot gekippt. Er hätte eine Schwimmweste anziehen sollen. Ob der wohl alt war, Mama?«

»Nicht sehr alt. Wie Papa, vielleicht.«

»Papa kann jedenfalls schwimmen«, sagte Emma erleichtert.

Sie hatten die grüne Tür des McDonald's erreicht. Emma drückte sie mit der Schulter auf. Die Gerüche im Lokal, Hamburger und Pommes frites, zogen sie und ihren niemals nachlassenden Appetit an. Vergessen war der Tote im Fluß, vergessen war der Ernst des Lebens. Emmas Magen knurrte, und Aladdin war in Reichweite gerückt.

»Such dir einen Tisch«, sagte Eva. »Ich hol' uns was zu essen.«

Emma ging in ihre Lieblingsecke. Setzte sich unter den blühenden Mandelbaum aus Plastik, während Eva sich vor dem Tresen anstellte. Sie versuchte, das Bild abzuschütteln, das vor ihrem inneren Auge auf und ab wogte, aber immer wieder drängte es sich auf. Würde Emma es vergessen, oder würde sie darüber sprechen? Vielleicht würde sie nachts böse davon träumen. Sie mußten es totschweigen, durften es nie mehr erwähnen. Am Ende würde Emma dann glauben, es sei nie geschehen.

Die Schlange rückte auf. Eva starrte zerstreut die Jugendlichen hinter dem Tresen an, mit ihren roten Mützenschirmen und den roten kurzärmligen Hemden, sie arbeiteten in einem Wahnsinnstempo. Der Essensgeruch erhob sich hinter dem Tresen wie eine Wand, der Geruch von Fett und gebratenem Fleisch, von geschmolzenem Käse und Gewürzen stieg ihr in die Nase. Aber die Jugendlichen selber schienen unberührt von der schweren Luft, sie rannten hin und her, wie emsige rote Ameisen, und lächelten bei jeder neuen Bestellung optimistisch. Das hier hatte kaum Ähnlichkeit mit Evas eigenem Arbeitstag. Meistens stand sie mit verschränkten Armen mitten in ihrem Atelier und starrte feindselig die aufgespannte Leinwand an.

An guten Tagen starrte sie aggressiv und ging zum Angriff über, voller Autorität und Übermut. Ein seltenes Mal verkaufte sie ein Bild.

»Eine Juniortüte«, sagte sie rasch. »Und Chicken, und zwei Cola. Und könnten Sie einen Aladdin dazutun, bitte, der fehlt ihr nämlich noch?«

Die Frau machte sich an die Arbeit. Ihre Hände drehten und brieten, packten und falteten, und das alles blitzschnell. Emma reckte hinten in der Ecke den Hals und ließ ihre Mutter nicht aus den Augen, als die endlich mit dem Tablett schwankend auf sie zukam. Eva zitterten plötzlich die Knie. Sie ließ sich auf den Stuhl sinken und sah verwundert zu, wie ihre Tochter sich eifrig bemühte, die kleine Pappschachtel zu öffnen. Sie suchte nach der Überraschung. Ihr Freudenausbruch war ohrenbetäubend.

»Ich hab' Aladdin gekriegt, Mama!« Sie hob die Figur in die Luft, um sie dem ganzen Lokal zu zeigen. Alle sahen zu ihr herüber. Eva schlug die Hände vors Gesicht und schluchzte laut auf.

»Bist du krank?«

Emma war plötzlich sehr ernst und versteckte Aladdin unter dem Tisch.

»Nein, doch – ach, ich bin einfach nicht gut drauf. Das legt sich bald wieder.«

»Tut dir der tote Mann leid?«

Eva fuhr zusammen.

»Ja«, sagte sie dann einfach. »Der tote Mann tut mir leid. Aber über den reden wir jetzt nicht mehr. Nie mehr, hörst du, Emma! Mit niemandem! Das macht uns doch nur traurig.«

»Aber meinst du, der hatte Kinder?«

Eva wischte sich mit den Händen die Tränen ab.

Sie wagte kaum noch, an die Zukunft zu denken. Sie starrte ihre Hähnchenwürfel an, die teigigen braunen, in Fett gebackenen Klumpen, und sie wußte, daß sie sie nicht essen würde. Wieder flimmerten die Bilder an ihr vorbei. Sie sah sie durch die Zweige des Mandelbaums.

»Ja«, sagte sie schließlich und wischte sich noch einmal das Gesicht. »Vielleicht hatte er Kinder.«

Eine ältere Dame, die ihren Hund ausführte, entdeckte plötzlich zwischen den Steinen den blauweißen Schuh. Wie Eva ging auch sie in die Telefonzelle an der Brücke. Als die Polizei eintraf, stand sie leicht unbeholfen mit dem Rücken zur Leiche am Ufer Posten. Ein Polizist namens Karlsen stieg als erster aus dem Wagen. Er lächelte höflich, als er die Frau sah, und betrachtete neugierig ihren Hund.

»Das ist ein chinesischer Nackthund«, erklärte die Frau.

Es war wirklich ein faszinierendes kleines Vieh, sehr rosa und sehr runzlig. Oben auf dem Kopf hatte es einen fetten Quast aus schmutziggelbem Fell, ansonsten war es, wie die Frau richtig gesagt hatte, nackt.

»Wie heißt der denn?« fragte Karlsen freundlich.

»Adam«, war die Antwort. Karlsen nickte lächelnd und holte den Koffer mit der Ausrüstung aus dem Wagen. Der Tote machte ihnen eine Zeitlang zu schaffen, aber schließlich konnten sie ihn ans Ufer ziehen und dort auf eine Plane legen. Er war kein Schwergewicht, er sah durch die lange

Zeit im Wasser nur so aus. Die Frau mit dem Hund ging ein Stück von ihnen weg. Die Polizisten arbeiteten leise und sorgfältig, der Fotograf machte Bilder, ein Gerichtsmediziner kniete neben der Plane und machte Notizen. Die meisten Todesfälle hatten triviale Ursachen, die Polizei rechnete mit einer Routinesache. Vielleicht ein Suffkopp, der ins Wasser gefallen war, nachts gab es auf den Spazierwegen und unter der Brücke einige von der Sorte. Dieser hier war irgend etwas zwischen zwanzig und vierzig, schlank, aber mit Bierbauch, blond, nicht besonders groß. Karlsen streifte sich einen Gummihandschuh über die rechte Hand und hob vorsichtig einen Hemdenzipfel an.

»Messerstiche«, sagte er kurz. »Mehrere. Wir drehen ihn mal um.« Sie verstummten. Das einzige, was zu hören war, war das Geräusch der Gummihandschuhe, die abgestreift und wieder angezogen wurden, das leise Klicken des Fotoapparates, ab und zu ein Atemzug, und das Knistern der Plastikplane, die neben der Leiche ausgebreitet wurde.

»Ich frage mich«, murmelte Karlsen, »ob wir endlich Einarsson gefunden haben.«

Die Brieftasche des Mannes war verschwunden. Aber seine Armbanduhr war noch da, eine billige Uhr mit viel Schnickschnack, wie der Zeit von Tokio, New York und London. Der schwarze Riemen hatte sich in das geschwollene Handgelenk eingegraben. Die Leiche hatte ziemlich lange im Wasser gelegen und war vermutlich von der Strömung weiter oben im Fluß mitgetragen worden, deshalb war die Fundstätte nicht weiter interessant. Trotzdem wurden einige Untersuchungen ange-

stellt, sie suchten das Ufer nach möglichen Spuren
ab, fanden aber nur einen leeren Plastikkanister,
der Frostschutzmittel enthalten hatte, und eine
leere Zigarettenschachtel. Inzwischen hatten sich
oben auf dem Uferweg einige Zuschauer eingefun-
den, zumeist junge Leute; sie reckten die Hälse
und versuchten, wenigstens einen kurzen Blick auf
die Leiche auf der Plane zu erhaschen. Die Verwesung war in vollem Gang. Die Haut hatte sich vom
Körper gelöst, vor allem an Füßen und Händen, es
sah aus, als trage er zu große Handschuhe. Und der
Tote hatte sich schlimm verfärbt. Die Augen, die
einst grün gewesen waren, waren jetzt durchsichtig
und farblos, seine Haare gingen büschelweise aus,
das Gesicht war dermaßen aufgedunsen, daß die
Züge verschwammen. Was es im Fluß ansonsten an
Leben gab, Krebse, Fische und Insekten, hatte gierig zugelangt. Die Messerstiche in der Seite hatten
klaffende Wunden im grauweißen Fleisch hinterlassen.

»Hier habe ich früher immer geangelt«, sagte
einer der Jungen oben auf dem Weg, er hatte in
seinem ganzen siebzehnjährigen Leben noch keinen Toten gesehen. Er glaubte eigentlich nicht an
den Tod, ebensowenig wie an Gott, weil er beides
nie gesehen hatte. Er bohrte das Kinn in seinen
Jackenkragen und schüttelte sich. Von nun an war
alles möglich.

Vierzehn Tage später lag der Obduktionsbericht
vor. Hauptkommissar Konrad Sejer hatte sechs
Personen ins Besprechungszimmer gebeten, das in

einer der Baracken hinter dem Gericht lag. Sie waren erst in den letzten Jahren aufgrund von Platzmangel errichtet worden, eine Reihe von Büros, die für die Allgemeinheit verborgen waren, mit Ausnahme der unglücklichen Seelen, die in engeren Kontakt zur Polizei gerieten. Einiges war bereits geklärt. Sie wußten, wer der Mann war, das hatten sie übrigens sofort feststellen können, da er einen Trauring mit dem eingravierten Namen Jorun trug. Ein Ordner aus dem Oktober des Vorjahres enthielt alle Informationen über den vermißten Egil Einarsson, achtunddreißig, Rosenkrantzgate 16, zuletzt gesehen am 5. Oktober um neun Uhr abends. Er hinterließ eine Frau und einen sechs Jahre alten Sohn. Der Ordner war schmal, würde bald aber an Umfang zunehmen. Die neuen Fotos machten da schon einiges aus, und schön waren sie nicht. Eine Reihe von Personen war nach seinem Verschwinden verhört worden. Seine Frau, Kollegen und Verwandte, Nachbarn und Freunde. Niemand hatte viel zu erzählen. Er war nicht das bravste Kind seiner Mutter, hatte aber auch keine Feinde gehabt, jedenfalls war über Feinde nichts bekannt. Er arbeitete in der Brauerei, kam jeden Abend nach Hause an den gedeckten Tisch und verbrachte seine Freizeit hauptsächlich in seiner Garage, wo er an seinem geliebten Auto herumbastelte, oder zusammen mit Kumpels in einer Kneipe auf dem Südufer. Die Kneipe hieß Zum Königlichen Wappen. Entweder war Einarsson ein Unglückswurm, vielleicht war er einem Desperado zum Opfer gefallen, der dringend Geld brauchte, und der die Möglichkeiten dieser kalten, windigen Stelle erkannt hatte – das Heroin hatte die Stadt jetzt endgültig im Griff. Oder Einarsson hatte ein Geheimnis. Vielleicht hatte er Schulden gehabt.

Sejer betrachtete den Bericht aus zusammengekniffenen Augen und kratzte sich den Nacken. Er war immer beeindruckt davon, wie die Gerichtsmedizin eine halbverrottete Masse aus Haut und Haaren, Knochen und Muskeln analysieren und sich ein vollständiges Bild von dem Toten machen konnte. Von Alter und Gewicht und Körpermaßen, Gesundheitszustand, früheren Krankheiten und Operationen, Gebiß und Erbanlagen.

»Reste von Käsemasse, Fleisch, Paprika und Zwiebeln im Magen«, sagte er laut. »Klingt wie Pizza.«

»Kann man das nach einem halben Jahr noch feststellen?«

»Ja, Himmel. Wenn die Fische nicht zu gierig zugegriffen haben. Das kommt auch vor.«

Der Mann mit dem wohlklingenden Namen (Sejer = Sieg; *Anm. d. Übersetzers*) war aus solidem Stoff geschnitten. Er war fast neunundvierzig, sein Hemd hatte er aufgekrempelt, und Adern und Sehnen waren deutlich zu sehen unter seiner Haut, die dadurch ein bißchen wie imprägniertes Holz wirkte. Sein Gesicht war scharf gezeichnet und leicht eckig, die Schultern gerade und breit, die gute Farbe überall vermittelte den Eindruck von etwas oft Benutztem, aber Dauerhaftem. Seine Haare waren störrisch und stahlgrau, fast metallisch, und fast kurz. Die Augen waren groß und klar, die Iris hatte die Farbe nassen Schiefers. Das hatte seine Frau Elise vor vielen Jahren einmal gesagt. Er hatte das schön gefunden.

Karlsen war zehn Jahre jünger und zierlich im Vergleich. Auf den ersten Blick konnte er aussehen wie ein Geck ohne Gewicht oder Bedeutung, er hatte einen gewachsten Schnurrbart und beeindruckend füllige, nach hinten zurückgekämmte Haare. Der jüngste und neueste Kollege, Gøran Soot, bemühte sich gerade, eine Tüte Gummibärchen mit tropischem Fruchtgeschmack ohne zu großes Knistern zu öffnen. Soot hatte dicke, wellige Haare, einen stämmigen Körper mit vielen Muskeln und eine gesunde Hautfarbe. Jeder einzelne Bestandteil seines Körpers für sich genommen war absolut sehenswert, zusammen aber waren sie fast zuviel des Guten. Über diese seltsame Tatsache war er sich selber nicht im Klaren. Neben der Tür saß der Abteilungsleiter, Holthemann, schweigsam und grau, hinter ihm eine Beamtin mit blonden, kurzgeschnittenen Haaren. Am Fenster, einen Arm auf die Fensterbank gestützt, saß Jacob Skarre.

»Wie geht es denn Frau Einarsson?« fragte Sejer. Er kümmerte sich um die Leute, wußte, daß Einarssons einen kleinen Sohn hatten.

Karlsen schüttelte den Kopf.

»Sie sah ein bißchen verwirrt aus. Hat gefragt, ob jetzt endlich die Lebensversicherung ausgezahlt wird, und danach brach sie vor Verzweiflung zusammen, weil sie sofort ans Geld gedacht hatte.«

»Wieso hat sie denn noch nichts bekommen?«

»Wir hatten doch keine Leiche.«

»Das werde ich an der richtigen Stelle mal zur Sprache bringen«, sagte Sejer. »Wovon haben sie im letzten halben Jahr denn gelebt?«

»Sozialamt.«

Sejer schüttelte den Kopf und blätterte im

Bericht. Soot steckte sich ein grünes Gummibärchen in den Mund, nur die Beine schauten noch heraus.

»Das Auto«, sagte Sejer, »wurde auf dem Schuttplatz gefunden. Wir haben tagelang im Müll herumgewühlt. In Wirklichkeit ist er also ganz woanders getötet worden, vielleicht am Flußufer. Und dann hat sich der Mörder ins Auto gesetzt und es zum Schuttplatz gefahren. Das ist doch unglaublich, daß Einarsson ein halbes Jahr im Wasser gelegen hat und erst jetzt wieder auftaucht. Der Täter hat ziemlich lange in der Hoffnung gelebt, daß er überhaupt nicht mehr zum Vorschein kommen würde. Na, jetzt muß er sich den Realitäten stellen. Ich nehme an, das wird ihn ganz schön fertigmachen.«

»Hat er irgendwo festgehangen?« fragte Karlsen.

»Keine Ahnung. Es ist schon ein bißchen merkwürdig, auf dem Flußboden gibt es doch nur Kies, der Fluß ist erst vor kurzem gesäubert worden. Er kann irgendwo am Ufer hängengeblieben sein. Ansonsten hat er wohl den Umständen entsprechend ausgesehen.«

»Das Auto war frisch gewaschen, und er hatte innen staubgesaugt«, sagte Karlsen. »Das Armaturenbrett war poliert. Wachs und Gummipflege überall. Er war losgefahren, um es zu verkaufen.«

»Und seine Frau wußte nicht, an wen«, erinnerte sich Sejer.

»Sie wußte überhaupt nichts, aber das war bei denen wohl immer so.«

»Und niemand hatte angerufen und nach ihm gefragt?«

»Nein. Er hat ganz plötzlich erklärt, er habe einen Käufer. Seiner Frau kam das seltsam vor. Er hatte so lange für dieses Auto gespart, hatte monatelang daran herumgebastelt, es betreut wie ein Hundebaby.«

»Vielleicht brauchte er plötzlich Geld«, sagte Sejer und stand auf und ging hin und her. »Wir müssen diesen Käufer finden. Ich wüßte ja gern, was zwischen den beiden passiert ist. Seiner Frau zufolge hatte er hundert Kronen in der Brieftasche. Wir müssen das Auto noch einmal durchsuchen, ein Mensch hat darin gesessen und ist mehrere Kilometer damit gefahren, ein Mörder. Er muß doch irgendwelche Spuren hinterlassen haben!«

»Das Auto ist verkauft«, warf Karlsen ein.

»Hab ich mir's doch gedacht!«

»Neun Uhr abends ist ganz schön spät, um ein Auto vorzuführen«, sagte Skarre, ein lockiger Südnorweger mit offenem Gesicht. »Im Oktober ist es abends um neun schon verdammt dunkel. Wenn ich ein Auto kaufen wollte, dann würde ich es mir bei Tageslicht ansehen. Das Ganze kann so geplant gewesen sein. Als eine Art Falle.«

»Ja. Und wenn man mit einem Auto eine Probefahrt macht, nimmt man gern eine Landstraße. Weg aus dem Gewühl.« Sejer kratzte sich mit kurzgeschnittenen Fingernägeln die Wange.

»Wenn er am fünften Oktober erstochen worden ist, dann hat er sechs Monate im Wasser gelegen«, sagte er. »Stimmt das mit dem Zustand der Leiche überein?«

»In der Hinsicht ist die Gerichtsmedizin stur«, sagte Karlsen. »Unmöglich, das genau festzulegen, sagen sie. Snorrasson hat von einer Frau erzählt, die nach sieben Jahren gefunden wurde, und sie war unversehrt! In irgendeinem See in Irland. Nach sieben Jahren! Das Wasser war eiskalt, die pure Tiefkühltruhe. Aber wir dürfen wohl annehmen, daß es wirklich am fünften Oktober passiert ist. Der Mörder muß ziemlich stark gewesen sein, möchte ich annehmen, so, wie die Leiche aussieht.«

»Sehen wir uns doch mal die Messerstiche an.«

Er suchte sich ein Foto aus dem Ordner, ging an die Tafel und schob es unter die Klemmen. Das Bild zeigte Einarssons Rücken und Gesäß, die Haut war sorgfältig gewaschen worden, und die Stiche waren zu Kratern angeschwollen. »Die sehen schon seltsam aus, fünfzehn Stiche, die Hälfte in Kreuz, Hintern und Unterleib, der Rest in der rechten Seite des Opfers, direkt über der Hüfte, zugefügt mit großer Kraft von einer rechtshändigen Person, von oben nach unten. Das Messer hatte eine lange, schmale Klinge, eine wirklich sehr schmale. Vielleicht ein Fischmesser. Scheinbar also eine seltsame Angriffsmethode. Aber wir wissen ja noch, wie das Auto ausgesehen hat, nicht wahr?«

Er trat vor und zog Soot vom Stuhl hoch. Die Gummibärchentüte fiel auf den Boden.

»Ich brauche ein Opfer«, sagte Sejer. »Komm mit.«

Er schob den Beamten vor sich her zum Schreibtisch, stellte sich hinter ihn und nahm ein Plastiklineal.

»Es kann ungefähr so passiert sein. Das hier ist Einarssons Auto«, sagte Sejer und drückte den jungen Beamten bäuchlings auf die Schreibunterlage.

Sein Kinn erreichte gerade die Schreibtischkante. »Die Motorhaube steht offen, denn sie sehen sich gerade den Motor an. Der Mörder drückt sein Opfer hinein und hält es mit der linken Hand fest, während er fünfzehn Mal mit der rechten zusticht. FÜNFZEHN MAL!« Er hob das Lineal und stach Soot damit in den Hintern, während er laut zählte: »Eins, zwei, drei, vier …«, er hob die Hand und stach Soot in die Seite, Soot wand sich ein wenig, als ob er kitzlig sei, »fünf, sechs, sieben … und dann sticht er in den Unterleib …«

»Nein!« Soot sprang erschrocken auf und preßte die Beine zusammen.

Sejer hielt inne, versetzte dem Opfer einen kleinen Stoß und ließ es auf seinen Stuhl zurückkehren, wobei er sich Mühe gab, ein Lächeln zu unterdrücken.

»Das heißt, das Messer sehr oft zu heben. Fünfzehn Stiche und eine Menge Blut. Es muß wild herumgespritzt haben, auf Kleider, Gesicht und Hände des Mörders, auf Auto und Boden. Wirklich übel, daß er das Auto weggefahren hat.«

»Auf jeden Fall ist das im Affekt passiert«, behauptete Karlsen. »Das ist nicht gerade eine normale Hinrichtung. Sicher haben sie sich gestritten.«

»Vielleicht konnten sie sich nicht über den Preis einigen«, lächelte Skarre.

»Leute, die einen Mord mit dem Messer begehen wollen, erleben oft eine ziemliche Überraschung«, sagte Sejer. »Das ist viel schwieriger, als man meint. Aber angenommen, das war wirklich geplant, und der Mörder zieht zu einem passenden Zeitpunkt das Messer, zum Beispiel, während

Einarsson sich über den Motor beugt und ihm den Rücken zukehrt.«

Er kniff die Augen zusammen, wie, um sich das Bild zu vergegenwärtigen. »Der Mörder mußte von hinten zustechen, deshalb kam er nicht richtig an Einarsson heran. Von hinten ist es viel schwieriger, lebenswichtige Organe zu treffen. Und Einarsson hat vielleicht ziemlich viele Stiche ertragen, bis er endlich zusammengebrochen ist. Sicher ein schlimmes Erlebnis, er sticht und sticht, das Opfer schreit immer noch, und der Mörder gerät in Panik und kann nicht mehr aufhören. So läuft das näm-lich. Er stellt sich ein oder zwei Stiche vor. Aber bei wie vielen Messermorden, die wir hier gehabt haben, hat sich der Mörder damit begnügt? Auf Anhieb weiß ich von einem Fall mit siebzehn und einem mit dreiunddreißig Stichen.«

»Aber sie haben sich gekannt, sind wir uns da einig?«

»Was heißt schon gekannt? Sie standen sicher in irgendeiner Beziehung zueinander.« Sejer setzte sich und legte das Lineal in die Schublade.

»Na, dann müssen wir wieder von vorne anfan-gen. Wir müssen feststellen, wer den Wagen kaufen wollte. Geht nach der Liste vom Oktober vor und fangt oben an. Es kann einer von seinen Kollegen gewesen sein.«

»Dieselben Leute?«

Soot sah Sejer fragend an. »Sollen wir nochmal dieselben Fragen stellen?«

»Wie meinst du das?«

Sejer hob die Augenbrauen.

»Ich meine, es geht doch wohl darum, neue Leute zu finden. Die anderen geben doch bestimmt dieselben Antworten wie beim letzten Mal. Ich meine, im Grunde hat sich doch nichts geändert.«

»Ach, meinst du nicht? Vielleicht hast du nicht so genau zugehört, aber wir haben den Burschen inzwischen gefunden. Abgestochen wie ein Mastschwein. Und du sagst, es habe sich nichts geändert?«

Er gab sich alle Mühe, nicht arrogant zu klingen.

»Ich meine, deshalb bekommen wir doch keine anderen Antworten?«

»Das«, sagte Sejer und schluckte einen Kloß von der Größe einer Melone hinunter, »das wird sich noch zeigen, nicht wahr?«

Karlsen klappte mit leisem Knall den Ordner zusammen.

Sejer schob Einarssons Ordner wieder in den Aktenschrank. Er schob ihn neben den Fall Durban und dachte, daß die beiden sich nun Gesellschaft leisten könnten. Maja Durban und Egil Einarsson. Beide waren tot, und niemand wußte, warum. Dann ließ er sich im Sessel zurücksinken, legte die langen Beine quer über den Schreibtisch und zog seine Brieftasche aus der Hosentasche. Zwischen Führerschein und Fallschirmspringerlizenz hatte er ein Bild seines Enkels, Matteus. Matteus war gerade vier geworden, kannte die meisten Automarken und hatte schon die erste Prügelei hinter sich und schmerzlich verloren. Es war schon eine Überraschung gewesen, damals, als Sejer zum Flugplatz gefahren war, um seine Tochter Ingrid und seinen Schwiegersohn Erik abzuholen, die

34

drei Jahre in Somalia verbracht hatten. Sie als Krankenschwester, er als Arzt beim Roten Kreuz. Ingrid stand oben auf der Flugzeugtreppe, mit gebleichten Haaren und überall goldbraun. Eine wilde Sekunde lang hatte er geglaubt, Elise zu sehen, damals, als sie einander kennengelernt hatten. Auf dem Arm hatte Ingrid den Kleinen. Er war vier Monate alt, schokoladenbraun, hatte kleine Locken und die schwärzesten Augen, die Sejer je gesehen hatte. Die Somalier sind eigentlich ein schönes Volk, überlegte er. Und er betrachte eine Zeitlang das Bild, dann steckte er es wieder in die Brieftasche. In der Baracke war es jetzt still, wie auch fast überall im benachbarten großen Block. Sejer schob zwei Finger in seinen Hemdsärmel und kratzte sich am Ellbogen. Die Haut blätterte ab. Darunter befand sich neue rosa Haut, die ebenfalls abblätterte. Sejer riß die Jacke von der Stuhllehne und schloß das Zimmer ab, dann schaute er ganz kurz an der Rezeption bei Frau Brenningen vorbei. Die legte sofort ihr Buch beiseite. Sie war gerade bei einer vielversprechenden Liebesszene angekommen, die sie sich für abends im Bett aufsparen wollte. Sie wechselten ein paar Worte, dann nickte er kurz und machte sich auf den Weg in die Rosenkrantzgate zu Egil Einarssons Witwe.

Zuerst warf er einen raschen Blick in den Spiegel und fuhr sich mit den Fingern durch den kurzgeschnittenen Schopf. Weil die Haare so kurz waren, bewegten sie sich dabei nicht. Es war mehr ein Ritual als ein Zeichen der Eitelkeit.

Sejer nahm jede Gelegenheit wahr, sein Büro zu verlassen. Er fuhr ziemlich langsam durch die Innenstadt, er fuhr immer langsam, sein Auto war alt und träge, ein großer blauer Peugeot 604, der bisher keinen Grund zu einem Autowechsel geboten hatte. Im Winter hatte er das Gefühl, Schlitten zu fahren. Bald lagen zu seiner Rechten die farbenfrohen Vierparteienhäuser, rosa, gelb und grün, jetzt schien die Sonne auf sie und ließ sie einladend aufleuchten. Außerdem stammten sie aus den fünfziger Jahren und verfügten über eine gewisse Patina, die neueren Häusern fehlte. Die Bäume waren ziemlich groß, die Gärten üppig, oder würden es sein, wenn es erst warm wäre. Aber es war noch immer kalt, der Frühling ließ auf sich warten. Es war lange trocken gewesen, und am Straßenrand lagen noch immer einzelne schmutzige Schneehaufen wie Abfall herum. Sejer suchte nach Nummer 16 und erkannte das grüne, gepflegte Haus auf den ersten Blick. Die Eingangspartie war ein Chaos aus Dreirädern, Lastwagen und Plastikschlitten jeder Art, die die Kinder wahllos aus Kellern und Dachböden angeschleppt hatten. Der nackte Asphalt war nach einem langen Winter immer verlockend. Sejer parkte und klingelte.

Nach einigen Sekunden stand sie in der Tür, mit einem dünnen Jungen am Rockzipfel.

»Frau Einarsson«, sagte Sejer mit einer leichten Verbeugung. »Darf ich hereinkommen?« Sie nickte kurz und widerwillig, aber es gab nicht viele Menschen, die mit ihr sprachen. Sejer stand ziemlich dicht vor ihr, sie spürte seinen Geruch, eine Mischung aus Jackenleder und diskretem Parfüm.

»Ich weiß nicht mehr als im letzten Herbst«, sagte sie unsicher. »Abgesehen davon, daß er tot ist. Aber darauf war ich ja vorbereitet. Ich meine, so, wie das Auto ausgesehen hat …«

Sie legte den Arm um den Jungen, wie, um sie beide zu beschützen.

»Aber jetzt haben wir ihn gefunden, Frau Einarsson. – Und dann sieht alles doch ein bißchen anders aus, finden Sie nicht?«

Er verstummte und wartete.

»Es war wohl ein Verrückter, der Geld brauchte.«

Sie schüttelte verstört den Kopf. »Seine Brieftasche ist ja verschwunden. Obwohl er nur hundert Kronen hatte. Aber heutzutage wird ja noch für viel weniger gemordet.«

»Ich verspreche Ihnen, mich kurz zu fassen.«

Sie gab auf und ging rückwärts über den Flur. Sejer blieb in der Wohnzimmertür stehen und sah sich um. Immer wieder registrierte er mit einem gewissen Erschrecken, wie ähnlich sich die Menschen waren, das sah er in ihren Wohnzimmern, daran, womit sie ihre Zimmer füllten. Überall sah es gleich aus, dieselbe Symmetrie, Fernseher und Video als eine Art Mittelpunkt für das restliche Inventar. Hier kroch die Familie zusammen, um sich zu wärmen. Frau Einarsson hatte eine rosa Sitzgruppe aus Leder, unter dem Tisch einen weißen Flokati. Es war ein feminines Zimmer. Sie war seit sechs Monaten allein, vielleicht hatte sie sich in dieser Zeit der maskulinen Seiten des Zimmers entledigt, falls es welche gegeben hatte. Damals wie jetzt konnte er keine Spur von Sehnsucht finden, oder von Liebe zu dem Mann, den sie im schwarzen Flußwasser gefunden hatten, durchlöchert und grau wie ein alter Schwamm. Das, was es an Verzweiflung gegeben hatte, hatte sich um andere Dinge gedreht, um praktische Fragen. Wovon sie jetzt leben und wie sie einen neuen Mann finden sollte, wo sie sich doch keinen Babysitter leisten konnte. Er war niedergeschlagen von dieser Überlegung. Sie brachte ihn dazu, sich das Hochzeitsbild über dem Sofa genauer anzusehen, ein ziemlich protziges Bild der jungen Jorun mit gebleichten Haaren. Neben ihr stand Einarsson, mit schmalem, blassem Gesicht, wie ein Konfirmand, unter der Nase ein spärlicher Schnurrbart. Sie posierten nach besten Fähigkeiten für einen mittelmäßigen Fotografen, und sie achteten dabei vor allem auf ihr Aussehen. Und nicht aufeinander.

»Ich habe noch ein bißchen Kaffee«, sagte sie unsicher.

Er nahm dankend an. Es war vielleicht gut, etwas in der Hand zu halten, und sei es nur der Henkel einer Tasse. Der Junge trottete hinter seiner Mutter her in die Küche, betrachtete Sejer aber verstohlen vom Türrahmen aus. Er war dünn, hatte ein paar Sommersprossen auf der Nase, sein Pony war zu lang und fiel ihm die ganze Zeit in die Stirn. In wenigen Jahren würde er aussehen wie der Mann auf dem Hochzeitsbild.

»Ich habe deinen Namen vergessen«, Sejer lächelte aufmunternd.

Der Junge behielt seinen Namen noch eine Weile für sich, zog mit der Turnschuhspitze Kreise auf dem Linoleumboden und lächelte verlegen.

»Jan Henry.«

Sejer nickte. »Jan Henry, ja. Kann ich dich etwas fragen, Jan Henry – sammelst du Anstecknadeln?«

Der Kleine nickte. »Ich habe schon vierundzwanzig. An meinem Zimmermannshut.«

»Dann hol den mal«, Sejer lächelte. »Dann kriegst du noch eine. Und die hast du bestimmt noch nicht.«

Der Kleine verschwand und lief in sein Zimmer. Er kam mit dem Hut auf dem Kopf zurück, der Hut war viel zu groß. Andächtig nahm er ihn ab.

»Die stechen auf der Innenseite ganz schrecklich«, erklärte er. »Deshalb kann ich den Hut nicht tragen.«

»Schau mal«, sagte Sejer. »Ein Polizeianstecker. Den habe ich von Frau Brenningen auf der Wache. Ganz schön gut, findest du nicht?«

Der Junge nickte. Er suchte den Hut nach einem Ehrenplatz für die kleine goldfarbene Nadel ab, entfernte dann resolut eine mit Kristin und Håkon auf einem Tretschlitten und steckte die neue vorn in die Mitte. Seine Mutter kam ins Zimmer und lächelte.

»Geh auf dein Zimmer«, sagte sie dann kurz. »Der Mann und ich haben etwas zu besprechen.«

Der Junge setzte wieder den Hut auf und verschwand.

Sejer nahm einen Schluck Kaffee und betrachtete Frau Einarsson, die zwei Stück Zucker in ihre eigene Tasse fallen ließ, aus nächster Nähe, um nicht zu spritzen. Sie trug keinen Trauring mehr. Ihre Haare waren am Scheitel dunkel, und sie hatte sich die Augen zu stark geschminkt, weshalb sie ziemlich böse aussah. Eigentlich war sie hübsch, eine helle, adrette kleine Gestalt. Wahrscheinlich wußte sie das nicht. Wahrscheinlich ist sie mit ihrem Aussehen unzufrieden, wie die meisten anderen Frauen, abgesehen von Elise, dachte er.

»Wir suchen noch immer nach diesem Käufer, Frau Einarsson. Aus irgendeinem Grund wollte Ihr Mann plötzlich den Wagen verkaufen, obwohl er das Ihnen gegenüber nie erwähnt hatte. Er ist losgefahren, um ihn jemandem zu zeigen, und nie zurückgekehrt. Vielleicht hat jemand Ihren Mann auf der Straße angesprochen, oder was weiß ich. Vielleicht suchte jemand gerade ein solches Auto und hat sich einfach gemeldet. Oder vielleicht hatte jemand es auf Ihren Mann abgesehen, nur auf ihn, nicht auf das Auto, hat das Auto als Vorwand benutzt, um Ihren Mann aus dem Haus zu locken. Ihn mit der Verkaufsmöglichkeit in Versuchung geführt, vielleicht auch mit Bargeld als Lockmittel. Wissen Sie, ob er in Geldschwierigkeiten steckte?«

Sie schüttelte den Kopf und zerkaute den aufgelösten Zucker zwischen ihren Backenzähnen.

»Das haben Sie mich schon einmal gefragt. Nein, keine Geldschwierigkeiten. Ich meine, keine akuten. Aber alle brauchen ja Geld, und besonders viel leisten konnten wir uns nicht. Und jetzt ist es noch schlimmer. Und ich finde keinen Kindergartenplatz. Und ich habe Migräne«, sie massierte sich ein wenig die Schläfen, wie um zu demonstrieren, daß er sie schonen müsse. »Und es ist gar nicht so einfach, Arbeit zu finden, mit so einem Handikap und mit einem Kind und überhaupt.«

Er nickte mitfühlend.

»Aber Sie wissen nicht, ob er vielleicht Spielschulden oder Geld geliehen hatte, irgendein privates Darlehen, das er nicht zurückzahlen konnte?«

»Das hatte er nicht. Er strotzte ja nicht gerade vor Intelligenz, aber Dummheiten hat er nicht gemacht. Wir sind zurechtgekommen. Er hatte ja seine Arbeit. Und er hat sein Geld nur für das Auto und ab und zu für ein Bier in der Kneipe ausgegeben. Er hat zwar manchmal ziemlich große Sprüche geklopft, aber er war nicht zäh genug, um irgendwo hineinzurutschen, ich meine in etwas Verbotenes, das glaube ich wenigstens nicht. Und wir waren immerhin acht Jahre verheiratet, ich glaube also, ihn zu kennen. Ich meine, gekannt zu haben. Und ich kann hier einfach nichts Schlechtes über Egil sagen, auch, wenn er tot ist.«

Endlich holte sie Atem.

»Sie wissen nicht mehr, ob irgendeiner von seinen Freunden je sein Auto übernehmen wollte?«

»Ach, doch, das wollten viele. Aber er wollte nicht verkaufen. Er mochte es ja nicht einmal verleihen.«

»Und Sie erinnern sich nicht an Anrufe an den Tagen vor seinem Verschwinden, die etwas mit dem Auto zu tun gehabt haben können?«

»Nein.«

»Wie war er an diesem letzten Abend?«

»Das habe ich doch schon gesagt. Wie immer. Er kam um halb vier von der Arbeit. Hatte Frühschicht. Dann hat er Pizza Mexicana gegessen, Kaffee getrunken und für den Rest des Nachmittags in der Garage gelegen.«

»Gelegen?«

»Unter dem Auto. Und hat daran herumgebastelt. Er war wie besessen von diesem Auto. Danach hat er es gewaschen. Ich hatte im Haus zu tun, ich

habe mir nichts dabei gedacht, bis er plötzlich los-
wollte, um das Auto vorzuführen.«

»Aber er hat keinen Namen genannt?«

»Nein.«

»Und auch nicht gesagt, wohin er wollte?«

»Nein.«

»Und Sie haben nicht gefragt, warum er das
Auto verkaufen wollte?«

Sie machte sich an ihren Haaren zu schaffen und
schüttelte den Kopf.

»Ich habe mich nicht um dieses Auto gekümmert. Ich habe ja nicht einmal den Führerschein.
Mir war es egal, was für ein Auto wir hatten, wenn
wir nur eins hatten. Und er hat ja auch nicht von
Verkaufen geredet, sondern nur von Vorführen.
Und er muß dabei ja nicht unbedingt den Mörder
gemeint haben. Er kann doch irgendwen getroffen
oder einen Tramper mitgenommen haben, oder
was weiß ich. In dieser Stadt wimmelt es doch nur
so von Verrückten, das kommt vom Heroin, ich
begreife ja nicht, wieso ihr da nichts machen
könnt. Und Jan Henry soll hier aufwachsen, und er
ist nicht gerade der stärkste Charakter auf der Welt,
darin ähnelt er seinem Vater.«

»Einen starken Charakter«, Sejer lächelte,
»sowas entwickelt man erst nach und nach. Jan
Henry hat doch noch ein paar Jahre Zeit. Aber wir
haben den möglichen Käufer über die Zeitungen
und übers Fernsehen gesucht«, erinnerte er sie,
»und niemand hat sich gemeldet. Niemand hat
sich getraut. Entweder hat Ihr Mann gelogen, als er
an dem Abend von zu Hause weggefahren ist, vielleicht hatte er wirklich etwas ganz anderes vor.
Oder dieser Käufer ist wirklich der Mörder.«

»Gelogen?«

Sie starrte ihn empört an. »Wenn Sie glauben, daß er Geheimnisse hatte, dann irren Sie sich. Er war nicht der Typ. Und er ist auch nicht fremdgegangen, er ist bei Frauen nicht mal angekommen, wenn ich ehrlich sein soll. Er hat gesagt, er wollte jemandem das Auto zeigen, und dann ist das auch die Wahrheit.«

Sie sagte das so schlicht und bündig, daß Sejer überzeugt war. Er dachte kurz nach, sah, daß der Kleine sich hereinschlich und vorsichtig hinter seine Mutter trat. Er zwinkerte dem Jungen kurz zu.

»Wenn Sie weiter zurückdenken, gab es dort irgend etwas, das anders war als der Normalzustand? Sagen wir, sechs Monate vor seinem Verschwinden und dann bis zu dem Tag, an dem sein Auto auf dem Schuttplatz gefunden wurde – fällt Ihnen eine Episode – oder eine Periode – ein, wo er anders wirkte, vielleicht besorgt oder so? Ich meine, alles kann wichtig sein. Anrufe? Briefe? Tage, an denen er vielleicht später von der Arbeit kam, Nächte, in denen er schlecht schlief?«

Jorun Einarsson zerkaute noch ein Stück Zucker, und er sah, daß ihre Gedanken in der Zeit zurückwanderten. Sie schüttelte bei irgendeiner Erinnerung leicht den Kopf, verwarf den Gedanken aber und überlegte weiter. Einarsson jr. atmete lautlos und spitzte die Ohren, wie Kinder das eben so machen.

»An einem Abend gab es in der Kneipe Ärger. Ja, das gab es wohl dauernd, und richtig ernst war es auch nicht, aber irgendwer war sternhagelvoll, und der Wirt hat die Polizei angerufen. Das war einer von Egils Kumpels, aus der Brauerei. Egil ist hinterhergefahren und hat sie angefleht, ihn wieder rauszulassen. Er hat versprochen, ihn nach Hause zu fahren und ins Bett zu stecken. Und das hat wohl auch geklappt. In dieser Nacht ist er erst um halb vier morgens nach Hause gekommen, und ich weiß noch, daß er am nächsten Morgen verschlafen hat.«

»Ja? Und hat er Ihnen erzählt, was passiert war?«

»Nein, nur, daß er sturzbesoffen gewesen war. Nicht Egil, meine ich, sondern der andere. Egil war ja mit dem Auto da, er mußte eigentlich zur Frühschicht. Aber ich habe ihn auch nicht gefragt, sowas interessiert mich nicht.«

»Hat er sich oft so um andere gekümmert? Das war doch nett von ihm. Er hätte doch drauf pfeifen und seinen Kumpel seinem Schicksal überlassen können.«

»Er war nicht besonders fürsorglich«, sagte Jorun Einarsson. »Wo Sie schon fragen. Er hat sich sonst nicht viel um andere gekümmert. Ich muß also zugeben, daß ich ein bißchen überrascht darüber war, daß er sich diese Mühe gemacht hatte. Um einen aus der Ausnüchterungszelle zu holen. Doch, ich habe mich wohl ein bißchen gewundert, aber sie waren schließlich befreundet. Ehrlich gesagt habe ich mir deswegen keine großen Gedanken gemacht. Ich meine, das mache ich erst jetzt, weil Sie danach gefragt haben.«

»Wann ungefähr ist das passiert?«

»Ach, Gott, das weiß ich nicht mehr. Eine Weile vor seinem Verschwinden.«

»Wochen? Monate?«

»Nein, ein paar Tage vielleicht.«

44

»Ein paar Tage? Haben Sie sich an diese Episode erinnert, als wir im Herbst miteinander gesprochen haben? Haben Sie die erwähnt?«

»Ich glaube nicht.«

»Und dieser betrunkene Kumpel, Frau Einarsson, wissen Sie, wer das war?«

Sie schüttelte den Kopf, schaute sich kurz um und entdeckte ihren Sohn.

»Jan Henry! Du solltest doch auf deinem Zimmer bleiben!«

Der Junge stand auf und stahl sich wie ein verjagter Hund aus dem Zimmer. Sie goß Kaffee nach.

»Den Namen, Frau Einarsson«, sagte Sejer leise.

»Nein, das weiß ich nicht mehr«, sagte sie. »Das sind so viele, eine ganze Clique, die sich in dieser Kneipe trifft.«

»Aber am nächsten Morgen hat er verschlafen, stimmt das?«

»Ja.«

»Und in der Brauerei gibt es eine Stechuhr, nicht wahr?«

»Mm.«

Sejer überlegte kurz.

»Und als Sie den Wagen von uns zurückbekommen haben, haben Sie ihn verkauft?«

»Ja. Ich kann mir den Führerschein doch nicht leisten, deshalb habe ich den Wagen an meinen Bruder verkauft. Außerdem brauchte ich das Geld. Den Wagen, und das Werkzeug, das hinten lag. Schraubenschlüssel und einen Wagenheber. Und noch allerlei Kram, von dem ich nicht wußte, wozu er dient. Und irgend etwas fehlte, war verschwunden.«

»Was denn?«

»Das fällt mir jetzt nicht ein. Mein Bruder hat danach gefragt, und wir haben es gesucht, konnten es aber nicht finden. Ich weiß einfach nicht mehr, was das war.«

»Denken Sie nach. Das kann wichtig sein.«

»Nein, ich glaube nicht, daß es etwas Wichtiges war, aber ich weiß es nicht mehr. Wir haben auch in der Garage gesucht.«

»Rufen Sie uns an, wenn es Ihnen noch einfällt. Können Sie Ihren Bruder fragen?«

»Der ist auf Reisen. Aber er kommt ja auch mal wieder nach Hause.«

»Frau Einarsson«, sagte Sejer und erhob sich, »danke für den Kaffee.«

Sie fuhr aus ihrem Sessel hoch, ein bißchen rot und verdutzt, weil er plötzlich gehen wollte, und brachte ihn zur Tür. Er verbeugte sich und ging zum Parkplatz. Als er den Schlüssel ins Schloß steckte, entdeckte er den Kleinen. Der stand mit beiden Füßen in einem Blumenbeet und machte sich heftigst am Erdboden zu schaffen. Seine Turnschuhe sahen schrecklich aus. Sejer winkte.

»Hallo. Will niemand mit dir spielen?«

»Nein.« Der Junge lächelte verlegen. »Warum haben Sie keinen Streifenwagen, Sie sind doch jetzt bei der Arbeit?«

»Gute Frage. Aber weißt du, eigentlich bin ich schon auf dem Heimweg. Ich wohne ein Stück weiter die Straße rauf, und ich brauche so nicht mehr zurück zur Wache, um die Autos auszutauschen.«

Er überlegte kurz. »Bist du schon einmal mit einem Streifenwagen gefahren?«

»Nein.«

»Wenn ich deine Mutter das nächste Mal besuche, dann komme ich mit dem Dienstwagen. Und dann kannst du ein Stück mit mir fahren, wenn du Lust hast.«

Der Junge lächelte von einem Ohr zum anderen, allerdings mit einem gewissen Zweifel, vielleicht aus bitterer Erfahrung.

»Versprochen«, beteuerte Sejer. »Und ich komme bestimmt schon bald wieder.« Er setzte sich hinter das Steuer und fuhr langsam los. Im Rückspiegel sah er einen dünnen Arm winken.

Er dachte noch immer an den Jungen, als er links an der Trabrennbahn und rechts an der Mormonenkirche vorbeifuhr. »Und Gnade dir, Konrad«, sagte er zu sich selber, »wenn du nächstes Mal den Streifenwagen vergißt.«

Emma spielte auf dem Wohnzimmerboden mit einem Bauernhof.

Die Tiere waren ordentlich in Reihen aufgestellt, die hellroten Schweine, die rotweißgefleckten Kühe, die Hühner und die Schafe. Ein Tyrannosaurus Rex überwachte alles, der Kopf mit dem winzigkleinen Gehirn reichte gerade bis an den Scheunengiebel.

In regelmäßigen Abständen lief Emma zum Fenster und hielt eifrig Ausschau nach dem Auto ihres Vaters. Sie verbrachte jedes zweite Wochenende bei ihm und freute sich jedes Mal. Auch Eva wartete. Sie saß angespannt auf dem Sofa und wartete, die Kleine mußte aus dem Haus, damit Eva in Ruhe nachdenken konnte. Normalerweise arbeitete sie an diesen freien Wochenenden. Jetzt war sie vollständig handlungsunfähig. Jetzt sah alles anders aus. Sie hatten ihn gefunden.

Emma hatte den Toten seit Tagen nicht mehr erwähnt. Aber das mußte nicht heißen, daß sie ihn vergessen hatte. Sie konnte ihrer Mutter ansehen, daß er nicht erwähnt werden durfte, und wenn sie auch nicht begriff, warum nicht, nahm sie doch Rücksicht darauf.

Im Atelier stand eine Leinwand auf der Staffelei. Die Leinwand war schon fertig grundiert, schwarz, ohne eine Andeutung von Helligkeit. Eva mochte nicht hinsehen. Erst hatte sie soviel anderes zu erledigen. Sie setzte sich aufs Sofa und horchte ebenso intensiv wie Emma auf das Geräusch des roten Volvo, der jeden Moment auf den Hof fahren konnte. Auf dem Bauernhof herrschte die allerschönste Ordnung, abgesehen von dem grünen Ungeheuer, das hinter der Scheune drohte. Es sah seltsam aus.

»Dieser Dinosaurier paßt wohl nicht ganz dazu, Emma, oder was meinst du?«

Emma zog einen Flunsch.

»Weiß ich doch. Der ist nur zu Besuch.«

»Ach so. Das hätte ich mir ja denken können.«

Eva zog die Beine an und strich den langen Rock über ihren Knien gerade. Versuchte, alle Gedanken aus ihrem Kopf zu verbannen. Emma setzte sich wieder und schob ein Ferkel nach dem anderen unter den Bauch der Sau.

»Eine Zitze fehlt. Das hier kriegt nichts ab.«

Sie hob mit zwei Fingern ein Schweinchen hoch und sah ihre Mutter fragend an.

»Hm. Sowas kommt vor. Solche Ferkel müssen verhungern, oder sie müssen mit der Flasche gefüt-

tert werden, und dazu hat der Bauer meistens
keine Zeit.«

Darüber dachte Emma eine Weile nach.

»Der Dino kann es kriegen. Der muß doch auch
was essen.«

»Aber der frißt doch nur Gras und Blätter und
so, oder nicht?«

»Der hier nicht, das ist ein Fleischfresser«,
erklärte Emma und preßte das Ferkel durch die
scharfen Zähne des grünen Monstrums.

Eva schüttelte staunend angesichts dieser prakti-
schen Lösung den Kopf. Über Kinder wunderte sie
sich immer wieder. Und in diesem Moment hörten
sie von draußen ein Motorengeräusch. Emma
stürzte so schnell wie möglich auf den Flur, um
ihren Vater zu begrüßen.

Eva hob mühsam den Kopf, als er in der Tür auftauchte. Dieser Mann war der Leuchtturm in ihrem
Leben gewesen. Wenn Emma neben ihm stand,
wirkte sie kleiner und zierlicher als sonst. Die beiden paßten zusammen, beide mit rötlichen Haaren
und vielen überflüssigen Kilos. Sie liebten sich
auch, und darüber war sie froh. Sie war niemals
eifersüchtig gewesen, nicht einmal auf die neue
Frau in seinem Leben. Es machte sie sehr traurig,
daß er sie verlassen hatte, aber wo das nun einmal
geschehen war, wünschte sie ihm viel Glück. So einfach war das.

»Eva!« Er lächelte und nickte, und dabei wippte
sein rotblonder Schopf. »Du siehst müde aus.«

»Ich habe im Moment auch einiges am Hals.«
Sie strich sich den Rock gerade.

»Künstlersachen?« fragte er ganz ohne Ironie.

»Nein. Konkrete irdische Angelegenheiten.«

»Sehr ernst?«

»Viel schlimmer, als du dir vorstellen kannst.«

Er dachte kurz über diese Antwort nach und runzelte die Stirn.

»Wenn ich dir irgendwie helfen kann, dann mußt du Bescheid sagen.«

»Es kann schon passieren, daß du mir helfen mußt.«

Er blieb stehen und starrte Eva besorgt an, während Emma an seinem Hosenbein hing; das Kind war so schwer, daß er fast aus dem Gleichgewicht geraten wäre. Er empfand tiefes Mitgefühl, aber sie lebte in einer Welt, die ihm völlig fremd war, einer Künstlerinnenwelt. Er hatte sich dort nie heimisch gefühlt. Und doch war sie ein wichtiger Teil seines Lebens und würde das auch immer bleiben.

»Hol deine Tasche, Emma, und gib Mama einen Kuß.«

Emma gehorchte voller Eifer. Dann verschwanden Vater und Tochter. Eva trat ans Fenster und sah ihnen hinterher, sah zu, wie das Auto losfuhr, dann setzte sie sich wieder. Mit den Beinen auf dem Sofa und dem Kopf über der Rücklehne. Sie schloß die Augen. Es war angenehm halbdunkel im Zimmer, und ziemlich still. Sie atmete so gleichmäßig und ruhig, wie sie konnte, und ließ die Stille in sich einsinken. Sie mußte diese Zeit in vollen Zügen genießen, sich daran erinnern und sie in sich aufbewahren. Sie wußte, daß sie nicht von Dauer sein würde.

50

Sejer hatte sich einen großzügigen Whisky einge-
schenkt und den Hund aus dem Sessel vertrieben.
Ein Leonberger-Männchen, siebzig Kilo schwer
und fünf Jahre alt, aber eigentlich noch ziemlich
kindisch, es hieß Kollberg. Das heißt, eigentlich
hieß Kollberg ganz anders, da der Züchter seinen
Tieren seine eigenen Namen gab. In diesem Fall
hatten sie Liedtitel der Beatles benutzt. Sie hatten
ganz vorn im Alphabet angefangen, und als Kollberg geboren wurde, waren sie bei L angekommen.
Also wurde ihm der Name »Love me do« verpaßt.
Seine Schwester hieß »Lucy in the sky«. Sejer stöhnte bei diesem Gedanken.

Der Hund resignierte mit schwerem Seufzer und
legte sich ihm zu Füßen. Der große Kopf ruhte auf
Sejers Spann und war schuld daran, daß ihm in seinen Tennissocken der Schweiß ausbrach. Aber
Sejer brachte es nicht übers Herz, die Füße wegzu-
ziehen. Außerdem war es auch schön, im Winter
zumindest. Er nippte an seinem Whisky und steckte sich eine selbstgedrehte Zigarette an. Das war
sein Laster in diesem Leben, das eine Glas Whisky,
und eine einzige Selbstgedrehte. Weil er so wenig
rauchte, spürte er sofort, daß sein Herz etwas
schneller schlug. An stillen Tagen fuhr er zum Fall-
schirmspringen zum Flugplatz, aber das betrachtete er nicht als Laster, anders, als das bei Elise der
Fall gewesen war. Aber jetzt war er schon seit sieben
Jahren Witwer, und seine Tochter war erwachsen
und versorgt. Außerdem war Sejer kein Waghals, er
sprang nur bei idealen Wetterverhältnissen und
versuchte sich nie an halsbrecherischen Manövern.
Er mochte einfach den rasenden Fall durch die

Luft, das Gefühl, alle Verankerung loszulassen, die schwindelnde Perspektive, die Übersicht, die sie ihm gab, die Bauernhöfe und Felder tief unten mit ihren schönen Mustern in gedämpften Farben, das helle schöne Straßennetz dazwischen, wie das Lymphsystem eines Riesenorganismus, die ordentlichen Reihen von roten, grünen und weißen Häusern. Der Mensch ist wahrlich ein Wesen, das Systeme braucht, dachte er und blies den Rauch zur Lampe hoch.

Auch Egil Einarsson hatte ein System besessen, mit seinem geregelten Leben, der Arbeit in der Brauerei, mit Frau und Sohn, einem festen Freundeskreis und der Kneipe auf dem Südufer. Eine feste Route, Jahr für Jahr, Zuhause, Brauerei, Zuhause, Kneipe, Zuhause. Das Auto mit den vielen winzigen Teilen, die geputzt und geschmiert und nachgezogen werden mußten. Woche um Monat um Jahr. Keinerlei Vorstrafen. Nichts irgendwie Dramatisches war in seinem Leben passiert, er hatte wie alle anderen Kinder die Schule irgendwie hinter sich gebracht, ohne großes Aufsehen zu erregen, war konfirmiert worden, hatte in Göteborg zwei Jahre lang eine Ausbildung als Ingenieur absolviert, für die er dann kaum Verwendung fand, und war schließlich als Brauereiarbeiter geendet. Hatte sich wohl gefühlt. Genug verdient. Hatte im Leben nie die großen Höhen erklommen, hatte aber auch nicht viele Sorgen gehabt. Ein einfacher Bursche. Seine Frau war ziemlich hübsch und nahm ihm sicher einiges ab. Und dann hatte jemand ein Messer in ihn hineingerammt. Fünfzehn Mal, dachte Sejer, wie konnte ein Mann wie Einarsson solche Leidenschaften wecken? Er trank mehr Whisky und ließ seinen Gedanken weiter freien Lauf. Es stimmte natürlich, daß sie neue Namen auf der Liste brauchten, Personen, an die sie noch nicht gedacht hatten, mit denen er reden könnte, damit sich plötzlich ein neuer Winkel ergab und neues Licht über die ganze Tragödie fiel. Immer wieder hatte er an diesem Auto herumgepusselt. Opel Manta, achtundachtziger Modell. Plötzlich wollte er ihn verkaufen. Jemand, irgendwer, hatte sein Interesse daran gezeigt, so mußte es gewesen sein. Er hatte keine Anzeige aufgegeben, hatte niemandem erzählt, daß er ihn verkaufen wollte, das hatten sie überprüft. Sejer zog an seiner Zigarette und behielt den Rauch noch einige Sekunden lang im Mund. Von wem hat er das Auto gekauft, fragte er sich plötzlich. Gerade diese Frage hatte er sich noch nie gestellt. Vielleicht hätte er das tun sollen. Er stand auf und ging zum Telefon. Als er am anderen Ende der Leitung das Klingeln hörte, dachte er, daß es vielleicht schon zu spät sei, um noch irgendwo anzurufen. Frau Einarsson meldete sich beim zweiten Schellen. Sie hörte zu, ohne Fragen zu stellen, und dachte dann kurz nach. »Den Kaufvertrag? Ja, der ist sicher bei den Hauspapieren. Warten Sie einen Moment.«

Er wartete und hörte, wie Schubladen herausgezogen und mit einem Knall wieder zurückgeschoben wurden, und wie Papier raschelte.

»Der ist fast nicht zu lesen«, klagte sie.

»Versuchen Sie es. Ich kann ihn morgen holen, wenn Sie ihn nicht entziffern können.«

»Hier steht auf jeden Fall Erik Børresens gate. Mikkelsen, glaube ich. Vornamen und Hausnummer kann ich nicht lesen. Falls es nicht 5 heißen soll; 5 wäre möglich. Oder 6. Erik Børresens gate 5 oder 6.«

»Das reicht bestimmt. Vielen Dank.«

Er notierte alles auf dem Block neben dem Telefon. Es war wichtig, nichts zu übersehen. Wenn er nicht feststellen konnte, wer sich für das Auto interessiert hatte, dann konnte er immerhin herausfinden, woher es gekommen war. Das war doch auch schon etwas.

Der nächste Tag ging schon zu Ende, als Karlsen mit zwei Krabbenbroten und einer Cola aus der Kantine kam. Er hatte sich gerade gesetzt und eine Krabbe aufgespießt, als Sejer in der Türöffnung auftauchte. Der eher asketische Hauptkommissar hatte zwei Käsebrote und eine Flasche Mineralwasser bei sich, unter seinem Arm klemmte die Zeitung. »Darf ich mich zu dir setzen?«

Karlsen nickte, tunkte die Krabbe in Mayonnaise und schob sie sich in den Mund.

Sejer setzte sich, schob den Stuhl an den Tisch und nahm eine Käsescheibe vom Brot. Er rollte sie zusammen und biß die Spitze ab.

»Ich habe mir Marie Durban aus der Schublade geholt«, sagte er.

»Warum denn? Da gibt es doch sicher keinen Zusammenhang?«

»Wahrscheinlich nicht. Aber bei uns gibt es nicht so viele Morde, und sie sind nur wenige Tage nacheinander passiert. Einarsson hat im Königlichen Wappen verkehrt, Durban hat dreihundert Meter davon entfernt gewohnt. Wir sollten uns das mal genauer ansehen. Schau mal!«

Er stand auf, trat vor den Stadtplan an der Wand und nahm zwei rote Markierungsnadeln aus einer Schachtel. Mit großer Präzision, ohne erst suchen zu müssen, plazierte er eine im Wohnblock in der Tordenskioldsgate und die andere im Königlichen Wappen. Dann setzte er sich wieder.

»Sieh dir die Karte an. Das da ist die gesamte Stadt, die Karte mißt zwei mal drei Meter.«

Er griff nach Karlsens Leselampe, die sich in alle Richtungen verdrehen ließ. Jetzt richtete er das Licht auf die Karte.

»Maja Durban wurde am 1. Oktober ermordet aufgefunden. Am 5. Oktober wurde Einarsson ermordet, zumindest können wir annehmen, daß es an diesem Tag passiert ist. Das hier ist eine brave Kleinstadt, wir waten nicht gerade in solchen Ereignissen, aber sieh mal, wie dicht die Nadeln beieinander sitzen.«

Karlsen starrte auf den Plan. Die Nadel leuchteten wie rote, engsitzende Augen auf dem schwarzweißen Stadtplan.

»Das stimmt natürlich. Aber sie haben sich doch nicht gekannt, soviel wir wissen.«

»Wir wissen so vieles nicht. Wissen wir eigentlich überhaupt etwas?«

»Du bist ja vielleicht pessimistisch! Ich finde aber auf jeden Fall, daß wir Einarssons genetischen Fingerabdruck herstellen und mit Durban vergleichen sollten.«

»Eben. Es ist ja schließlich nicht unser Geld.«

Sie aßen eine Weile schweigend weiter. Daß sie einander sehr schätzten, war klar, wurde aber nicht ausgesprochen. Sie machten deshalb kein Aufhebens, empfanden aber eine solide Sympathie füreinander und pflegten diese voller Geduld. Karlsen war zehn Jahre jünger und hatte eine Frau, die ihn in Anspruch nahm. Deshalb hielt Sejer sich zurück, die Familie galt ihm als heilige Institution. Eine Beamtin, die in der Tür auftauchte, riß ihn aus diesen Gedanken.

»Zwei Mitteilungen«, sagte sie und reichte ihm einen Zettel. »Und Andreassen von TV 2 hat angerufen, er will wissen, ob du dich zum Fall Einarsson äußern magst.«

Sejer erstarrte und verdrehte die Augen.

»Äh, vielleicht ist das etwas für dich, Karlsen? Du bist doch etwas fotogener als ich.«

Karlsen grinste. Sejer mochte einfach nicht öffentlich auftreten; er hatte nur wenige Schwächen, aber das war eine von ihnen.

»Tut mir leid. Muß zu einem Seminar, weißt du das nicht mehr? Bin erst in zehn Tagen wieder da.«

»Frag Skarre. Der wird sicher außer sich vor Begeisterung sein. Soll er ruhig, solange ich nicht unter dieser Höhensonne sitzen muß. Sag ihm jetzt sofort Bescheid!«

Die Beamtin lächelte und verschwand, während Sejer den Zettel studierte. Er warf einen Blick auf die Armbanduhr. »Am kommenden Wochenende ist auf Jarlsberg Seniorenspringen, wenn das Wetter sich hält.« Und: »Jorun Einarsson anrufen.« Er ließ sich Zeit, aß fertig und stellte dann den Stuhl zurück an seinen Platz. »Ich muß mal kurz weg.«

»Ja, meine Güte, du sitzt ja schon fast eine halbe Stunde hier. Dir wächst sicher schon Moos an den Schuhspitzen!«

»Der Fehler ist eben, daß die Leute den ganzen Tag in der Bude hocken«, erwiderte Sejer. »Hier in diesem Haus passiert doch nichts, oder was?«

»Stimmt. Aber du hast wirklich ein verdammtes Talent dafür, dir Aufträge an der frischen Luft zuzuschanzen. Darin bist du wirklich begabt, Konrad.«

»Alles nur eine Frage der Phantasie«, sagte Sejer.

»Du, Moment noch.«

Karlsen schob die Hand in die Hemdtasche und sah verlegen aus.

»Meine Frau hat mir eine Einkaufsliste mitgegeben. Kennst du dich mit solchen Frauensachen aus?«

»Versuch's mal.«

»Hier, unter Schweinekamm, hier steht ›Slipeinlagen‹. Hast du eine Ahnung, was das sein kann?«

»Kannst du nicht anrufen und fragen?«

»Sie kommt nicht ans Telefon.«

»Versuch's mal bei Frau Brenningen. Aber ich finde, das klingt wie Strumpfhosen oder sowas. Viel Glück!« Schmunzelnd verschwand Sejer.

Er hatte sich gerade ins Auto gesetzt und fuhr sich mit den Fingern durch die Haare, als es ihm einfiel. Er stieg wieder aus, schloß ab und ging zu einem Streifenwagen hinüber, das hatte er dem kleinen Einarsson doch versprochen. Mikkelsen war jetzt sicher wie die meisten Leute bei der Arbeit, deshalb steuerte er zuerst die Rosenkrantzgate an. Jorun Einarsson stand auf der kleinen Rasenfläche vor dem Haus und hängte Wäsche auf. Ein Schlafanzug mit einem Bild von Tom und Jerry und ein T-Shirt mit einem Dinosaurier flatterten lustig im Wind. Sie hatte gerade eine schwarze Spitzenunterhose aus dem Wäschekorb genommen, als Sejer vor dem Haus auftauchte, und nun stand sie mit der Hose in der Hand da und wußte nicht so recht, wohin damit.

»Ich hatte es ja nicht weit«, erklärte er höflich und vermied es, ihre Unterwäsche anzusehen. »Deshalb bin ich einfach vorbeigekommen. Aber hängen Sie doch zuerst die Wäsche auf.«

Sie hängte in aller Eile alles auf und nahm den Wäschekorb unter den Arm.

»Ist Ihr Sohn nicht zu Hause?«

»Der ist in der Garage.«

Sie zeigte ihm, wo die Garage lag. »Da ist er immer mit seinem Vater gewesen. Früher. Hat zugesehen, wie der am Auto herumgebastelt hat. Manchmal geht er noch immer hin, und dann sitzt er nur da und starrt die Wand an. Nach einer Weile kommt er wieder zum Vorschein.«

Sejer sah zur Garage hinüber, einer grünen Doppelgarage, dieselbe Farbe wie das Haus. Dann folgte er Frau Einarsson in die Wohnung.

»Was ist denn los, Frau Einarsson?« fragte er ganz direkt. Sie standen vor der Wohnzimmertür. Frau Einarsson stellte den Wäschekorb auf den Boden und strich sich ein paar gebleichte Haarsträhnen aus der Stirn.

»Ich habe meinen Bruder angerufen. Er ist in Stavanger, bei der Eisenwarenmesse. Es war ein Overall. Sie wissen schon. So ein grüner Nylonoverall mit vielen Taschen. Mein Mann hat ihn immer angezogen, wenn er am Auto gearbeitet hat, und sonst hat er ihn im Kofferraum aufbewahrt.

Ich habe danach gesucht, ich wußte noch, daß er ziemlich viel gekostet hatte. Und er wollte ihn zur Hand haben, falls er unterwegs am Auto etwas reparieren müßte, hat er gesagt. Mein Bruder wollte den Overall deshalb auch haben. Als ich den im Auto nicht finden konnte, habe ich in der Garage gesucht. Aber da war er auch nicht. Er ist ganz einfach verschwunden. Der Overall und eine große Taschenlampe.«

»Haben Sie bei uns danach gefragt?«

»Nein, die Polizei darf doch sicher nichts aus einem Auto entfernen, ohne Bescheid zu sagen?«

»Natürlich nicht. Aber sicherheitshalber werde ich das überprüfen. Er hatte den also immer bei sich?«

»Immer. Er war sehr ordentlich, wenn es um das Auto ging. Er ist niemals ohne Reservekanister losgefahren. Und er hatte auch immer Motoröl und Spülerflüssigkeit und eine Kanne mit Wasser dabei. Und den grünen Overall. Die Taschenlampe könnte ich übrigens auch selber brauchen, manchmal brennen hier die Sicherungen durch. Die Stromanlage ist schlecht in Schuß, sie müßte erneuert werden. Aber die Hausverwaltung taugt ganz einfach nichts, sie erhöhen einmal pro Jahr die Miete und behaupten, sie sparten für Balkons. Aber das werde ich wohl nicht mehr erleben. Ja, ja, wie gesagt, das war ein Overall.«

»Das ist wirklich gut zu wissen«, lobte er sie. »Gut, daß es Ihnen eingefallen ist.«

Und für den Mörder war es auch gut, überlegte er. Er konnte den Overall über seine eigene blutige Kleidung anziehen.

59

Sie errötete kleidsam und nahm wieder den Wäschekorb hoch. Es war ein riesiges Teil aus türkisem Kunststoff, und wenn sie ihn so wie jetzt auf die Hüfte stemmte, erhielt sie eine seltsame und ziemlich schiefe Positur.

»Ich habe Ihrem Kleinen einen Ausflug mit dem Auto versprochen. Darf ich ihn aus der Garage holen?«

Sie sah ihn überrascht an.

»Aber sicher. Aber danach müssen wir weg, es darf also nicht zu lange dauern.«

»Nur einen kleinen Ausflug.«

Er ging aus dem Haus und steuerte die Garage an. Jan Henry saß auf einem Arbeitstisch vor der einen Wand und baumelte mit den Beinen. Er hatte Öl an den Turnschuhen. Als er Sejer erblickte, fuhr er leicht zusammen, dann erhellte sich sein Gesicht.

»Heute bin ich mit dem Streifenwagen da. Und deine Mutter hat mir erlaubt, mit dir einen kleinen Ausflug zu machen, wenn du Lust hast. Du kannst das Martinshorn ausprobieren.«

Jan Henry sprang von dem ziemlich hohen Tisch und brauchte einige Schritte, um das Gleichgewicht wiederzufinden.

»Ist das ein Volvo?«

»Nein, ein Ford.«

Jan Henry lief voraus, und Sejer musterte seine Waden, die fast unnormal dünn und weiß waren. Auf dem Vordersitz des Wagens verschwand der Kleine fast, und es war schwer, den Sicherheitsgurt vorschriftsmäßig zu schließen, aber er ließ es darauf ankommen. Jan Henry konnte gerade über das Armaturenbrett hinwegschauen, wenn er den Hals

lang machte. Dann ließ Sejer den Wagen an und
fuhr los. Eine Zeitlang war alles still, sie hörten nur
das gleichmäßige Dröhnen des Motors und das
Rauschen überholender Fahrzeuge. Der Junge
hatte die Finger zwischen die Beine geklemmt, als
fürchte er, aus purer Unachtsamkeit etwas anzu-
fassen.

»Fehlt dir dein Vater, Jan Henry?« fragte Sejer
leise.

Der Junge starrte ihn überrascht an, als sei zum
allerersten Mal jemand auf die Idee gekommen,
ihm diese Frage zu stellen. Die Antwort war ein-
leuchtend.

»Sehr«, sagte er einfach.

Wieder schwiegen sie. Sejer hielt auf die Spinne-
rei zu, blinkte rechts und fuhr dann zum Wasserfall
hoch.

»In der Garage ist es so still«, sagte der Junge
plötzlich.

»Ja. Schade, daß deine Mutter nichts von Autos
versteht.«

»Mm. Papa hat immer an dem Auto gearbeitet.
Wenn er frei hatte.«

»Und es riecht auch so gut«, Sejer lächelte.
»Nach Öl und Benzin und so.«

»Er hat mir einen Overall versprochen«, erzählte
Jan Henry. »So einen, wie er hatte. Aber dann ist er
ja verschwunden. Der Overall hatte vierzehn Taschen. Ich wollte meinen anziehen, wenn ich mein
Fahrrad repariere. Schmieranzug heißen die.«

»Ja, das stimmt. Ich habe auch einen, aber der ist
blau, und auf dem Rücken steht FINA. Aber ich
weiß nicht, ob er vierzehn Taschen hat. Acht oder
zehn vielleicht.«

»Die blauen sind auch schön. Ob es die wohl auch in Kindergrößen gibt?« überlegte Jan Henry.

»Das weiß ich nicht, aber ich werde mich ganz bestimmt erkundigen.«

Sejer versuchte, sich das einzuprägen, blinkte wieder rechts und hielt an. Sie konnten die Gebäude des Norwegischen Rundfunks sehen, die ziemlich idyllisch am Fluß gelegen waren. Er zeigte auf eines der Fenster, die in der Sonne funkelten.

»Wollen wir sie ein bißchen hochnehmen? Mit dem Martinshorn?«

Jan Henry nickte.

»Hier drücken«, Sejer zeigte auf den entsprechenden Hebel. »Dann werden wir ja sehen, ob die da unten scharf auf Neuigkeiten sind. Vielleicht kommen sie mit all ihren Mikrophonen angewetzt!«

Das Martinshorn ließ zuerst ein leises Plopp vernehmen, dann heulte es energisch in der Stille auf, hallte am Hang gegenüber wider und wurde heulend zurückgeworfen. Im Auto klang es nicht so schlimm, aber als die hundert Dezibel eine Weile zu hören gewesen waren, tauchte in einem der glitzernden Fenster das erste Gesicht auf. Dann noch eins. Dann öffnete jemand eine Tür und trat auf die Veranda hinter dem Gebäude. Sie konnten sehen, daß er die Hand hob, um seine Augen vor dem grellen Licht zu schützen.

»Die glauben bestimmt, daß das mindestens ein Mord ist!« rief der Junge.

Sejer schmunzelte und musterte die frühlingsbleichen Gesichter, die zu ihnen heraufsahen.

»So, das reicht. Versuch' mal, ob du es auch wieder ausschalten kannst.«

Das schaffte Jan Henry. Seine Augen strahlten vor Begeisterung, seine Wangen waren rotgefleckt.

»Wie funktioniert das denn?« fragte er aufgeregt.

»Naja«, sagte Sejer und durchwühlte seine Erinnerungen, »das ist so, zuerst macht man einen elektronischen Schwingkreis, der dann einen Viereckspuls bildet, und das wird durch einen Verstärker verstärkt und durch den Lautsprecher gejagt.«

Jan Henry nickte.

»Und dann variiert es zwischen achthundert und sechzehnhundert Perioden. Also, die Stärke schwingt, damit du es besser hören kannst.«

»In der Martinshornfabrik?«

»Genau. In der Martinshornfabrik. In Amerika oder Spanien. Aber jetzt kaufen wir uns ein Eis, Jan Henry.«

»Ja. Das haben wir verdient, auch, wenn wir keine Schurken gefangen haben.«

Sie fuhren wieder auf die Hauptstraße und bogen links in Richtung Stadt ab. Bei der Trabrennbahn hielt Sejer an, stieg aus und schob den Jungen vor sich her zum Kiosk. Danach mußte er ihm mit dem Papier helfen, das am Eis festklebte. Sie setzten sich auf eine Bank in der Sonne und leckten und schmatzten. Der Junge hatte sich ein Safteis ausgesucht, rot und gelb und oben mit Schokolade, Sejer dagegen aß ein Erdbeereis, wie immer. Er sah keinen Grund, diese Gewohnheit zu ändern.

»Müssen Sie jetzt wieder zur Arbeit?«

Jan Henry wischte sich mit der freien Hand Saft und Zucker vom Kinn.

»Ja, aber zuerst muß ich jemanden besuchen. In der Erik Børresens gate.«

»Ist das ein Schurke?«

»Ach nein«, Sejer lächelte. »Wahrscheinlich nicht.«

»Aber Sie sind nicht ganz sicher? Vielleicht kann der ja doch ein Schurke sein!«

Sejer mußte sich geschlagen geben. Er lächelte.

»Ja, doch, vielleicht. Deshalb fahre ich ja auch hin. Aber ich wäre genauso zufrieden, wenn ich wüßte, daß er kein Schurke ist. Denn dann kann ich ihn von der Liste streichen. Und so machen wir weiter, weißt du, bis nur noch ein Name übrig ist.«

»Der kriegt bestimmt einen tierischen Schreck, wenn Sie mit dem Auto da auftauchen!«

»Ja, bestimmt. Das geht allen so. Das ist wirklich witzig, weißt du, fast alle Leute haben aus irgendeinem Grund ein schlechtes Gewissen. Und wenn ich dann plötzlich vor der Tür stehe, kann ich ihnen richtig ansehen, wie sie in ihrer Erinnerung suchen, um herauszufinden, was ich vielleicht weiß. Wir sollten nicht darüber lachen, aber manchmal kann ich mir das dann doch nicht verkneifen.«

Der Junge nickte und genoß die Gesellschaft dieses klugen Polizisten. Sie aßen ihr Eis zu Ende und gingen zum Auto zurück. Sejer ließ sich am Kiosk eine Papierserviette geben, wischte dem Jungen den Mund ab und half ihm mit dem Sicherheitsgurt.

»Mama und ich fahren in die Stadt und holen Videos. Für sie eins und für mich eins.«

Sejer schaltete und überprüfte den toten Winkel.

»Was willst du denn sehen? Einen Schurken-
film?«

»Ja. Allein zu Hause 2. Den ersten hab' ich schon
zweimal gesehen.«

»Dann müßt ihr mit dem Bus fahren. Wo ihr
doch kein Auto habt.«

»Ja. Das dauert ziemlich lange, aber das macht
nichts, wir haben ja schließlich Zeit. Früher, als
Papa – als wir noch ein Auto hatten, waren wir im
Nu hin und zurück.«

Er steckte den Finger in die Nase und bohrte ein
bißchen.

»Papa hat sich einen BMW gewünscht. Er hatte
sich auch schon einen angeguckt. Einen weißen. Für
den Fall, daß diese Frau den Manta haben wollte.«

Sejer wäre fast auf den Bürgersteig gefahren.
Sein Herz machte einen kräftigen Sprung, dann riß
er sich zusammen.

»Was hast du gerade gesagt, Jan Henry – ich
habe nicht richtig zugehört, weißt du.«

»Die Frau. Die unser Auto kaufen wollte.«

»Hat er dir das erzählt?«

»Ja. In der Garage. An dem Tag – am letzten
Tag, an dem er zu Hause war.«

»Eine Frau?«

Sejer spürte, wie es ihm kalt den Rücken hinab-
lief.

»Hat er auch gesagt, wie sie hieß?« Er schaute in
den Spiegel, wechselte die Fahrspur und hielt den
Atem an.

»Ja, der Name stand auf einem Zettel.«

»Ach?«

»Aber ich weiß ihn nicht mehr, das ist doch
schon so lange her, weißt du.«

»Auf einem Zettel? Hast du den gesehen?«

»Sicher, er hatte ihn in einer von den Overall-taschen. Er lag auf dem Rücken unter dem Auto, und ich saß auf dem Tisch, wie immer. Nein, es war eigentlich kein Zettel, es war ein Blatt Papier. Oder ein halbes Blatt Papier.«

»Aber du sagst, du hast es gesehen – hat er es aus der Tasche genommen?«

»Sicher. Aus der Brusttasche. Er hat den Namen gelesen, und dann ...«

»Dann hat er das Papier wieder in die Tasche gesteckt?«

»Nein.«

»Hat er es weggeworfen?«

»Ich weiß nicht mehr, was er damit gemacht hat«, sagte Jan Henry traurig.

»Wenn du ganz scharf nachdenkst, meinst du, das fällt dir wieder ein?«

»Ich weiß nicht.«

Der Junge blickte den Polizisten ernst an, lang-sam ging ihm auf, daß dieser Zettel wichtig war.

»Aber wenn es mir einfällt, dann sage ich Bescheid«, flüsterte er.

»Jan Henry«, sagte Sejer leise, »das ist sehr sehr wichtig.«

Sie hatten das grüne Haus erreicht.

»Ich weiß.«

»Wenn dir also irgendetwas über diese Frau ein-fällt, egal was, dann mußt du deiner Mutter sofort Bescheid sagen, damit sie mich anruft.«

»Sicher. Wenn mir etwas einfällt. Aber es ist doch schon so lange her.«

»Das stimmt. Aber es ist möglich, wenn man sich

66

sehr anstrengt und an eine Sache denkt, jeden Tag – daß einem wieder einfällt, was man vergessen hatte.«

»Machen Sie's gut«, sagte Jan Henry.

»Bis bald«, erwiderte Sejer.

Sejer wendete und sah im Rückspiegel, wie der Junge zum Haus rannte.

»Das hätte ich mir doch denken können«, sagte er zu sich selber, »daß der Kleine etwas weiß. Wo er doch immer mit seinem Vater in der Garage herumgehangen hat. Daß ich es auch nie lerne!«

Eine Frau.

Er dachte daran, als er vor dem Gericht parkte und die wenigen Meter zur Erik Børresens gate ging. Vielleicht waren sie auch zu zweit. Die Frau sollte ihn herauslocken, und ein Mann wartete im Hintergrund und übernahm die grobe Arbeit. Aber warum?

In der Erik Børresens gate 6 lag ein Laden für sanitäre Artikel, deshalb ging Sejer zur Nummer 5, wo er im ersten Stock einen J. Mikkelsen fand. Dieser entpuppte sich als Arbeitsloser, deshalb war er zu Hause. Ein Mann von Mitte 20 mit Löchern an beiden Knien seiner Jeans.

»Kennen Sie Egil Einarsson?« fragte Sejer und wartete auf die Reaktion des Mannes. Sie saßen einander gegenüber am Küchentisch. Mikkelsen schob einen Stapel Lottozettel, Salz- und Pfefferstreuer und die neueste Nummer einer Herrenzeitschrift beiseite.

»Einarsson? Das klingt bekannt, aber ich weiß

nicht, wieso. Einarsson. Klingt wie ein isländischer Name.«

Mikkelsen hatte wohl kaum etwas zu verbergen. So gesehen war es natürlich Zeitverschwendung, daß Sejer hier mitten am Tag vor einer karierten Wachstuchdecke saß und die Nase in eine blinde Spur steckte.

»Er ist tot. Er ist vor zwei Wochen aus dem Fluß gefischt worden.«

»Aaaah ja!«

Mikkelsen rieb seinen dünnen goldenen Ohrring und nickte heftig.

»Das habe ich natürlich in der Zeitung gelesen. Erstochen. Ja, dann weiß ich Bescheid, Einarsson, ja. Wir haben hier bald amerikanische Zustände, und das liegt am vielen Rauschgift, wenn Sie mich fragen.«

Das tat Sejer nicht. Er schwieg und wartete, beobachtete neugierig das junge Gesicht mit dem schnurgeraden Haaransatz, dem zu verdanken war, daß dem Mann der Pferdeschwanz ausgezeichnet stand. Das ist nur bei wenigen der Fall, dachte Sejer, die meisten sehen damit unmöglich aus.

»Ja, aber ich habe ihn nicht gekannt.«

»Sie wissen also nicht, was er für ein Auto hatte?«

»Auto? Nein, Himmel, woher sollte ich das wissen?«

»Er hatte einen Opel Manta. Achtundachtziger Modell. Fast ungewöhnlich gut in Schuß. Und den hat er von Ihnen gekauft, vor zwei Jahren.«

»O verdammt! Der ist das also!«

Mikkelsen nickte. »Ja, natürlich, deshalb kam der Name mir bekannt vor. O verflixt.«

Er streckte die Hand nach einer Packung Nikotinkaugummi aus, stellte sie hochkant, tippte sie an und drehte sie wieder um.

»Woher um alles in der Welt wissen Sie das denn?«

»Sie haben doch einen Kaufvertrag gemacht, wie das nun mal üblich ist. Hatten Sie eine Anzeige aufgegeben?«

»Nein, ich hatte ein Plakat ins Fenster gehängt. Um das Geld zu sparen. Er rief schon nach zwei Tagen an. Er war übrigens ein komischer Vogel. Er hatte seit einer Ewigkeit gespart und hat gleich bar bezahlt.«

»Warum wollten Sie verkaufen?«

»Ich wollte nicht. Ich wurde arbeitslos, und deshalb konnte ich mir kein Auto mehr leisten.«

»Sie haben jetzt also keins?«

»Doch, das schon. Ich habe einen Escort, den habe ich bei einer Versteigerung gekauft, einen alten. Aber meistens steht der herum, ich habe kein Geld für Benzin, solange ich von der Sozialhilfe lebe.«

»Ja, das ist wohl richtig.«

Sejer erhob sich.

»Nein, das ist überhaupt nicht richtig, wenn Sie mich fragen.«

Beide grinsten kurz.

»Bringen die was?« fragte Sejer und zeigte auf die Kaugummipackung. Der andere dachte kurz nach. »Doch, ja, im Grunde schon, aber sie machen süchtig. Und teuer sind sie auch. Und sie schmecken ganz scheußlich, ungefähr so, als ob man auf einer Kippe herumkaut.«

Sejer ging, strich Mikkelsens Namen oben von der Liste und fügte ihn unten wieder an. Überquerte die Straße und spürte, wie die Sonne ihn durch die Lederjacke hindurch warm werden ließ. Es war die beste Zeit des Jahres, der Sommer lag noch vor ihm, ein Traum von einem Ferienhaus auf Sandøya, von Sonne und Meer und Salzwasser, der Essenz aller früheren Sommer, aller gelungenen Ferien. Ab und zu war er ein bißchen besorgt, aus purer bitterer Erfahrung von verregneten, windigen Sommern, von denen es auch etliche gegeben hatte. Aber in den sonnigen Sommern fand er Frieden, dann war er nicht so nervös.

Jetzt lief er die flache Treppe hoch, stieß die Tür auf und nickte Frau Brenningen in der Rezeption kurz zu. Frau Brenningen war im Grunde eine hübsche Frau, blond und freundlich. Nicht, daß er den Frauen hinterherlief, vielleicht hätte er das tun sollen, aber das hatte noch Zeit. Bis auf weiteres begnügte er sich damit, sie anzusehen.

»Ist das spannend?« fragte er und nickte in Richtung auf das Buch, in dem sie zwischendurch las.

»Gar nicht schlecht«, sie lächelte. »Intrigen, Macht und Begierde.«

»Klingt wie unsere eigene Branche.«

Er entschied sich für die Treppe, schloß die Tür hinter sich und ließ sich in den Sessel von Kinnarps fallen, den er selber bezahlt hatte. Dann erhob er sich wieder, nahm Maja Durbans Ordner aus dem Aktenschrank, setzte sich und fing an zu lesen. Betrachtete eine Weile ihre Fotos, zuerst das eine, auf dem sie noch lebte, eine hübsche, etwas mollige Frau mit rundem Gesicht und schwarzen Brauen. Schmale Augen. Ziemlich kurzgeschnittene Haare. Die standen ihr gut. Eine anziehende Frau auf der Sonnenseite des Lebens, ihr Lächeln verriet einiges darüber, wer sie war, ein freches, neckendes Lächeln, das ihr Grübchen in die Wangen zauberte. Auf dem anderen Bild lag sie auf dem Rücken im Bett und starrte aus weit offenen Augen die Decke an. Ihr Gesicht brachte weder Angst noch Überraschung zum Ausdruck. Es drückte überhaupt nichts aus, es sah aus wie eine farblose Maske, die jemand auf ein Bett geworfen hatte.

Der Ordner enthielt auch etliche Bilder aus der Wohnung. Ordentliche, schöne Räume mit hübschen Gegenständen, feminin, aber ohne Spitzen und Pastelltöne, Möbel und Teppiche wiesen kräftige Farben auf, rot, grün, gelb, Farben, wie eine starke Frau sie sich aussucht, überlegte er. Nichts deutete an, was geschehen war, kein Gegenstand war zerbrochen oder umgefallen, alles schien lautlos und ruhig vor sich gegangen zu sein. Und als vollständige Überrumplung. Sie hatte ihn gekannt. Hatte ihm die Tür geöffnet und sich ausgezogen. Zuerst hatten sie sich geliebt, und nichts legte die Annahme nahe, es sei gegen ihren Willen geschehen. Und dann war irgend etwas passiert. Ein Zusammenbruch, ein Kurzschluß. Und ein starker Mann konnte innerhalb weniger Sekunden aus einer kleinen Frau das Leben herauspressen, das wußte er, kurz mit den Beinen strampeln, dann war alles vorbei. Niemand hört einen Schrei, wenn die Frau einen Schalldämpfer aus Eiderdaunen vor dem Mund hat, überlegte er. Die Spermienreste, die im Opfer gefunden worden waren, waren DNA-getestet worden, aber da sie noch kein eigenes Register dafür hatten, half das auch nicht weiter. Der Antrag auf ein solches Register lag beim Parlament und sollte irgendwann im Frühling behandelt werden. Und danach, dachte er, sollten alle Menschen mit gesunden Körperfunktionen sich bei Auseinandersetzungen vorsehen. Alle menschlichen Hinterlassenschaften können zusammengekratzt und DNA-getestet werden, mit einer Fehlerquote von eins zu siebzehn Milliarden. Sie hatten eine Weile mit dem Gedanken gespielt, um die Erlaubnis zu bitten, alle männlichen Einwohner der Stadt, die zwischen achtzehn und fünfzig Jahren alt waren, zu einem Test kommen zu lassen. Es hatte sich jedoch herausgestellt, daß sie dann Tausende von Männern einberufen müßten. Die Aktion hätte Millionen gekostet und vielleicht zwei Jahre gedauert. Die Justizministerin hatte den Vorschlag allerdings äußerst ernsthaft geprüft, bis sie genauer über den Fall und das Opfer informiert worden war. Marie Durban war solche Summen nicht wert. Das konnte er im Grunde verstehen. Ab und zu fabulierte er von einem zukünftigen System, in dem alle norwegischen Staatsbürger bei ihrer Geburt automatisch getestet und dem Register einverleibt werden würden. Diese Möglichkeit eröffnete schwindelnde Perspektiven. Er las noch eine Weile die Verhörprotokolle, leider gab es nicht viele, drei Kolleginnen, fünf Nachbarn aus ihrem Block, und zwei männliche Bekannte, die behaupteten, sie nur oberflächlich gekannt zu haben. Und schließlich diese Jugendfreundin mit ihrer verquasten Aussage. Vielleicht hatten sie die zu billig davonkommen lassen, vielleicht wußte sie mehr, als sie zugeben wollte. Ein leicht neurotischer Typ, aber sicher ehrlich, jedenfalls hatte er niemals einen Grund gehabt, sie vorzuladen. Und

warum hätte sie Durban umbringen sollen? Eine
Freundin bringt keine Freundin um, dachte er. Im
übrigen hatte sie einen gewissen Eindruck auf ihn
gemacht, diese langbeinige Malerin mit den schönen Haaren, Eva Marie Magnus.

Niemand bei der Technik konnte sich an einen
grünen Overall erinnern.

Sie hatten auch keine Taschenlampe und keinen
Zettel mit einem Namen und einer Telefonnummer gesehen. Das Handschuhfach war geleert und
sein Inhalt untersucht worden, es handelte sich
um die üblichen Dinge, die man im Handschuhfach aufbewahrt, Wagenpapiere, Wartungsanlei-
tung, Stadtplan, eine Schachtel Zigaretten, Scho-
koladenpapier. Zwei leere Wegwerffeuerzeuge.
Und, obwohl seine Frau ihm die Wirkung auf andere Frauen abgesprochen hatte – eine Packung
Black Jack. Alles war pflichtgemäß notiert worden.

Danach rief Sejer in der Brauerei an. Er ließ sich
zum Personalchef durchstellen, ein zuvorkommen-
der Mann mit Resten eines nordnorwegischen
Akzentes meldete sich.

»Einarsson? Ja, natürlich kann ich mich an ihn
erinnern. Das ist wirklich eine schlimme Geschichte, er hatte ja auch Familie, soviel ich weiß. Aber er
war einer unserer wirklich zuverlässigen Leute. Hat
fast nie gefehlt, das sehe ich gerade, in den ganzen
sieben Jahren nicht. Und das sagt ja wohl einiges.
Aber ich sehe mal im September, Oktober letzten
Jahres nach.« Sejer konnte hören, daß der andere
in seinen Papieren blätterte.

»Es kann eine Weile dauern, hier arbeiten
schließlich hundertfünfzig Mann. Soll ich vielleicht
zurückrufen?«

»Ich warte lieber.«

»Na gut.«

Die Stimme wich einem Trinklied, das nun
durch die Leitung dröhnte. Mein Mann ist gefahren ins Heu. Im Grunde nicht schlecht, dachte
Sejer, jedenfalls besser als die übliche Plastikmusik.
Es war eine dänische Version, mit Akkordeon, richtig schmissig.

»Ja, genau.«

Er räusperte sich.

»Sind Sie noch da? Er hat an einem Tag im
Oktober seine Karte ziemlich spät abgestempelt,
sehe ich gerade. Am 2. Oktober. Da kam er erst
um halb zehn. Hatte wohl verschlafen. Diese Jungs
sitzen da doch ziemlich viel in der Kneipe herum.«

Sejer trommelte mit den Fingern.

»Vielen Dank. Aber noch eine Kleinigkeit, wo
ich Sie schon an der Strippe habe. Frau Einarsson
ist jetzt allein mit ihrem sechs Jahre alten Sohn,
und sie hat von Ihnen wohl noch kein Geld bekommen, kann das stimmen?«

»Hm, ja, das ist wohl richtig.«

»Wie ist das möglich? Einarsson war doch über
die Firma versichert, oder nicht?«

»Doch, ja, doch, ja, aber wir konnten doch nicht
sicher wissen, was passiert war. Und dann sind die
Regeln eindeutig. Es kommt doch auch vor, daß
Leute sich einfach verdrücken. Egal warum, man
weiß ja nie, die Leute kommen heutzutage auf die
seltsamsten Ideen.«

»Aber dann hätte er sich erst die Mühe machen und ein Huhn oder so schlachten müssen«, sagte Sejer trocken. »Um das Blut über sein Auto zu gießen. Ich gehe davon aus, daß Sie die Einzelheiten gehört haben?«

»Ja, das ist schon richtig. Aber ich kann versprechen, daß ich die Sache forcieren werde, wir haben jetzt ja, was wir brauchen.«

Er schien verlegen zu sein. Sein Finnmark-Akzent kam immer stärker durch.

»Dann verlasse ich mich darauf«, sagte Sejer.

Und er nickte langsam. Es war schon seltsam, und es konnte natürlich ein Zufall sein. Daß Einarsson genau an diesem Tag verschlafen hatte. Am Tag nach dem Mord an Maja Durban.

Um das Königliche Wappen zu erreichen, mußte er über die Brücke. Er fuhr langsam und bewunderte die Skulpturen, die im Abstand von einigen Metern zu beiden Seiten aufgestellt waren. Sie stellten Frauen bei der Arbeit dar, Frauen mit Krügen auf dem Kopf, mit Säuglingen im Arm, oder tanzende Frauen. Eine zum Schwindeln schöne Vorstellung hoch über dem schmutzigen Flußwasser. Danach bog er beim alten Hotel rechts ab und fuhr langsam durch die Einbahnstraße.

Er hielt an und schloß den Wagen ab. Das Lokal war dunkel und stickig, Wände und Möbel und überhaupt alles Inventar waren in Tabak und Schweiß gebeizt, ihr Geruch war wie eine Imprägnierung ins Holz eingezogen und hatte der Kneipe die Patina gegeben, die die Gäste wünschten. Und wirklich hing das Königliche Wappen in Form von alten Schwertern, Revolvern und Gewehren an den

mit Jute verkleideten Wänden, sogar eine fesche
alte Armbrust war vertreten. Sejer blieb vor dem
Tresen stehen, um seine Augen zuerst an die
Dunkelheit zu gewöhnen. Hinten im Lokal sah er
eine doppelte Schwingtür. Jetzt öffnete die sich,
und ein kleinwüchsiger Mann in weißer Koch-
jacke und Hosen in Pepitamuster kam zum Vorschein.

»Sind Sie der Geschäftsführer?«

»Ja. Aber ich kaufe nicht an der Tür.«

»Polizei«, sagte Sejer.

»Das ist etwas anderes. Ich mach' nur schnell die
Gefriertruhe zu.«

Der Mann verschwand. Sejer sah sich um. Die
Kneipe hatte zwölf hufeisenförmig plazierte
Tische, an jedem Tisch hatten sechs Gäste Platz.
Im Moment war kein Mensch im Lokal, die
Aschenbecher waren leer, und in den Kerzen-
haltern fehlten die Kerzen.

Der Koch, der also der Geschäftsführer war, kam
wieder durch die Schwingtüren und nickte zuvor-
kommend. Statt einer Kochmütze benutzte er Fett
oder Gelee oder eine andere bindende Masse,
seine Haare lagen so schwarz und blank an seinem
Kopf an wie ein Mistkäferpanzer. Nur ein Orkan
könnte vielleicht ein Haar erwischen und in die
Suppe wirbeln, überlegte Sejer.

»Sind Sie jeden Abend hier?«

Der Mann hob seinen Hintern auf einen Barhocker.

»Yes, Sir, jeden einzelnen Abend. Abgesehen
vom Montag, dann haben wir geschlossen.«

»Ganz schön unbequeme Arbeitszeit, nehme ich
an. Jede Nacht bis zwei geöffnet?«

»Wenn man Weib und Kind und Hund und Auto und Boot und Ferienhaus im Gebirge hat – dann ja, unbedingt. Aber ich habe nichts von alledem.«

Er lächelte breit. »Für mich ist der Job ideal. Und ich fühle mich wohl und komm' gut mit den Jungs aus, die hier trinken. Wissen Sie, wir sind eine einzige große Familie!«

Er umarmte einen Kubikmeter Luft und machte einen kleinen Sprung, um auf den Barhocker zu gelangen.

»Gut.«

Sejer mußte über den kleinen Mann in der karierten Hose lächeln. Er war vielleicht Mitte vierzig, die weiße Jacke war strahlend sauber, und das galt auch für seine Fingernägel.

»Sie kennen doch die Leute aus der Brauerei, die oft herkommen, nicht wahr?«

»Kamen. Die Clique hat sich mehr oder weniger aufgelöst. Ich weiß nicht so recht, warum. Aber der Löwe ist nicht mehr da, das wird der Grund sein.«

»Der Löwe?«

»Egil Einarsson. Der Partylöwe. Hat irgendwie alles zusammengehalten. Sie kommen doch sicher seinetwegen?«

»Haben sie ihn wirklich so genannt?«

Der andere lächelte, fischte zwei Erdnüsse aus einer Schale und schnippte sie zu Sejer hinüber. Sie erinnerten Sejer an kleine fette Larven, und er ließ sie liegen.

»Aber sie waren doch eine ziemlich große Gruppe?«

»So insgesamt zehn bis zwölf Mann – der harte Kern bestand aus vier oder fünf Jungs, die fast jeden Tag hier saßen. Ich war mir wirklich sicher, daß die Jungs hier bleiben würden. Keine Ahnung, was passiert ist, abgesehen davon, daß irgendwer den Löwen erstochen hat. Und warum der Rest wegbleibt, begreife ich nicht. Traurig. An den Jungs haben wir hier wirklich gut verdient. Und es war nett mit ihnen. Angenehme Burschen.«

»Erzählen Sie mir. Was haben die hier gemacht? Worüber haben sie sich unterhalten?«

Der andere strich sich die Haare glatt, eine völlig überflüssige Korrektur.

»Haben viel Darts geworfen.«

Er zeigte auf eine riesige Zielscheibe hinten im Lokal.

»Haben Turniere veranstaltet und so. Gequatscht und gelacht und diskutiert. Getrunken und gelacht und herumgejuxt. Hier konnten sie sich einfach gehen lassen, hatten nie ihre Frauen bei sich. Das hier ist eine Männerkneipe.«

»Und worüber haben sie gesprochen?«

»Autos, Frauen, Fußball. Und über die Arbeit, wenn da irgendwas passiert war. Und über Frauen, habe ich das schon erwähnt?«

»Sie haben sich auch gestritten?«

»Ja, sicher, aber nicht ernsthaft. Ich meine, sie haben sich immer als Freunde getrennt.«

»Haben Sie ihre Namen gekannt?«

»Naja, wenn Sie Löwe und Peddik und Herr Graf als Namen gelten lassen – ich habe keine Ahnung, wie sie wirklich heißen. Abgesehen von Arvesen, das war der Jüngste von allen, Nico Arvesen.«

»Wer ist der Herr Graf?«

»Ein Graphiker. Hat Plakate und Werbematerial für die Brauerei gemacht, übrigens richtig schöne Sachen. Keine Ahnung, wie er heißt.«

»Kann einer von denen Einarsson erstochen haben?«

»Nein, wirklich nicht. Das muß jemand anderes gewesen sein. Die waren doch alle befreundet.«

»Haben sie Maja Durban gekannt?«

»Das taten doch alle. Sie nicht?«

Sejer überhörte diese Frage.

»An dem Abend, an dem Durban umgebracht worden ist, hatten Sie hier Ärger, nicht wahr?«

»Stimmt. Und daß ich das noch weiß, kommt nur vom Blaulicht. Normalerweise haben wir mit Streitereien keine Probleme. Aber so ganz lassen die sich nicht vermeiden.«

»Hatte der Ärger schon angefangen, als unsere Einsatzwagen kamen, oder war das nachher?«

»Oi, da muß ich erst mal nachdenken.«

Der Mann kaute auf seinen Erdnüssen herum und leckte sich die Lippen. »Vorher, glaube ich.«

»Wissen Sie, was da los war?«

»Suff, natürlich. Peddik hatte zuviel getankt. Mußte die Bullen anrufen, obwohl ich das eigentlich nicht will. Es geht mir an die Ehre, wenn ich nicht selber Ordnung schaffen kann, aber an diesem Abend ging es nun mal nicht. Der Typ ist total ausgerastet, ich bin ja kein Arzt, aber mir kam es vor wie eine Art Delirium.«

»Aber war er sonst nicht so streitsüchtig?«

»Er war ein bißchen hitzig, das schon. Aber da war er nicht der einzige. Die waren allesamt ziemlich laut. Der Löwe war übrigens von der ruhigeren Sorte, hat manchmal ein bißchen geblubbert, Sie wissen schon, wie die Erdstöße in San Francisco, bei denen die Gläser im Schrank mal kurz klirren. Viel ist dabei nur selten herausgekommen. Er war oft mit dem Auto hier, und dann hat er Cola oder Seven Up getrunken. Und er hat bei ihren Turnieren immer Buch geführt.«

»Und unsere Leute haben ihn dann eingebuchtet, diesen Peddik?«

»Genau. Aber nachher habe ich erfahren, daß sie es sich danach anders überlegt haben.«

»Einarsson hat sich für ihn eingesetzt.«

»Ach, meine Güte, ist das denn möglich?«

»Naja, auch wir lassen mit uns reden. Nichts geht über soziale Netzwerke, wissen Sie, davon haben wir viel zu wenige. Sie haben nicht zufällig irgendein Wort aufgeschnappt? Mitten im ganzen Krach?«

»Doch, das ließ sich nicht vermeiden. ›Verdammtes Frauenzimmer‹ und so.«

»Also eine Frauengeschichte?«

»Bestimmt nicht. Nur viel Promille, und dann greifen sie zum nächstliegenden Thema. Seine Ehe war wohl nicht besonders heiß, deshalb sind sie ja schließlich hergekommen, nicht wahr?«

Der Mann fischte aus einem Behälter auf dem Tresen einen Zahnstocher und reinigte sich damit die Fingernägel. »Meinen Sie, zwischen beiden Morden besteht ein Zusammenhang?«

»Keine Ahnung«, sagte Sejer. »Aber ich muß einfach danach fragen, wo ich schon hier sitze und aus dem Fenster schaue und ihren Block sehen kann. Fast wenigstens.«

»Das kann ich verstehen. Tolle Frau, übrigens. So sollen Mädels aussehen!«

»War sie oft hier?«

»Nix. Die hatte feinere Angewohnheiten. Ein seltenes Mal hat sie hereingeschaut, nur, um in Rekordzeit einen Cognac zu kippen und wieder zu verschwinden. Hatte nicht viel Freizeit, glaube ich. Fleißige Kleine. Hat wirklich rangeklotzt.«

»Diese Jungs, die hier getrunken haben, die haben doch sicher über den Mord geredet?«

»Der Mord lag hier mitten im Laden wie ein frischer Kuhfladen, und sie sind wochenlang darum herumgeschwirrt. So sind die Menschen eben.«

Sejer stand auf.

»Und jetzt kommen sie nicht mehr her?«

»Doch, sie schauen schon mal rein, aber nicht mehr regelmäßig. Und nicht mehr gleichzeitig. Trinken nur zwei Halbe und gehen dann wieder. Entschuldigung«, sagte der andere dann plötzlich, »ich hätte Ihnen natürlich etwas zu trinken anbieten müssen.«

»Das habe ich dann eben noch gut. Vielleicht schaue ich auch mal rein und trinke einen Halben. Sind Sie ein guter Koch?«

»Kommen Sie doch mal abends und probieren Sie das Cordon Bleu.«

Sejer verließ das Lokal und blieb im Tageslicht abrupt stehen. Der Koch war ihm gefolgt.

»Hier war nach dem Mord an Durban schon mal ein Bulle. So ein englischer Dandy, mit Schnurrbart.«

»Karlsen«, lächelte Sejer. »Der ist aus Hokksund.«

»Ja, ja, er kann ja trotzdem in Ordnung sein.«

»Ist Ihnen aufgefallen, ob einer von den Jungs während des Abends verschwunden und danach wiedergekommen ist?«

»Das mußte ja kommen«, grinste der Koch.
»Diese Frage, meine ich. Aber das weiß ich wirklich
nicht mehr. Die sind oft raus und wieder reinge-
laufen, und es ist schließlich ein halbes Jahr her. Sie
sind manchmal um sieben ins Kino gegangen und
dann wieder hergekommen, sie haben im Peking
gegessen und sich dann hier vollaufen lassen.
Einarsson ging manchmal zwischendurch Tabak
kaufen, ich führe seine Marke nicht. Aber wie das
an dem Abend war, weiß ich wirklich nicht. Dafür
haben Sie hoffentlich Verständnis.«

»Vielen Dank für Ihre Auskünfte. Es war jedenfalls nett bei Ihnen.«

Auf dem Heimweg hielt er bei der Fina-Tankstel-
le. Er ging in den Laden und nahm sich eine Zeitung aus dem Gestell. Hinter dem Tresen stand
eine hübsche junge Blondine mit Locken. Ein
bißchen fülliges Gesicht, runde, goldene Wangen,
wie frischgebackene Rosinenbrötchen. Aber da sie
nicht älter sein konnte als siebzehn, gestattete er
sich nur väterliche Gefühle.

»Sie haben einen schönen Overall an«, sagte er
und zeigte darauf, »so einer liegt bei mir zu Hause
in der Garage.«

»Ja?« Sie lächelte fragend.

»Wissen Sie, ob die auch in Kindergrößen liefer-
bar sind?«

»Ach, Gott, da habe ich wirklich keine Ahnung.«

»Können Sie irgendwen fragen?«

»Sicher, aber dann muß ich anrufen.«

Sejer nickte und schlug die Zeitung auf,
während die Frau eine Nummer wählte. Er mochte
den Geruch hier im Laden, eine Mischung aus Öl
und süßer Schokolade, Tabak und Benzin.

»Die kleinste Größe ist für zehn Jahre. Kostet zweihundertfünfundzwanzig Kronen.«

»Könnten Sie mir einen bestellen? Den kleinsten? Der ist zwar noch ein bißchen zu groß, aber der Junge wächst ja schließlich noch.«

Sie nickte, er legte seine Karte auf den Tresen und bedankte sich, nahm die Zeitung und ging. Als er nach Hause kam, nahm er eine Packung Sauerrahmbrei aus der Gefriertruhe. Er war fertig gekauft, schmeckte aber sehr gut. Sejer war kein besonders guter Koch, kochen war in Elises Ressort gefallen. Ihm war das jetzt irgendwie egal. Früher hatte er den Hunger als bohrendes Gefühl im Magen empfunden, manchmal war er sehr gespannt gewesen, was Elise wohl im Kochtopf hatte. Jetzt war der Hunger eher ein kläffender Hund, und wenn er wirklich Krach machte, warf er ihm eine Portion Hundekuchen hin. Sejers Stärke war das Spülen. An jedem Tag ihrer langen Beziehung, die über zwanzig Jahre gedauert hatte, hatte er gespült. Er ließ sich auf den Stuhl am Küchentisch sinken, aß langsam seinen Brei und trank dazu ein Glas Saft. Seine Gedanken wanderten und landeten bei Eva Magnus. Er suchte nach einem Vorwand, um sie noch einmal aufzusuchen, konnte aber keinen finden. Ihre Tochter war vielleicht im selben Alter wie Jan Henry. Und der Ehemann hatte sie verlassen und war Marie Durban wahrscheinlich nie begegnet. Aber deshalb war es ja nicht verboten, mit ihm zu sprechen, von Durban gehört hatte er sicher. Sejer wußte, daß die Kleine jedes zweite Wochenende bei ihrem Vater verbrachte, der wohnte also in der Gegend. Er versuchte, sich an den Namen zu erinnern, aber er fiel ihm nicht mehr ein. Doch der ließ sich feststellen. Einfach sicherheitshalber, man wußte ja nie. Ein neuer Name für die Liste. Und Zeit hatte er genug.

Er aß zu Ende, spülte den Teller kurz ab und ging zum Telefon. Rief im Klub an und ließ sich für den nächsten Samstag fürs Springen eintragen, falls es nicht zu windig wäre, denn Wind konnte er nicht vertragen. Danach schlug er im Telefonbuch den Namen Magnus nach, ließ den Finger langsam über die Namensspalten gleiten. Bis er glaubte, einen wiederzuerkennen: Jostein Magnus. Dipl. Ing. Adresse: Lille Frydenlund. Sejer ging wieder in die Küche, machte sich eine große Tasse Kaffee und setzte sich im Wohnzimmer in einen Sessel. Sofort kam Kollberg und legte ihm den Kopf auf die Füße. Sejer öffnete die Zeitung, und mitten in einem glühenden Appell für die Europäische Union schlief er ein.

Emma war wieder zu Hause, und das war eine Erleichterung. Eva dachte immer wieder dasselbe, es war besser, die Kleine in der Nähe zu haben, dann war sie immerhin beschäftigt. Jetzt konnte sie nur noch warten. Sie nahm ihre Tochter an der Hand, an der weichen, molligen Hand, und ging mit ihr zum Auto. Die rosa Schultasche, die bei Evas Vater auf sie wartete, hatte sie noch mit keinem Wort erwähnt, die sollte eine Überraschung sein. Sie wollte ihren Vater nicht um das Freudengeheul bringen, das gab es in seinem Leben nicht allzu oft. Emma stieg hinten ins Auto und schnallte sich an, sie trug einen kastanienbraunen Hosenanzug, der ihr ziemlich gut stand, und Eva hatte ihr beim Frisieren geholfen. Evas Vater wohnte ein Stück weit entfernt, vielleicht eine gute halbe Stunde mit dem Auto, und schon nach fünf Minuten fing Emma an zu quengeln. Eva war irritiert. Ihre Nerven waren zum Zerreißen gespannt, sie konnte nicht viel vertragen.

»Krieg' ich ein Eis?«

»Wir sind gerade erst losgefahren. Wir können doch wohl ein einziges Mal zu Opa fahren, ohne etwas zu kaufen.«

»Nur ein Safteis?«

Du bist zu dick, dachte Eva, du solltest bis auf weiteres überhaupt nichts mehr essen.

Sie hatte das Emma aber nie gesagt. Sie stellte sich vor, ihre Tochter sei sich dessen selber nicht bewußt, und wenn sie es laut sagte, würde das Fett zum ersten Mal zum wirklichen Problem werden. Und für Emma selber sichtbar sein.

»Laß uns auf jeden Fall erst aus der Stadt herausfahren«, sagte Eva kurz. »Und Opa wartet. Vielleicht hat er gekocht, und dann dürfen wir uns nicht den Appetit verderben.«

»Einen Appetit kann man doch wohl nicht verderben«, erwiderte Emma verständnislos. Sie kannte dieses Phänomen nicht, sie hatte immer Appetit.

Eva gab keine Antwort. Sie dachte daran, daß bald die Schule anfangen würde, und dann mußte Emma zum Schularzt. Hoffentlich würde sie nicht die einzige mit diesem Problem sein, aber bei sechsundzwanzig Kindern in einer Klasse bestand immerhin eine gewisse Möglichkeit. Seltsam, hier saß sie nun und dachte an die Zukunft, an der sie vielleicht nicht einmal teilhaben würde. Vielleicht würde Jostein Emma zur Schule bringen. Ihre widerspenstigen Haare kämmen, die mollige Hand halten.

Der Verkehr floß gleichmäßig dahin, und sie hielt sich genau an die Geschwindigkeitsbegrenzung. Es war für sie eine Art Manie geworden, sich nichts zuschulden kommen zu lassen, kein Aufsehen zu erregen. Gleich nach Verlassen der Innenstadt lag links eine rund um die Uhr geöffnete Esso-Tankstelle.

»Da kannst du leicht anhalten, Mama, wenn wir uns ein Eis kaufen wollen.«

»Nein, Emma, jetzt hör auf damit!«

Ihre Stimme klang scharf. Eva bereute und fügte in sanfterem Tonfall hinzu:

»Vielleicht auf der Rückfahrt.«

Dann war alles still. Eva sah im Rückspiegel Emmas Gesicht, mit den runden Wangen und dem breiten Kinn, die sie vom Vater geerbt hatte. Es war ein ernstes Gesicht, das nichts von der Zukunft wußte, von allem, was sie vielleicht würde durchmachen müssen, wenn …

»Ich kann den Asphalt sehen«, sagte Emma plötzlich. Sie beugte sich vor und starrte den Autoboden an.

»Das weiß ich, das ist Rost. Wir kaufen uns ein neues Auto, ich habe das einfach noch nicht geschafft.«

»Aber das können wir uns doch leisten, oder? Können wir uns das leisten, Mama?«

Eva starrte in den Spiegel. Keine Autos hinter ihr.

»Ja«, sagte sie kurz.

Den Rest der Fahrt schwiegen sie.

Evas Vater hatte die Tür bereits aufgeschlossen. Er hatte schon von weitem den alten Ascona gesehen, und deshalb schellten sie nur kurz und gingen ins Haus. Der Vater hatte Probleme mit den Beinen und konnte nur sehr langsam gehen. Eva legte die Arme um ihn und drückte ihn so kräftig an sich, wie sie das immer tat, er roch nach Players-Zigaretten und Rasierwasser. Emma mußte auf ihre Umarmung noch warten.

»Die Frauen in meinem Leben!« rief er glücklich. Und fügte hinzu: »Jetzt darfst du wirklich nicht noch mehr abnehmen, Eva. In dem Kleid siehst du aus wie eine schwarze Bohnenstange.«

»Was für ein nettes Kompliment«, sie lächelte. »Aber du bist schließlich auch nicht gerade fett. Also weißt du, von wem ich das habe.«

»Ja, ja. Gut, daß wenigstens eine hier Verstand genug hat, um sich etwas Gutes zu tun«, sagte ihr Vater und legte Emma den mageren Arm um die Taille. »Geh mal in mein Arbeitszimmer, da steht ein Geschenk für dich.«

Emma riß sich los und stürzte davon. Bald darauf war im ganzen Haus ihr glückliches Geschrei zu hören.

»Rosa!« rief sie und kam angetrampelt. Die Tasche paßt wirklich überhaupt nicht zu den roten Haaren, dachte Eva traurig, braun wäre besser gewesen. Sie versuchte, die düsteren Gedanken zu unterdrücken, die sich überall einschlichen.

Der Vater hatte im Laden ein Brathähnchen bestellt, und Eva half ihm bei den Vorbereitungen.

»Du kannst doch hier schlafen«, sagte er bittend, »dann trinken wir einen Schluck Rotwein. So wie in alten Zeiten. Ich vergesse ja bald, wie man sich in

Gesellschaft benimmt, schließlich bist du mein einziger Besuch.«

»Läßt Jostein sich denn nie sehen?«

»Doch, doch, ein seltenes Mal. Ich kann ja auch kein böses Wort gegen Jostein sagen«, fügte ihr Vater rasch hinzu. »Er ruft auch an und schreibt mir Karten. Ich mag Jostein sehr, im Grunde war er ein erstklassiger Schwiegersohn. Das hat auch deine Mutter immer gesagt.«

Emma trank Ginger Ale und aß voller Andacht ihr Brathähnchen. Evas Vater brauchte ein wenig Hilfe beim Schneiden. Wenn er allein war, aß er vor allem Brei, aber das verriet er nicht. Eva schnitt ihm das Fleisch zurecht, entfernte die Knochen und schenkte Wein ein. Es war ein Canepa, anderen Wein vertrug sein Magen nicht, weshalb er von diesem zum Ausgleich viel trank. Ab und zu legte Eva von ihrer Portion auf Emmas Teller. Das hätte sie nicht tun dürfen, aber solange Emma etwas zu essen hatte, würde sie wohl kaum an den Mann im Fluß denken.

»Hast du denn im Moment jemanden, mit dem du ins Bett gehen kannst, Kind?« fragte ihr Vater plötzlich.

Eva riß die Augen auf.

»Nein, stell dir vor, hab ich nicht.«

»Nein, nein«, sagte er, »aber das findet sich sicher.«

»Man kann auch ohne leben«, sagte sie mürrisch.

»Das brauchst du mir nicht zu erzählen«, sagte er. »Ich bin seit vierzehn Jahren Witwer.«

»Erzähl mir nicht, daß es vierzehn Jahre her ist!« protestierte sie. »Ich kenne dich doch.«

Er schmunzelte und nippte am Wein.

»Aber das ist nicht gesund, weißt du.«

»Ich kann mir doch keinen von der Straße auflesen«, sagte sie und biß in ein knuspriges Hähnchenbein.

»Natürlich kannst du das. Lad' ihn doch einfach zum Essen ein. Die meisten würden ja sagen, da bin ich mir sicher. Du bist doch eine hübsche Frau, Eva. Ein bißchen dünn, aber hübsch. Du hast Ähnlichkeit mit deiner Mutter.«

»Nein, mit dir.«

»Verkaufst du Bilder? Arbeitest du hart?«

»Die Antwort ist nein. Und ja.«

»Sag Bescheid, wenn du Geld brauchst.«

»Tu ich nicht. Ich meine, wir haben inzwischen gelernt, mit wenig zurechtzukommen.«

»Früher hatten wir nie Geld genug für das McDonald's«, sagte Emma laut. »Jetzt können wir uns das leisten.«

Eva merkte, daß sie rot wurde. Und das war ärgerlich, ihr Vater kannte sie und war auch nicht dumm.

»Hast du Geheimnisse vor mir?«

»Ich bin fast vierzig, natürlich habe ich Geheimnisse vor dir.«

»Na gut, dann sage ich nichts mehr. Aber Gnade dir, wenn du etwas von mir brauchst und mir nicht Bescheid sagst. Dann werde ich sauer, damit du's weißt.«

»Das weiß ich.« Sie lächelte.

Schweigend aßen sie zu Ende. Dann goß sie den Rest der Flasche ins Glas ihres Vaters und räumte den Tisch ab. Sie arbeitete langsam. Sie dachte, daß sie sich jetzt vielleicht zum letzten Mal im Haus ihres Vaters zu schaffen machte. Von nun an würde sie immer so denken.

»Leg dich doch ein bißchen aufs Sofa. Ich koche uns Kaffee.«

»Ich habe auch Likör«, sagte er mit brüchiger Stimme.

»Ja, ja, den finde ich sicher. Jetzt leg dich hin, ich spüle und lese Emma dann was vor. Und nachher trinken wir dann noch eine Flasche Wein.«

Ihr Vater erhob sich mit großer Mühe, und sie nahm seinen Arm. Emma wollte ihm etwas vorsingen, damit er schneller einschliefe, und ihm war das recht. Eva ging in die Küche, steckte einige Geldscheine in das Einmachglas in seinem Schrank und ließ Wasser ins Spülbecken laufen. Bald war Emmas Stimme im ganzen Haus zu hören. Sie sang: »Der schönste Platz ist immer an der Theke«, und Eva hing über dem Becken, Lach- und Kummertränen vermischten sich mit dem Schaum.

Später an diesem Abend deckte sie ihn zu und gab ihm zur Stütze ein paar Kissen. Sie löschten fast alle Lampen und saßen im Halbdunkel da. Emma schlief mit offener Tür, sie konnten sie leise schnarchen hören.

»Fehlt Mama dir?« fragte Eva und streichelte seine Hand.

»In jeder einzelnen Stunde des Tages.«

»Ich glaube, sie ist jetzt hier.«

»Natürlich ist sie das, auf irgendeine Weise. Aber ich weiß nicht genau, auf welche, ich kann das einfach nicht herausfinden.«

Er tastete auf dem Tisch nach seinen Zigaretten, und sie zündete eine für ihn an.

»Warum war sie unglücklich, was glaubst du?«

»Ich weiß nicht. Glaubst du an Gott?« erwiderte Eva.

»Sei nicht blöd!«

Wieder schwiegen sie, lange. Er trank langsam und gleichmäßig seinen Rotwein, und sie wußte, daß er auf dem Sofa einschlafen und mit Rückenschmerzen aufwachen würde, das war schon immer so.

»Wenn ich groß bin, will ich dich heiraten«, sagte sie müde. Sie schloß die Augen und wußte, daß auch sie einschlafen würde, auf dem Sofa, den Kopf über der Rückenlehne hängend. Sie mochte nicht dagegen ankämpfen. Solange sie hier im Wohnzimmer ihres Vaters saß, fühlte sie sich sicher. Wie damals, als sie klein war, und er sie beschützen konnte. Das konnte er nicht mehr, aber es war doch ein gutes Gefühl.

Sejer erwachte mit steifem Nacken. Wie immer war er nach dem Essen im Sessel eingeschlafen, und seine Füße waren klatschnaß, der Hund hatte sie besabbert. Sejer ging ins Badezimmer. Zog sich langsam aus, ohne dabei in den Spiegel zu blicken, bückte sich unter den Strahl der Dusche und schnitt jedesmal eine Grimasse, wenn er die Wandfliesen streifte. Sie waren aus Vinyl und sollten Marmor darstellen. Wenn er sich das überlegte, fiel ihm keine scheußlichere Verkleidung für eine Badezimmerwand ein. Im Laufe der Jahre waren sie gelb geworden. Elise hatte jahrelang herumgequengelt, hatte ihn angefleht, andere Fliesen anzubringen, sie fand diese hier einfach häßlich. Doch, sicher, hatte er gesagt, nur Geduld, nur Geduld. Im Frühling machen wir das, Elise. Und so waren die Jahre vergangen. Und später, als sie krank, abgemagert und haarlos wie ein Greis im Bett lag und er sich in seiner Verzweiflung an das verdammte Badezimmer machen wollte, schüttelte sie den Kopf. Jetzt sollte er lieber an ihrem Bett sitzen. »Für das Badezimmer hast du danach immer noch genug Zeit, Konrad«, hatte sie mit matter Stimme gesagt.

Schreckliche Trauer überwältigte ihn, und er mußte die Augen heftig zusammenkneifen, um sich nicht davon umwerfen zu lassen. Er hatte keine Zeit dafür, jetzt jedenfalls nicht. Als er sich abgetrocknet und angezogen hatte, ging er ins Wohnzimmer und wählte die Nummer seiner Tochter Ingrid, ihres einzigen Kindes. Sie plauderten eine Weile über alles mögliche, und vor dem Auflegen sagte er Matteus noch gute Nacht. Danach fühlte er sich besser. Vor dem Weggehen blieb er vor Elises Bild stehen, das über dem Sofa hing, sie lächelte ihn an, ein strahlendes Lächeln mit tadellosen Zähnen, sie schien keine einzige Sorge zu haben. Damals hatte sie auch keine. Das Bild hatte ihm immer schon gefallen. Aber in letzter Zeit störte es ihn, jetzt wünschte er sich einen anderen Gesichtsausdruck, vielleicht ein Bild, auf dem sie ernst aussah, das seiner eigenen Stimmung eher entsprach. So ein Bild, wie bei Ingrid über dem Klavier hing. Vielleicht könnten sie tauschen. Er dachte ein wenig darüber nach, während er Kollberg auf den Rücksitz springen ließ und in Richtung Frydenlund losfuhr. Er wußte noch nicht so recht, was er sagen wollte, wenn er dort eintraf, aber wie immer verließ er sich auf die Kunst der Improvisation, die er sehr gut beherrschte. Die Menschen fühlten sich oft verpflichtet, die Gesprächspausen zu füllen, die Stille war ihnen häufig peinlich. Und ihm ging es um dieses fieberhafte Gerede, dabei rutschten ihnen manchmal Dinge heraus, die für ihn nützlich sein konnten. Und Jostein Magnus erwartete seinen Besuch ja nicht. Er konnte sich nicht vorher mit seiner Exfrau absprechen. Er konnte sich zwar weigern, überhaupt den Mund aufzumachen, aber das passierte eigentlich nie. Bei diesem Gedanken mußte Sejer lächeln.

Magnus hatte Eva das alte Haus in Engelstad überlassen und war in eine Wohnung in Frydenlund gezogen. Sejer hatte schon häßlichere Wohnblocks gesehen, den zum Beispiel, in dem er selber wohnte. Diese Blocks hier lagen in der Mitte einer weiten Rasenfläche, jeder hatte sechs Stock, und sie bildeten einen Halbkreis, wie umgekehrte Dominosteine, weiß, mit schwarzen Augen. Wenn der Block am Rand umkippte, dann würde die ganze Reihe fallen. Die Bewohner waren von der kreativen Sorte. Vor den Häusern und neben den Eingängen gab es viele Blumenbeete und Büsche, und bald würde alles blühen. Es herrschte Ordnung, Steinchen und Staub waren vom Asphalt vor den Türen weggespült worden. Jede Tür war auf zurückhaltende Weise verziert, mit schönen Namensschildern oder getrockneten Blumen.

Die Mitbewohnerin machte ihm auf. Er sah sie neugierig an, wollte sich eine Meinung über diese Frau bilden, die Eva Magnus ausgestochen hatte.

Sie war ein üppiger, weiblicher Typ, der überall strotzte, Sejer wußte fast nicht, wo er hinschauen sollte. Eva Marie mit ihrem dunklen mageren Ernst hatte gegen dieses mollige Engelchen bestimmt keine Chance gehabt.

»Sejer«, sagte er freundlich. »Polizei.«

Sie ließ ihn sofort eintreten. Da er so breit lächelte, fragte sie nicht, ob etwas passiert sei, wie andere das oft taten, wenn er die ernste Maske aufsetzte, was durchaus vorkam. Aber die Frau blickte ihn fragend an. »Ich wollte eigentlich nur ein bißchen reden«, sagte Sejer. »Mit Magnus.«

»Ach so. Der sitzt im Wohnzimmer.«

Sie führte ihn hin. Ein rothaariger Riese erhob sich vom Sofa. Vor ihm auf dem Tisch, auf der Zeitung, lagen eine prähistorische Echse aus Holz und eine Tube Klebstoff. Die Echse hatte ein Bein eingebüßt.

Sie gaben sich die Hände, der Riese konnte mit seinen Kräften nicht haushalten oder hielt es für unnötig, wenn es um Sejer ging. Jedenfalls wirkte der Polizist neben ihm schmächtig, und seine Hand wurde übel malträtiert.

»Setzen Sie sich«, sagte Magnus. »Haben wir etwas zu trinken, Sofie?«

»Das ist nur ein informeller Besuch«, erklärte Sejer. »Aus purer Neugier.«

Er setzte sich bequemer hin und fügte hinzu:

»Ich komme ganz einfach, weil Sie mit Eva Magnus verheiratet waren und sich sicher an den Mord an Marie Durban erinnern.«

Magnus nickte. »Ja, daran erinnere ich mich natürlich. Das war wirklich eine makabre Geschichte. Haben Sie den Mörder noch immer nicht? Es ist doch schon so lange her. Ja, ich habe mich nicht auf dem Laufenden gehalten, und Eva erwähnt es nie mehr, also – aber ich dachte schon, Sie wären aus einem anderen Grund hier, die Durban-Sache hatte ich fast vergessen. Na, fragen Sie doch einfach. Wenn ich es weiß, dann weiß ich es.«

Er breitete die Arme aus. Ein sympathischer Bursche, warm und herzlich.

»Und was haben Sie geglaubt, warum ich gekommen bin?« fragte Sejer neugierig.

»Äh – können wir das nachher besprechen?«

»Alles klar.«

Sejer bekam ein Glas Limonade und bedankte sich.

»Haben Sie Marie Durban gekannt?« fragte Sejer.

»Nein, überhaupt nicht. Aber ich hatte ja von ihr gehört. Evas und Majas Wege hatten sich getrennt, als sie noch sehr jung waren. Aber vorher waren sie wohl die dicksten Freundinnen. Sie wissen ja, wie Mädels sind, da geht es dann um Leben und Tod. Daß Maja ermordet worden war, hatte Eva aus purem Zufall in der Zeitung gelesen. Sie hatten sich seit 69 nicht mehr gesehen. Oder vielleicht auch seit 70?«

»Abgesehen von dem Tag, an dem Durban ermordet wurde.«

»Nein, das war am Vortag.«

»Da sind sie sich in der Stadt begegnet«, sagte Sejer. »Am nächsten Tag hat Eva Maja in ihrer Wohnung besucht.«

Magnus blickte auf.

»Haben Sie das nicht gewußt?« fragte Sejer.

»Nein«, sagte Magnus langsam. »Sie – naja.

Nein, sie wollte es mir sicher nicht erzählen«, sagte er stirnrunzelnd.

Sejer stutzte leicht.

»Sagt Ihnen der Name Egil Einarsson etwas?« fragte er dann. Er trank seine Limonade und fühlte sich leicht und frei, dies war schließlich ein Haus der Unschuld, und das war ziemlich befreiend.

»Nein, das glaube ich nicht. Wenn so nicht der Mann geheißen hat, der vor ein paar Wochen aus dem Fluß gefischt worden ist.«

»Genau so hieß er.«

»Ach? Na, dann. Ja, ich habe natürlich die ganze Geschichte gehört.«

Er zog eine mahagonifarbene Pfeife aus der Hemdtasche und suchte auf dem Tisch nach Streichhölzern.

Die üppige Sofie wuselte herum, jetzt hielt sie in der einen Hand eine Tüte Erdnüsse und suchte mit der anderen im Schrank nach einer Schale. Sejer konnte Erdnüsse nicht ausstehen.

»Aber ich habe keine Ahnung, wer er war. In der Zeitung war ja ein Bild«, Magnus riß ein Streich-holz an, zog zweimal kräftig an der Pfeife und stieß dann den Rauch aus, »aber obwohl wir in einer kleinen Stadt wohnen, habe ich ihn nicht gekannt. Eva kannte ihn übrigens auch nicht.«

»Eva?«

»Sie hat ihn doch gewissermaßen aus nächster Nähe gesehen. Obwohl er sich da nicht so beson-ders ähnlich gesehen hat, ja, ich dachte, Sie wären deshalb gekommen. Weil sie die Leiche gefunden haben, Eva und Emma. Es war wohl ziemlich schlimm für Emma, aber wir haben darüber gere-det, meine Tochter und ich, sie kommt ja jedes zweite Wochenende her. Ich glaube, jetzt hat sie es endlich vergessen. Aber bei Kindern weiß man ja nie. Manchmal halten sie einfach die Klappe, um uns Erwachsene zu schonen.«

Endlich brannte die Pfeife richtig. Sejer starrte in die sprudelnde Limonade, und diesmal suchte ausnahmsweise er nach Worten.

»Ihr Exfrau – sie hat Einarssons Leiche gefunden?«

»Ja. Ich dachte, das wüßten Sie. Eva hat doch die Polizei informiert. Sind Sie denn nicht deshalb gekommen?« fragte Magnus überrascht.

»Nein«, sagte Sejer. »Uns hat eine ältere Dame angerufen. Sie hieß Markestad, glaube ich. Erna Markestad.«

»Ach? Dann haben in der Verwirrung sicher mehrere angerufen. Aber Eva und Emma haben ihn als erste gefunden. Sie haben von einer Telefonzelle aus die Polizei angerufen, Emma hat mir die ganze Geschichte erzählt. Sie machten gerade einen Spaziergang, unten am Fluß. Das tun sie oft, Emma macht das solchen Spaß.«

»Emma hat Ihnen das erzählt – nicht Eva?«

»Äh, nein. Und Emma hat es auch nicht sofort erwähnt. Aber später haben wir dann darüber gesprochen.«

»Ist das nicht ein bißchen seltsam? Ich meine, ich weiß ja nicht, wie oft Sie miteinander reden, aber …«

»Doch«, sagte Magnus leise. »Das ist schon seltsam. Daß sie das nicht selber erzählt hat. Wir sprechen ziemlich viel miteinander. Emma hat es mir auf der Fahrt hierher erzählt. Daß sie am Fluß einen Spaziergang machten, als dieser arme Teufel

ans Ufer getrieben wurde. Danach sind sie losge-
rannt und haben von einer Zelle aus angerufen.
Und dann waren sie im McDonald's. Das entspricht
übrigens Emmas Vorstellung vom Paradies auf
Erden«, er grinste.

»Haben sie nicht auf unsere Leute gewartet?«

»Nein, offenbar nicht. Aber ...«

Beide verstummten, und zum ersten Mal schien
Jostein Magnus sich seine Gedanken zu machen.

»Aber es ist nicht richtig von mir, Eva auf diese
Weise bloßzustellen. Darüber zu diskutieren, was
sie erzählt, und was nicht. Sie hat sicher ihre
Gründe. Und bei Ihnen sind bestimmt mehrere
Anrufe eingegangen, und nur einer ist registriert
worden. Nicht war?«

Sejer nickte. Er hatte jetzt kurz nachdenken können, und sein Gesicht zeigte wieder den gewohn-
ten Ausdruck.

»Doch, er schwamm ja schließlich mitten in der
Stadt herum. Sicher ist er von mehreren gesehen
worden. Und bei uns geht es manchmal ziemlich
hektisch zu, vor allem kurz vor dem Wochenende,
das muß ich zugeben.«

Er log, so gut er konnte, und wunderte sich über
diesen seltsamen Zufall. Aber war es wirklich ein
Zufall?

Er plauderte noch so lange wie nötig mit
Magnus. Nippte ab und zu an der Limonade, rührte die Erdnüsse jedoch nicht an.

»Und jetzt haben Sie also zwei unaufgeklärte
Morde?«

Magnus blies auf einen Tropfen Klebstoff und
griff nach einem Kniegelenk aus dünnem Fur-
nier.

»Ja, richtig. Ab und zu fügt der Zufall es so, daß wirklich niemand irgend etwas gehört oder gesehen hat. Oder sie halten es nicht für wichtig. Entweder werden wir von PR-geilen Leuten mit jeder Menge verdächtiger Beobachtungen überrannt, oder sie haben solche Angst, sich zu blamieren, daß sie lieber den Mund halten. Die seriöse Schicht dazwischen ist dagegen ziemlich dünn. Leider.«

»Das ist ein Anatosaurus«, lächelte Magnus plötzlich. »Zwölf Meter lang. Zweitausend Zähne, und ein apfelsinengroßes Gehirn. Konnte auch schwimmen. Was für eine Vorstellung, so einem Heini im Wald zu begegnen!«

Sejer lächelte.

»Wissen Sie«, sagte Magnus, »diese Ungeheuer aus der Vorzeit haben unsere Gesellschaft dermaßen unterwandert, daß ich mich nicht wundern würde, wenn plötzlich so einer den Schornstein vom Dach risse.«

»Ich verstehe, was Sie meinen. Ich habe einen vierjährigen Enkel.«

»Na«, schloß Magnus, »ich gehe davon aus, daß Eva nach besten Kräften geholfen hat. Die beiden waren doch enge Freundinnen. Sie wären sicher füreinander über Leichen gegangen.«

Ja, vielleicht, dachte Sejer. Vielleicht ist gerade das der Fall.

Als er wieder im Auto saß, und Kollbergs gewaltige Wiedersehensfreude sich etwas gelegt hatte – er führte sich auf, als sei Sejer seit ihrer letzten Begegnung mindestens am Südpol gewesen –

wußte Sejer, daß Magnus jetzt seine Exfrau anrief. Und genau das, dachte er, ist eigentlich schade. Er wäre gern unerwartet gekommen. Aber viel Zeit hatte sie nicht, er brauchte nur fünfzehn Minuten für die Fahrt von Frydenlund nach Engelstad. Er hätte erst auf der Wache überprüfen sollen, ob Eva vielleicht doch angerufen haben könnte, und das aus irgendeinem Grund nicht registriert worden war. Aber er hielt einen solchen Patzer nicht für möglich. Alle einigermaßen zurechnungsfähigen Polizeibeamten wußten doch, daß nicht selten der Täter selber anrief, und deshalb baten sie immer um Namen und Adresse. Und wenn die Anrufer die nicht nennen wollten, dann wurde der Anruf mit Datum, Uhrzeit und Geschlecht als »anonym« ins Protokoll eingetragen. Sejer fuhr in gleichmäßigem Tempo und gab keine Sekunde der Versuchung nach, etwas zuzulegen. Vielleicht konnte er sie doch noch mitten im Gespräch mit Jostein Magnus erwischen, während sie sich noch wand und sich den Kopf nach einer brauchbaren Entschuldigung zerbrach. Denn wer, überlegte er, findet im Fluß eine Leiche, zuckt mit den Schultern und geht zum Essen ins McDonald's?

Zum Spaß griff er zum Funktelefon und wählte die Nummer des Hauses, das er gerade verlassen hatte. Dort war besetzt.

Als er in ihre Straße abbog, sah er das dunkle Haus und den leeren Hof. Evas Auto war fort. Er blieb eine Weile stehen und schluckte seine Enttäuschung herunter. Nun gut. Die Vorhänge waren noch da, ausgezogen war sie also nicht, tröstete er sich. Dann ließ er den Motor wieder an und fuhr los, schaute auf die Uhr und entschied sich für einen raschen Besuch auf dem Friedhof. Er war oft dort, sah, wie die Schneeflecken immer kleiner wurden, und machte seine Pläne, was er in diesem Frühling pflanzen wollte. Vielleicht Aurikeln, überlegte er, die würden gut zu dem blaulila Krokus passen, der sich jederzeit öffnen konnte, wenn es nur endlich, endlich ein bißchen wärmer würde.

Die Kirche war groß, imposant und ziegelrot, sie thronte selbstsicher auf einer Anhöhe über der Stadt. Sejer hatte sie nie besonders gut gefallen, für seinen Geschmack spielte sie sich ein wenig zu sehr auf, aber er hatte Elise nur hier bestatten können. Ihr Grabstein war aus rotem Thulit, und die einzige Inschrift war ihr Name, Elise. In ziemlich großen Buchstaben. Ohne Geburts- und Todesdatum. Denn dann wäre sie auf irgendeine Weise nur eine von vielen gewesen, so kam es ihm vor, und das war sie ja nicht. Als er mit einem Finger ein wenig im Boden herumstocherte, entdeckte er die ersten gelbgrünen Keime, und darüber freute er sich. Er starrte kurz vor sich hin, immerhin hatte sie jetzt Gesellschaft. Das ist sicher das Allereinsamste auf der Welt, dachte er plötzlich, ein Friedhof mit nur einem Stein.

»Was ist das wohl für ein Gefühl, hier zu liegen, Kollberg? Glaubst du, es ist kalt hier?«

Der Hund starrte ihn aus schwarzen Augen an und richtete die Ohren auf.

»Es gibt jetzt auch Friedhöfe für Hunde. Früher habe ich darüber gelacht, aber inzwischen habe ich meine Meinung eigentlich geändert. Denn jetzt habe ich ja nur noch dich.«

Er streichelte den großen Kopf des Hundes und seufzte tief.

Dann ging er zum Auto zurück. Unterwegs kam er an Durbans Grab vorbei, das bis auf einen Zweig verdorrten braunen Heidekrautes ganz kahl war. Er bückte sich rasch, hob den Zweig auf und kratzte vor dem Grabstein den Boden auf, so daß dunkle, feuchte Erde zum Vorschein kam. Er warf das Heidekraut auf den Komposthaufen neben dem Brunnen. Dann setzte er sich wieder ins Auto, und aus einer plötzlichen Eingebung heraus peilte er die Wache an.

Skarre hatte gerade Dienst. Er hatte die Beine auf dem Tisch liegen und las ein Taschenbuch mit blutrünstigem Einband.

»Die Nacht zum 2. Oktober«, sagte Sejer kurz. »Da gab es Ärger im Königlichen Wappen, und *fast* hätten wir einen Mann in die Ausnüchterungszelle gesteckt.«

»Fast?«

»Ja, in letzter Sekunde ist ihm das noch erspart geblieben. Ich möchte gerne seinen Namen erfahren.«

»Wenn der notiert worden ist, ja.«

»Er wurde von einem Kumpel gerettet. Genauer gesagt von Egil Einarsson. Aber das steht vielleicht auch im Protokoll. Sie haben ihn Peddik genannt. Sieh doch mal nach.«

»Ich kann mich an ihn erinnern«, sagte Skarre. Er setzte sich an den Computer und fing an zu suchen, während Sejer wartete. Jetzt war endlich Abend, jetzt befand sich sein Whisky in Reichweite, und die Dunkelheit senkte sich vor den Fenstern, als sei das Gericht ein großer Papageienkäfig, den jemand mit einer Decke verhängt hatte. Alles war still. Skarre klickte und klickte, ließ seine Blicke über Einbrüche und Streitereien und gestohlene Fahrräder schweifen, er benutzte alle zehn Finger auf der Tastatur.

»Hast du einen Kurs gemacht?« fragte Sejer.

»Ahron«, antwortete Skarre. »Peter Fredrik Ahron. Tollbugata 4.«

Sejer notierte sich den Namen, zog mit der Schuhspitze die unterste Schreibtischschublade heraus und setzte den Fuß darauf.

»Natürlich. Mit dem haben wir gesprochen, als Einarsson vermißt gemeldet wurde. Peter Fredrik. Du hast doch mit ihm zu tun gehabt, oder irre ich mich da?«

»Das stimmt. Ich habe mit mehreren von ihnen geredet. Einer hieß Arvesen, glaube ich.«

»Kannst du dich an irgendwas erinnern? Über Ahron?«

»Natürlich. Ich weiß noch, daß ich ihn unsympathisch fand. Und daß er ziemlich nervös war. Ich weiß noch, daß ich mich ein bißchen gewundert habe, er hatte offenbar einen wütenden Streit mit Einarsson gehabt, das habe ich später erfahren, von Arvesen, aber es reichte nicht für genauere Untersuchungen. Er hat nur Gutes über Einarsson gesagt. Sagte, der könnte keiner Fliege was zu leide tun, und wenn ihm etwas zugestoßen wäre, dann müßte das auf einem gewaltigen Mißverständnis beruhen.«

»Hast du die Vorstrafen überprüft?«

»Ja. Arvesen einmal wegen Geschwindigkeitsübertretung, Einarsson war blank, und Ahron hatte eine Promillestrafe.«

»Du hast ein verdammt gutes Gedächtnis, Skarre.«

»Richtig.«

»Was liest du da?«

»Einen Krimi.«

Sejer hob die Augenbrauen.

»Liest du keine Krimis, Konrad?«

»Nein, um Himmels willen, jetzt jedenfalls nicht mehr. Früher schon. Als ich noch jünger war.«

»Dieser hier«, sagte Skarre und schwenkte das Buch, »ist wirklich gut. Etwas ganz anderes, man kann ihn einfach nicht aus der Hand legen.«

»Das kann ich mir nicht vorstellen.«

»Dann solltest du ihn auch lesen, ich kann ihn dir leihen, wenn ich fertig bin.«

»Nein, danke. Aber ich habe zu Hause noch einen Stapel, wirklich gute Krimis, die kannst du dir ausleihen. Wenn du wirklich sowas lesen magst.«

»Äh, sind die sehr alt?«

»Ungefähr so alt wie du«, Sejer lächelte und versetzte der Schublade einen leichten Tritt. Sie schloß sich mit einem Knall.

Und dann kam der Samstag mit klarem, windstillem Wetter. Sejer musterte den Windsack, als er sich dem Flugplatz Jarlsberg näherte, im Grunde sah der Windsack aus wie ein benutztes Riesenkondom, wie er da schlapp gegen die Stange schlug, ein Kondom, das ein Gott vom Himmel geworfen hatte. Sejer hielt an, schloß das Auto ab und nahm den Fallschirm aus dem Kofferraum, seinen Anzug hatte er in einer Plastiktüte. Es war ein hervorragender Tag, vielleicht springe ich zweimal, überlegte er, und dann entdeckte er etliche von der jüngeren Garde, die sich an ihrer Ausrüstung zu schaffen machten. Ihre lila und roten und türkisen Springanzüge waren so eng wie Schlittschuhlauftrikots, und ihre Schirme sahen in fertig gepacktem Zustand aus wie kleine Picknickrucksäcke.

»Kauft ihr diese Klamotten in der Sprühdose?« fragte Sejer und musterte die dünnen Knabenkörper; jeder Muskel – oder das Fehlen eines solchen – zeichnete sich deutlich durch den hauchdünnen Stoff ab.

»Genau«, antwortete ein Blondschopf. »Mit so einem Sechspersonenzelt kriegst du doch kein Tempo!«

Er sprach von Sejers Overall. »Aber bei deinem Job hast du vielleicht Tempo genug?«

»Das kannst du wohl sagen. Der hier bremst ganz brauchbar.«

Sejer ließ Anzug und Schirm auf den Boden fallen, hielt sich schützend die Hand über die Augen und blickte zum Himmel hoch.

»Womit fliegen wir heute?«

»Mit der Cessna. Fünf auf einmal, und die Alten springen als erste. Hauger und Bjørneberg kommen später, mit denen kannst du dich vielleicht zu einer kleinen Dreierformation zusammentun? Ihr seid doch sicher in derselben Gewichtsklasse. Sonst verlierst du noch die Übung.«

»Ich werd's mir überlegen«, sagte Sejer trocken. »Aber Händchenhalten kann ich auch auf dem Boden. Eines von den Dingen, die mir da oben

105

gefallen«, er nickte in Richtung Himmel, »ist die
Einsamkeit. Und die ist da oben wirklich gewaltig.
Das wirst du auch noch verstehen, wenn du älter
bist.«

Sejer konnte sich für Formationsspringen ungefähr ebenso begeistern wie für Synchronschwim-
men. Er zog sich am Automaten eine Cola und
setzte sich erst einmal auf das Packtuch. Er trank
langsam, achtete darauf, nichts zu vergießen, und
schaute den Springern zu. Zuerst kam eine Runde
Springschüler. Sie sahen aus wie waidwunde
Krähen, als sie mit den seltsamsten Bewegungen
auf dem Boden auftrafen. Der erste landete mit
dem Kinn zuerst draußen auf dem Feld, der zweite
traf die Tragfläche eines exklusiven Modellflugzeu-
ges, das im Gras herumsurrte. Sie mußten den
Flugplatz mit dem Modellflugklub teilen, ein ewi-
ger Konflikt, der ab und zu zum Krieg zu werden
drohte. Jetzt waren Flüche und Beschimpfungen zu
hören. Keine einzige perfekte Landungsrolle war
zu sehen. Wenn man von einem Küchenstuhl
springt, ist das verdammt einfach, überlegte Sejer,
so übten sie nämlich, sie sprangen zehn- oder fünf-
zehnmal von einem Küchenstuhl, machten eine
Rolle und waren wie nichts wieder auf den Beinen.
Die Wirklichkeit war anders. Er selber hatte sich
beim ersten Mal den Knöchel gebrochen, und Elise
hatte gelächelt, als er mit dem Gipsverband um
den Fuß in die Küche gehumpelt war, durchaus
nicht boshaft, aber sie hatte ihn vorher nun einmal
gewarnt. Ansonsten war er billig davongekommen,
fast schon zu billig. Bei seinen zweitausendsiebzehn
Sprüngen hatte er nicht ein einziges Mal an der
Reserveleine ziehen müssen, und gerade das beun-

106

ruhigte ihn. Das passierte nämlich allen, und früher oder später würde auch er an die Reihe kommen. Vielleicht ist es heute so weit, dachte er jedesmal, wenn er sich auf den ersten Sprung vorbereitete. Er durfte einfach nicht vergessen, daß er früher oder später an der Leine ziehen, zum blauen Himmel hochblicken und feststellen würde, daß über ihm kein Schirm hing. Daß der blaugrüne Schirm fehlte, den er seit fünfzehn Jahren benutzte, ohne je einen Grund zu sehen, ihn durch einen neuen zu ersetzen.

Er stand auf und legte die Flasche ins Auto. Betrachtete die träge Landschaft, die hier unten auf dem Boden langweilig und flach wirkte, die sich aus der Höhe von zehntausend Fuß jedoch in ein schönes Bild in Pastellfarben verwandelte. Die Luft war kristallklar, die Sonne ließ die Wagenfenster funkeln. Er zog den blauen Overall an, schnallte sich den Schirm auf den Rücken und schlenderte langsam auf das weißrote Flugzeug zu, das gerade langsam zur Landung ansetzte. Zwei Jungen und ein Mädchen von vielleicht sechzehn stiegen als erste ein. Er selber blieb bei der Tür sitzen, sie preßten sich gegeneinander wie die Heringe in der Tonne, zogen die Knie bis ans Kinn und falteten vor ihren Beinen die Hände. Sejer band seine Stiefel fester zu, setzte den Lederhelm auf und nickte dem Fünften im Bunde zu, der sich gerade hereinzwängte und sich ihm gegenüber niederließ. Der Pilot schaute sich um, hob einen Daumen und startete. Es war nicht sehr laut, aber die Maschine wackelte ziemlich, als sie losrollten. Zu diesem Zeitpunkt versuchte Sejer immer, sämtliche Gedanken aus seinem Kopf zu verbannen, er sah, wie die parkenden Autos vorüberhuschten und spürte, wie die Räder den Kontakt zum Boden verloren. Er behielt den Zeiger des Höhenmessers im Auge, um sich davon zu überzeugen, daß er ordnungsgemäß funktionierte. Fast fünftausend Fuß jetzt. Er sah den blauen, glitzernden Fjord, sah die Autos auf der Autobahn, aus dieser Höhe schienen sie sich langsam zu bewegen, wie in Zeitlupe, obwohl sie in Wirklichkeit neunzig oder hundert fuhren. Jemand räusperte sich, die drei jungen Leute gingen mit den Händen die Formationen durch, sie sahen aus wie Kinder in bunten Spielanzügen, die in irgendein Singspiel vertieft waren. Sejer hörte, daß die Tourenzahl sank, er zog den Kinnriemen straff, warf noch einen Blick auf seine Schnürsenkel und den Zeiger des Höhenmessers, der noch immer kletterte, und lächelte leicht über die Aufkleber an der Flugzeugtür, weiße Wolken mit unterschiedlichen Texten: Blue sky forever. Chickens, turn back. Und: Give my regards to mama. Dann waren sie oben, und wieder nickte er seinem Gegenüber Trondsen zu, als Zeichen, daß er zuerst springen wolle. Dann kehrte er der Tür den Rücken zu und starrte in die jungen Gesichter, die seltsam glatt waren, sie sahen wirklich aus wie kleine Kinder, er konnte sich nicht erinnern, selber jemals so glatt gewesen zu sein, aber es war ja auch schon lange her, das ist über dreißig Jahre her, dachte er, und sah, wie Trondsen die Tür öffnete, so daß der Lärm und der Druck des Windes ihn in das kleine Flugzeug preßten und ihn daran hinderten, hinauszufallen, ehe er wirklich bereit dazu war. Es steht nicht fest, daß der Schirm sich öffnet, Konrad, sagte er zu sich. Das sagte er in diesem

Moment immer, um es nicht zu vergessen. Er hob den Daumen, starrte ein letztes Mal ohne zu lächeln die jungen Gesichter an, und sie lächelten auch nicht zurück. Dann ließ er sich rückwärts aus dem Flugzeug fallen.

Am nächsten Tag ließ er Kollberg wieder ins Auto und fuhr zum Pflegeheim, wo seit drei Jahren seine Mutter lag. Er stellte den Wagen auf dem Besucherparkplatz ab, ermahnte den Hund in aller Eile und ging zum Haupteingang. Er mußte immer erst Mut sammeln, ehe er herkam. Der fehlte ihm jetzt zwar, aber er war schon seit vierzehn Tagen nicht mehr hier gewesen. Er straffte sich und nickte dem Hausmeister zu, der gerade mit einer Gardinenleiter über der Schulter vorbeikam, er hatte einen lässigen, wiegenden Gang und ein zufriedenes Lächeln im breiten Gesicht, ein Mann, der seine Arbeit liebte, dem es im Leben an nichts fehlte, und der vielleicht nicht begriff, warum alle anderen sich pausenlos beklagten. Unglaublich. So ein Gesicht sehen wir nicht oft, dachte Sejer, und plötzlich entdeckte er seine eigene düstere Miene in der Glastür, durch die er hindurch mußte. Besonders glücklich bin ich wohl nicht, dachte er plötzlich, aber das hat mich wohl auch nie sonderlich interessiert. Er ging die Treppen zum ersten Stock hoch, nickte kurz zwei Leuten vom Personal zu und steuerte die Tür zum Zimmer seiner Mutter an. Sie hatte ein Einzelzimmer. Er klopfte dreimal und machte auf. Dann blieb er kurz stehen, damit die Geräusche sie erreichen konnten, das dauerte immer seine Zeit. Jetzt drehte sie den Kopf. Er lächelte, trat an ihr Bett, zog den Stuhl heran und nahm ihre dünne Hand in seine.

»Hallo, Mutter«, sagte er. Ihre Augen waren etwas blasser geworden und wirkten sehr leer. »Ich bin's nur. Wollte mal nach dir sehen.« Er drückte ihre Hand, aber sie reagierte nicht darauf.

»Ich war gerade in der Nähe«, log er.

Er hatte kein schlechtes Gewissen. Über irgend etwas mußten sie schließlich sprechen, und das war nicht immer so leicht.

»Ich hoffe, du bekommst hier alles, was du brauchst.«

Er sah sich um, wie, um das zu überprüfen.

»Hoffentlich schauen sie manchmal herein und setzen sich ein bißchen zu dir, das Personal, meine ich. Mir haben sie erzählt, daß sie das machen. Ich hoffe, das stimmt.«

Sie schwieg und starrte ihn aus ihren hellen Augen an, als ob sie mehr erwarte.

»Ich habe dir nichts mitgebracht. Das ist nicht so leicht, das Personal sagt, Blumen seien nicht gut für dich, und soviel bleibt dann ja nicht mehr. Deshalb habe ich nur mich selber mitgebracht. Kollberg sitzt im Auto«, fügte er hinzu.

Ihre Augen glitten von ihm weg und suchten das Fenster.

»Draußen ist es bewölkt«, sagte er. »Angenehmes Licht. Nicht zu kalt. Hoffentlich kannst du ein bißchen auf der Veranda liegen, wenn erst einmal Sommer ist. Du bist doch sonst bei jeder Gelegenheit an die frische Luft gelaufen, genau wie ich.«

Er nahm auch noch ihre andere Hand, und ihre Hände verschwanden in seinen.

»Du hast zu lange Nägel«, sagte er plötzlich. »Die müßten geschnitten werden.«

Er betastete ihre Fingernägel, sie waren dick und gelb.

»Das dauert doch nur ein paar Minuten, und ich könnte das machen, aber ich fürchte, ich bin zu ungeschickt. Kümmert sich denn hier niemand um sowas?«

Sie sah ihn wieder an, mit halboffenem Mund. Ihr Gebiß fehlte, angeblich störte das sie nur. Dadurch sah sie älter aus, als sie wirklich war. Aber ihre Haare waren gekämmt, und sie war sauber, ihr Bettzeug war sauber, das Zimmer war sauber. Er seufzte leise. Sah sie wieder an und suchte lange nach dem kleinsten Anzeichen des Erkennens, konnte aber nichts entdecken. Ihr Blick wanderte weiter. Als er sich schließlich erhob und zur Tür ging, starrte sie noch immer das Fenster an und schien ihn schon vergessen zu haben. Auf dem Flur begegnete ihm eine Krankenschwester. Sie lächelte seine hohe Gestalt einladend an, er erwiderte das Lächeln kurz.

»Ihre Nägel sind zu lang«, sagte er leise. »Können Sie sich darum kümmern?«

Dann ging er und rang mit der Schwermut, die ihn immer nach den Besuchen bei seiner Mutter überkam. Das dauerte zwei Stunden, dann legte es sich wieder.

Später fuhr er nach Engelstad, erledigte zuerst aber zwei Telefonate. Eine Frage ging ihm durch den Kopf, und die Antworten, die er erhielt, gaben ihm einiges zu denken. Selbst die allerkleinsten

Bewegungen der Menschen verursachen Ringe im Wasser, dachte er, und ein winziger Stein kann weit weg registriert werden, an einem Ort, an den wir einfach nicht denken würden.

Eva Magnus öffnete, sie trug ein riesiges Hemd mit vielen weißen und schwarzen Farbklecksen. In der Hand hielt sie einen Holzklotz mit Sandpapier. Er konnte ihr vom Gesicht ablesen, daß sie ihn erwartet hatte, und daß sie schon wußte, was sie sagen wollte. Das irritierte ihn grenzenlos.

»Da bin ich wieder, Frau Magnus. Wir haben uns ja lange nicht mehr gesehen.«

Sie nickte kurz und war nicht überrascht über seinen Besuch.

»Beim letzten Mal ging es um Marie Durban – und jetzt geht es um Einarsson. Komisch, nicht wahr?«

Bei dieser Bemerkung holte sie tief Luft.

»Ich habe nur eine winzige Frage.«

Er war höflich, aber nicht bescheiden. Er war niemals bescheiden. Er strahlte Autorität aus, und ab und zu machte das andere ein wenig nervös, besonders, wenn er es darauf anlegte, und das war jetzt der Fall.

»Ja, das habe ich schon gehört«, sagte sie und trat einen Schritt zurück. Sie warf die langen Haare zurück und schloß hinter ihm die Tür. »Jostein hat angerufen. Aber ich kann Ihnen nicht viel erzählen. Nur, daß ich diesen armen Wicht im Wasser gesehen und euch dann angerufen habe. So gegen fünf Uhr nachmittags. Emma war dabei. Ich weiß nicht mehr, mit wem ich gesprochen habe, wenn Sie das wissen wollen, aber wenn Ihre Kollegen vergessen, die Anrufe zu notieren, dann ist das nicht mein Problem. Ich habe jedenfalls meine Pflicht getan, wenn das eine Frage von Pflicht ist. Mehr habe ich nicht zu sagen.«

Und damit hatte sie ihren Spruch geliefert. Sie hatte schließlich genug Zeit zum Üben gehabt.

»Können Sie sich an die Stimme erinnern? Dann kann ich feststellen, wem dieser Patzer unterlaufen ist. Es ist wirklich nicht gut, daß das vorkommt. Alle einlaufenden Anrufe müssen notiert werden. Und deshalb müssen wir dieser Sache nachgehen, das verstehen Sie sicher.«

Sie stand mit dem Rücken zur Wohnzimmertür, und er sah die großen schwarzweißen Gemälde, die ihn bei seinem ersten Besuch so beeindruckt hatten. Er konnte ihr Gesicht nicht sehen, aber sie hatte zweifellos alle Stacheln ausgefahren. Sie wußte, daß er bluffte, konnte das jedoch nicht offen sagen.

»Nein, Himmel, das war eine ganz normale Stimme. Ich habe nicht weiter darüber nachgedacht.«

»Ostnorwegischer Akzent?«

»Äh, ja, oder nein, ich weiß nicht mehr, ob er einen besonderen Akzent hatte, sowas fällt mir nie auf. Und ich war ziemlich fertig, wegen Emma, und überhaupt. Und Einarsson war wirklich kein angenehmer Anblick.«

Sie ging jetzt ins Wohnzimmer, immer noch rückwärts. Er ging hinterher.

»Alt oder jung?«

»Keine Ahnung.«

»An diesem Nachmittag hatte allerdings eine Kollegin Telefondienst«, log er.

Eva blieb stehen.

»Ach? Dann war sie sicher auf dem Klo oder so«,

sagte sie rasch. »Ich habe mit einem Mann gesprochen, das weiß ich jedenfalls genau.«

»Hatte der einen südnorwegischen Akzent?«

»Mein Gott, das weiß ich wirklich nicht. Es war ein Mann, mehr weiß ich nicht mehr. Ich habe angerufen, mehr gibt es dazu nicht zu sagen.«

»Und – was hat er gesagt?«

»Was er gesagt hat? Ach, nicht viel, er wollte wissen, von wo aus ich anrief.«

»Und danach?«

»Eigentlich nichts mehr.«

»Aber er hat Sie gebeten, am Tatort zu warten?«

»Nein. Ich habe ihm nur genau sagen müssen, wo die Leiche lag.«

»Was?«

»Ja. Ich habe gesagt, ungefähr beim Bürgerhaus. Beim Flößerdenkmal.«

»Und dann sind Sie gegangen?«

»Ja. Wir sind essen gegangen. Emma hatte Hunger.«

»Liebe Frau Magnus«, sagte er langsam. »Wollen Sie mir wirklich erzählen, Sie hätten einen Leichenfund gemeldet und seien nicht einmal gebeten worden, zu warten?«

»Aber mein Gott, ich bin doch nicht für die Fehler verantwortlich, die Ihre Leute im Dienst begehen! Er kann doch jung und unerfahren gewesen sein, oder was weiß ich, meine Schuld ist es jedenfalls nicht.«

»Er kam Ihnen also jung vor?«

»Nein, ich weiß nicht, auf sowas achte ich nicht.«

»Künstler achten immer auf *sowas*«, sagte er kurz. »Sie sind aufmerksam, sie registrieren alles, alle Einzelheiten. Stimmt das nicht?«

Sie gab keine Antwort. Sie kniff den Mund zu einem schmalen Strich zusammen.

»Ich will Ihnen etwas verraten«, sagte er leise.

»Ich glaube Ihnen nicht.«

»Das ist dann Ihr Problem.«

»Soll ich Ihnen verraten, warum nicht?«

»Das interessiert mich nicht.«

»Weil«, fuhr er fort und senkte die Stimme noch weiter, »alle gerade von solchen Anrufen träumen. Beim langen, langweiligen Nachmittagsdienst. Nichts kann einen Polizeibeamten mehr anfeuern, mehr anspornen, als ein Toter im Fluß, an einem öden Nachmittag, mitten zwischen Streitereien zwischen Nachbarn, Autodiebstählen und dem Gekeife aus der Ausnüchterungszelle. Verstehen Sie?«

»Dann war der Mann wohl eine Ausnahme.«

»Ich habe im Dienst ja schon einiges erlebt«, gestand er, und ihn schauderte bei der Erinnerung, »aber das nicht.«

Jetzt blockierte sie endgültig, sie starrte ihn nur noch trotzig an.

»Arbeiten Sie gerade an einem Bild?« fragte er plötzlich.

»Ja, natürlich. Davon lebe ich ja schließlich, wie Sie wissen.«

Sie stand noch immer, und deshalb konnte auch er sich nicht hinsetzen.

»Das ist wohl nicht leicht. Davon zu leben, meine ich.«

»Nein, wie schon gesagt, es ist nicht leicht. Aber wir kommen zurecht.«

Sie wurde langsam unruhig, wagte aber nicht, ihn vor die Tür zu setzen. Das wagte niemand. Sie wartete, mit schmalen Schultern, hoffte, er werde gehen, damit sie wieder frei atmen konnte, so frei, wie es ihr nur möglich war, bei dem Wissen, das sie mit sich herumtrug.

»In der Not frißt der Teufel Fliegen«, sagte er scharf. »Sie bezahlen im Moment Ihre Rechnungen ungeheuer pünktlich. Im Vergleich zur Zeit *vor* Durbans Tod. Damals lagen Sie überall im Rückstand. Das ist bewundernswert, das muß ich wirklich sagen.«

»Was in aller Welt wissen Sie denn davon?«

»Ein Anruf genügt. Bei der Gemeinde, dem Elektrizitätswerk, der Post. Es ist schon witzig, wenn man von der Polizei aus anruft. Dann strömen die Informationen nur so.«

Sie schwankte kurz, riß sich dann aber zusammen und erwiderte seinen Blick. Ihre Augen flackerten wie Fackeln in heftigem Wind.

»War Ihre Tochter auch mit in der Telefonzelle?« fragte er wie nebenbei.

»Nein, sie wartete draußen vor der Türe. Es war so eng in der Zelle. Und Emma braucht ziemlich viel Platz.«

Er nickte. Sie hatte sich wieder umgedreht, weg von ihm.

»Aber Sie wußten, daß Durban und Einarsson sich gekannt hatten, nicht wahr?«

Die Frage war ein Schuß ins Blinde, sie blieb im dunklen Flur hängen. Eva öffnete den Mund zu einer Antwort, schloß ihn wieder, öffnete ihn erneut, und er wartete geduldig und bohrte seinen Blick in ihre goldenen Augen. Er kam sich vor wie ein Henker. Aber sie wußte etwas, und das mußte er zu fassen bekommen.

Sie zermarterte noch einen Moment ihr Gehirn, dann murmelte sie:

»Davon habe ich wirklich keine Ahnung.«

»Lügen«, sagte er langsam, »sind wie Schneebälle, haben Sie sich das schon einmal überlegt? Zuerst sind sie winzigklein, aber früher oder später müssen Sie ein Stück weiterrollen, und dann werden sie immer größer und größer. Und am Ende sind sie so schwer, daß Sie sie nicht mehr tragen können.«

Sie schwieg. Ihre Augen wurden blank, und sie zwinkerte rasch zweimal. Und dann lächelte er. Sie starrte ihn verwirrt an, wenn er lächelte, sah er ganz anders aus.

»Werden Sie nie mit Farben malen?«

»Warum sollte ich?«

»Weil die Wirklichkeit nicht schwarzweiß ist.«

»Dann male ich wohl nicht die Wirklichkeit«, sagte sie mürrisch.

»Aber was dann?«

»Ach, das weiß ich im Grunde nicht. Gefühle vielleicht.«

»Sind Gefühle denn nicht wirklich?«

Keine Antwort. Sie stand in der Tür und sah ihm noch lange hinterher, als er zum Auto ging, als wolle sie ihn mit ihren Blicken festhalten. Und eigentlich hätte er gern kehrtgemacht.

Danach fuhr er zum Haus seiner Tochter. Dort traf er ein, als Matteus gerade zu Ende gebadet hatte. Naß und warm und mit tausend kleinen funkelnden Tropfen im Wuschelhaar. Der Kleine wurde in einen gelben Schlafanzug gesteckt und sah eigentlich aus wie in Goldpapier eingewickelte Schokolade.

Er duftete nach Seife und Zahnpasta, und in der Badewanne schwammen noch ein Hai, ein Krokodil, ein Schwertwal und ein Badeschwamm, der aussah wie eine Melone.

»Das wurde aber auch Zeit«, seine Tochter lächelte und umarmte ihn, leicht verlegen, weil sie sich so selten sahen.

»Ich habe soviel zu tun. Aber jetzt bin ich ja hier. Mach dir keine große Mühe, ich bin mit einem Butterbrot zufrieden, wenn das geht, Ingrid. Und mit Kaffee. Ist Erik nicht da?«

»Der ist zum Bridge. Ich habe eine Pizza in der Tiefkühltruhe, und kaltes Bier.«

»Ich habe das Auto«, er lächelte.

»Und ich habe die Nummer vom Taxifunk«, parierte sie.

»Du bist ganz schön wortklauberisch!«

»Nein«, sie lachte, »klauberisch ist das hier!«

Sie kniff ihn in die Nase.

Er setzte sich ins Wohnzimmer, nahm Matteus auf den Schoß und schlug ein knallbuntes Bilderbuch voller Dinosaurier und Echsen auf. Der kleine frischgebadete Wicht war so warm auf Sejers Schoß, daß dem der Schweiß auf der Stirn ausbrach. Er las ein paar Zeilen vor und fuhr mit der Hand durch die kohlschwarzen Haare, immer wieder staunte er darüber, wie lockig sie waren, wie unglaublich winzig jede einzelne Locke war, und wie sie sich anfühlten. Nicht weich und biegsam wie bei norwegischen Kindern, sondern grob, fast wie Stahlwolle.

»Opa soll hier schlafen«, sagte der Junge hoffnungsvoll.

»Das mache ich, wenn deine Mama das erlaubt«,

versprach Sejer. »Und ich kaufe dir einen Overall, den kannst du anziehen, wenn du an deinem Dreirad herumschraubst.«

Danach saß er noch eine Weile auf der Bettkante, und seine Tochter konnte sein undeutliches Gemurmel hören, er brummte und dröhnte, es sollte wohl irgendein Kinderlied sein. Mit seiner Musikalität war nicht viel Staat zu machen, aber die Wirkung blieb trotzdem nicht aus. Bald schlief Matteus mit halboffenem Mund, seine Zähnchen leuchteten in seinem Mund wie kreideweiße Perlen. Sejer seufzte, stand auf und setzte sich zu Tisch, zusammen mit seiner Tochter, die nun wirklich erwachsen wurde, und die fast so schön war wie damals ihre Mutter, aber eben nur fast. Er aß langsam, trank Bier und überlegte sich, daß es bei seiner Tochter genauso roch wie bei ihm zu Hause, als Elise noch lebte. Weil sie die gleichen Putzmittel und die gleichen Toilettenartikel benutzte, das hatte er im Badezimmerregal gesehen. Sie würzte das Essen so, wie ihre Mutter das gemacht hatte. Und wenn sie aufstand, um neues Bier zu holen, beobachtete er verstohlen ihre Bewegungen, sah, daß sie den gleichen Gang hatten, die gleichen kleinen Füße und die gleiche Mimik beim Erzählen und Lachen. Als er schon lange im kalten Gästezimmer lag, das eigentlich ein winziges Kinderzimmer war, das sie noch nicht hatten füllen können, dachte er noch immer darüber nach. Fühlte sich wie zu Hause. Als sei die Zeit stehengeblieben. Und wenn er die Augen schloß und die fremden Vorhänge nicht mehr sah, war alles fast wie früher. Und vielleicht würde Elise ihn am nächsten Morgen wecken.

Eva Magnus fror in ihrem dünnen Nachthemd. Sie wollte ins Bett, kam aber einfach nicht aus dem Sessel hoch. Es fiel ihr immer schwerer, zu tun, was getan werden mußte, sie schien die ganze Zeit daran zu denken, daß es doch verschwendete Mühe sei. Sie schrak hoch, als das Telefon klingelte, schaute auf die Uhr, es mußte ihr Vater sein, sonst rief niemand so spät noch an.

»Ja?«

Sie setzte sich besser zurecht. Ihre Gespräche mit dem Vater waren ihr wichtig, und oft waren sie sehr lang.

»Eva Marie Magnus?«

»Ja?«

Eine fremde Stimme. Sie hatte diese Stimme noch nie gehört, das nahm sie jedenfalls an. Wer rief so spät abends an, ohne sie zu kennen?

Sie hörte ein leichtes Klicken. Er hatte aufgelegt. Plötzlich überkam sie ein heftiges Zittern, sie starrte ängstlich aus dem Fenster und horchte. Alles war still.

Von Ingrid hatte er eine Tube Teersalbe erhalten. Jetzt roch er vorsichtig daran, rümpfte die Nase und legte sie in die Schublade. Dann betrachtete er die Bilder auf seinem Schreibtisch, die Bilder der schönen Marie Durban und des ordinären Einarsson, der seine Kraft und Männlichkeit ebenso eingebüßt hatte wie sie ihre Unschuld. Er konnte sich nicht vorstellen, daß die beiden überhaupt etwas miteinander zu tun gehabt hatten. Auch gemeinsame Bekannte waren nur schwer denkbar. Aber

Eva Magnus war ein Bindeglied. Sie hatte Einarsson im Fluß gefunden und das aus irgendeinem Grund nicht gemeldet. Sie war mit Durban befreundet gewesen und hatte sie als eine der letzten lebend gesehen. Die beiden Morde waren innerhalb weniger Tage geschehen, und beide Toten wohnten auf dem Südufer, aber das mußte nichts bedeuten, die Stadt war schließlich nicht sehr groß.

Zwei unaufgeklärte Morde brachten ihn nicht aus dem Gleichgewicht, und er fühlte sich davon auch nicht gestreßt. Eher wurde er verbissen, riß sich noch mehr zusammen, während er seine Gedanken immer wieder in logischen Reihen anordnete, immer neue Kombinationen versuchte und die verschiedenen Möglichkeiten wie kurze Filmstreifen vor sich ablaufen ließ. Er bediente sich immer großzügiger an seiner Freizeit, aber davon hatte er ja ohnehin genug. Jetzt sagte ihm seine ganze Intuition, daß zwischen beiden Toten ein Zusammenhang bestand, auch, wenn er fast keine Anhaltspunkte für diese Annahme hatte. War Einarsson vielleicht doch fremdgegangen, obwohl seine Frau das nicht für möglich hielt? Ehefrauen waren schließlich nicht allwissend. Abgesehen von Elise, dachte er, und er merkte plötzlich, daß er bei diesem Gedanken errötete. Er hätte Eva Magnus herbestellen und sie richtig ausquetschen sollen, aber ohne triftigen Grund durfte er das nicht. Aber sie müßte jetzt auf der anderen Seite seines Schreibtisches sitzen, überrumpelt und unsicher, nicht wie zu Hause bei sich, sondern allein und ängstlich hier in diesem Riesengebäude, diesem grauen Riesen von Haus, der einfach jeden und jede fertigmachen konnte. Im eigenen Haus bei der eigenen Aussage zu bleiben, war nicht weiter schwer. Mein Heim ist meine Burg. Er wünschte sich eine altmodische Wäschemangel, um Eva hindurchzuschieben und zu sehen, was dabei aus ihr heraustropfte. Vielleicht schwarze und weiße Farbe, dachte er. Aber er hatte keinen Grund, sie vorzuladen, das war ja gerade das Problem. Sie hatte nichts Verbotenes getan, sie hatte nach dem Mord an Durban ihre Aussage gemacht, und er hatte ihr geglaubt. Ihr Leben sah aus wie das der meisten anderen, sie brachte ihre Tochter in den Kindergarten, sie malte, kaufte Lebensmittel ein, hatte kaum Bekannte, traf sich nicht einmal mit anderen Künstlern. Und es war nicht verboten, Rechnungen fristgerecht zu bezahlen. Er ärgerte sich, weil er sie anfangs so billig hatte davonkommen lassen. Er hatte ihr geglaubt, daß sie wirklich keine Ahnung hatte. Und vielleicht war sie Durban ja wirklich aus purem Zufall begegnet. Daß die dann am selben Abend umgebracht worden war, war bestimmt ein Schock gewesen. Und das konnte ihre Nervosität bei seinem ersten Besuch erklären. Sie hatte vor Streß und Nervosität fast gezittert. Aber wer, fragte er sich, findet im Fluß eine Leiche, zuckt mit den Schultern und geht zum Essen ins McDonald's? Und sie hatte jetzt mehr Geld als früher. Woher hatte sie dieses Geld?

Er zerbrach sich weiterhin den Kopf, starrte immer wieder aus dem Fenster, sah aber nur Dächer und die Wipfel der höchsten Bäume, es war eine nichtssagende Aussicht, aber auf jeden Fall sah er ein kleines Stück Himmel, und darauf kam es an. Das hier starren die Häftlinge an, dachte er, wenn sie in der Zelle sitzen. Das hier fehlt ihnen.

Die verschiedenen Farbtöne, das wechselnde Licht. Die ewige Wanderung der Wolken. Sejer grunzte, öffnete die Schreibtischschublade und fand eine Tüte Fisherman's Friend. Das Telefon klingelte, als er gerade mit zwei Fingern in der Tüte herumwühlte. Es war Frau Brenningen von der Rezeption, sie sagte, unten stehe ein kleiner Wicht, der unbedingt mit ihm sprechen wolle.

»Beeil dich«, sagte sie. »Der muß aufs Klo.«

»Ein kleiner Wicht?«

»Ein kleiner dünner. Jan Henry.«

Sejer fuhr hoch und lief zum Fahrstuhl. Der sank fast lautlos abwärts. Sejer gefiel es nicht, daß es kaum ein Geräusch dabei gab, der Fahrstuhl hätte einen solideren Eindruck gemacht, wenn er lauter gewesen wäre. Nicht, daß er an Fahrstuhlangst litt oder so, es war nur eine Überlegung.

Jan Henry stand ganz still in der großen Halle und hielt nach Sejer Ausschau. Sejer war gerührt, als er die schmächtige Gestalt sah; hier, im Foyer, sah er besonders verloren aus. Er nahm den Kleinen bei der Hand und ging mit ihm zu den Toiletten. Wartete, bis Jan Henry fertig war. Der sah danach ziemlich erleichtert aus.

»Mama ist beim Friseur«, erklärte er.

»Ach? Und sie weiß, daß du hier bist?«

»Nein, nicht, daß ich hier bin, aber sie hat gesagt, ich darf einen Spaziergang machen. Es dauert lange, sie läßt sich Locken legen.«

»Dauerwellen? Ja, das ist kein Jux, das dauert an die zwei Stunden«, sagte Sejer fachmännisch. »Komm doch mit in mein Büro, dann siehst du, wo ich arbeite.«

Er nahm den Jungen an der Hand und ging mit

ihm zum Fahrstuhl, und Frau Brenningen bedachte ihn mit einem langen, anerkennenden Blick. Sie war mit den meisten Intrigen und fast der ganzen Macht fertig. Nur die Begierde stand noch aus.

»Du magst sicher kein Mineralwasser, Jan Henry«, sagte Sejer und hielt Ausschau nach etwas, das er anbieten konnte. Mineralwasser und Fisherman's Friend waren wohl nichts für einen kleinen Jungen, dessen Geschmacksnerven noch intakt und unverdorben waren.

»Doch, Mineralwasser, ja. Das habe ich immer von Papa gekriegt«, sagte Jan Henry zufrieden.

»Da habe ich ja Glück gehabt.«

Sejer riß einen Plastikbecher aus der Wurst über dem Waschbecken, schenkte ein und stellte den Becher auf den Tisch. Der Junge trank lange und rülpste vorsichtig.

»Wie geht es dir denn so«, fragte Sejer freundlich und sah, daß Jan Henry neue Sommersprossen bekommen hatte.

»Nicht schlecht«, murmelte der. Und dann fügte er hinzu, wie als Erklärung für sein Kommen: »Mama hat jetzt einen Freund.«

»O verdammt«, rutschte es aus Sejer heraus. »Deshalb also die Locken.«

»Weiß ich nicht. Aber der hat ein Motorrad.«

»Ach? Ein japanisches?«

»BMW.«

»Ach! Und darfst du mal mitfahren?«

»Nur auf dem Wäscheplatz hin und her.«

»Das ist doch auch nicht schlecht, und vielleicht macht ihr ja auch noch mal längere Ausflüge. Du trägst dabei doch sicher einen Helm?«

»Sicher.«

»Und deine Mama, fährt die mit?«

»Nein, das will sie nicht. Aber er versucht, sie zu überreden.«

Sejer trank aus der Flasche und lächelte. »Nett, daß du mal reingeschaut hast, ich kriege hier nicht oft Besuch.«

»Echt nicht?«

»Nein, ich meine, nicht solchen Besuch wie deinen. Netten Besuch. Der nichts mit meiner Arbeit zu tun hat, wenn du verstehst, was ich meine.«

»Ach so. Aber ich wollte eigentlich den Zettel bringen«, sagte Jan Henry schnell. »Sie haben gesagt, ich soll Bescheid sagen, wenn mir was einfällt. Über den Zettel von Papa.«

Sejer fuhr überrascht zusammen.

»Den Zettel?« stammelte er.

»Ich habe ihn in der Garage gefunden. Ich habe tagelang auf dem Tisch gesessen und nachgedacht, wie Sie gesagt haben. Und wenn ich die Augen zumachte, dann konnte ich Papa sehen, an dem Tag – an dem Tag, an dem er nicht mehr zurückgekommen ist. Und er hat den Zettel aus der Tasche gezogen. Und plötzlich fiel mir alles wieder ein, er lag unter dem Auto auf dem Boden und zog den Zettel aus der Tasche. Er hat ihn gelesen, und dann kam er ein Stück unter dem Auto hervorgekrochen, und dann hat er nach hinten gegriffen, so …«

Er hob einen Arm über den Kopf und schien in der Luft etwas abzulegen.

»Und dann hat er ihn auf eine kleine Kante unter dem Tisch gelegt, dicht über dem Boden. Ich bin vom Tisch gesprungen und habe gesucht, und dann habe ich ihn gefunden.«

Sejer spürte, wie sein Blutdruck stieg, aber da der sonst niedrig war, führte das in seinem durchtrainierten Körper kaum zu physischen Veränderungen. Der Junge hatte die Hand in die Tasche gesteckt. Jetzt zog er sie heraus, und zwischen seinen Fingern steckte ein zerknüllter Zettel.

Sejers Hände zitterten, als er den Zettel auseinanderfaltete und las.

Dort standen der Name Liland und eine Telefonnummer. Die Hälfte des Zettels war abgerissen, vielleicht hatte dort noch mehr gestanden. Liland?

»Spitzenarbeit, Junge!« sagte er und schenkte Mineralwasser nach. Es war eine Osloer Nummer, die vielleicht rein gar nichts bedeutete. Das wußte er nach fast dreißig Jahren bei der Polizei aus Erfahrung. Die meisten Leute waren eben doch keine Verbrecher, und es war nicht verboten, sich für ein Auto zu interessieren. Schon gar nicht für einen Opel Manta, das waren doch attraktive Wagen, falls jemand lieber deutsche Autos fuhr, überlegte er. Wenn Einarsson wirklich verkaufen wollte. Aber er nickte zufrieden, und es juckte ihn in den Fingern, sich ans Telefon zu setzen, er hätte auch gern eine geraucht, aber er hatte im Dienst nie Drehtabak bei sich, er hatte nur miese trockene Zigaretten, die er anderen aufschwatzte. Jan Henry hatte eine kleine Führung durch das Haus verdient, vielleicht einen Blick in eine Untersuchungszelle und einen Verhörsraum. Einarssons Mörder befand sich nun seit über sechs Monaten auf freiem Fuß, da kam es auf eine Stunde auch nicht mehr an. Sejer nahm den Jungen an der Hand und führte ihn durch die Gänge. Jan Henrys Hand war dünner als die kräftige, mollige Faust von Matteus. Ich darf den Overall nicht vergessen, dachte er und gab sich Mühe, kleine Schritte zu machen. Bei der letzten Zelle blieb er stehen und schloß sie auf. Jan Henry schaute hinein.

»Ist das das Klo?« fragte er und zeigte auf das Loch im Boden.

»Ja.«

»Hier würde ich nicht gern schlafen.«

»Das brauchst du auch nicht. Hör nur immer schön auf deine Mutter.«

»Aber der Boden ist warm.«

Er wackelte in seinen Turnschuhen mit den Zehen.

»Ja, das stimmt. Die sollen ja schließlich nicht frieren.«

»Könnt ihr sie durch das Fenster in der Tür sehen?«

»Ja, das können wir. Komm, wir gehen wieder raus. Ich hebe dich hoch, dann kannst du es selber sehen.«

Der Kleine flog in seinen Armen nach oben.

»Genauso habe ich mir das vorgestellt«, sagte er einfach.

»Das kann ich mir denken. Es sieht aus wie ein Gefängnis, was?«

»Habt ihr hier viele Gefangene?«

»Im Moment sind es nur wenige. Wir haben Platz für neununddreißig, aber im Moment haben wir nur achtundzwanzig. Vor allem Männer und ein paar Frauen.«

»Auch Frauen?«

»Ja.«

»Ich wußte gar nicht, daß Frauen auch ins Gefängnis kommen können.«

»Ach? Hast du vielleicht gedacht, die wären lieber als wir?«

»Ja.«

»Dann kann ich dir etwas verraten«, flüsterte Sejer. »Das sind sie auch.«

»Aber sie dürfen Radio hören. Da läßt einer gerade Musik laufen.«

»Das kommt von dort.«

Sejer zeigte auf eine graue Tür. »Dahinter ist das Kino. Und im Moment sehen sie gerade den Film ›Schindlers Liste‹.«

»Kino?«

»Wir haben hier alles, was sie brauchen. Bibliothek, Schule, Arzt, Werkstatt. Die meisten arbeiten hier, im Moment montieren sie Kabel für Motorwärmer. Und alle müssen ihre Kleider selber waschen, und sie kochen in der Küche einen Stock höher. Und wir haben einen Turnsaal und einen Aufenthaltsraum. Und wenn sie frische Luft brauchen, dann gehen wir mit ihnen aufs Dach, da können sie dann spazierengehen.«

»Dann fehlt ihnen ja überhaupt nichts!«

»Naja, da bin ich mir nicht so sicher. Sie können bei dem schönen Wetter nicht in die Stadt gehen und sich ein Eis kaufen. Das können wir.«

»Brechen die auch manchmal aus?«

»Ja, aber das kommt nicht oft vor.«

»Schießen sie dann auf die Wärter und stehlen die Schlüssel?«

»Nein, so dramatisch ist das meistens nicht. Sie schlagen ein Fenster ein und lassen sich mit einem Seil an der Außenseite des Hauses herunter, und da wartet dann meist jemand mit laufendem Motor. Deswegen haben wir hier auch schon Beinbrüche und die eine oder andere Gehirnerschütterung gehabt. Es geht hier ganz schön tief runter.«

»Zerreißen die ihr Bettzeug, wie im Film?«

»Nein, sie stehlen in der Werkstatt ein Nylonseil. Sie sitzen nicht viel in ihren Zellen, weißt du, meistens laufen sie irgendwo im Haus herum.«

Er nahm den Kleinen wieder an der Hand, ging mit ihm zur Sicherheitszentrale und zeigte Jan Henry sein eigenes Bild auf dem Monitor. Jan Henry blieb stehen und winkte in die Kamera. Dann gingen sie zum Fahrstuhl. Danach begleitete Sejer ihn noch bis zum Friseur und lieferte ihn drinnen ab. Jan Henry setzte sich auf ein geblümtes Manilasofa. Auf dem Rückweg machte Sejer Riesenschritte.

In seinem Büro griff er sofort zum Telefonbuch. Der Name Liland kam sechsmal vor, in einem Fall hieß eine Firma so. Er ließ den Finger über die Nummern gleiten, fand die auf seinem Zettel jedoch nicht. Das war seltsam. Und es waren auch nur Männernamen. Er zögerte kurz, nahm dann den Hörer ab und wählte die Nummer, die auf dem Zettel stand. Es schellte einmal, zweimal, dreimal, er blickte kurz auf die Uhr und zählte die Klingeltöne, beim sechsten nahm endlich jemand ab. Ein Mann.

»Larsgård«, sagte er.

»Larsgård?«

Es wurde für einen Moment still, während Sejer sich fragte, ob er diesen Namen schon einmal gehört hatte. Er glaubte nicht. Er schaute aus dem Fenster auf den Platz unten, starrte nachdenklich den großen Springbrunnen an, in dem das Wasser fehlte, er wartete auf den Frühling, wie sie alle.

»Ja. Larsgård.«

»Wohnt bei Ihnen jemand namens Liland?« fragte Sejer gespannt.

»Liland?«

Der andere schwieg kurz, dann räusperte er sich.

»Nein, mein guter Mann. Das nicht. Jetzt nicht mehr.«

»Nicht mehr? Ist Liland vielleicht umgezogen?«

»Naja, das läßt sich vielleicht so sagen. Ziemlich weit weg sogar, in die Ewigkeit, nämlich. Ja, sie ist tot, es war meine Frau. Sie hieß mit Mädchennamen Liland. Kristine Liland.«

»Das tut mir wirklich leid.«

»Das glaube ich Ihnen gern, aber das ist für mich wirklich kein Trost.«

»Ist sie vor kurzem gestorben?«

»Nein, Himmel, sie ist schon seit Jahren tot.«

»Ach? Und sonst heißt bei Ihnen niemand so?«

»Nein, ich wohne hier ganz allein. Seit ihrem Tod lebe ich allein. Mit wem spreche ich eigentlich? Worum geht es?«

»Polizei. Es geht um einen Mordfall, und dabei gibt es ein Detail, das ich überprüfen muß. Darf ich bei Ihnen vorbeikommen und Ihnen alles erklären?«

»Ja, sicher, kommen Sie nur. Ich bekomme nicht oft Besuch.«

Sejer notierte die Adresse und überlegte, daß die Fahrt wohl eine halbe Stunde dauern werde. Er verschob den Magneten auf der Anwesenheitstafel, gab sich zwei Stunden, packte seine Jacke am Kragen und verließ sein Büro. Ein Schuß in den Ofen, dachte er. Aber immerhin kam er auf diese Weise aus dem Haus. Er saß nicht gern still, er betrachtete nicht gern von oben durch verstaubtes Glas Dächer und Baumkronen.

Dann fuhr er wie immer langsam durch die Stadt, die endlich Farbe bekam. Die Parkverwaltung hatte schon zugeschlagen, sie hatten überall Petunien und Tagetes gepflanzt, wahrscheinlich würde alles erfrieren. Er selber wartete immer bis nach dem Nationalfeiertag am 17. Mai. Er hatte zwanzig Jahre gebraucht, um dieser Stadt sein Herz zu öffnen, aber jetzt hielt sie es besetzt, nach und nach hatten ihn einzelne Stellen angerührt, zuerst die alte Feuerwache, dann die Hügel hoch über der Stadt, auf dieser Seite mit alten Villen bebaut, mehrere dieser alten Herrschaftshäuser dienten jetzt als exklusive Galerien und Büros, während die Hügel auf der Südseite vor allem mit Hochhäusern bebaut waren, in denen sich die Einwanderer und Asylbewerber der Stadt sammelten, mit allem, was an blöden Vorurteilen und dem daraus entstehenden Ärger dazugehörte. Inzwischen hatten sie auch ihre eigene Stadtteilpolizei, und die machte sich nicht schlecht. Auch die Brücke mit den schönen Skulpturen und dem großen Marktplatz, den Stolz der Stadt, mochte er gern, mit dem komplizierten Muster der Pflastersteine. Im Sommer verwandelte der Platz sich in ein Füllhorn voller Früchte, Gemüse und Blumen. Im Moment tuckerte der kleine Zug einher, wie immer, wenn der Sommer im Anmarsch war, einmal hatte er mit Matteus damit einen Ausflug gemacht, aber es war gar nicht leicht gewesen, seine langen Beine in dem winzigen Wagen unterzubringen. Jetzt war der Zug besetzt von verschwitzten Müttern und rosa Gesichtchen mit Schnullern und Häubchen, es ruckelte ziemlich heftig auf dem unebenen Boden. Sejer ließ das Zentrum hinter sich und fuhr zuerst zu seiner eigenen Wohnung. Kollberg konnte einen kleinen Ausflug vertragen, überlegte er, der war viel allein. Er nahm die Leine, befestigte sie an Kollbergs Halsband und lief die Treppen hinunter. Larsgård hatte sich wie ein steinalter Mann angehört. Warum stimmten Name und Nummer nicht überein? Darüber zerbrach Sejer sich den Kopf, als er vorbei an Kraftwerk und Campingzentrum in aller Ruhe nach Süden fuhr, im Rückspiegel die Wagen hinter sich betrachtete und ungeduldige Fahrer vorbeiließ, alle, die hinter Sejer kamen, wurden ungeduldig, was ihn aber nicht weiter kratzte. Bei der Knäckebrotfabrik bog er nach links ab, fuhr zwischen Äckern und Wiesen weiter und erreichte schließlich eine Gruppe von vier bis fünf Häusern. Am Rand dieser kleinen Siedlung lag noch ein Bauernhof. Larsgård wohnte in dem gelben Haus, es war ein ziemlich schönes Haus, winzig klein, mit ziegelroten Windbrettern und einem kleinen Seitenschuppen. Sejer hielt an und schlenderte auf die Treppe zu. Aber ehe er sie erreicht hatte, öffnete sich die Tür, und ein magerer, schlaksiger Mann erschien. Er trug eine Strickjacke und karierte Pantoffeln und hielt sich am Türrahmen fest. In der Hand hielt er einen Stock. Sejer suchte in seiner Erinnerung, irgend etwas an dem Alten kam ihm bekannt vor. Ihm fiel nicht ein, was.

»Sie haben nicht zu lange suchen müssen?« fragte der Alte.

»Nein, kein Problem. Das hier ist ja nicht gerade Chicago, und dann gibt es ja noch den Stadtplan.«

Sie gaben sich die Hände. Sejer drückte die magere Hand vorsichtig, vielleicht litt sein Gegenüber ja an Gelenkrheumatismus oder irgendeiner anderen Teufelei, wie sie sich in hohem Alter gern einstellt. Dann folgte er dem anderen ins Haus. Es war unordentlich und gemütlich zugleich, es herrschte ein angenehmes Halbdunkel. Die Luft war frisch, hier lag nicht viel alter Staub in den Ecken.

»Sie wohnen hier also allein?« fragte Sejer und setzte sich in einen alten Sessel, einen aus den fünfziger Jahren, in dem er richtig gut saß.

»Mutterseelenallein.«

Der alte Mann ließ sich mit großer Mühe auf dem Sofa nieder. »Und das ist nicht immer so leicht. Meine Beine verrotten so langsam. Sie füllen sich mit Wasser, können Sie sich etwas Scheußlicheres vorstellen? Und mein Herz sitzt auf der falschen Seite, aber immerhin klopft es noch. Klopf auf Holz«, sagte er plötzlich und machte es dann auch.

»Ach? Ist das möglich? Das Herz auf der falschen Seite zu haben?«

»Aber sicher. Ich sehe, daß Sie mir nicht glauben. Sie machen genau dasselbe Gesicht wie alle, denen ich das erzähle. Aber vor vielen Jahren mußte mir der linke Lungenflügel weggenommen werden. Ich hatte Tuberkulose, war zwei Jahre im Sanatorium. Da hat es mir gut gefallen, das war nicht das Problem, aber als sie diesen Lungenflügel rausgeholt hatten, war so verdammt viel Platz in meiner Brust, und deshalb fing der ganze Dreckskram an, nach rechts hinüber zu wandern. Aber egal, wie gesagt, es klopft noch, ich komme schon zurecht. Einmal in der Woche kommt eine Haushaltshilfe her. Sie putzt das Haus, wäscht ab, wirft Abfälle und die Sachen aus dem Kühlschrank weg, die seit ihrem letzten Besuch Schimmel angesetzt haben, und kümmert sich um die Blumen. Und sie bringt mir jedesmal drei oder vier Flaschen Rotwein mit. Das darf sie offenbar gar nicht. Für mich Rotwein kaufen, meine ich, sie dürfte mich höchstens in den Laden begleiten. Und deshalb sagt sie, ich dürfe das niemandem verraten. Aber Sie tratschen ja wohl nicht, oder?«

»Natürlich nicht.« Sejer lächelte. »Ich trinke abends vor dem Schlafengehen immer einen Whisky, das mache ich schon seit vielen Jahren. Und die Haushaltshilfe, die sich irgendwann weigert, für mich in den Schnapsladen zu gehen, tut mir jetzt schon leid. Ich dachte, dazu wären sie da?« fügte er unschuldig hinzu.

»*Einen* Whisky?«

»Nur einen. Aber einen ziemlich großzügigen.«

»Ja, genau. Wissen Sie, in ein Glas passen vier normale Schnapsmengen. Das habe ich ausgerechnet. Ballantines?«

»Famous Grouse. Der mit dem Schneehuhn auf dem Etikett.«

»Nie gehört. Aber was kann ich eigentlich für Sie tun? Hatte meine Frau düstere Geheimnisse?«

»Bestimmt nicht, aber ich muß Ihnen etwas zeigen.«

Sejer schob die Hand in die Jackentasche und fischte den Zettel heraus.

»Kennen Sie diese Handschrift?«

Larsgård hielt sich den Zettel dicht vor die Augen, zwischen seinen zitternden Fingern bewegte sich das Papier sich heftig hin und her.

134

»Nein«, sagte er unsicher. »Sollte ich das?«

»Ich weiß nicht. Vielleicht. Es gibt sehr viel, was ich nicht weiß. Ich ermittle im Mord an einem achtunddreißig Jahre alten Mann, der im Fluß gefunden wurde. Er ist nicht gerade beim Angeln ins Wasser gefallen. Das war vor sechs Monaten. Am Abend, an dem er verschwunden ist, hat er seiner Frau gesagt, er wolle jemandem sein Auto zeigen. Also einer Person, die sich dafür interessierte. Der Mann hat sich Namen und Telefonnummer dieser Person auf einem Zettel notierte. Diesem Zettel. Mit dem Namen Liland und Ihrer Telefonnummer, Larsgård. Können Sie das erklären?«

Der Alte schüttelte den Kopf, Sejer sah, wie er die Stirn runzelte.

»Das will ich gar nicht erst versuchen«, sagte Larsgård mit ganz leicht schroffem Tonfall. »Denn ich begreife davon nicht das geringste.«

Ganz weit im Hinterkopf erinnerte er sich an einen Anrufer, der sich verwählt hatte. Und es war um ein Auto gegangen. Wie lange war das her? Vielleicht ein halbes Jahr, vielleicht sollte er das erwähnen. Er erwähnte es nicht.

»Aber vielleicht hatte Ihre Frau Verwandte namens Liland?«

»Nein. Sie war ein Einzelkind. Der Name existiert in der Verwandtschaft nicht mehr.«

»Aber jemand hat ihn benutzt. Wahrscheinlich eine Frau.«

»Eine Frau? Liland ist doch ein häufiger Name.«

»Nein. In dieser Stadt heißen nur fünf Leute so. Und keiner hat diese Telefonnummer.«

Der Alte nahm eine Zigarette aus der Packung auf dem Tisch, und Sejer gab ihm Feuer.

»Mehr kann ich Ihnen nicht sagen. Es muß ein Irrtum sein. Und Tote kaufen keine Gebrauchtwagen. Außerdem konnte sie nicht einmal fahren. Meine Frau, meine ich. Er hat sein Auto wohl nicht mehr verkaufen können, wo er doch tot aufgefunden wurde? Sicher weil die Nummer nicht stimmte.«

Sejer schwieg. Er sah den Alten an, solange der redete, danach ließ er nachdenklich seinen Blick über die Wände wandern, er packte die Armlehne seines Sessel fester und spürte plötzlich, wie sich in seinem Nacken die Haare sträubten. Über dem Kopf des Alten hing ein kleines Gemälde. Es war in Schwarzweiß mit ein wenig Grau gehalten, ein abstraktes Bild, der Stil kam ihm seltsam bekannt vor. Er schloß kurz die Augen und öffnete sie dann wieder.

»Da haben Sie ja ein ganz besonderes Bild über dem Sofa hängen«, sagte er leise.

»Kennen Sie sich mit Kunst aus?« fragte Larsgård eifrig. »Finden Sie dieses Bild gut? Ich habe der Kleinen immer wieder gesagt, sie soll mit Farben malen, dann verkaufen sich ihre Bilder vielleicht. Sie versucht, davon zu leben, meine Tochter. Ich kenne mich ja nicht weiter mit Kunst aus, ich kann also nicht sagen, ob ihre Bilder etwas taugen, aber sie malt schon seit Jahren, und reich ist sie noch nicht geworden.«

»Eva Marie«, sagte Sejer leise.

»Eva, ja. Wieso? Kennen Sie meine Eva? Kann das denn möglich sein?«

Larsgård rutschte auf dem Sofa hin und her, er schien aus irgendeinem Grund beunruhigt zu sein.

»Ja, ein bißchen, durch Zufall. Ihre Bilder sind gut«, sagte Sejer schnell. »Die Leute sind einfach nur ein bißchen langsam. Warten Sie nur ab, Sie wird schon noch Erfolg haben.«

Er kratzte sich ungläubig die Wange. »Sie sind also der Vater von Eva Magnus?«

»Ist Ihnen das vielleicht nicht recht?«

»Doch, durchaus«, sagte Sejer. »Sagen Sie, sie heißt nicht vielleicht mit zweitem Namen Liland?«

»Nein. Sie heißt nur Magnus. Und sie kann sich jedenfalls kein neues Auto leisten. Sie ist jetzt geschieden, lebt allein mit ihrer Kleinen, Emma. Meinem einzigen Enkelkind.«

Sejer erhob sich, ignorierte die verwunderte Miene des Alten und trat dicht vor das Bild an der Wand. Er betrachtete die Signatur. E. M. Magnus. Die Buchstaben waren spitz und schräg, sie erinnerten ein bißchen an Runen, fand er, und betrachtete wieder den Zettel. LILAND. Genau die gleichen Buchstaben. Man brauchte nicht einmal Graphologe zu sein, um das zu sehen. Er holte Atem.

»Sie haben allen Grund, um auf Ihre Tochter stolz zu sein. Ich wollte mich wirklich nur nach diesem Zettel erkundigen. Sie kennen diese Handschrift also nicht?«

Der Alte gab keine Antwort. Er hatte den Mund verzogen und sah aus, als fürchte er sich plötzlich.

Sejer steckte den Zettel in die Tasche.

»Ich will Sie nicht weiter stören. Ich weiß ja jetzt, daß ein Irrtum vorliegen muß.«

»Stören? Sind Sie verrückt, was glauben Sie wohl, wie oft Leute wie ich Besuch bekommen?«

»Vielleicht schaue ich noch einmal vorbei«, sagte

Sejer so lässig er konnte. Er ging so langsam zur Tür, daß Larsgård ihn begleiten konnte. Auf der Treppe blieb er stehen und starrte auf die Felder. Konnte fast nicht begreifen, wieso er schon wieder auf diesen Namen gestoßen war. Eva Magnus. Als habe die überall ihre Finger mit im Spiel. Seltsam.

»Sie heißen Sejer«, sagte der Alte plötzlich. »Das ist ein dänischer Name, nicht wahr?«

»Ja.«

»Sie sind nicht zufällig in Haukervika aufgewachsen?«

»Doch«, sagte Sejer überrascht.

»Ich glaube, ich kann mich an Sie erinnern. Ein kleiner dünner Wicht, der sich dauernd kratzte.«

»Das mache ich noch immer. Wo haben Sie denn gewohnt?«

»In dem grünen Krähenschloß hinter dem Sportplatz. Eva hat dieses Haus geliebt. Sie sind inzwischen aber gewachsen.«

Sejer nickte langsam. »Ja, das bin ich wohl.«

»Ach, und was haben Sie denn hier!«

Larsgård schaute auf den Rücksitz des Autos und entdeckte den Hund.

»Meinen Hund.«

»Der ist ja vielleicht groß.«

»Doch, der ist ein ziemlicher Brocken.«

»Wie heißt er denn?«

»Kollberg.«

»Was? Das ist ja ein witziger Name. Ja, ja, Sie haben sicher Ihre Gründe. Aber sie hätten ihn mit ins Haus bringen können, finde ich.«

»Das mache ich nie. Nicht alle mögen Hunde.«

»Ich wohl. Ich hatte vor vielen Jahren selber einen. Einen Dobermann. Oder eher eine Doberfrau. Ich habe sie Dibah genannt. Eigentlich hieß sie Kyrkjebakkens Farah Dibah. Können Sie sich einen schlimmeren Namen vorstellen?«

»Ja.«

Sejer stieg in den Peugeot und ließ den Motor an. Jetzt wird der Boden unter deinen Füßen heiß, Eva, dachte er, denn in zwei Minuten hängt dein alter Vater an der Strippe, und dann hast du etwas, worüber du dir Gedanken machen kannst. Ein Mist, daß immer irgendwer in der Nähe ist, der anrufen und sie warnen kann!

»Fahren Sie langsam durch die Felder«, sagte Larsgård streng. »Es laufen so viele Tiere über die Straße.«

»Ich fahre immer langsam. Der Wagen ist schon alt.«

»Nicht so alt wie ich.«

Larsgård winkte ihm hinterher, als er losfuhr.

Eva blieb mit dem Hörer in der Hand stehen.

Er hatte den Zettel gefunden. Nach sechs Monaten hatte er den Zettel gefunden.

Die Polizei hatte Graphologen, die feststellen konnten, wer den Zettel beschrieben hatte, aber sie mußten erst Vergleichsmaterial haben, dann konnten sie jede Schlinge, alle Übergänge und Bögen, Punkte und Striche untersuchen, ein ganz persönliches Muster, das die Schreiberin mit allen Charakterzügen und neurotischen Tendenzen, vielleicht sogar mit Größe und Alter entlarvte, sie hatten das genau gelernt, sie hatten es schließlich studiert.

Sejer würde nicht lange brauchen, um von ihrem Vater zu ihr zu fahren. Sie hatte nicht viel Zeit. Sie ließ den Hörer auf die Gabel fallen und lehnte sich kurz an die Wand. Dann lief sie wie eine Schlafwandlerin durch das Zimmer und auf den Flur, wo sie ihren Mantel vom Haken riß. Sie legte ihn zusammen mit ihrer Handtasche und einer Schachtel Zigaretten auf den Eßtisch. Dann lief sie ins Badezimmer, um ihre Toilettensachen zu holen, sie packte Zahnpasta und Zahnbürste in eine Tasche und warf eine Haarbürste und eine Packung Aspirin hinterher. Rannte ins Schlafzimmer und riß Kleider aus dem Schrank, Unterhosen, T-Shirts und Socken. Dann schaute sie auf die Uhr, lief in die Küche, öffnete die Tiefkühltruhe, nahm eine Packung mit der Aufschrift »Speck« heraus, steckte die in ihre Handtasche, rannte ins Wohnzimmer, löschte die Lampen und sah nach, ob alle Fenster geschlossen waren. Das alles hatte nur wenige Minuten gedauert, sie blieb mitten im Zimmer stehen und sah sich ein letztes Mal um, sie wußte nicht, wohin, wußte nur, daß sie fortmußte. Emma konnte bei Jostein bleiben. Da ging es ihr gut, vielleicht würde sie ohnehin lieber dort wohnen. Angesichts dieser Erkenntnis fühlte Eva sich wie gelähmt. Aber sie durfte jetzt nicht herumjammern, sie ging in den Flur, zog ihren Mantel an, hängte sich die Tasche über die Schulter und öffnete die Tür. Auf der Treppe stand ein Mann und starrte sie an. Sie hatte ihn noch nie gesehen.

Sejer fuhr mit außerordentlich gerunzelter Stirn aus dem Tunnel.

»Kollberg«, sagte er, »das ist wirklich seltsam.«

Er setzte die Sonnenbrille auf. »Warum stolpern wir bloß immer wieder über diese Frau? Was treibt die denn eigentlich?«

Er starrte hinab auf die Stadt, die nach dem Winter schmutzig und grau aussah. »Dieser Alte hatte mit dem Fall jedenfalls nichts zu tun, der ist doch mindestens achtzig, wenn nicht noch älter. Aber was in aller Welt will eine elegante Künstlerin wie sie mit einem Brauereiarbeiter mit Hängearsch? Geld hatte der jedenfalls nicht. Hast du übrigens Hunger?«

Kolberg bellte.

»Ich auch. Aber wir müssen erst nach Engelstad. Danach machen wir es uns gemütlich, wir können auf dem Heimweg beim Seven Eleven anhalten. Ein Schweinekotelett für mich, und Trockenfutter für dich.«

Kollberg winselte.

»Das war nur ein Scherz. Zwei Schweinekoteletts, und ein Bier für jeden.«

Glücklich legte der Hund sich wieder hin. Er hatte kein Wort verstanden, aber der Tonfall seines Herrn beim letzten Satz hatte ihm gefallen.

Eva starrte den Fremden an. Hinter ihm stand ein blauer Saab, und auch den kannte sie nicht.

»Entschuldigung«, stammelte sie. »Ich dachte, Sie seien jemand anders.«

»Ach ja? Und warum hast du das gedacht, Eva?«

Unsicher zwinkerte sie mit den Augen. Und dann kam ihr ein schrecklicher Verdacht. Dieser Verdacht traf ihr Gehirn wie ein Blitzschlag, ihr Gesicht erstarrte und fühlte sich an wie dickes Papier. Nach sechs Monaten war der Zettel aufgetaucht, sie hatte keine Ahnung, woher. Nach sechs Monaten stand der Mann vor ihrer Tür, den sie erwartet hatte. Sie hatte geglaubt, er habe aufgegeben. Der Mann kam zwei Stufen höher und stützte sich mit einer Hand gegen den Türrahmen. Sie spürte seinen Atem.

»Weißt du, was ich neulich auf dem Dachboden gefunden habe? Als ich Majas Sachen aufgeräumt habe? Ich habe ein Bild gefunden. Ein ziemlich spannendes Bild übrigens, und dein Name stand unten in einer Ecke. Daran hatte ich nicht gedacht. Sie hat dich an dem Abend erwähnt, als sie mich anrief, hat gesagt, daß ihr euch in der Stadt begegnet seid. Es war an dem Abend, du weißt schon – an dem Abend vor ihrem Tod. Eine alte Jugendfreundin, sagte sie. Eine von der Sorte, denen ihre Freundin alles erzählt.«

Seine Stimme schien einem Kriechtier zu gehören, sie war schuppig und verrostet.

»Du solltest nicht überall deine Bilder herumliegen lassen, noch dazu mit Signatur. Ich wollte einige Möbel herausholen und verkaufen, und da stand das Bild. Ich hatte dich gesucht, seit sechs Monaten suche ich dich. Es war nicht leicht, es gibt so viele Evas. Wie war das denn, Eva, war die Versuchung zu groß? Sie hat dir von ihrem Geld erzählt, nicht wahr, und dann hast du sie umgebracht?«

Eva mußte sich gegen die Wand lehnen.

»Ich habe sie nicht umgebracht!«

Er starrte sie aus schmalen Augen an.

»Darauf scheiße ich! Das Geld gehört mir!«

Sie wich in den Flur zurück und schlug die Tür zu. Die hatte ein Schnappschloß. Eva taumelte ins Wohnzimmer, sie hörte, wie er sich am Schloß zu schaffen machte, ganz leise zuerst, vielleicht hatte er einen Dietrich. Sie vergeudete ihre Zeit nicht. Sie lief die Kellertreppe hinunter, stürmte weiter, preßte sich an der alten Hobelbank vorbei und fand den Hauptschalter für den Strom. Alles wurde schwarz. Jetzt ging er mit schwererem Werkzeug auf die Tür los, es dröhnte und kratzte. Sie tastete sich zur Kellertür vor, hinter ihren Schläfen kochte es, die Tür war seit Jahren nicht mehr geöffnet worden, vielleicht war sie abgeschlossen, vielleicht mit einem Hängeschloß, sie wußte es nicht mehr, aber die Tür führte in eine Wildnis von Garten, und hinter der Hecke lagen der Garten der Nachbarn und eine Seitenstraße, durch die sie fliehen konnte. Oben hörte sie immer wütendere Geräusche von Metall, das Holz durchschlug, vielleicht hatte er eine Axt. Sie fand den Riegel, der quer über der Tür verlief, hoffte, daß die Tür nicht abgeschlossen war, konnte kein Schloß finden, aber der Riegel bewegte sich nicht, er war sicher festgerostet. Rasch zog Eva einen Schuh aus und schlug mit dem Absatz auf die Tür ein, schlug und schlug, während der Mann oben die Tür einschlug und ins Wohnzimmer rannte, und endlich bewegte sich der Riegel. Sie drückte vorsichtig dagegen, denn jetzt war der Mann stehengeblieben, er schien zu lauschen, jeden Moment konnte er die Kellertreppe entdecken, und dann würde er sich denken können, daß sie hier unten in der Dunkelheit stand, daß es hier unten vielleicht eine Tür zum Garten gab, sie konnte den Riegel nicht verschieben, solange der Mann so still dastand. Sie wartete darauf, daß er wieder einige Schritte machte, und das tat er, er näherte sich der Treppe, seine Sohlen schlurften über das Parkett, sie zog den Schuh wieder an und drückte die Tür mit der Schulter auf, hoffte, die Tür werde nicht knirschen, aber das tat sie, ein kreischender, jammernder Lärm hallte im Keller wider. Jetzt stand Eva nur noch eine Kellerluke im Weg, und die war wohl offen, sie schloß sie jedenfalls nie ab, und sie ging die vier Stufen nach oben und drückte mit der Schulter gegen die Luke, als sie seine Schritte auf der Treppe hörte, er hatte begriffen, daß sie diesen Fluchtweg suchte, deshalb lief er jetzt schneller, während Eva die Schulter als Rammbock benutzte und immer wieder damit gegen die Kellerluke drückte, und die öffnete sich ein wenig, fiel dann aber gleich wieder zu, durch den Spalt sah sie, daß jemand einen Stock durch die Stahlösen auf der Außenseite gesteckt hatte, vielleicht Jostein, der war immer so praktisch. Aber wenn es ein Stock war, dann würde er brechen, früher oder später würde er brechen, und deshalb schlug sie immer wieder mit der Schulter gegen die Luke, der Spalt vergrößerte sich, ihre Schulter schien noch vor dem Stock zerbrechen zu wollen, sie wurde taub, fast gefühllos, und deshalb machte Eva weiter, und dann sah sie plötzlich auf der untersten Stufe seinen Fuß, einen hellen Mokassin, und sie erblickte in der Dunkelheit weiße Zähne. Er machte ein paar Schritte und streckte den Arm aus, und Eva rammte mit aller Kraft ihre Schulter gegen die Luke, und in diesem Moment brach der

Stock durch, und die Luke öffnete sich mit lautem Krach. Eva verlor auf der Treppe das Gleichgewicht, konnte sich aber wieder aufrappeln, schoß wie ein Projektil durch die Öffnung und peilte die Hecke an, aber dann spürte sie seine Hände um ihren Knöchel, er packte zu, er riß und zerrte sie zu sich, ihr Kinn knallte auf die Treppenstufen. Der Zementboden war eiskalt. Sie spürte ihre Schulter nicht mehr, und nun hatte sie Blut im Mund. Der Mann ließ ihren Fuß wieder los.

Eva blieb auf dem Bauch liegen. Der Mann stand breitbeinig über ihr, sie roch sein Rasierwasser, ein seltsam fremder Geruch im muffigen Keller. Ihre Gedanken jagten hin und her, sie dachte, besonders groß ist er nicht, er ist schmächtig und dünn, und die Luke steht offen. Ich habe längere Beine als er, vielleicht kann ich ihn überraschen, vielleicht kann ich ihn überraschen…

»Liegenbleiben!« fauchte er.

Sie versuchte, einen Plan zu fassen. Sie mußte sich etwas ausdenken, mußte seine Konzentration stören, ihn aus der Fassung bringen. Die Treppe zum Garten hatte vier Stufen, wenn sie die auf einmal nahm…

»Sag mir, wo du das Geld versteckt hast, dann passiert dir nichts!«

Seine Stimme klang fast tröstlich. »Wenn du mir das aber nicht erzählst, dann wird der Boden unter deinen Füßen heiß. In der ersten Runde. Später werden dann auch andere Stellen angewärmt.«

Er riß ein Streichholz an. Sie würgte die aufsteigende Übelkeit hinunter und versuchte zu berechnen, wie viele Sekunden sie brauchen würde, um aufzuspringen, aus dem Keller zu rennen, die

Hecke hinter sich zu bringen und über den Rasen der Nachbarn zu laufen. Sie ging in Gedanken die Bewegungen durch, Arme und Beine anziehen, aufspringen, zwei Stufen, in die Hecke, über den Rasen, durch die Straße, Verkehr, Menschen…

»Ich höre nichts?« sagte er heiser.

»Das habe ich natürlich nicht hier«, stöhnte sie.

»Hast du das denn im Ernst geglaubt?«

Er lachte leise. »Ist mir doch egal, wo das Geld ist. Wenn du mich nur hinführst.«

Was würde ihn überraschen, überlegte sie, irgend etwas Unerwartetes, vielleicht ein schriller Schrei, der Schrei, der nie aus deiner Kehle kommt, wenn du Todesängste erleidest, der im Hals stecken bleibt und dir den Atem nimmt. Ein Schrei. Vielleicht würde der ihn für zwei Sekunden lähmen, gerade lange genug, damit ich mich halbwegs aufrichten kann.

Sie hob den Kopf.

»Ja?« fragte er.

Sog Luft ein, füllte die Lunge, nahm Anlauf.

»Na, was wird?«

Das Streichholz erlosch. Und Eva schrie. Die Kellerwände warfen ihren schrillen Schrei von Raum zu Raum, sie sprang auf, holte wieder Luft, schrie noch einmal, und dann riß er sich zusammen, kam hinter ihr her, als sie gerade die vier Stufen in zwei Sprüngen hinter sich brachte, sie lief durch den Garten und drängte sich durch die Hecke, spürte, wie die an ihren Haaren riß und ihre Haut zerkratzte, hörte, daß ihr Mantel zerriß, hörte hinter sich das Keuchen des Mannes, preßte sich weiter und war plötzlich durch, lief schneller, rannte um das Haus der Nachbarn herum, durch das Tor, über die Straße, die jetzt still war, durch ein weiteres Tor, ihre langen Beine langten aus, Schmerzen und Angst gaben ihr neue Kräfte, sie hörte ein Stück hinter sich seine Schritte, lief um das Haus herum, sah eine weitere Hecke, konnte sich hindurchquetschen und ein weiteres Grundstück überqueren, entschied sich aber dagegen, rannte wieder um das Haus herum und blieb auf der anderen Seite stehen, gerade rechtzeitig, um zu sehen, wie er zur Hecke rannte, er glaubte, sie sei schon auf deren anderer Seite angelangt, aber sie rannte jetzt wieder auf die Straße, hielt sich am Straßenrand, damit ihre Absätze auf dem Asphalt nicht klapperten, entdeckte tief unter sich die Hauptstraße und die ersten Autoscheinwerfer, blickte sich nicht mehr um, sondern lief mit keuchendem Atem und berstender Lunge weiter und sah endlich ein Auto, es fuhr langsam, sie sprang auf die Straße und hörte die Bremsen kreischen. Wie ein Sack sank sie auf der Motorhaube in sich zusammen. Sejer starrte sie durch die Windschutzscheibe erschrocken an. Sie erkannte ihn erst nach einigen Sekunden. Dann fuhr sie herum, jagte über die Straße, lief auf eine Auffahrt auf der anderen Seite, hörte, wie er sein Auto herumriß, wie es anhielt, wie eine Autotür aufgestoßen wurde, hörte seine Schritte auf dem Bürgersteig. Evas Kräfte ebbten ab, sie rannte noch immer, ihr Rock flatterte ihr um die Beine. Sejer kam hinter ihr her, er lief über den Kiesweg, trotz des Hämmerns in ihren Ohren konnte sie ihn deutlich hören, danach kam ein anderes Geräusch, ein bekanntes Geräusch, bei dem sich ihre Kehle zusammenschnürte. Ein

Hund. Kollberg wollte mitspielen. Begeistert sah er zu, wie sein Herr davonstürzte, der große Hund brauchte nur wenige Sekunden, um Sejer einzuholen, er wedelte eifrig mit dem Schwanz, sprang hoch und zupfte an Sejers Jacke, dann bemerkte er plötzlich die Frau, die mit flatterndem Rock ein Stück weiter vorn durch den halbdunklen Garten rannte, vergaß Sejer und stürzte hinter Eva her. Eva drehte sich um und sah den großen Hund mit der roten Schnauze, seine Zunge pendelte hin und her, während er durch den Garten jagte. Eva dachte nicht mehr an Sejer, sie floh vor dem Hund, vor den gelben Zähnen und den riesigen Pfoten, die sich in langen Sprüngen durch das nasse Gras fraßen, die die Entfernung zwischen ihnen gierig verschlangen. Zwischen den alten Apfelbäumen stand ein kleines Spielhaus. Eva stürzte weiter, ihre Kräfte waren fast aufgebraucht, sie riß die Tür auf und zog sie hinter sich ins Schloß. Hier war sie vor dem Hund sicher. Hier war sie zumindest vor dem Hund sicher.

Sejer atmete durch und ging langsam auf das Häuschen zu. Er streichelte den Hund, der enttäuscht kehrtgemacht hatte, und Kollberg wurde wieder lebendig, tanzte um Sejer herum und lief vor ihm her zur Tür. Sejer öffnete sie vorsichtig. Eva kauerte neben einem gedeckten Tisch auf dem Boden. Auf der weißen Tischdecke standen eine winzigkleine Kaffeekanne und zwei Porzellantassen. Neben Eva lag auf dem Boden eine vergessene Puppe mit kurzgeschorenen Haaren.

»Eva Magnus«, sagte Sejer leise. »Sie müssen bitte mit zur Wache kommen.«

Eva kehrte in die Wirklichkeit zurück.

Sie blickte zu Sejer auf, verwundert, weil er noch immer dasaß.

Jetzt hätte er sie vielleicht bitten können, zur Sache zu kommen, aber das tat er nicht. Er konnte sich die Wartezeit als Überstunden anrechnen lassen, Eva hatte nicht solches Glück. Sie hatte noch immer ihren Mantel an, jetzt steckte sie die Hand in die Tasche und suchte dort nach irgend etwas.

»Zigarette?« fragte er und nahm seine eigenen hervor, die, die er nie berührte.

Er gab ihr Feuer, schwieg weiterhin, sah, daß sie versuchte, sich zu sammeln, einen Anfang zu finden, eine gute Ausgangsposition. Das Blut um ihren Mund gerann jetzt langsam, ihre Unterlippe war angeschwollen. Sie konnte nicht ins Haus zurück. Deshalb fing sie endlich mit dem Anfang an. Mit dem Tag, an dem Emma in Ferien gefahren war, an dem Eva den Bus in die Innenstadt genommen hatte. Sie stand frierend in der Nedre Storgate, kehrte dem Warenhaus Glassmagasinet den Rücken zu und hatte neununddreißig Kronen in der Brieftasche und in der Hand eine Plastiktüte. Mit der anderen Hand hielt sie sich am Hals den Mantel zusammen. Es war der letzte Tag im September, es war kalt.

Es war elf Uhr vormittags, sie hätte eigentlich zu Hause an der Arbeit sein müssen, aber sie war aus dem Haus geflohen. Zuerst hatte sie Elektrizitätswerk und Post angerufen, hatte um Gnade gefleht, nur noch ein paar Tage, dann würde sie bezahlen. Der Strom wurde dann auch nicht abgestellt,

schließlich hatte sie ein minderjähriges Kind, aber
das Telefon sollte später am Tag gesperrt werden.
Wenn das Haus abbrannte, dann würden sie in den
Ruinen leben müssen, sie hatte die Versicherung
nicht bezahlt. Jede Woche lag eine neue Inkasso-
meldung in ihrem Briefkasten. Das Stipendium
vom staatlichen Kunstrat verspätete sich. Der Kühlschrank war leer. Die neununddreißig Kronen
waren alles, was sie hatte. In ihrem Atelier stapelten
sich die Bilder, die Arbeit mehrerer Jahre, die niemand kaufen wollte. Eva blickte nach links, in Richtung Platz, dort sah sie die Leuchtreklame der
Sparkasse. Vor einigen Monaten war die Sparkasse
ausgeraubt worden. Der Mann im Trainingsanzug
war nach weniger als zwei Minuten mit vierhun-
derttausend Kronen davongestürzt. Also nach
ungefähr hundert Sekunden, überlegte Eva. Spuren gab es nicht. Sie schüttelte resigniert den Kopf
und schaute zum Farbladen hinüber, dann sah sie
in ihre Plastiktüte, in der eine Sprühdose mit Fixativ lag. Die hatte hundertzwei Kronen gekostet und
funktionierte nicht. Etwas stimmte nicht mit dem
Ventil, nichts kam heraus, oder, schlimmer noch,
plötzlich ergoß sich der Inhalt über ein Bild und
ruinierte es. Wie zum Beispiel die Skizze ihres
Vaters, die ihr so gut gelungen war. Eva konnte sich
kein neues Fixativ leisten, sie mußte die defekte
Dose umtauschen. Für ihre wenigen verbliebenen
Kronen bekam sie nur Milch und Brot und Kaffee,
danach war Schluß. Das Problem war nur, daß
Emma wie ein Pferd fraß, ein Brot hielt nicht lange
vor. Eva hatte beim Kunstrat angerufen, und das
Stipendium sollte »in den nächsten Tagen« über-
wiesen werden, es konnte also noch eine Woche

dauern. Wovon sie am nächsten Tag leben sollte, ahnte sie einfach nicht. Dieses Wissen nahm ihr nicht ganz den Atem, und sie geriet auch nicht in Panik, sie war daran gewöhnt, von der Hand in den Mund zu leben, das machten sie schon seit Jahren so. Seit sie mit Emma allein war und keinen Mann mehr hatte, der Geld verdiente. Irgend etwas würde sich schon ergeben, das war doch immer so. Aber die Sorge saß in ihrer Brust wie ein harter Stachel, im Laufe der Jahre hatte sie Eva innerlich ausgehöhlt. Ab und zu schien die Wirklichkeit ins Schwanken zu geraten, und sie schien zu grummeln wie ein sich ankündigendes Erdbeben. Das einzige, was Eva festhielt, war die alles überschattende Aufgabe, Emmas Hunger zu stillen. Solange sie Emma hatte, hatte sie auch einen Anker. An diesem Tag war Emma bei ihrem Vater, und Eva suchte etwas, woran sie sich festhalten konnte. Das einzige, was sie hatte, war die Plastiktüte.

Eva war groß und trotzig zugleich, blaß und verängstigt, aber in den vielen Jahren ohne Geld hatte sie gelernt, ihre Phantasie zu benutzen. Vielleicht könnte ich Geld verlangen statt einer neuen Dose, überlegte sie, dann hätte sie noch hunderzwei Kronen, um Lebensmittel zu kaufen. Es war nur ein bißchen peinlich, darum zu bitten. Sie war schließlich Künstlerin, sie brauchte Fixativ, und das wußte auch der Farbhändler. Vielleicht sollte sie in den Laden stürzen und eine wilde Szene machen, die schwierige Kundin spielen, mit der Verbraucherzentrale drohen, herumschreien und sich aufspielen, und der Händler würde dann vielleicht begreifen, was Sache war, daß sie eigentlich pleite und verzweifelt war, und er würde ihr das Geld zurückgeben. Er war ein freundlicher Mensch. So einer wie Père Tanguy, der als Bezahlung aus einer Leinwand von Van Gogh eine rosa Krabbe herausgeschnitten hatte. Abgesehen davon, daß der dann eine Tube Farbe gekauft hatte, lieber verzichtete er aufs Essen. Das tat Eva im Grunde auch gern, aber sie hatte ein Kind mit gierigem Appetit, was bei dem Niederländer nicht der Fall gewesen war. Sie riß sich zusammen, überquerte die Straße und ging in den Laden. Dort war es angenehm warm, und es roch wie bei ihr zu Hause im Atelier. Eine junge Frau stand in der Parfümabteilung hinter dem Tresen, sie blätterte in einem Buch mit Farbmustern von Haartönungen. Der Farbhändler selber war nicht zu sehen.

»Ich wollte das hier zurückbringen«, sagte Eva energisch. »Das Ventil funktioniert nicht. Ich möchte mein Geld zurück.«

Die Frau machte ein abweisendes Gesicht und nahm die Plastiktüte entgegen.

»Das können Sie nicht hier gekauft haben«, sagte sie mürrisch. »Diese Sorte Haarspray führen wir nicht.«

Eva verdrehte die Augen. »Das ist kein Haarspray, sondern Fixativ«, sagte sie verzweifelt. »Ich habe wegen dieser Dose eine ziemlich gute Skizze ruiniert.«

Die Frau errötete, nahm die Dose und versuchte, damit über Evas Kopf hinwegzusprühen. Nichts kam heraus.

»Ich gebe Ihnen eine andere«, sagte sie kurz.

»Das Geld«, beharrte Eva verbissen. »Ich kenne den Chef hier. Der würde mir das Geld geben.«

»Wieso denn?« fragte die andere.

»Weil ich darum bitte. Das nennt man Service«, sagte Eva schroff.

Die Frau seufzte, sie stand noch nicht lange hinter dem Tresen, und außerdem war sie zwanzig Jahre jünger als Eva. Sie öffnete die Kasse und nahm einen Hunderter und zwei Kronenstücke heraus.

»Unterschreiben Sie hier.«

Eva schrieb ihren Namen, nahm das Geld und ging aus dem Laden. Sie versuchte, sich zu entspannen. Jetzt würde sie vielleicht noch zwei Tage überstehen. Sie addierte in Gedanken und kam auf hunderteinundvierzig, fast genug, um sich im Warenhauscafé eine Tasse Kaffee zu gönnen. Wenn es da keine Speisepflicht gab. Sie überquerte die Straße und ging durch die sich einladend öffnenden Glastüren. Warf einen raschen Blick in die Buch- und Papierabteilung und wollte zur Rolltreppe, als sie eine Frau entdeckte, die vor einem Regal stand und Eva den Rücken zukehrte. Eine runde, dunkelhaarige Frau mit kurzgeschnittenen Haaren. Sie stand ganz still da und blätterte in einem Buch. Nun drehte sie sich halb um. Es waren viele Jahre vergangen, aber ihr Gesicht war nicht zu verkennen. Eva fuhr zurück, sie traute ihren eigenen Augen nicht. Plötzlich war sie um viele Jahre in der Zeit zurückversetzt, bis zu dem Tag, als sie mit fünfzehn Jahren zu Hause auf der Steintreppe gesessen hatte. Ihr ganzes Hab und Gut war in Kartons gepackt und in einem Möbelwagen verstaut worden. Eva starrte den Wagen an, konnte nicht fassen, daß alles in dem kleinen Auto Platz gefunden hatte, Haus und Garage und Keller waren doch voll gewesen. Sie zogen um. Im Moment schienen

sie nirgendwo zu wohnen, das war scheußlich. Eva
wollte nicht umziehen. Ihr Vater ging mit unruhi-
gem Blick umher und schien zu fürchten, sie könnten etwas vergessen. Endlich hatte er Arbeit gefunden. Aber er wich Evas Blick aus.

Dann knirschte der Kies, und eine vertraute
Gestalt bog um die Ecke.

»Ich mußte doch auf Wiedersehen sagen«, sagte
sie.

Eva nickte.

»Wir können uns doch schreiben? Ich habe
noch nie Leuten Briefe geschrieben. Kommst du in
den Sommerferien zu Besuch?«

»Keine Ahnung«, murmelte Eva.

Sie würde niemals eine neue Freundin finden,
da war sie sich sicher. Sie waren zusammen aufgewachsen, hatten alles geteilt. Niemand sonst würde
wissen, wie ihr zu Mute war. Die Zukunft war eine
elende graue Landschaft, Eva hätte heulen können. Die andere umarmte sie verlegen, dann war
sie verschwinden. Es war fast fünfundzwanzig Jahre
her, und seither hatten sie sich nicht wiedergese-
hen. Bis heute.

»Maja?« fragte Eva zaghaft und wartete gespannt.
Die Frau drehte sich um und versuchte, die Frage-
rin zu finden, dann entdeckte sie Eva. Ihre Augen
weiteten sich.

»Aber du meine Güte, ich mag ja meinen eigenen Augen kaum trauen! Eva Marie! Meine Güte,
du bist ja vielleicht groß geworden!«

»Und du bist noch kleiner als in meiner Erinnerung.«

Sie schwiegen ein Weilchen, plötzlich verlegen,
sie musterten einander, um ja kein Detail zu über-

sehen, alle Veränderungen, die vergangenen Jahre hatten ihre Spuren hinterlassen, jede erkannte in den Runzeln und Falten der anderen ihren eigenen Verfall, und danach suchten sie nach allem, was sie so gut kannten, und was noch immer vorhanden war. Maja sagte: »Jetzt gehen wir ins Café. Komm, wir müssen einen ausquatschen, Eva. Du wohnst also immer noch hier? Du wohnst wirklich immer noch hier?«

Sie legte Eva den Arm um die Taille und schob sie zur Treppe, noch immer verwundert, aber ganz die Alte, wie in Evas Erinnerung, lebhaft, redselig, energisch und immer sprudelnd vor Energie, mit anderen Worten: das genaue Gegenteil Evas. Himmel, sie hatten sich gegenseitig so gebraucht!

»Ich bin einfach nicht weitergekommen«, sagte Eva. »Es ist ein unseliger Wohnort, ich hätte damals nicht mit umziehen dürfen.«

»Du bist noch genau wie früher«, Maja lachte. »Immer negativ. Komm, wir nehmen den Fenstertisch dahinten.«

Sie liefen los und ließen sich auf die Stühle fallen. Maja sprang wieder auf.

»Du paßt auf meinen Platz auf, und ich gehe etwas holen. Was möchtest du?«

»Nur Kaffee.«

»Du brauchst ein Stück Sahnetorte«, protestierte Maja. »Du bist dünner denn je.«

»Ich hab' kein Geld.«

Das war ihr herausgerutscht, ehe sie sich das überlegt hatte.

»Ach? Aber ich.«

Weg war Maja, und Eva sah, wie sie sich am Kuchentresen gierig bediente. Es war Eva peinlich, zugeben zu müssen, daß sie sich kein Stück Kuchen leisten konnte, aber sie war nicht daran gewöhnt, Maja anzulügen. Die Wahrheit kam wirklich ganz von selber. Eva konnte es kaum glauben, daß Maja wirklich dort hinten stand und Kaffee einschenkte. Die fünfundzwanzig Jahre waren wie ausradiert, und als sie Maja aus der Entfernung sah, wirkte die noch immer wie ein junges Mädchen. Leute, die ein bißchen rundlich sind, haben eine glattere Haut, dachte Eva mißgünstig und zog ihren Mantel aus, ihr selber war Essen nicht besonders wichtig. Sie aß nur, wenn der Hunger zum physischen Unbehagen wurde und ihre Konzentration störte. Ansonsten lebte sie von Kaffee, Zigaretten und Rotwein.

Maja kam zurück. Sie stellte das Tablett auf den Tisch und schob Eva einen Teller zu. Kopenhagener und Sahneschnittchen.

»Das schaffe ich doch gar nicht alles«, jammerte Eva.

»Du mußt dir eben Mühe geben«, sagte Maja energisch. »Das ist eine reine Frage des Trainings. Je mehr du ißt, um so mehr weitet sich dein Magen aus, und um so mehr Essen braucht er, um voll zu werden. Das läßt sich in zwei Tagen erreichen. Du bist keine zwanzig mehr, weißt du, und wenn wir auf die vierzig zugehen, sollten wir ein bißchen mehr auf unsere Knochen packen. Herrgott, wir sind bald vierzig.«

Sie bohrte die Gabel in die Sahneschnitte, und die Sahne quoll an den Seiten heraus. Eva starrte sie an, merkte, wie Maja die Herrschaft an sich riß, so daß sie selber sich entspannen und ausruhen und einfach tun konnte, wie ihr geheißen. Wie früher. Gleichzeitig registrierte sie Majas Finger mit den vielen Goldringen, und die Armbänder, die an ihren Handgelenken klirrten. Sie schien wohlhabend zu sein.

»Ich wohne seit anderthalb Jahren hier«, sagte Maja. »Verrückt, daß wir uns erst jetzt begegnet sind.«

»Ich komme fast nie in die Stadt. Hab' hier eigentlich nichts zu suchen. Ich wohne in Engelstad.«

»Verheiratet?« fragte Maja vorsichtig.

»Gewesen. Ich habe eine kleine Tochter, Emma. Sie ist übrigens gar nicht mehr so klein. Im Moment ist sie bei ihrem Vater.«

»Alleinerziehende Mutter also.«

Maja nannte die Dinge beim Namen. Eva wand sich innerlich. So, wie Maja das sagte, hörte es sich so erbärmlich an. Und daß die Zeiten schwer waren, war ihr wohl auch anzusehen. Sie kaufte ihre Kleider immer gebraucht, während Maja ziemlich elegant war. Lederjacke und Lederstiefel und Levi's. Solche Kleider kosteten ein Vermögen.

»Hast du keine Kinder?« fragte Eva und hielt eine Hand unter ihren krümelnden Kopenhagener.

»Nein. Was soll ich damit?«

»Sie sollen für dich sorgen, wenn du alt bist«, sagte Eva einfach, »und dein Trost und deine Freude sein, wenn du dich dem Ende näherst.«

»Eva Marie, du hast dich wirklich nicht verändert. Schon tief im Greisinnentum. Nein, wirklich, kriegen die Leute deshalb Kinder?«

Eva mußte lachen. Sie fühlte sich wieder jung, in die Zeit zurückversetzt, wo sie sich jeden Tag getroffen hatten, in jeder freien Stunde. Mit Ausnahme der Sommerferien, wenn sie zu ihrem Onkel aufs Land geschickt wurde. Diese Ferien waren unerträglich, überlegte sie, unerträglich ohne Maja.

»Du wirst das noch bereuen. Warte nur ab.«

»Ich bereue nie.«

»Nein, das kann ich mir vorstellen. Ich bereue fast alles.«

»Damit mußt du aufhören, Eva Marie. Das ist ungesund.«

»Aber daß ich Emma bekommen habe, bereue ich nicht.«

»Nein, unsere Kinder bereuen wir wohl nicht gerade. Warum bist du nicht mehr verheiratet?«

»Er hat eine andere gefunden und ist ausgezogen.«

Maja schüttelte den Kopf.

»Und wie ich dich kenne, hast du ihm beim Packen geholfen?«

»Ja, wirklich. Er ist so unpraktisch. Und es war besser, als die Hände in den Schoß zu legen und zuzusehen, wie die Möbel verschwanden.«

»Ich wäre zu einer Freundin gegangen und hätte eine Flasche geköpft.«

»Ich habe keine Freundinnen.«

Schweigend aßen sie ihren Kuchen. Zwischendurch schüttelten sie immer wieder den Kopf, jede für sich, als könnten sie noch immer nicht fassen, daß das Schicksal sie wirklich wieder zusammengeführt hatte. Sie hatten sich so viel zu erzählen, daß sie nicht wußten, wo sie anfangen sollten. In Gedanken saß Eva noch immer auf der kalten Steintreppe und starrte den grünen Möbelwagen an.

»Du hast nie meine Briefe beantwortet«, sagte Maja plötzlich. Und gekränkt.

»Nein. Mein Vater hat mich immer dazu überreden wollen, aber ich habe mich geweigert. Ich war sauer und verbittert, weil wir umgezogen waren. Ich wollte mich an ihm rächen.«

»Aber ich hatte darunter zu leiden.«

»Ja, in der Hinsicht bin ich nicht sehr geschickt. Rauchst du noch?« Sie durchwühlte ihre Tasche nach ihren Zigaretten.

»Wie ein Schlot. Aber nicht dieses Kraut da.«

Maja zog eine Packung Rød Mix aus der Jackentasche und drehte sich eine Zigarette.

»Wovon lebst du denn eigentlich?«

Die Verzweiflung ließ Evas Wangen glühen. Es war eine unschuldige Frage, aber ihr war sie verhaßt. Sie fühlte sich versucht, eine Notlüge aufzutischen, aber Maja ließ sich nicht so leicht an der Nase herumführen. Eva hatte das jedenfalls noch nie geschafft.

»Das frage ich mich manchmal selber. Ich male.«

Maja hob die Augenbrauen.

»Du bist also Künstlerin?«

»Wahrscheinlich, auch wenn die meisten da nicht meiner Ansicht sind. Ich meine, ich verkaufe nicht viel, aber das betrachte ich als einen vorübergehenden Zustand. Sonst würde ich wohl nicht weitermachen.«

»Aber hast du denn gar keine Arbeit?«

»Arbeit?«

Eva starrte sie an.

»Meinst du vielleicht, die Bilder entstehen von selber? Natürlich habe ich Arbeit. Und das ist nicht

gerade ein Achtstundentag, das kann ich dir sagen.
Meine Arbeit verfolgt mich abends bis ins Bett. Sie
läßt mir keine Ruhe. Und dann würde ich am liebsten wieder aufstehen und etwas am Bild verändern.«

Maja bedachte sie mit einem schiefen Lächeln.

»Entschuldige meine ungeschickte Formulie-
rung. Ich wollte nur wissen, ob du noch einen kleinen Nebenjob mit festem Gehalt hast.«

»Dann hätte ich doch keine Zeit zum Malen«,
sagte Eva mürrisch.

»Ja, das begreife ich. So ein Bild zu malen dauert
ja vielleicht seine Zeit?«

»Ein halbes Jahr ungefähr.«

»Was? Sind deine Bilder so groß, oder so schwierig, oder was?«

Eva seufzte und zündete ihre Zigarette an. Maja
hatte blutroten Nagellack und gepflegte Hände,
ihre eigenen Finger dagegen waren das reine
Trauerspiel.

»Niemand begreift, wie schwer das ist«, sagte sie
resigniert. »Alles glaubt, wir ernten in irgendeinem
geheimen Garten reife Früchte.«

»Ich kenne mich mit Kunst eben nicht aus«,
sagte Maja leise. »Ich wundere mich nur darüber,
daß jemand sich für ein solches Leben entscheidet,
wenn es so schwierig ist. Wo du doch ein Kind hast
und überhaupt.«

»Ich habe mich auch nicht dafür entschieden.«

»Das mußt du doch getan haben!«

»Nein, eigentlich nicht. Ich mußte einfach
Künstlerin werden. Es gab keine Alternativen.«

»Das begreife ich nicht. Es gibt doch wohl immer
Alternativen?«

160

Eva gab ihre Erklärungsversuche auf. Sie hatte
beide Kuchenstücke aufgegessen, um Maja eine
Freude zu machen, und jetzt war ihr schlecht.

»Erzähl mir lieber, was du selber so machst. Was
immer das ist, auf jeden Fall verdienst du mehr als
ich.«

Maja gab sich Feuer.

»Ganz bestimmt. Genau wie du bin ich selbstän-
dige Geschäftsfrau. Habe eine kleine Einpersonen-
firma. Arbeite hart und zielbewußt, um mir genug
Geld zusammenzusparen; Ende des Jahres möchte
ich nämlich aufhören. Dann gehe ich nach Nord-
frankreich und mache ein kleines Hotel auf. Vielleicht in der Normandie. Das ist ein alter Traum
von mir.«

»Sowas, du meine Güte!«

Eva rauchte und wartete auf den Rest.

»Es ist harte Arbeit und verlangt ziemlich viel
Selbstdisziplin, aber das ist es wert. Es ist ganz einfach ein Mittel zum Zweck, und ich höre erst auf,
wenn ich habe, was ich will.«

»Ja, das kann ich mir lebhaft vorstellen.«

»Wenn du aus anderem Stoff wärst, Eva, dann
würde ich dir eine Partnerschaft anbieten.«

Maja beugte sich vor. »Ohne Eigenkapital. Mit
ausführlicher Berufseinführung. Und du könntest
in Rekordzeit ein Vermögen verdienen. Das solltest
du machen! Dann könntest du das Geld für eine
kleine Galerie beiseite legen. Das müßtest du ziemlich schnell schaffen, sagen wir, innerhalb von zwei
Jahren. Alle anderen Wege zum Ziel sind Umwege,
wenn du mich fragst.«

»Aber – was machst du denn nun eigentlich?«

Eva sah ihre Freundin verwundert an. Maja hatte

beim Reden die Serviette zu einem harten Klumpen zusammengeknüllt, jetzt blickte sie Eva direkt in die Augen.

»Nennen wir es eine Form von Kundenbehandlung. Die Leute rufen an und bitten um einen Termin, und ich empfange sie dann. Du weißt, die Leute haben so viele Bedürfnisse, und gerade diese Marktlücke ist wirklich tief. Ungefähr so tief wie der Marianengraben im Pazifik, stelle ich mir vor. Aber um es einfach zu sagen, bin ich wohl ein Freudenmädchen. Oder, wenn du so willst, eine gute altmodische Nutte.«

Eva lief knallrot an.

Sie mußte sich verhört haben. Oder Maja machte Witze, das hatte sie schon immer gern getan.

»Eine was?«

Maja grinste und streifte Asche von ihrer Zigarette.

Und Eva mußte sie immer weiter anstarren, sie sah Maja jetzt mit ganz anderen Augen, sah den Goldschmuck, die teuren Kleider, die Armbanduhr und die zum Bersten gefüllte Brieftasche, die neben der Kaffeetasse auf dem Tisch lag. Und dann wieder Majas Gesicht, das ihr plötzlich sehr fremd erschien.

»Du hast dich immer schon leicht schockieren lassen«, sagte Maja trocken.

»Ja, ehrlich gesagt, du mußt schon entschuldigen, aber das hat mich jetzt wirklich umgehauen.«

Sie versuchte, ihre Fassung wiederzufinden. Das Gespräch führte in eine unbekannte Landschaft, und sie versuchte, sich zu orientieren.

»Ja, aber du gehst doch sicher nicht auf den Strich, ich meine, so siehst du nicht aus.«

Sie kam sich unbeholfen vor.

»Nein, Eva Marie, das mache ich nicht. Ich bin auch nicht rauschgiftsüchtig. Ich arbeite hart, genau wie andere Leute. Nur bezahle ich keine Steuern.«

»Hast du … wissen viele, daß du das machst?«

»Nur meine Kunden, und ich habe viele. Die meisten sind Stammkunden. Das läuft im Grunde ziemlich gut, die Buschtrommel funktioniert, und der Laden floriert. Ich platze nicht gerade vor Stolz, aber ich schäme mich auch nicht.«

Sie schwieg eine Weile. »Na, wie sieht's aus, Eva?« fragte sie dann und zog an ihrer Zigarette. »Meinst du, ich müßte mich schämen?«

Eva schüttelte den Kopf. Aber der bloße Gedanke, die ersten zaghaften, flimmernden Bilder, die sich zeigten, wenn sie an Maja und deren Tätigkeit dachte, oder wenn sie sich selber in dieser Situation sah, ließen Übelkeit in ihr aufsteigen.

»Nein, Himmel, ich weiß es nicht. Es war nur so – unerwartet. Ich begreife nicht, daß du das nötig hast.«

»Habe ich auch nicht. Ich habe mich dafür entschieden.«

»Aber wie kannst du dich für so etwas entscheiden?«

»Das ist ganz einfach. Viel Geld in der kürzestmöglichen Zeit. Steuerfrei.«

»Aber – deine Gesundheit! Ich meine, was passiert mit deinem Selbstbewußtsein? Wenn du dich an Gott und die Welt wegwirfst?«

»Ich werfe überhaupt nichts weg, ich verkaufe. Wir alle müssen Job und Privatleben trennen, und mir macht das keine Schwierigkeiten.«

Sie lächelte, und Eva sah, daß sich ihre Lachgrübchen im Laufe der Jahre vertieft hatten.

»Aber was würde ein Mann sagen, wenn er das erführe?«

»Entweder er akzeptiert es, oder nicht«, antwortete Maja kurz.

»Aber ist das nicht eine ziemlich schwere Last, die du da trägst, so Jahr für Jahr? Es gibt doch sicher massenhaft Leute, denen du das *nicht* erzählen kannst.«

»Hast du denn keine Geheimnisse? Das haben doch alle. Du hast dich übrigens überhaupt nicht verändert«, fügte Maja dann hinzu, »du machst dir alles so schwer, du stellst zu viele Fragen. Ich wünsche mir eine kleine Pension, am liebsten an der Küste, vielleicht in der Normandie. Am liebsten in einem alten Haus, das ich selber renovieren kann. Ich brauche zwei Millionen, Ende des Jahres habe ich die, und dann geht's los.«

»Zwei Millionen?« Eva war wie erschlagen.

»Und ich habe eine Menge gelernt.«

»Was kannst du denn dabei lernen?«

»Ach, alles mögliche. Wenn du wüßtest. Viel mehr als du beim Malen lernst, möchte ich meinen. Und wenn du etwas lernst, dann sicher nur über dich selber. So ein Künstlerleben kommt mir irgendwie ein bißchen egoistisch vor. Du erforschst dabei dich selber. Und nicht die Menschen in deiner Umgebung.«

»Jetzt hörst du dich an wie mein Vater.«

»Wie geht es dem denn?«

»Nicht so gut. Er lebt jetzt allein.«

»Ach? Das wußte ich nicht. Was ist mit deiner Mutter passiert?«

»Das erzähle ich dir ein andermal.«

Sie schwiegen und ließen ihren Gedanken freien Lauf. Von außen gesehen, schienen sie überhaupt nicht zueinander zu passen, nur ein scharfes Auge hätte sie als Freundinnen erkennen können.

»Beruflich sind wir wohl beide Außenseiterinnen«, sagte Maja. »Aber ich verdiene immerhin Geld, und dafür arbeiten wir doch trotz allem. Wenn ich mir im Café nicht ein Stück Kuchen leisten könnte, würde ich nicht überleben. Und ich meine, das schadet dem Selbstvertrauen doch auch!«

Eva mußte über diese Bemerkung ein wenig lachen.

»Es geht mir dreckig«, sagte sie dann plötzlich.

Sie wollte sich nicht länger verstellen.

»Ich habe hundertvierzig Kronen in der Brieftasche und in der Schublade unbezahlte Rechnungen für zehntausend Kronen. Heute stellen sie mir das Telefon ab, und ich habe die Versicherung für das Haus nicht bezahlt. Aber ich warte jetzt auf Geld, es muß in den nächsten Tagen eintreffen. Ich bekomme ein Stipendium«, sagte sie stolz. »Vom Staatlichen Kunstrat.«

»Du lebst also von der Fürsorge?«

»Nein, Himmel, das doch nicht!«

Eva verlor die Fassung. »Ich bekomme das Geld, weil meine Arbeit als wichtig und vielversprechend eingestuft wird, und weil ich auf diese Weise weiter arbeiten und mich entwickeln kann, um dann früher oder später auf meinen eigenen künstlerischen Füßen zu stehen.«

Das hatte gesessen.

»Entschuldigung«, sagte Maja kleinlaut. »Ich kenne mich mit diesen Begriffen eben nicht aus. Das ist also etwas Positives – ein Stipendium zu erhalten?«

»Selbstverständlich. Darauf hoffen doch alle.«

»Ja, vom Staat werde ich nun wirklich nicht unterstützt.«

»Das wäre ja auch noch schöner«, Eva grinste.

»Ich hole noch Kaffee.«

Eva fischte eine neue Zigarette aus der Schachtel und blickte der molligen Gestalt hinterher. Sie konnte es nicht fassen, daß Maja so geworden war. Die Maja, die sie so gut zu kennen glaubte. Aber zwei Millionen zu verdienen, das war nun wirklich keine Kleinigkeit – konnte das denn wirklich stimmen? War das so leicht? Eva überlegte, was sie mit zwei Millionen machen könnte. Sie könnte alle Schulden bezahlen. Eine kleine Galerie kaufen. Nein, es konnte nicht stimmen, zwei Millionen, vielleicht hatte Maja ein bißchen zu dick aufgetragen. Obwohl, sie war ja eigentlich keine Lügnerin. Sie hatten einander doch nie angelogen!

»Bitte sehr! Hoffentlich kriegst du den Kaffee nicht in den falschen Hals, jetzt, wo du weißt, woher das Geld kommt.«

Eva mußte lachen. »Nein, der schmeckt noch immer genauso gut«, sie lächelte.

»Hab' ich's mir doch gedacht! Ist das nicht seltsam? Genauso sieht die ganze Sache doch aus: Was wir brauchen, was wir uns wünschen, das treibt uns auch an. Und wenn wir unser Ziel erreichen, sind wir für einige Zeit zufrieden, dann setzen wir uns neue Ziele. Ich mache das jedenfalls. Und auf diese Weise spüre ich, daß ich lebe, daß etwas passiert, daß ich vorankomme. Ich meine, wie lange stehst du schon auf derselben Stufe? Künstlerisch und finanziell?«

»Ach, ziemlich lange. Auf jeden Fall seit zehn Jahren.«

»Und jünger wirst du dabei auch nicht. Ich finde, das klingt alles überhaupt nicht gut. Was malst du denn eigentlich? Landschaften?«

Eva trank ihren Kaffee und richtete sich auf eine lange Verteidigungsrede ein.

»Abstrakt. Und ich male in Schwarzweiß und den Zwischentönen.«

Maja nickte geduldig.

»Ich habe im Laufe der Jahre eine eigene Technik entwickelt«, sagte Eva. »Ich spanne eine Leinwand auf, grundiere sie in Weiß und trage eine Schicht Hellgrau auf, eine ziemlich dicke Schicht, und wenn die trocken ist, kommt eine noch dunklere Schicht, und so mache ich weiter, bis ich bei Tiefschwarz angekommen bin. Und dann lasse ich alles trocknen. Lange. Schließlich stehe ich dann vor einer großen schwarzen Fläche, und in die muß ich hineingehen, um das Licht hervorzuholen.«

Maja hörte mit höflicher Miene zu.

»Und dann fange ich an zu arbeiten«, fuhr Eva fort, wurde immer eifriger, denn nur selten hörte ihr jemand so aufmerksam zu, und das war wunderbar, sie mußte diese Gelegenheit ausnutzen.

»Ich kratze das Bild hervor. Ich arbeite mit einem altmodischen Malspachtel und mit Stahlbürste und manchmal auch mit Sandpapier und Messer. Wenn ich leicht kratze, bekomme ich Grautöne, wenn ich weitermache, komme ich bis zum Weißen und kann viel Licht herausholen.«

»Aber was stellen deine Bilder denn dar?«

»Ach, ich weiß nicht, wie ich das beantworten soll. Wer das Bild sieht, muß selber entscheiden, was darauf zu sehen ist. Es wächst auf irgendeine Weise aus sich heraus. Es gibt nur Licht und Schatten, Licht und Schatten. Mir gefallen meine Bilder, ich finde sie gut. Ich weiß, daß ich eine große Künstlerin bin«, schloß sie trotzig.

»Das war ja nicht sehr bescheiden.«

»Nein. Das ist die notwendige Härte des produktiven Egoisten. Zitat Charles Morice.«

»Da komme ich wohl nicht mehr ganz mit. Es klingt ja spannend, aber es bringt doch nichts, wenn niemand deine Bilder kauft.«

»Ich kann nicht die Bilder malen, die die Leute haben wollen«, sagte Eva resigniert. »Ich muß die Bilder malen, die *ich* will. Sonst ist das doch keine Kunst. Sondern Bestellungen. Illustrationen, die die Leute sich übers Sofa hängen wollen.«

»Ich habe einige Bilder in meiner Wohnung«, sagte Maja mit einem Lächeln. »Ich wüßte gern, was du davon hältst.«

»Mm. So, wie ich dich kenne, sind das schöne bunte Bilder von Vögeln und Blumen und so.«

»Genau. Sollte mir das jetzt peinlich sein, was meinst du?«

»Möglicherweise, vor allem, wenn du viel dafür bezahlt hast.«

»Das habe ich.« Eva schmunzelte.

»Ich dachte, Maler malen mit dem Pinsel«, sagte Maja plötzlich. »Nimmst du nie einen Pinsel?«

»Nie. Bei meiner Technik ist alles schon da, wenn ich mit Kratzen anfange. Alles Licht, und alle Dunkelheit. Ich brauche es nur bloßzulegen, es hervorzuholen. Das ist spannend, ich weiß nie, was ich finden werde. Ich habe versucht, mit dem Pinsel zu malen, aber das hat nichts gebracht, der Pinsel kam mir vor wie eine künstliche Verlängerung meines Arms, ich komme nicht dicht genug heran. Alle finden ihre eigene Technik, und ich habe meine gefunden. Und meine Bilder sehen nicht so aus wie die von anderen. Ich muß so weitermachen. Früher oder später werde ich ins Schwarze treffen. Bei irgendeinem Kunsthändler, der gerade auf meine Arbeiten anspringt und mir eine Chance gibt. Und für mich eine Ausstellung arrangiert. Ich brauche zwei gute Zeitungskritiken und vielleicht ein Interview, dann kommt der Ball ins Rollen. Ich bin ganz sicher, und ich werde nicht aufgeben. Auf keinen Fall!«

Ihre Hartnäckigkeit wuchs, als sie das alles sagte, und das war ein gutes Gefühl.

»Könntest du nicht ein bißchen arbeiten, ich meine in einem normalen Beruf, damit du ein Einkommen hast, und dann abends malen oder so?«

»Zwei Jobs? Wo ich doch mit Emma allein bin? Soviel Energie habe ich einfach nicht, Maja.«

»Ich habe auch zwei Jobs. Etwas muß ich doch auf meine Steuererklärung schreiben.«

»Und was machst du?«

»Arbeite beim Notruf für vergewaltigte Frauen.«

Eva mußte über dieses Paradoxon lachen.

»Das ist überhaupt kein Widerspruch. Ich mache gute Arbeit«, sagte Maja energisch.

»Das bezweifle ich ja auch gar nicht. Ich wette, daß ist genau richtig für dich. Aber deine Kolleginnen wissen doch garantiert nicht, was du sonst noch machst!«

169

»Natürlich nicht. Aber ich bin besser auf diesen Job vorbereitet als die meisten anderen Frauen. Ich kenne die Männer, und ich kenne ihre Motive.«

Sie tranken weiter Kaffee und achteten nicht auf das Geschehen an den anderen Tischen, die Menschen kamen und gingen, die Tische wurden abgeräumt und füllten sich wieder, draußen floß der Verkehr. So war es immer gewesen, wenn sie zusammen waren, sie vergaßen alles andere.

»Weißt du noch, wie wir Kartoffelmehl ins Walfängerdenkmal gekippt haben, damit es aussah wie Ohrenquallen?« lachte Eva.

»Und weißt du noch, wie wir Haarspray in Standes Bienenkörbe gesprüht haben«, fragte Maja. »Und wie du dir siebzehn Bienenstiche eingefangen hast?«

»Ja, danke«, Eva lächelte. »Und du hast mich in einer Schubkarre nach Hause gefahren und die ganze Zeit geschimpft, weil ich so geheult habe. Das waren noch Zeiten! Ich hatte einundvierzig Fieber. Mein Vater hat damals mit dem Gedanken gespielt, mir den Umgang mit dir zu verbieten. Ich begreife übrigens nicht, wie du das ausgehalten hast, wieso du es nicht satt gekriegt hast, mich überall hin mitzuschleppen. Ich konnte ja nicht mal irgendwelche Jungs an Land ziehen.«

»Nein, du hast dich mit denen begnügt, die ich angeschleppt habe. Und die waren vielleicht nicht alle gleich gut.«

»Natürlich nicht. Du hast den Hübschen behalten, und ich hab' dann seinen Kumpel gekriegt. Aber ohne dich wäre ich wahrscheinlich immer noch Jungfrau.«

Maja bedachte sie mit einem schrägen Blick.

»Du siehst eigentlich ziemlich gut aus, Eva. Vielleicht solltest du einem Maler Modell stehen, statt selber zu malen?«

»Ha! Weißt du, was die verdienen?«

»Es wäre jedenfalls eine feste Einnahme. Auf jeden Fall würde es dir nicht schwerfallen, Kunden zu kriegen, wenn du der Versuchung nachgibst und dich mit mir zusammentust. Ich habe noch nie eine Frau mit so langen Beinen gesehen. Kriegst du überhaupt Hosen, die lang genug für dich sind?«

»Ich trage nur Röcke.«

Eva brach plötzlich in hysterisches Kichern aus.

»Was ist los?«

»Erinnerst du dich an Frau Skollenborg?«

»Erwähn bloß diesen Namen nicht!«

Sie verstummten.

»Mußt du wirklich dieses Hotel in der Normandie aufmachen?«

»Ja, hier in diesem Spießbürgerland kommt das für mich nicht in Frage.«

»Also werde ich dich wieder verlieren. Jetzt, wo ich dich gerade gefunden habe!«

»Dann komm doch einfach mit. Frankreich muß doch genau richtig sein für eine Künstlerin wie dich, meinst du nicht?«

»Du weißt, daß das nicht geht.«

»Nein, das weiß ich überhaupt nicht.«

»Ich habe doch Emma. Sie ist sechs, wird bald sieben. Geht noch in den Kindergarten.«

»Meinst du, in Frankreich können Kinder nicht aufwachsen?«

»Doch, aber sie hat auch ja noch einen Vater.«

»Aber du hast doch das Sorgerecht für sie?«

»Das schon«, Eva seufzte leise.

»Du machst alles so schwierig«, sagte Maja ruhig. »Das war immer schon so. Natürlich kannst du mit nach Frankreich kommen, wenn du willst. Du kannst im Hotel arbeiten. Fünf Minuten pro Nacht, dann stapfst du im Nachthemd mit einem fünfarmigen Leuchter über den Flur. Ich wünsche mir meinen eigenen Spuk. Und in der ganzen übrigen Zeit kannst du malen.«

Eva leerte ihre Kaffeetasse. Für kurze Zeit hatte sie den Alltag vergessen, aber nun brach er wieder über sie herein.

»Hast du schon ans Abendessen gedacht?«

»Abends esse ich nie groß. Ich esse Käse und Brot, Essen ist mir nicht so wichtig.«

»Was redest du für einen Unfug! Kein Wunder, daß du so mager bist. Wie willst du richtige Kunst zustande bringen, wenn du nicht ißt, was du brauchst? Du brauchst Fleisch! Und deshalb gehen wir jetzt essen, wir gehen ins Hannas Kjøkken.«

»Das ist das teuerste Restaurant in der Stadt!«

»Ach was? Auf sowas brauche ich nicht zu achten, ich weiß nur, daß es dort das beste Essen gibt.«

»Und ich habe schon soviel Kuchen gegessen.«

»Bis das Essen auf dem Tisch steht, hat der sich längst gesetzt.«

Eva gab auf und fügte sich. So war es immer schon gewesen. Maja hatte die Ideen, Maja entschied und führte an, und Eva trottete hinterher.

Sie verließen das Warenhaus und gingen Arm in Arm über den gepflasterten Platz, jede spürte die Wärme der anderen, spürte, daß sie noch dieselbe

172

war wie früher. Eva hatte oft die Tür des Restaurants angestarrt, ein Besuch dort jedoch hatte weit außerhalb ihrer Möglichkeiten gelegen. Jetzt wurde die Tür für sie geöffnet, und Maja ging mit selbstverständlichem Lächeln hinein, während Eva nach einer angemessen selbstsicheren Miene erst suchen mußte. Der Oberkellner kannte Maja und lächelte, ein höfliches Lächeln. Wenn er wußte, durch welche Aktivitäten Maja ihre Rechnungen bezahlte, dann ließ er sich das nicht anmerken. Er berührte vorsichtig Majas Arm und führte sie und Eva zu einem freien Tisch. Eva mußte an der Garderobe ihren Mantel abgeben, darunter trug sie ein verwaschenes senfgelbes T-Shirt, und deshalb fühlte sie sich gar nicht wohl in ihrer Haut.

»Das Übliche, Robert«, sagte Maja. »Für zwei Personen.«

Robert nickte und verschwand.

Eva ließ sich im Sessel zurücksinken und sah sich aus großen Augen um. Das Lokal war von einer exklusiven Stille, wie sie sie noch nie erlebt hatte. Maja machte sich am Tisch breit und schien vollständig unberührt.

»Erzähl mir doch ein bißchen, wie das ist«, bat Eva neugierig, »so zu arbeiten wie du.«

Maja legte den Kopf schräg.

»Ach, du bist neugierig? Hab ich's mir doch gedacht! So sind die Leute alle.«

Eva machte ein beleidigtes Gesicht.

»Im Grunde ist das ziemlich belanglos. Ich meine, alles wird zur Routine.«

Maja starrte die Tischdecke an und schien plötzlich verlegen zu sein.

»Ich wundere mich immer wieder über die

Triebe der Männer. Wie unglaublich stark die sind, wie schrecklich wichtig es ist, sie zu befriedigen, und wie schnell sie damit fertig sind. Vielleicht finden sie das den allerbesten Sex«, sagte Maja nachdenklich, »den heftigen, rohen Akt ohne Vorspiel und anderen Schnickschnack. Kein Wenn und Aber. Es dauert zehn Minuten, und dann ist es vorbei. Es reicht nicht mal, um dabei nachzudenken. Ich gebe mir sogar alle Mühe, um nicht zu denken. Ich lächele einfach so schön wie ich kann, wenn sie die Rechnung bezahlen. Aber eigentlich …«

»Ja?«

»Ich höre bald auf. Es reicht jetzt langsam.«

Sie goß den Wein in sich hinein.

»Und die Rechnung?«

»Tausend Ecken, plus minus. Erst das Geld, dann die Ware. Ich liege still, mache die Augen zu und lächele freundlich, und ich lasse nicht das geringste kleine Grunzen hören. Kein Küssen oder Knutschen, ich hab' keinen Bock, sie wie Babys zu behandeln. Runter mit den Klamotten und drauf mit dem Kondom. Das ist wie bei einem einarmigen Banditen, die Kohle strömt nur so.«

»Tausend Kronen? Und wie viele kommen so an einem Tag?«

»Vier bis fünf, manchmal auch mehr. Fünfmal die Woche. Das kannst du ja selber ausrechnen.«

»Und alles bei dir in der Wohnung?«

»Ja.«

Ein Kellner stellte Krabbencocktails und neuen Weißwein auf den Tisch.

»Wo wohnst du denn eigentlich?«

»In der Tordenskioldsgate, in dem Wohnblock.«

»Und deine Nachbarn haben keinen Verdacht?«

»Sie haben keinen Verdacht, sie wissen das. Mehrere von ihnen sind feste Kunden.«

Eva seufzte erschöpft und kaute andächtig auf einer Krabbe herum. Die Krabben waren groß wie Krebsschwänze.

»Ich habe noch ein zusätzliches Schlafzimmer«, sagte Maja plötzlich.

Eva prustete los.

»Ich seh' mich schon! Verängstigt wie eine Jungfrau von zwölf Jahren.«

»Nur in der ersten Woche, dann ist es ein Job wie jeder andere. Du könntest ein paar Stunden arbeiten, während Emma im Kindergarten ist. Denk an das viele gute Essen, das du für sie mit nach Hause bringen könntest!«

»Die ist schon viel zu fett.«

»Dann eben frisches Obst, Brathähnchen und Salat«, sagte Maja.

»Es hört sich vielleicht unglaublich an, aber es ist wirklich verlockend«, gab Eva zu. »Ich bin nur zu feige. Ich bin einfach nicht dafür geschaffen.«

Für einen kurzen Moment ärgerte sie das.

»Wir werden ja sehen.«

Der Kellner räumte den Tisch ab und brachte gleich darauf Filetsteaks, Prinzeßmöhrchen, Brokkoli und überbackene Kartoffeln. Danach schenkte er Rotwein ein.

»Aber heute abend arbeitest du nicht?«

»Ich habe heute frei, morgen muß ich wieder etwas tun. Prost!« Eva spürte, wie ihr das zarte Fleisch auf der Zunge zerging. Der Rotwein war temperiert und hatte nicht viel Ähnlichkeit mit dem Canepa ihres Vaters. Die erste Flasche war bald leer, und Maja bestellte eine weitere.

»Aber ich komme eigentlich doch nicht darüber hinweg«, sagte Eva verwundert, »daß du deinen Körper verkaufst.«

»Das ist besser als die Seele«, antwortete Maja trocken. »Verkauft ihr Künstler nicht eure Seele? Wenn ich etwas für mich behalten und vor anderen verstecken will, dann ist das doch wohl meine Seele. Der Körper ist doch nur eine Hülse, die wir mit uns herumschleppen, ich kann daran nichts Heiliges sehen. Warum sollte ich ihn nicht teilen und großzügig sein, wenn jemand daran Freude hat? Aber die Seele – die eigenen Träume und Sehnsüchte, die eigene Angst und Verzweiflung vor Gott und der Welt in einer Galerie aufhängen – und dafür auch noch Geld nehmen – *das* nenne ich nun wieder Prostitution.«

Eva erstarrte. Eine Möhre lugte zwischen ihren Lippen hervor.

»Ganz so ist das doch wohl nicht!«

»Nicht? Behaupten das denn nicht alle Künstler? Daß man es wagen muß, sich ganz nackt auszuziehen?«

»Wie kommst du denn bloß auf diese Idee?«

»Ich bin keine Idiotin, bloß weil ich Nutte bin. Das ist ein sehr verbreitetes Mißverständnis.«

Maja wischte sich mit der Serviette den Mundwinkel.

»Es ist auch ein Mißverständnis, daß alle Nutten unglückliche Frauen sind, die alle Selbstachtung verloren haben, die am Straßenrand in ihren dünnen Strümpfen frieren, und die für die ganze Mühe nur Prügel von irgendeinem brutalen Zuhälter beziehen, der fast den ganzen Tag in irgendeinem Rausch vor sich hinbrabbelt. Das«, sagte sie und kaute ihr Filetsteak, »gilt nur für einen kleinen Teil der Szene. Die Nutten, die ich kenne, sind hart arbeitende, intellektuelle Frauen, die wissen, was sie wollen. Weißt du«, sagte sie aufrichtig, »ich finde Nutten richtig gut. Das sind die redlichsten Frauen, die es gibt.«

Sie gab dem Kellner ein Zeichen, ihre Gläser wieder zu füllen. Eva war beschwipst.

»Ich bin bestimmt sowieso nicht geeignet«, murmelte sie. »Du sagst doch, daß ich zu dünn bin.«

»Ha! Du bist doch spitze! Ein bißchen anders, vielleicht, fast ein bißchen selten. Aber das, was du zwischen den Beinen hast, Eva, das ist eine Goldgrube. Und dahin wollen sie. In der Hinsicht sind Männer reell, jedenfalls die, die zu mir kommen.«

Schließlich wurde der Nachtisch gebracht. Eiskalte Erdbeeren und Brombeeren auf einem Spiegel aus heißer Vanillesoße. Eva zupfte die grünen Blätter weg. »Unkraut auf dem Dessert«, nuschelte sie. »Ich weiß nicht, was das soll. Ich habe die Männer eigentlich noch nie verstanden«, fügte sie dann hinzu. »Ich meine, was wollen die eigentlich?«

»Muntere, mollige Frauen mit Appetit aufs Leben. Und davon gibt es wahrlich nicht viele. Frauen haben ganz unmögliche Ideale, finde ich, ich begreife sie ganz einfach nicht. Sie wollen sich irgendwie nicht amüsieren. Ich habe vor kurzem die Herbstmode aus Paris gesehen, im Fernsehen, die wirklich großen Models haben den letzten Schrei vorgeführt. Naomi Campbell, du weißt doch, wer sie ist, hatte einen Supermini an, und dann wackelte sie auf den allerdürrsten Beinen über den Laufsteg, die ich je gesehen hatte. Die ganze Frau sah aus wie aus PVC. Wenn ich diese Mädels sehe, dann frage ich mich, ob die wohl auf dem Klo sitzen und wie andere Leute kacken.«

Eva prustete los und ließ ihre Vanillesoße über den ganzen Tisch spritzen.

»Du solltest dich nicht so wichtig nehmen«, sagte Maja eindringlich. »Wir müssen ja doch alle sterben. In hundert Jahren ist alles vergessen. Ein bißchen Geld würde deinen Laden in Schwung bringen. Du träumst davon, eine große Künstlerin zu werden, nicht wahr?«

»Ich *bin* groß«, nuschelte Eva. »Das weiß nur außer mir niemand.«

Sie schniefte ein wenig, sie war jetzt schon sehr betrunken.

»Und außerdem bin ich besoffen.«

»Das wurde aber auch Zeit. Jetzt kommen gleich Kaffee und Cognac. Und hör auf zu flennen, es wird Zeit, daß du erwachsen wirst.«

»Glaubst du an Gott?« fragte Eva.

»Sei nicht blöd.«

Maja wischte sich Vanillesoße vom Mund. »Aber ab und zu rette ich jemanden vor der Verzweiflung und tue eine gute Tat, so sehe ich das gern. Nicht alle Männer finden eine Frau. Einmal hatte ich Besuch von einem Jungen, der unbedingt seinen Körper mit Ringen und Perlen dekorieren wollte. Der hatte überall welche, an allen vorstellbaren Stellen, er glitzerte und blinkte wie ein amerikanischer Weihnachtsbaum. Die Mädels wollten nichts mehr mit ihm zu tun haben.«

»Und was hast du gemacht?«

»Ihm ordentlichen Service verpaßt und ein bißchen mehr berechnet.«

Eva nippte am Cognac und zündete ihre Zigarette am falschen Ende an.

»Komm doch mit zu mir und sieh dir meine Wohnung an«, sagte Maja. »Gib dir doch die Chance, aus dem Dreck rauszukommen. Es ist doch nur für kurze Zeit. Betrachte es als neue Erfahrung.«

Eva schwieg. Sie war wie gelähmt, von etwas ganz Unwirklichem, etwas, das ihr schreckliche Angst einjagte. Aber es gab keinen Zweifel: Majas Vorschlag hatte sich längst in ihrem Kopf festgesetzt, und im Moment wurde er ernsthaft durchdacht.

Sie lagen in Majas Doppelbett, und Eva hatte einen schrecklichen Schluckauf.

»Du«, sagte sie, »was ist eigentlich der Marianengraben?«

»Die gewaltigste Meerestiefe auf der Welt. Elftausend Meter tief. Versuch mal, dir das vorzustellen, elftausend Meter.«

»Woher weißt du sowas?«

»Keine Ahnung. Hab' ich wohl irgendwo gelesen. Der verdreckte Fluß dagegen, der hier durch die Stadt fließt, bringt es unter der Brücke auf genau acht komma acht Meter.«

»Himmel, was du alles weißt!«

»In meiner knappen Freizeit lese ich nun wirklich keine Pornos, falls du das angenommen hast.«

»Früher hast du welche gelesen.«

»Das ist fünfundzwanzig Jahre her, und dich haben sie auch ganz schön interessiert.«

Beide kicherten.

»Deine Bilder«, sagte Eva, »sind wirklich grauenhaft. Das da ist echte Prostitution, das sage ich dir, für den Verkauf zu malen. Mit nur dem Verkauf vor Augen.«

»Braucht der Mensch was zu essen oder nicht?«

»Ein bißchen, sehr viel eigentlich nicht.«

»Aber Strom und Telefon sind auch nicht schlecht, oder?«

»Tja.«

»Ich gebe dir nachher zehntausend Kronen mit.«

»Was?«

Eva stützte sich auf den Ellbogen und schwankte erschrocken hin und her.

»Und dafür bringst du morgen ein Bild mit. Ein gutes, für das du zehntausend nehmen würdest. Ich kaufe dir ein Bild ab. Ich bin neugierig. Vielleicht wirst du eines Tages berühmt, und ich mache damit ein Schnäppchen!«

»Laß uns das hoffen!«

Maja lächelte zufrieden. »Wir werden deinen Laden schon in Schwung bringen, Eva, wart's nur ab. Wann kommt Emma wieder nach Hause?«

»Das weiß ich noch nicht. Sie ruft immer an, wenn sie genug hat.«

»Dann kannst du schon morgen anfangen. Nur versuchsweise, natürlich. Ich helfe dir am Anfang, du mußt über ein paar Kleinigkeiten Bescheid wissen. Ich schicke dir ein Taxi, sagen wir, um sechs? Morgen abend? Kleider und sowas besorge ich.«

»Kleider?«

»In den Klamotten kannst du hier nicht ankommen. Du mußt schon entschuldigen, aber du ziehst dich wirklich nicht gerade sexy an.«

»Und warum sollte ich sexy angezogen herumlaufen?«

Maja setzte sich auf und starrte Eva verwundert an.

»Du bist doch wohl nicht ganz anders als andere Frauen. Du wünschst dir doch wohl auch einen Mann, oder etwa nicht?«

»Doch«, sagte Eva müde, »wahrscheinlich.«

»Also mußt du aufhören, dich wie der Schwarze Tod zu kleiden.«

»Du machst wirklich reizende Komplimente.«

»Eigentlich bin ich neidisch. Du bist elegant, ich bin nur eine fette Frau mit Wülsten und Doppelkinn.«

»Nein, du bist ein munteres molliges Mädchen mit Appetit aufs Leben. Hast du Selbstachtung?« fragte Eva plötzlich.

»Ungefähr doppelt soviel wie du, möchte ich meinen.«

»Ich frag' ja nur.«

»Ich sehe es schon vor mir. Die Nachricht von der langbeinigen Künstlerin wird sich wie ein Lauffeuer verbreiten. Vielleicht stiehlst du mir die Kunden, vielleicht verschenke ich hier gerade meine ganze Existenzgrundlage.«

»Wenn du fast zwei Millionen hast, dann tust du mir wirklich nicht leid.«

Eva fuhr auf Majas Kosten mit einem Taxi nach Hause. Gleichzeitig bestellte sie für den nächsten Abend um sechs einen Wagen. Sie hatte Probleme mit dem Schlüssel, stolperte dann in ihr Atelier und musterte ihre Bilder mit kritischem Blick. Weil sie ziemlich blau war, war sie zutiefst beeindruckt,

und sie legte sich zufrieden aufs Sofa und schlief in
ihren Kleidern ein.

Im Aufwachen, eine Sekunde, ehe der Kater ein-
setzte, konnte sie sich an ihren Traum erinnern. Sie
hatte von Maja geträumt. Erst, als sie die Augen auf-
machte, sah sie alles wieder klar, und sie fuhr
erschrocken hoch. Zu ihrer großen Verwunderung
stellte sie fest, daß sie vollständig angezogen im
Atelier geschlafen hatte.

Sie schwankte ins Badezimmer und näherte sich
mit einer gewissen Besorgnis dem Spiegel. Ihre
Wimperntusche war wasserfest, sie war nicht verlaufen, aber die Wimpern ragten um ihre roten
Augen wie versengte Strohhalme auf. Die Poren
ihrer Haut waren groß wie dicke Mitesser. Eva
stöhnte bei diesem Anblick und drehte das kalte
Wasser auf. Worüber hatten sie noch gesprochen?
Langsam kam die Erinnerung, und ihr Herz schlug
rascher, je besser sie sich an das Gespräch erinnerte. Maja, die Maja ihrer Kindheit, ihre allerbeste
Freundin, die sie seit fünfundzwanzig Jahren nicht
gesehen hatte, arbeitete als Nutte. Als reiche Nutte,
dachte Eva entsetzt, und sie erinnerte sich vage
daran, wie sie ihre eigenen Aussichten diskutiert
hatten, sich aus ihrem finanziellen Engpaß zu
befreien. Es war nicht zu glauben! Daß sie diese
Möglichkeit überhaupt nur in Betracht gezogen
hatte! Sie spritzte sich kaltes Wasser ins Gesicht und
stöhnte, öffnete den Medizinschrank und fand
eine Packung Aspirin. Sie spülte mit Wasser eine
Handvoll Tabletten herunter und streifte Rock und

T-Shirt ab. Vielleicht habe ich ein Bier im Kühlschrank, überlegte sie. Sie fühlte sich viel zu elend zum Arbeiten, und sie würde auch heute wieder nicht weiterkommen. Sie duschte und schrubbte sich, so lange sie es ertragen konnte, merkte nach einer Weile, daß die Tabletten wirkten, und hüllte sich in ihren Bademantel. Der war schwarz, auf dem Rücken hatte er chinesische Drachen. Dann ging sie ins Wohnzimmer und suchte nach ihrer Handtasche, in der die Zigaretten steckten. Sie öffnete die Tasche und starrte ein Bündel Geldscheine an. Einen Moment lang sah sie die verdutzt an, dann fiel ihr alles wieder ein. Sie zählte. Zehntausend Kronen. Genug, um alle Rechnungen in der Schublade zu bezahlen. Ungläubig schüttelte sie den Kopf, dann ging sie ins Atelier und starrte wieder die Bilder an. Eines lehnte gesondert an der Wand, wann hatte sie es hervorgezogen?

Aber es gehörte vielleicht zu den besten, die sie hatte. Ein fast ganz schwarzes Bild mit einem stark leuchtenden Streifen, der sich quer über die Leinwand zog. Als sei das Bild an der Stelle zerrissen. Sie mußte lächeln, als sie sich Majas Gesicht vorstellte, wenn sie ihr dieses Bild anbrachte. Dann suchte sie weiter in ihrer Handtasche, fand eine Zigarettenschachtel mit einer einzigen Zigarette, zündete sie an und öffnete den Kühlschrank. Der war leer. Nur Butter, Ketchup und eine Flasche Soyasoße. Eva seufzte, dann fiel ihr plötzlich der Stapel Geldscheine ein, und sie lächelte wieder. Was sie jetzt brauchte, war ein eiskaltes Bier. Deshalb zog sie sich ganz schnell an, warf sich den Mantel über die Schultern und trabte zielbewußt zum kleinen Laden an der Ecke. »Omars Laden«

öffnete schon um acht Uhr morgens, Gott segne Omar. Und er nahm auch keinen Anstoß daran, daß jemand schon Bier kaufte, wenn andere noch gar nicht aufgestanden waren. Der Laden lag wie ein fremder Vogel in dem ehrwürdigen alten Villenviertel. Viele ärgerten sich darüber, Eva fand es gut.

Omars Zähne leuchteten kreideweiß vor Begeisterung, als sie in der Tür auftauchte. Sie nahm zwei Bier aus einem Kasten und schnappte sich eine Zeitung und vierzig Prince mild.

»Ich wünsche einen guten Tag!« Er lächelte aufmunternd.

»Das kommt vielleicht noch«, Eva stöhnte. »Noch ist es nicht soweit.«

»Ach, ich weiß, daß es ein guter Tag ist. Aber zwei Flaschen sind für einen schlechten Tag zuwenig.«

»Da haben Sie im Grunde recht«, sagte Eva. Sie holte noch eine Flasche und bezahlte.

»Übrigens, ich habe hier wohl noch eine unbezahlte Rechnung liegen«, sagte sie dann, »die kann ich auch gleich erledigen.«

»Ach, dann ist es auch für mich ein guter Tag.«

Er suchte in dem Schuhkarton, in dem er die Rechnungen aufbewahrte. »Siebenhundertzweiundfünfzig.«

Eva war gerührt. Er hatte dieses Geld nie erwähnt. Sie gab ihm einen Tausender und warf einen Blick auf den Versandhauskatalog, in dem er eben geblättert hatte.

»Gibt's da was Spannendes?« fragte sie.

»Ja, ja, das hier, das kaufe ich für meine Frau. Kommt in vierzehn Tagen mit der Post.«

Eva kniff die Augen zusammen. »Was ist das denn?«

»Ein Fusselentferner. Praktisch für Pullover und Sofakissen und Möbel. In meinem Land gibt es keine Fussel. Ihr habt hier komische Stoffe.«

»Ich mag Fusseln«, sagte Eva. »Die erinnern mich immer an alte Teddybären. Der, den ich als kleines Kind hatte, war voll von Fusseln.«

»Ja, ja«, wieder funkelten seine Zähne. »Eine nette Erinnerung. Aber in meinem Land gibt es auch keine Teddybären.«

Das Bier war lauwarm. Sie legte eine Flasche unter fließendes Wasser und suchte Majas Nummer im Telefonbuch. Nur, um ihr zu sagen, sie solle das ganze Suffgefasel vom Vorabend vergessen, Eva sei einfach nicht mehr zurechnungsfähig gewesen. Das Telefon war tot. Natürlich, es war ja gesperrt worden. Eva fluchte leise, ging ins Badezimmer, setzte sich auf die Toilette und wickelte sich dabei den Rock um den Bauch. Heute sehe ich immerhin aus wie eine Hure, dachte sie, vielleicht bin ich das ja auch, vielleicht ist heute ein guter Tag für den Anfang. Sie war fertig, ließ ihren Rock zu Boden fallen und verkroch sich wieder im Bademantel. Ging auf den Flur und stellte sich vor den Dielenspiegel, wo sie sich von Kopf bis Fuß sehen konnte. Nur einfach so, dachte sie.

Eva maß einen Meter dreiundachtzig, und das Längste an ihr waren ihre Beine. Ihr Gesicht war schmal und blaß, die Augen golden, nicht dunkel genug, um »braun« genannt zu werden. Ihre Schultern waren schmal, sie hatte einen außergewöhnlich langen Hals und lange Arme mit dünnen

Handgelenken. Ihre Füße waren groß, sie hatte Schuhgröße 41, das war zum Heulen. Ihr Körper war dünn, ein wenig eckig und nicht besonders feminin, aber sie hatte schöne Augen, das hatte zumindest Jostein immer gesagt. Groß und ein wenig schräg, sie standen weit auseinander. Ein bißchen gute Schminke hätte sicher Wunder gewirkt, aber mit Schminke war sie immer ungeschickt gewesen. Ihre Haare hingen einfach nur herab, lang und dunkel mit einem leichten rötlichen Schimmer. Sie beugte sich vor. Die Behaarung ihrer Oberlippe hatte zugenommen. Vielleicht sinkt die Östrogenproduktion, überlegte sie. Ihr Bademantel öffnete sich, sie zog ihn beiseite, um ihr kleinen Brüste, die lange schmale Taille und die Oberschenkel zu sehen, die so weiß waren wie ihr Gesicht. Sie schwenkte ein wenig die Hüften und bewegte ihren Kopf so heftig, daß ihre Haare sich wellten. Wenn Maja mit ihrem kleinen fetten Körper Millionärin werden kann, dann kann ich das mit diesem hier auch, dachte sie tollkühn. Und wieder sah sie den Stapel von Geldscheinen vor sich, dachte daran, woher der stammte, und schüttelte den Kopf. Als begreife sie nicht so recht, was passiert sei, einfach so über Nacht. Sie schloß den Bademantel wieder und fischte die Flasche aus dem Spülbecken. Sie wollte überhaupt nicht mehr nachdenken, sondern es einfach nur tun. Niemand brauchte davon zu erfahren. Nur vorübergehend, vielleicht bis Weihnachten, bis sie sich ein wenig saniert hatte. Sie trank das Bier und merkte, wie ihre Nerven zur Ruhe kamen. Ich habe mich eigentlich nicht verändert, überlegte sie, ich habe nur eine neue Seite entdeckt. Sie trank und rauchte

und träumte sich weg, zu ihrer eigenen kleinen
Galerie, die unten am Fluß liegen sollte, am liebsten auf dem Nordufer. Galerie Magnus. Das hörte
sich nicht schlecht an. Eine plötzliche Eingebung
ließ sie mit dem Gedanken spielen, ihre Bilder ein
bißchen farbiger zu gestalten. Auf dem ersten Bild
ein ganz dünner roter Strich, kaum zu sehen, dann
später immer ein wenig mehr. Sie fühlte sich gewaltig inspiriert. Danach machte sie noch eine
Flasche auf und dachte, daß gerade das in ihrem
Leben gefehlt habe. Maja hatte gefehlt! Aber
jetzt war sie wieder da. Alles wird sich finden, dachte Eva zufrieden, das hier ist der Wendepunkt. Als
sie alle Flaschen geleert hatte, schlief sie wieder
ein.

Um sechs Uhr hupte vor dem Haus das Taxi.
    Eva hatte das Bild in eine alte Decke gewickelt,
und der Fahrer verstaute es sorgsam im Kofferraum. »Vorsichtig fahren«, bat sie, »es ist zehntausend Kronen wert.«
    Sie nannte die Adresse in der Tordenskioldsgate
und hatte plötzlich das Gefühl, daß der Fahrer sie
im Rückspiegel anstarrte. Vielleicht kannte er
Maja. Vielleicht war jedes zweite Mannsbild, das
hier durch die Straßen ging, in ihrem Bett gewesen. Eva wischte sich Fusseln vom Rock und
merkte, daß sie nervös wurde, ihr Bierrausch hatte
sich gelegt, die Wirklichkeit kehrte zurück. Aber es
war schon seltsam, wenn Emma so lange nicht bei
ihr war, dann schien sie die ganze Mutterrolle in
eine Schublade zu stecken und nur noch Eva zu
sein. Das bin ich jetzt, dachte sie, ich bin Eva. Es ist
mir egal, was andere vielleicht denken, ich mache,

was ich will. Sie lächelte. Der Fahrer sah es und erwiderte das Lächeln im Rückspiegel. Bilde dir bloß nichts ein, dachte sie. Mich kriegst du auch nicht gratis.

Maja lachte und zog sie in die Wohnung. Die Ausschweifungen der vergangenen Nacht hatten in ihrem runden Gesicht keinerlei Spuren hinterlassen.

»Komm rein, Eva. Du hast das Bild mitgebracht!«

»Du wirst in Ohnmacht fallen.«

»Ich falle nie in Ohnmacht.«

Sie packten das Bild aus und lehnten es an die Wand.

»Himmel!«

Maja verstummte und sah sich das Bild ganz genau an.

»Ich muß schon sagen. Du bist wirklich etwas Besonderes. Hat es einen Namen?«

»Nein, spinnst du?«

»Warum hat es keinen?«

»Weil ich dann entscheide, was du sehen sollst, und das will ich nicht. Du kannst dir das Bild selber ansehen und mir erzählen, was du siehst. Und danach kriegst du dann meine Antwort.«

Maja dachte lange nach und sagte schließlich: »Das ist ein Blitzschlag. Genau.«

»Ja, das ist nicht dumm. Ich weiß, was du meinst, aber ich sehe noch mehr. Die Erde, die bei einem Erdbeben Risse wirft. Oder den Fluß, der nachts durch die Stadt fließt, im Mondschein. Oder glühende Lava, die über eine verkohlte Ebene strömt. Morgen wirst du vielleicht wieder etwas anderes sehen. Ich meine, so habe ich mir das jedenfalls vorgestellt. Du mußt versuchen, dich von alten Vorstellungen loszureißen, wenn es um Kunst geht, Maja.«

»Ich bleibe beim Blitzschlag. Ich mag es nicht, wenn Dinge sich verändern und zu etwas anderem werden. Und du bist hier diejenige, die sich losreißen muß, Herzchen. Ich habe das andere Zimmer fertig gemacht, das mußt du dir mal ansehen. Hast du schon gegessen?«

»Nur getrunken.«

»Du bist schlimmer als ein Säugling, du mußt wohl gefüttert werden! Kannst du selber kauen, wenn ich dir ein Brot mache?«

Sie zog Eva durch die Wohnung. Das freie Zimmer war ein dunkler Raum mit viel Rot, Plüsch und Samt und schweren, geschlossenen Vorhängen. Das Bett war riesengroß. Eine Decke mit Goldfransen lag darauf. Den Boden verbargen dicke schwarzrote Teppiche, die Füße sanken beim Gehen ein.

»Das sind deine Farben«, sagte Maja energisch. »Und ich habe einen roten Morgenrock für dich, der sich leicht öffnet. Aus dünnem Samt. Hier drinnen«, sie ging durch das Zimmer und zog einen Vorhang beiseite, »hast du ein kleines Badezimmer mit Waschbecken und Dusche.«

Eva schaute hinein.

»Du kannst hier arbeiten, wenn ich beim Notruf bin. Ich habe dir einen Extraschlüssel machen lassen. Komm jetzt, du mußt etwas essen.«

»Hast du das alles heute erledigt?«

»Ja. Und was hast du gemacht?«

»Geschlafen.«

»Dann kannst du heute nacht ja ein bißchen länger arbeiten.«

»Nein, Himmel, ich weiß nicht so recht – wenn ich mich überhaupt traue, dann muß doch einer genug sein, fürs erste Mal, meine ich. Du«, fügte sie nervös hinzu, »sind da viele miese Typen dabei?«

»Aber nicht doch.«

»Aber es kommt doch sicher vor, daß einer etwas Ekelhaftes sagt, oder gemein ist ...«

»Nein.«

»Aber hast du denn keine Angst? So Abend für Abend allein mit fremden Männern?«

»Die Männer haben Angst, sie haben ein schlechtes Gewissen. Als erstes haben sie ihrer Frau eine gemeine Lüge aufgetischt, dann vergreifen sie sich am Haushaltsgeld, um mich zu bezahlen. Heutzutage ist es schlimm, wenn einer zu einer Nutte geht. In alten Zeiten warst du kein echtes Mannsbild, wenn du nicht in den Puff gingst. Nein, ich habe nie Angst. Ich bin doch Profi.«

Eva biß in ihr Brot und kaute langsam. Thunfisch mit Zitrone und Mayonnaise.

»Aber bitten die dich denn nie um irgendwelche Sonderleistungen?«

»Nein, das kommt nur selten vor. Es gibt doch die Buschtrommel, sie wissen alles Nötige, ehe sie zum ersten Mal zu mir kommen.«

Sie öffnete eine Cola und trank lange.

»Sie wissen, daß ich eine anständige Nutte bin, bei der sexueller Schnickschnack nicht in Frage kommt. Ich habe fast nur feste Kunden, und die kennen mich. Sie wissen, was erlaubt ist, und wo

190

die Grenze verläuft. Wenn sie Quatsch machen, dann dürfen sie nicht mehr herkommen, und das wollen sie nicht riskieren.«

Sie schloß mit einem leisen Rülpsen.

»Sind sie betrunken?«

»Ja, viele, aber nicht sternhagelvoll. Einen leichten Schwips haben sie ziemlich oft. Viele kommen gleich aus der Kneipe dahinten, aus dem Königlichen Wappen. Andere kommen um die Mittagszeit, mit Anzug und Diplomatenkoffer.«

»Weigern die sich manchmal, zu bezahlen?«

»Ist mir noch nie passiert.«

»Hat einer dich denn schon mal geschlagen?«

»Nix.«

»Ich weiß nicht, ob ich mich traue.«

»Was brauchst du dich denn da groß zu trauen?«

»Nein, ich weiß nicht – ich habe soviele Geschichten gehört.«

»Männer sind sauer, wenn sie *nicht* kriegen, was sie wollen, oder was?«

»Ja.«

»Sie kommen her, um zu kaufen, was sie brauchen, und das bekommen sie auch. Sie haben keinen Grund, Ärger zu machen. Ist es denn verwerflich, wenn Leute miteinander ins Bett gehen?«

»Natürlich nicht. Aber viele sind doch sicher verheiratet, haben Kinder und so.«

»Natürlich, gerade die kommen doch, gerade die sind unterversorgt. Verheiratete schlafen nicht so oft miteinander.«

»Jostein und ich wohl.«

»Ja, anfangs vielleicht. Aber wie hat es nach zehn Jahren ausgesehen?«

191

Jetzt wurde Eva rot.

»Oder meinst du vielleicht«, sagte Maja, »wir Frauen sollten uns auf irgendeine Weise aufsparen, für die große Liebe vielleicht? Glaubst du an die große Liebe, Eva?«

»Natürlich nicht.«

Sie nippte an der Cola.

»Verlieben die sich denn manchmal in dich?«

»Aber sicher. Vor allem die ganz jungen. Das finde ich sehr schön, und ich bin dann besonders nett zu ihnen. Im Frühjahr hatte ich zum Beispiel einen ganz jungen Mann hier, er hatte einen wirklich phantastischen Namen, seine Familie war französischer und spanischer Herkunft. Jean Lucas Cordoba. Hast du je so einen tollen Namen gehört? Stell dir mal vor, so zu heißen«, sagte Maja nachdenklich. »Man möchte fast heiraten, um sich diesen Namen zu sichern, was? Und dann war da noch Gøran, den werde ich nie vergessen. Der war Jungfrau, und ich mußte ihm alles erst mal erklären. Danach war er gerührt und dankbar. Es ist nicht leicht, Jungfrau zu sein, wenn du schon fünfundzwanzig und noch dazu bei der Polizei bist. Hat bestimmt ganz schön viel Mut erfordert, herzukommen.«

Eva hatte ihr Brot gegessen. Sie leerte ihr Glas und strich sich die Haare aus dem Gesicht.

»Sprecht ihr denn auch miteinander?«

»Wir wechseln ein paar Worte. Es sind immer dieselben Klischees, ich glaube, so ungefähr das, was sie hören wollen. Sie verlangen wirklich nicht viel, Eva, das wirst du bald feststellen.«

Maja stellte die Flasche weg.

»Jetzt ist es zehn vor sieben, und der erste

kommt um acht. Der war schon mal hier, er ist eigentlich ein etwas übellauniger Heini, aber er ist schnell fertig. Den übernehme ich, und ich sage ihm, daß wir uns die Kundschaft jetzt zu zweit teilen. Und daß wir auf derselben Linie liegen. Dann wissen sie, was auf sie zukommt, und du kriegst die gleiche Art von Kunden wie ich.«

»Ich würde mich gern im Kleiderschrank verstecken und euch heimlich zugucken«, seufzte Eva. »Sehen, wie du das machst. Und ich weiß einfach nicht, was ich zu ihnen sagen soll.«

»Im Kleiderschrank ist es ein bißchen eng. Durch den Türspalt kannst du mehr sehen.«

»Was?«

»Ja, du kannst ja nicht gut am Fußende des Bettes stehen. Aber du kannst aus dem anderen Zimmer zuschauen. Wir machen das Licht aus und lehnen die Tür an, und da sitzt du dann und siehst dir alles an. Dann bekommst du einen kleinen Eindruck. Du kennst mich noch, sowas war mir noch nie peinlich.«

»Himmel, ich könnte was zu trinken brauchen, ich zittere am ganzen Leib.«

Maja deutete mit zwei Fingern eine Pistole an und zielte auf Evas Stirn.

»Kommt nicht in Frage! Suff im Dienst ist streng verboten. Dann geht alles zum Teufel, Eva. Aber danach gehen wir wieder essen. Ich kann dir eins versprechen: Wenn du erst einmal angefangen hast, Geld zu verdienen, dann kommst du erst richtig auf den Geschmack. Wenn ich etwas haben möchte, dann greife ich in ein Glas und ziehe eine Handvoll Geldscheine heraus. Ich habe überall Geld, in Schubladen und Schränken, im Badezimmer, in der Küche, in Stiefeln und Schuhen, ich habe fast schon keinen Überblick mehr.«

»Du hast doch wohl keine zwei Millionen in deiner Wohnung herumliegen?«

Eva war blaß geworden.

»Nein, nur das, was ich an Taschengeld brauche. Das große Geld habe ich im Ferienhaus versteckt.«

»Im Ferienhaus?«

»In dem von meinem Vater. Der ist vor vier Jahren gestorben, und deshalb gehört es jetzt mir. Du warst einmal da, weißt du noch, mit den anderen Mädels? Auf der Hardangervidda?«

»Dein Vater ist tot?«

»Ja, seit vier Jahren. Du kannst dir ja denken, was ihm den Hals gebrochen hat.«

Eva verkniff sich höflich die Antwort.

»Aber wenn da nun eingebrochen wird!«

»Das Geld ist gut versteckt. Das findet so leicht niemand. Und Geldscheine sind ja doch sehr klein, die brauchen nicht viel Platz. Ich kann sie doch nicht auf die Bank bringen.«

»Geld ist nicht alles«, Eva servierte eine Binsenweisheit. »Vielleicht stirbst du, ehe du Freude daran hast.«

»Vielleicht stirbst du, ehe du überhaupt gelebt hast«, erwiderte Maja. »Aber für den Fall, daß ich ganz plötzlich krepiere, bist du hiermit zu meiner Alleinerbin ernannt. Ich gönne dir die Kohle.«

»Wie nett, danke. Ich glaube, ich brauche eine Dusche«, sagte Eva. »Ich bin schweißnaß vor Angst.«

»Dann los. Ich suche dir den Morgenrock heraus. Hat dir mal jemand gesagt, daß Schwarz dir sehr gut steht?«

»Danke.«

»Das war kein Kompliment. Ich meine nur, weil du immer Schwarz trägst!«

»Ach«, sagte Eva verlegen. »Nein, ich kann mich nicht erinnern. Jostein konnte Schwarz nicht ausstehen.«

»Ich weiß wirklich nicht, was du gegen Farben hast.«

»Die – die stören auf irgendeine Weise.«

»Stören was?«

»Das, was wichtig ist.«

»Und das ist …«

»Alles andere.«

Maja seufzte und räumte Gläser und Teller weg.

»Euch Künstler zu verstehen, ist wirklich nicht leicht.«

»Nein«, Eva grinste. »Aber irgendwer muß sich doch die Mühe machen und die Tiefe im Dasein aufzeigen. Damit ihr anderen an der Oberfläche surfen könnt.«

Sie ging in das Zimmer, das ihr Zimmer werden sollte, und zog sich aus. Hörte Maja nebenan summen, hörte Kleiderbügel gegeneinanderstoßen. Majas Zimmer war grün, mit viel Gold, und Eva mußte an ihre eigene schwarzweiße Wohnung denken, beide Wohnungen waren durch einen Ozean voneinander getrennt.

Die Duschkabine war winzig, die Wand gegenüber bedeckte ein großer Spiegel. Eva sah ihren langen Körper, und er kam ihr fremd vor. Als habe sie bereits auf das Eigentumsrecht verzichtet. Der

Spiegel beschlug. Für einen Moment sah sie jung und glatt aus, und der geblümte Vorhang tauchte sie in ein rosiges Licht, dann war sie ganz verschwunden.

»Ich darf nicht nachdenken«, sagte sie zu sich. »Ich muß einfach nur tun, was Maja sagt.«

Sie duschte fertig, trocknete sich ab und ging wieder ins Zimmer, das im Vergleich zur Dusche kühl wirkte. Maja kam herein, sie hatte etwas Rotes über dem Arm liegen, einen Morgenrock. Eva schlüpfte hinein.

»Super. Genau, was du brauchtest. Schaff dir rote Klamotten an, dann siehst du aus wie eine Frau, und nicht wie ein Hopfenstange. Kannst du irgendwas mit deinen Haaren anstellen?«

»Nein.«

»Na gut. Dann muß ich dir nur noch eine winzige Kleinigkeit zeigen. Leg dich aufs Bett, Eva.«

»Was? Wieso denn?«

»Mach es einfach, leg dich aufs Bett.«

Eva zögerte, aber dann ging sie zum Bett und legte sich mitten darauf.

»Nein, mehr zur Seite, nach rechts, sonst liegst du auf der Ritze.«

Eva rutschte an die Kante.

»Jetzt faß mit der rechten Hand den Boden an.«

»Was?«

»Laß deinen Arm über die Bettkante hängen. Und dann tastest du am Rand des Bettvorlegers entlang, neben dem Bett, spürst du da etwas Hartes?«

»Ja.«

»Schieb die Hand unter den Teppich und reiß es los, es ist festgeklebt.«

Eva tastete mit der rechten Hand zwischen den
Teppichfransen herum, bis sie etwas Langes, Glat-
tes spürte, das neben dem Bett befestigt war. Sie riß
daran. Es war ein Messer.

»Siehst du dieses Messer, Eva? Das ist ein Hunter,
von Brusletto. Wenn du findest, daß es schrecklich
aussieht, dann hat es seinen Zweck erreicht. Es
dient zur Abschreckung und zur Warnung. Falls
jemand Quatsch macht. Wenn du nach unten faßt
und dann das Messer in der Faust hast, und er sitzt
da mit nacktem Hintern und freihängendem
Besteck, dann kriegt er sich garantiert ganz schnell
wieder ein.«

»Aber – du hast doch gesagt, daß sowas nicht
vorkommt?« stammelte Eva. Es war ihr jetzt ausgesprochen unbehaglich zu Mute.

»Nein«, sagte Maja ausweichend. »Nur ein
paar jämmerliche Versuche.« Sie bückte sich und
brachte das Messer wieder an. Eva konnte ihr
Gesicht nicht sehen. »Aber es kommt ja vor, daß
einer sich ein bißchen aufspielt. Ich kenne nicht
alle gleich gut. Und außerdem sind Männer ja viel
stärker als wir.«

Sie machte sich am Klebeband zu schaffen.
»Eigentlich vergesse ich ja, daß das Messer da
unten steckt. Aber wenn es sein muß, dann fällt es
mir sofort wieder ein, das kann ich dir sagen.«

Sie richtete sich wieder auf. Jetzt zeigte sie ihr
altes Lächeln. »Ich bin vielleicht leichtsinnig, aber
unvorbereitet bin ich nicht. Komm her, du
brauchst ein bißchen Lippenstift.«

Eva zögerte kurz, dann ging sie barfuß über den
dicken Teppich. Das hier ist eine andere Welt,
dachte sie, mit ihren eigenen Regeln. Nachher,

wenn ich wieder zu Hause bin, wird alles so sein wie früher. Zwei Wände, mit einer Mauer dazwischen.

Sie saß ganz still auf einem Schemel hinter der Tür. Das Zimmer war dunkel, und von außen konnte niemand sie sehen. Durch den Türspalt sah sie Majas Bett, sie sah den Nachttisch und die Lampe mit dem großen, mit einem rosa Flamingo dekorierten Schirm. Ansonsten war auch Majas Zimmer dunkel. Eva wartete auf die zwei kurzen Klingeltöne, das ausgemachte Signal. Es war fünf vor acht. Das Haus lag in einer stillen Straße, von draußen war kein Laut zu hören, nur gedämpfte Musik aus der Stereoanlage, Maja hörte Joe Cocker. Der wird auch jedes Jahr heiserer, dachte Eva. Sie hörte ein Auto, es hielt gleich unter dem Fenster an. Sie schaute noch einmal auf die Uhr, es war drei vor, und ihr Herz hämmerte lauter. Eine Autotür fiel ins Schloß. Dann hörte sie das dumpfe Geräusch der Haustür, die unten geschlossen wurde. Auf eine plötzliche Eingebung hin stand sie auf und ging ans Fenster. Sie starrte auf ein weißes Auto hinunter. Ein sportliches Modell, überlegte sie und schaute durch den Spalt zwischen den Vorhängen. Sie hatte einen scharfen Blick für Details. Das hier war ein Opel, gut in Schuß, aber nicht mehr ganz neu. Irgendwie sah der Wagen bekannt aus. Jostein hatte so einen gehabt, vor langer Zeit, als sie sich kennengelernt hatten. Sie schlich wieder zum Schemel zurück, setzte sich und legte die Hände in den Schoß. Die Türklingel ging zweimal kurz, wie abgemacht. Maja sprang auf und ging zur Tür, und plötzlich drehte sie sich um und hob den Daumen. Dann machte sie auf. Eva versuchte, ruhig zu atmen. Im Zimmer gab es so viele Textilien, sie hatte das Gefühl, daß die ihr die Luft abschnürten. Ein Mann kam in die Wohnung. Eva konnte ihn nicht deutlich sehen, aber er schien etwa Mitte Dreißig zu sein, ein untersetzter Mann mit dünnem blonden Haar. Im Nacken war sein Haar lang, er hatte es mit einem Gummi zu einem jämmerlichen Pferdeschwanz gebunden, und er trug Jeans. Die saßen nicht sehr gut, denn er hatte einen Bierbauch. Das fand sie einfach unerträglich, Mannsbilder, die wegen ihres Bauchs ihre Hosen nicht richtig anziehen konnten. Jostein war auch so, aber Jostein war Jostein, das war etwas anderes. Der Mann streifte seine Jacke ab und ließ sie aufs Bett fallen, ungeniert, wie bei sich zu Hause. Eva gefiel das nicht, es sah frech aus. Dann griff er in seine Hosentasche, fischte einen Geldschein heraus und warf ihn aufs Bett. Eva hörte Majas Stimme, konnte aber kaum etwas verstehen. Vorsichtig beugte sie sich vor und hielt ihr Ohr so dicht an den Türspalt, wie sie es nur wagte.

»Ich habe auf dich gewartet«, sagte Maja. »Komm.«

Die Stimme war weich wie Honig. So kann ich einfach nicht sprechen, dachte Eva verzweifelt. Der Mann trat plötzlich dicht an Maja heran, und sie sah winzig aus, obwohl er doch auch nicht gerade groß war. Im Zimmer gab es nicht besonders viel Licht, aber Eva sah, daß er Majas grünen Morgenrock öffnete und ihn ihr über die Schultern streifte. Der Morgenrock fiel zu Boden. Eva starrte und starrte Majas runden weißen Körper an, und den Mann, aber sie konnte seinen Gesichtsausdruck nicht erkennen. Im Hintergrund summte ange-

nehm die Musik, und Maja ging jetzt zum Bett, sie
legte sich langsam auf den Rücken und streckte die
Arme seitwärts aus. Der Mann folgte. Er trug ein
kariertes Hemd, das er plötzlich aus dem Hosen-
bund riß. Nun hatte er bezahlt, nun konnte er
diese Ware mit selbstverständlichem Eigentumsrecht in Besitz nehmen, und das tat er auch. Er
kniete sich neben das Bett und machte sich an seinem Gürtel zu schaffen. Eva konnte Majas schwarze
Unterhose und ihre molligen Oberschenkel sehen.
Die beiden sprachen nicht miteinander, beide
bewegten sich langsam und routiniert, sie hatten
das hier schon oft gemacht. Er kam gleich zur
Sache, öffnete seine Gürtelschnalle, und Eva hörte,
wie er den Reißverschluß herunterzog. Maja bewegte sich nicht, Eva bewegte sich auch nicht, sie
sah durch den Türspalt, wie er seine Hose über
seine Oberschenkel sinken ließ, dann packte er
Majas Unterhose und riß sie ihr weg. Sie half ihm
dabei, indem sie träge den Hintern hob. Dann
spreizte sie die Beine. Und in diesem Moment
geschah etwas mit ihm. Er brach in heftiges Keuchen aus, er hockte sich über Maja und öffnete ihre
Beine noch weiter. Und dann stürzte er sich hinein.
Maja hatte das Gesicht zur Seite gedreht. Eva sah
nur die strähnigen Haare des Mannes und seinen
weißen Hintern, der sich immer schneller auf und
ab bewegte. Bald darauf stützte er sich mit den
Armen ab und legte den Kopf in den Nacken. Ein
langgedehntes, heiseres Stöhnen war zu hören,
dann sank er in sich zusammen. Das Ganze hatte
vielleicht eine Minute gedauert. Als er mit dem
Kinn auf der Matratze auftraf, rutschte seine Hand
über die Bettkante. Er versuchte, auf dem Boden

festen Halt zu finden, und dann war ein leises Geräusch zu hören. Daraufhin beugte er sich über die Bettkante. Eva sah, daß er auf dem Teppich herumtastete. Maja drehte ihren Kopf, ihre schwarzen Augenbrauen hoben sich, als er plötzlich wieder nach oben kam. In der Hand hatte er das Messer. Es glitzerte im Licht der Flamingolampe. Der Mann starrte es verwundert an, dann wanderte sein Blick zu Maja weiter, die versuchte, sich aufzusetzen. Eva schlug die Hand vor den Mund und unterdrückte ein Aufkeuchen. Einige Sekunden lang war es ganz still im Nebenzimmer. Joe Cocker war gerade fertig mit »Up where we belong« und legte vor dem nächsten Stück eine Pause ein. Das Bild, das Eva durch den Türspalt sah, ließ ihr Blut in ihren Adern erstarren, und sie bekam kaum noch Luft. Maja, noch immer nackt, auf dem Rücken im Bett, mit wachsamem Blick, der Mann, der immer noch über ihr saß, noch immer mit der Hose auf den Knien und dem scharfen Messer in der Hand.

»Was zum Teufel ist das denn?«

Er hörte sich mißtrauisch an. Er starrte Maja an, aber sie war so freundlich und sanft wie bei seinem Eintreffen. Sie war Profi.

»Nur eine kleine Sicherheit für eine einsame Frau. Es kommen sehr seltsame Leute her.«

Ach, sieh an, dachte Eva.

»Ach, sieh an?« fragte er. »So siehst du uns also? Wolltest du mir das in den Leib stechen?«

»Du bist das doch wohl, der etwas in mich hineingestochen hat«, sagte sie mit heiserem Lachen.

Er saß weiterhin über ihr, mit dem Messer in der Hand, und ohne sich zu rühren.

»Ich habe von Nutten gehört, die Leuten auf diese Weise das Geld aus der Tasche ziehen.«

Er betrachtete das Messer, drehte und wendete es, betrachtete ihren nackten Körper mit der kreideweißen Haut und schien das alles zu genießen.

»Danke«, sagte sie. »Mein Geld habe ich bekommen. Und ich finde, du solltest das Messer jetzt weglegen. Es gefällt mir nicht, daß du mit der Messerspitze auf mich zeigst.«

»Und mir gefällt es nicht, daß ich im Bett Messer finde, wenn ich in ehrlicher Absicht komme. Auf euch Mädels ist wirklich kein Verlaß!«

Er schien sich aufzuregen. Eva biß sich auf die Lippen und hatte fast aufgehört zu atmen. Maja versuchte, sich aufzusetzen, aber er stieß sie zurück.

»Jetzt reg dich ab«, sagte sie laut. »Sei doch nicht so empfindlich!«

»Ich bin nicht empfindlich«, knurrte er. »Ihr seid empfindlich, ihr denkt dauernd das Schlimmste von uns. Verdammt, Messer und überhaupt. Hast du auch was zum Schießen?«

»Natürlich.«

»Du leidest doch an Verfolgungswahn, das habe ich mir gleich gedacht.«

»Du leidest hier an Verfolgungswahn. Ich hatte keinen Grund, dir mit dem Messer zu kommen. Anfangs wenigstens nicht. Jetzt reicht es. Mach, daß du wegkommst, sonst mußt du doppelt bezahlen.«

»Ha! Ich gehe, wenn ich soweit bin«, antwortete er, zog seine Hose hoch und mühte sich mit dem Reißverschluß ab.

»Du bist schon längst soweit, und es warten noch andere.«

»Dann sollen sie eben warten. Ihr Nutten seid

verdammt gierig, ich hab' einen Häuptling für
einen Job von fünf Minuten hingeblättert. Weißt
du, wie lange ich in der Brauerei malochen muß,
um einen Häuptling zu verdienen?«

»Nein«, sagte Maja müde. Sie starrte jetzt die
Decke an. Eva wartete und kaute auf drei Fingern
herum.

»Verdammte miese Kacke«, murmelte er und riß
an seiner Gürtelschnalle. »Verdammtes Frauenzimmer!«

»Also, jetzt reicht es! Du brauchst nicht mehr
wiederzukommen. Von jetzt ab bist du hier nicht
mehr willkommen. Und das hätte ich dir schon
längst sagen sollen.«

»Ach was!«

Er hielt inne und nickte, als sei ihm plötzlich ein
Licht aufgegangen. »So ist das also! Ihr nehmt uns
mit offenen Armen in Empfang, und wir stülpen
unsere Brieftasche für euch um, und in Wirklichkeit könnt ihr uns allesamt nicht ausstehen! So ist
es doch, oder was? Verdammte Kacke, kein Mensch
ist so zynisch wie ihr Nutten!«

Mit gewaltiger Kraftanstrengung konnte Maja
sich auf ihre Ellbogen stützen. Sie versuchte, die
Beine anzuziehen, aber der Mann hielt sie weiterhin fest. Sie versetzte ihm mit dem Ellbogen einen
Stoß und befreite sich aus der Umklammerung
seiner Oberschenkel, griff dabei nach dem Messer,
bekam es zu fassen und zerrte aus Leibeskräften
daran. Plötzlich hielt sie es in der Hand. Sie kam
mit erhobenem Messer auf die Knie. Die Messerspitze zitterte. Maja starrte jetzt den Mann an, er
saß noch immer im Bett wie auf dem Sprung, sein
kleiner Pferdeschwanz sträubte sich, wie die Erek-

tion eines kleinen Jungen, dachte Eva, sie hatte jetzt die ganze Hand im Mund und biß heftig darauf herum, um nicht zu schreien. Wenn der Mann sich nach links umgedreht hätte, dann hätte er Evas Auge gesehen, einen leuchtenden kleinen Punkt im schwarzen Türspalt. Aber das tat er nicht, er schnappte sich ein Kissen und hielt es sich als Schutz vor den Unterleib. Er starrte Maja an, die zitternd mit dem Messer in der Hand vor ihm kniete. Ein Kissen und ein Messer. Alles war totenstill.

Eva verbarg ihr Gesicht in den Händen. Sie mußte diese bedrohliche Szene verschwinden lassen, sie hatte eine Sterbensangst, der Mann könne auch sie entdecken, könne durchs Zimmer stürzen und die Tür aufreißen und dann in noch viel ärgeren Zorn geraten. Sie saß stocksteif auf ihrem Hocker, gab sich alle Mühe, ruhig zu atmen, hörte, daß Joe Cocker zu einem neuen Stück ansetzte, »When a woman cries«. Mitten in ihrer Verzweiflung empfand sie eine gewaltige Erleichterung. Nie, nie im Leben würde sie einen fremden Mann in dieses Zimmer holen und ihm erlauben, sich auszuziehen. Ihre Karriere würde nicht nur zu Ende sein, noch ehe sie begonnen hatte, sie würde auch Maja zum Aussteigen überreden. Maja ist doch eigentlich ein anständiger Mensch, dachte sie, kümmert sich um andere, und fast zwei Millionen müssen ja wohl reichen. Lieber soll sie sich mit einem kleinen Hotel begnügen. Eva schaute wieder durch den Türspalt, der Mann hatte endlich das Bett verlassen, er zog sich gerade die Jacke an. Sie sah seinen Hinterkopf, sah, daß er seinen Blick durchs Zimmer wandern ließ, wie, um sich zu vergewissern, daß er nichts vergessen hatte. Eva hielt den Atem an, als sein Blick die angelehnte Tür streifte. Er starrte einige Sekunden lang in ihre Richtung, dann drehte er sich um und ging zur Tür. Etwas stimmte nicht. Kein Wort wurde gesagt, es war plötzlich so still. Sie konnte Majas Füße sehen, sie lagen bewegungslos, seitwärts gerichtet, auf der goldenen Bettdecke. Und der Mann trödelte jetzt nicht mehr herum, er riß die Tür auf und schlüpfte aus der Wohnung.

Eva rührte sich nicht.

Warum sagte Maja nichts? Eva spürte, wie die Wut in ihr aufstieg. Und diese Wut richtete sich gegen Maja, die sie in diese zweifelhafte Wohnung gelockt und ihr versichert hatte, es bestehe keinerlei Gefahr. Aber sie hörte aus dem Bett keinen Laut. Endlich stand sie auf, öffnete die Tür und konnte jetzt alles sehen. Majas weißer Körper, diagonal über dem Bett. Sie lag ganz still da, mit einem Kissen auf dem Gesicht.

Eva schrie nicht. Das war einer von Majas Streichen, ein ziemlich typischer sogar. Sie schreckte vor nichts zurück, um einmal richtig lachen zu können. Eva verschränkte die Arme und schüttelte den Kopf.

»Wenn du diesen Typen da noch einmal hier reinläßt, dann kann ich dich nur noch verachten«, sagte sie trocken.

Draußen wurde ein Wagen angelassen, Eva fuhr herum, lief zum Fenster. Das ist ein Opel Manta, dachte sie, so einer, wie Jostein ihn damals hatte. Sie sah sogar einen Teil der Nummer, BL 74 …

Die Reifen kreischten wütend auf. Er riß den Wagen herum und hätte fast ein Verkehrsschild am

Straßenrand gerammt. Dann raste er in Richtung Kneipe davon. Eva blickte hinterher, dann drehte sie sich um und ging zum Bett zurück. Beugte sich darüber und hob vorsichtig eine Ecke des großen Kissens. Und dann schrie sie auf.

Es war ein schrilles Geräusch, das von ganz unten aus der Kehle kam. Maja starrte aus weitoffenen Augen die Decke an, und ihre Finger spreizten sich auf der Bettdecke. Eva wich entsetzt zurück und stieß mit dem Rücken gegen den Nachttisch, die große Flamingolampe wackelte bedrohlich, automatisch griff Eva mit beiden Händen zu, um sie zu retten. Dann drehte sie sich um und rannte wieder ans Fenster, starrte in die leere Straße hinunter, die nun vollständig verödet war, kein Auto zu sehen, kein Mensch, nur aus der Ferne hörte sie leise Verkehrsgeräusche. Sie rannte wieder zum Bett, beugte sich darüber und packte Majas Schultern, schüttelte sie kräftig und sah, wie ihr Kinn nach unten klappte. Jetzt lag Maja mit offenem Mund da. Eva sah sich verzweifelt nach dem Telefon um, konnte es jedoch nicht entdecken; sie stürzte ins andere Zimmer, suchte auf dem Nachttisch, auf der Fensterbank, rannte wieder zurück, kam nicht auf die Idee, weitere Lampen einzuschalten, konnte noch immer kein Telefon sehen, sah in einem Regal nur ein glänzendrotes Sportwagenmodell. Das war das Telefon. Sie stürzte hin, packte die Karosserie und wollte Hilfe holen, konnte sich aber nicht an die Nummer des Notdienstes erinnern, die hatte gerade gewechselt, das wußte sie aus den Fernsehnachrichten, also brauchte sie das Telefonbuch. Aber das konnte sie nicht finden. Sie legte den

Hörer wieder auf und ließ sich in einen Sessel fallen. Starrte ihren roten Morgenmantel an und stellte sich plötzlich vor, wie uniformierte Polizei und Fotografen mit Blitzlicht das Zimmer überschwemmten, und wie sie dabei im Sessel saß, nackt unter ihrem roten Morgenrock, wie irgendeine Nutte.

WIE EINE NUTTE.

Was sollte sie überhaupt sagen? Daß sie durch den Türspalt gelinst hatte? Warum habe ich nicht eingegriffen, überlegte sie erstaunt. Weil alles so schnell gegangen war. Sie hatte Angst gehabt, er könne sie entdecken, seinen Zorn gegen sie richten. War sicher gewesen, daß Maja mit dieser Situation allein umgehen könne. Maja, die immerhin Profi war. Eva sprang plötzlich auf und stürzte ins Nebenzimmer. Schnappte sich ihre Kleider und zog sich in aller Eile um. Die ganze Zeit horchte sie angespannt, was, wenn jetzt plötzlich die Türklingel ginge, und draußen stand ein weiterer Kunde? Bei diesem Gedanken stürzte sie durch die Wohnung und schloß die Tür ab. Ihre Finger gehorchten ihr nicht, und es fiel ihr schwer, ihre Knöpfe zu schließen. Aus dem Augenwinkel heraus sah sie noch immer Majas weiße Füße. Niemand weiß, daß ich hier war, sagte Eva zu sich, niemand, außer Maja. Wenn jemand davon erfährt, Jostein, oder die Polizei, oder das Jugendamt, dann nehmen sie mir Emma weg. Ich gehe nach Hause und tue so, als sei das alles nie passiert. Es hat nichts mit mir oder mit meinem Leben zu tun, ich gehöre nicht hierher, in diese Wohnung voller Plüsch und Samt. Sie lief schwankend durch die Wohnung und fand ihre Handtasche, den langen Mantel, kam plötzlich darauf, daß sicher überall ihre Fingerabdrücke säßen. Und sie blieb abrupt stehen. Aber da ihre Fingerabdrücke niemals irgendwo registriert worden waren, konnte ihr das auch nicht gefährlich werden. Dachte sie. Wieder blieb sie am Bett stehen. Ging zum Kopfende und beugte sich über Maja. In deren Mundwinkel saß eine Fliege. Die Fliege wanderte die Wange hoch, ließ sich im Augenwinkel nieder, und machte sich dort an ihren langen Beinen zu schaffen. Eva sah ihr verzweifelt zu, versuchte, sie zu verjagen. Aber die Fliege kroch weiter, kroch die Wange hoch, durch die unteren Wimpern, und dann, scheinbar zögernd, hinaus auf den Augapfel. Dort blieb sie stehen. Sie schien ein Stück hineinzusinken.

Eva schlug sich die Hand vor den Mund und stürzte ins Badezimmer. Sie erbrach sich kräftig und bückte sich tief in die Kloschüssel, um nicht den Boden vollzuspritzen. Lange stand sie dann noch sabbernd und um Atem ringend da. Sie hatte einen bitteren, herben Geschmack im Hals und hätte den gern hinuntergespült, sie wollte aufstehen und etwas trinken, als sie plötzlich in ihrem eigenen Erbrochenen ausrutschte, nach vorn kippte und mit dem Kinn auf die Porzellankante prallte. Ihre Unterlippe platzte. Ihre Zähne bohrten sich durch ihre Zunge, Blut quoll hervor. Ihr kamen die Tränen. Sie durfte Maja jetzt nicht mehr ansehen, dann würde sie die Wohnung nie verlassen können. Sie riß mehrere Meter Toilettenpapier ab und fing an, den Boden aufzuwischen. Sie hatte auch die Wände und den Fuß der Toilette bespritzt. Sie wischte und wischte und warf das Papier ins Klo, und zwischendurch zog sie immer wieder ab, weil das Papier den Abfluß nicht verstopfen sollte. Das tat es aber trotzdem, das Klo war dicht, und das nasse Papier mit ihrer Kotze schwamm darin herum. Eva gab auf, ging zum Waschbecken, trank kaltes Wasser, versuchte, es eine Weile im Mund zu behalten, um die Blutung zu stoppen. Schließlich ging sie wieder ins Nachbarzimmer, kehrte Maja den Rücken zu und fragte sich, wie lange die wohl so hier liegen würde, bis jemand sie fände. Dann setzte sie sich wieder. Es war still im Block, es war noch früh am Abend, sie durfte jetzt nichts überstürzen. Wenn jemand schellte, dann mußte sie einfach nur sitzen bleiben. Sie überlegte, ob sie vielleicht wegen Beihilfe zum Mord verurteilt werden könnte, wo sie doch nur zugeschaut hatte. Wenn sie sofort anrief und alles erzählte, die ganze Geschichte, ob sie ihr dann wohl glauben würden? Sie ließ ihren Blick über alle Gegenstände schweifen, die Maja angesammelt hatte. Maja hatte einen üppigen Geschmack gehabt, hatte Farben geliebt. Eine riesige Suppenterrine, geformt wie eine Erdbeere, mit grünen Blättern als Deckel. Sie stand auf einem Tischchen vor dem Fenster. Eva erhob sich langsam, wußte nicht so recht, woher ihr dieser Gedanke gekommen war, aber sie ging zum Fenster und nahm vorsichtig den Deckel von der Terrine. Die war mit Geldscheinen gefüllt. Rasch drehte Eva sich um und blickte zu Maja hinüber. Aber die sah das ja nicht mehr. Es waren viele Geldscheine, sicher mehrere tausend Kronen. Eva hielt Ausschau nach weiteren Verstecken, entdeckte eine blauweiße Vase mit Seidenrosen, zog die Blumen heraus und fand weitere Banknoten. Ein Nähkästchen war damit vollgestopft, und ihr fielen die

Stiefel im Garderobenschrank ein, sie ging in die kleine Diele und öffnete ihn. Drehte die drei Paar Stiefel um, und das Geld fiel heraus. Eva schwitzte schrecklich, sie stopfte sich das Geld in die Handtasche und suchte weiter. Sie fand Geld in beiden Nachttischen und im Medizinschrank im Badezimmer. Je mehr Geld sie in ihre Tasche stopfte, um so wütender wurde sie. Sie sah Majas Leiche nicht mehr an. Ihre Freundin hatte etwas in ihrem Leben kaputtgemacht. Hatte eine Seite bloßgelegt, von deren Existenz sie nichts gewußt hatte, und auf die sie lieber verzichten würde. Es war Majas Schuld, und Maja brauchte das Geld nicht mehr. Evas Tasche war jetzt bis an den Rand mit Fünfzigern, Hundertern und Tausendern gefüllt. Sie fuhr sich mit der Hand über die Stirn und wischte sich den Schweiß ab. Die Türklingel ging. Eva drückte sich in eine Ecke, außer sich vor Angst bei der Vorstellung, jemand könne durch das Schlüsselloch schauen. Zwei kurze Signale. Da draußen steht der, der mein erster Kunde werden sollte, dachte sie und hielt den Atem an, preßte sich an die Wand. Wieder wurde geschellt. Jetzt mußte sie eine Weile warten, ehe sie die Wohnung verlassen konnte, sie durfte nicht gesehen werden. Sie hatte mit der ganzen Sache nichts zu tun gehabt, es war ein Mißgeschick gewesen. Endlich hörte sie Schritte die Treppe hinuntergehen. Sie hörte, wie die Tür ins Schloß fiel, und schaute auf die Uhr. Es war Viertel vor neun. Dann warf sie einen letzten Blick auf Maja. Sie war nicht mehr besonders hübsch mit ihrem weit aufgerissenen Mund und den glotzenden Augen. »Das ist deine eigene Schuld«, flüsterte Eva. Dann wartete sie stocksteif noch genau fünf

Minuten, kehrte der Leiche den Rücken zu und zählte die Sekunden. Öffnete dann endlich vorsichtig die Tür und schlich sich hinaus.

Im Treppenhaus begegnete ihr niemand. Draußen war es dunkel und kalt, als sie aus der Haustür schlüpfte und nach links abbog. Nicht nach rechts, vorbei am Königlichen Wappen. Bei der Methodistenkirche bog sie noch einmal nach links ab, kam an der Essotankstelle vorbei, ging bei der Versicherung wieder links und wanderte dann bis zum Kreisverkehr am Fluß entlang. Ihre Zunge war taub und bitter, aber die Blutung hatte sich gelegt. Sie preßte ihre Tasche an sich. Sie ging in normaler Geschwindigkeit den Hang hinauf, hielt dabei den Kopf gesenkt und achtete darauf, daß sie niemanden anstarrte, sie durfte nicht zu schnell gehen, niemand durfte sehen, daß eine Frau durch die Straßen eilte, an diesem Abend, zu dieser Uhrzeit, und deshalb ging sie langsam. Nichts ist verdächtig an einer Frau, die durch die Stadt schlendert, dachte sie. Erst oben auf der Brücke lief sie los.

Eine Stunde später stand sie in ihrem eigenen Wohnzimmer und preßte noch immer ihre Handtasche an sich. Sie war erschöpft von der langen Wanderung, hatte es aber nicht gewagt, sich ein Taxi zu nehmen. Sie keuchte und hatte Seitenstiche, wollte sich setzen, mußte aber zuerst ihre Tasche verstecken, sie glaubte, die könne nicht wie sonst auf dem Tisch stehen, sie war doch mit Geld vollgestopft, sie mußte verschwinden. Jemand konnte kommen. Sie blickte sich nach einem Schrank oder einer Schublade um, verwarf diese

Idee und ging in die Waschküche. Schaute in die Trommel der Waschmaschine, die war leer. Sie schob die Tasche hinein und machte die Klappe zu. Dann ging sie wieder ins Wohnzimmer, wollte sich setzen, machte aber kehrt und holte sich den Rotwein aus der Küche. Die Flasche war geöffnet, Eva goß sich ein Wasserglas voll und ging wieder ins Wohnzimmer, starrte aus den Fenstern auf Dunkelheit und Stille. Trank zwei große Schlucke und beschloß dann, die Vorhänge vorzuziehen. Obwohl niemand draußen war. Sie machte vor allen Fenstern die Vorhänge dicht und wollte sich mit ihrem Glas hinsetzen, aber dann fiel ihr ein, daß ihre Zigaretten in der Handtasche in der Waschmaschine lagen. Sie ging in die Waschküche und nahm sie heraus. Ging wieder ins Wohnzimmer, hatte vergessen, daß sie auch Feuer brauchte, und ging wieder zurück. Ihr Puls wurde immer schneller, aber sie fand ihr Feuerzeug, wollte sich setzen, und dann fiel ihr der Aschenbecher ein. Sie stand noch einmal auf und merkte, wie ihre Finger zitterten. Ein Auto fuhr langsam durch die Straße, sie rannte ans Fenster und schaute durch einen Spalt im Vorhang hinaus, es war ein Taxi. Das sucht bestimmt nur ein Haus, dachte sie, ging wieder in die Küche, fand den Aschenbecher im Spülstein und zündete sich ihre Zigarette an. Das Telefon ist tot, dachte sie dann, sie dachte das voller Erleichterung, niemand konnte sie jetzt erreichen. Sie hatte die Tür abgeschlossen. Sie zog noch einmal an ihrer Zigarette und legte diese dann in den Aschenbecher. Wenn sie fast alle Lampen ausmachte, würde es aussehen, als sei sie gar nicht zu Hause. Sie ging durch das Haus und knipste der

Reihe nach die Lampen aus. Es wurde immer dunkler, die Ecken waren ganz schwarz.

Dann setzte sie sich endlich. Auf die Sesselkante, bereit, jederzeit wieder aufzuspringen. Sie hatte das unbehagliche Gefühl, etwas vergessen zu haben, und deshalb trank sie Rotwein und rauchte, und sie atmete schnell und hektisch, und nach einer Weile wurde ihr schwindlig. Sie versuchte, Gedanken zu Sätzen umzuformulieren, aber diese Sätze wurden niemals fertig, denn immer wieder kamen neue Gedanken, die gedacht werden wollten. Das verwirrte sie. Sie trank mehr Wein und rauchte weitere Zigaretten. Es war fast schon elf. Vielleicht war Maja schon gefunden worden, vielleicht hatte einer ihrer Freier die Türklinke heruntergedrückt und festgestellt, daß die Tür offen war. Wenn es ein Mann mit Frau und Kindern war, war er vielleicht davongestürzt, so wie Eva. Eine Nutte kann sterben, ohne daß irgendwer sich darum kümmert, dachte sie empört. Vielleicht muß sie lange dort liegen, ehe jemand etwas unternimmt, vielleicht viele Tage oder Wochen. Bis es im Treppenhaus nach Verwesung riecht und die Nachbarn sich wundern. Eva ging in die Küche und goß sich neuen Wein ein. Bald kommt Emma nach Hause, dachte sie, dann ist alles wieder so wie vorher. Sie leerte das Glas im Stehen vor dem Spülstein, dann ging sie ins Badezimmer. Es war besser, sich hinzulegen und die Zeit verstreichen zu lassen. Je schneller die Zeit verging, um so besser. Sie putzte sich die Zähne und schlüpfte unter die Decke. Vielleicht würde die Polizei sie ja doch finden, besser sie überlegte sich schon jetzt, was sie dann sagen wollte.

Sie schloß die Augen und wollte schlafen, wurde aber von immer neuen Gedanken gestört. Hatte jemand sie gesehen, als sie den Block betreten hatte? Das glaubte sie nicht. Aber im Hannas, und im Kaufhauscafé. Sie konnte nicht abstreiten, daß sie Maja begegnet war, das wäre zu riskant. Den ersten Tag mußte sie so schildern, wie er verlaufen war, daß sie gegessen hatten und danach zu Maja gegangen waren. Das Bild, dachte sie dann plötzlich. Das lehnte an der Wohnzimmerwand. Aber sie konnte es ja am ersten Abend noch geholt haben. Und daß Maja als Nutte arbeitete, mußte sie zugeben, daß sie das gewußt hatte? Je mehr Wahres sie erzählte, um so besser wäre es vielleicht? Doch, sie hatte es gewußt, Maja hatte es ihr erzählt. Ganz freiwillig. Sie hatten nie Geheimnisse voreinander gehabt. Sie schloß wieder die Augen und versuchte, alle Gedanken zu verdrängen. Das Taxi, dachte sie plötzlich, – das sie bestellt hatten. Und das sie mit dem in die Decke gewickelten Bild in die Tordenskioldsgate gebracht hatte, ob sie das wohl aufspüren könnten? Aber sie konnte ja einfach hingefahren sein, um das Bild abzuliefern, danach hatte sie kurz mit Maja geplaudert und war wieder gegangen, weil Maja einen Kunden erwartete. So war es gewesen, natürlich. Sie waren sich am Mittwochmittag begegnet und hatten miteinander Kaffee getrunken. Sie hatten sich seit fünfundzwanzig Jahren nicht gesehen. Danach waren sie Essen gegangen. Maja hatte bezahlt. Sie wollte ein Bild kaufen, und am nächsten Tag hatte sie ein Taxi geschickt, um das Bild abzuholen. Ob sie diesen Freier gesehen hatte? Hatte sie vielleicht einen Namen aufgeschnappt? Nein, nein, sie war gegangen, ehe er erwartet wurde. Sie wußte nichts über diesen Mann, wollte nichts wissen, sie fand das alles schrecklich. Grauenhaft, so war das. Ich weiß nicht, wie sie gestorben ist, dachte sie plötzlich, ich weiß nur, was in den Zeitungen gestanden hat. Ich muß Zeitung lesen. Ich muß hören, was im Radio gesagt wird. Ich darf keinen Fehler machen. Sie starrte und starrte nach oben und verflocht unter ihrer Bettdecke die Finger. Die ersten Nachrichten, wann wurden die gesendet? Um sechs? Sie schaute auf den Wecker, es ging auf Mitternacht zu. Die Zeiger spreizten sich hellgrün, so, wie Majas Beine auf der dunklen Bettdecke. Eva riß die Augen auf. Die bösen Träume standen in ihrem Hinterkopf Schlange. Sie stand auf und ging ins Badezimmer, zog ihren Bademantel an und setzte sich ins Wohnzimmer. Stand wieder auf und schaltete das Radio ein, dort wurde Musik gesendet. Sie dachte: Ich bleibe lieber wach. Solange ich wach bin, weiß ich, was passiert.

Im eigenen Bett ermordet.

Eva sah die Schlagzeile im Zeitungsgestell vor Omars Laden, als sie noch im Auto saß. Innerhalb weniger Nachtstunden war der Fall in der ganzen Stadt, im ganzen Land bekannt. Sie rannte in den Laden und legte einen Zehner auf den Tresen, schlug im Wagen die Zeitung auf und las sie auf dem Lenkrad. Ihre Hände zitterten.

Eine neununddreißig Jahre alte Frau wurde gestern am späten Abend in ihrem Bett tot aufgefunden. Die Frau war allem Anschein nach erwürgt worden, aber bisher gibt

*die Polizei aus Rücksicht auf die laufenden Ermittlungen
keine weiteren Einzelheiten bekannt. In der Wohnung
deutete nichts auf einen Kampf hin, und es scheint auch
nichts gestohlen worden zu sein. Die Frau, die bereits
wegen ihre Tätigkeit als Prostituierte die Aufmerksamkeit
der Polizei erregt hatte, wurde gegen zweiundzwanzig Uhr
von einem Bekannten gefunden. Er hat unserem Blatt
gegenüber bestätigt, daß er als Freier kam und zufällig entdeckte, daß die Tür unverschlossen war. Er fand die Frau
tot im Bett vor und benachrichtigte sofort die Polizei. Es ist
davon auszugehen, daß die Frau von einem Freier ermordet wurde, ein Motiv ist nicht bekannt. Mehr auf den Seiten 6 und 7.*

Eva blätterte weiter. Auf den Seiten 6 und 7 stand
nicht mehr viel, dafür gab es große Bilder. Ein Bild
des Wohnblocks, Majas Fenster war mit einem
Kreuz gekennzeichnet. Es schien ein altes Bild zu
sein, die Bäume vor dem Haus waren stark belaubt.
Das Bild des Mannes, der Maja gefunden hatte, war
undeutlich, er war nur von hinten zu sehen, um
nicht erkannt zu werden. Und dann gab es noch
ein Bild eines Polizisten. Des Ermittlers. Ein ange-
grauter ernsthafter Mann in blauem Hemd. Hauptkommissar Konrad Sejer, dachte sie, was für ein
Name! Alle, die sich am Donnerstagabend in der
Nähe aufgehalten hatten, wurden gebeten, sich bei
der Polizei zu melden.

Eva faltete die Zeitung zusammen. Wenn die
Polizei überhaupt herausfand, daß sie mit Maja
zusammengewesen war, dann würde sie sehr bald
auftauchen, vermutlich noch heute, auf jeden Fall
aber vor dem Wochenende. Nach einer Woche
würde Eva sich vielleicht sicher fühlen können.

Aber als erstes würden sie rekonstruieren, was Maja an den letzten Tagen gemacht hatte, und mit wem sie zusammengewesen war. Eva ließ den Wagen wieder an und fuhr langsam zu ihrem Haus zurück. Sie ging hinein und beschloß, ein wenig zu arbeiten, zu putzen, aufzuräumen und sich noch einmal zu überlegen, was sie sagen sollte. In der Waschküche lagen große Haufen schmutziger Wäsche, sie stopfte alles in die Maschine, dann fiel ihr plötzlich ein, daß die Handtasche mit dem Geld noch in der Trommel lag, und sie zog sie heraus. Danach füllte sie die Maschine weiter mit Wäsche. Maja und ich waren Jugendfreundinnen, sagte sie zu sich, aber wir haben im Jahre neunundsechzig den Kontakt miteinander verloren. Weil wir umgezogen sind. Damals waren wir fünfzehn.

Sie kippte Waschpulver in die Maschine und drückte auf den Knopf.

Danach haben wir uns fünfundzwanzig Jahre lang nicht mehr gesehen. Ich bin ihr beim Einkaufen begegnet, ich hatte im Farbengeschäft etwas umgetauscht – wir sind in ein Café im ersten Stock gegangen und haben Kaffee getrunken.

Sie ging in die Küche und ließ Wasser ins Spülbecken laufen.

Und dann haben wir über alte Zeiten geplaudert, wie Frauen das eben so machen. Ob ich gewußt habe, daß sie Prostituierte war? Ja, das hat sie mir sogar selbst erzählt. Sie hat sich auch nicht geschämt. Sie hat mich zum Essen eingeladen, wir waren im Hannas Kjøkken.

Eva ließ Spülmittel ins Becken spritzen und legte Gläser und Besteck ins heiße Wasser. In der Waschküche kam langsam die Waschmaschine in Gang.

Nach dem Essen war ich noch bei ihr zu Hause. Ja, richtig, wir haben ein Taxi genommen. Aber ich war nicht mehr lange bei ihr. Doch, sie hat von ihren Kunden erzählt, aber sie hat keine Namen oder sowas genannt. Das Bild?

Eva nahm ein Weinglas, hielt es ins Licht und fing mit Spülen an.

Ja, das ist mein Bild. Genauer gesagt, Maja hat es mir abgekauft. Für zehntausend Kronen. Aber nur, weil sie ich leidtat, ich glaube nicht, daß es ihr gefallen hat. Aber sie hatte auch nicht besonders viel Ahnung von Kunst. Am nächsten Abend bin ich dann zu ihr gefahren, um es abzuliefern, mit einem Taxi. Habe eine Tasse Kaffee getrunken und bin dann ziemlich schnell wieder gegangen. Sie erwartete nämlich einen Kunden. Ob ich den gesehen habe? Nein, nein, ich habe niemanden gesehen, ich bin rechtzeitig gegangen, ich wollte nicht dabei sein.

Sie spülte das Glas unter dem Wasserhahn ab und griff zum nächsten. Schrecklich viele Rotweingläser hatten sich angesammelt. Die Waschmaschine fing an zu plätschern. Es ist eigentlich ganz einfach, überlegte sie, natürlich werde ich nie wegen dieses Mordes verdächtigt werden. Freundinnen bringen sich doch nicht gegenseitig um. Und deshalb gab es überhaupt keinen Grund, sie zu verdächtigen. *Niemand konnte beweisen, daß sie etwas gesehen hatte.*

Aber das Geld, das sie genommen hatte ...

Sie holte Atem und versuchte, sich zu beruhigen. Plötzlich war sie empört darüber, daß sie Majas Geld genommen hatte, warum in aller Welt hatte sie das getan? Nur, weil sie es brauchte? Sie nahm ein weiteres Glas, als die Türklingel ging. Es wurde hart und energisch geschellt.

Nein! Das konnte doch nicht sein! Eva fuhr so heftig zusammen, daß das Glas zerbrach. Sie blutete, das Wasser färbte sich rot. Sie beugte sich zum Fenster vor, um hinauszuschauen, konnte aber niemanden erkennen, sah nur, daß jemand vor der Tür stand. Wer in aller Welt konnte denn jetzt …

Sie zog die Hand aus dem Wasser und wickelte sie in ein Geschirrtuch, damit das Blut nicht auf den Boden tropfte. Ging auf den Flur. Bereute, daß sie für das Türfenster Buckelglas genommen hatte und nun nicht hindurchsehen konnte. Draußen stand ein Mann, sehr groß und schlank und grau, er kam ihr sehr bekannt vor. Hatte Ähnlichkeit mit dem Mann aus der Zeitung, dem Chefermittler, aber natürlich war es noch zu früh, es war trotz allem erst Freitagmorgen, es gab doch Grenzen dafür, was sie in einer einzigen Nacht herausfinden konnten, auch wenn sie sicher …

»Konrad Sejer«, sagte der Mann. »Polizei.«

Ihr Herz sank und landete in ihrer Magenregion. Ihre Kehle schloß sich mit leisem Klicken, dann brachte sie keinen Laut mehr hervor. Er stand bewegungslos da und starrte sie fragend an, und als sie nichts sagte, nickte er zu ihrem Geschirrtuch herüber: »Ist etwas passiert?«

»Nein, ich spüle nur gerade.« Sie konnte keinen Fuß bewegen.

»Eva Marie Magnus?«

»Ja, das bin ich.«

Er sah sie noch immer aufmerksam an. »Darf ich hereinkommen?«

WIE HAT ER MICH DENN BLOSS GEFUN-

DEN! IN NUR EIN PAAR STUNDEN! WIE ZUM TEUFEL …

»Ja, natürlich, ich muß mich nur erst um meine Hand kümmern, muß mir ein Pflaster holen. Es war ein billiges Glas, es ist also nicht weiter schlimm, aber es blutet so schrecklich, und es ist doch ärgerlich, wenn man Möbel und Teppiche vollblutet. Ganz unmöglich, die Flecken wieder wegzukriegen – Polizei?«

Sie wich zurück, versuchte, sich daran zu erinnern, was sie sagen wollte, im Moment hatte sie alles vergessen, aber natürlich mußte er eine Frage stellen, ehe sie antworten konnte, am besten sagte sie so wenig wie möglich, antwortete nur auf Fragen, kakelte nicht wie ein Huhn drauflos, denn dann würde er sie für nervös halten, und das war sie natürlich auch, nur durfte er das eben nicht wissen.

Sie standen im Wohnzimmer.

»Kümmern Sie sich erst um Ihre Hand«, sagte er kurz. »Ich warte so lange.« Er sah sie forschend an, registrierte ihre gesprungene Lippe, die inzwischen angeschwollen war.

Sie ging ins Badezimmer, wagte nicht, in den Spiegel zu schauen, fürchtete sich vor einem Schock. Zog eine Packung Pflaster aus dem Medizinschrank und schnitt ein Stück ab, klebte es auf die Wunde und atmete dreimal tief durch. »Maja und ich waren Jugendfreundinnen«, flüsterte sie. Dann ging sie wieder ins Wohnzimmer.

Er stand noch immer da, und sie nickte ihm zu, um ihn zum Hinsetzen zu bewegen. Als er gerade den Mund öffnete, traf es sie wie ein Blitz, sie hatte etwas vergessen, etwas Wichtiges und Entscheidendes, sie wollte das ganz schnell in Ordnung bringen, aber es war zu spät, denn jetzt fing er an zu reden, und sie konnte nicht mehr denken.

»Kennen Sie Maja Durban?«

»Ja? Ja, die kenne ich.«

»Haben Sie sie länger nicht mehr gesehen?«

»Nein. Ich habe sie – gestern getroffen. Gestern abend.«

Er nickte langsam.

»Gestern um welche Zeit?«

»So gegen sechs, sieben, glaube ich.«

»Ist Ihnen bekannt, daß Frau Durban um zweiundzwanzig Uhr in ihrem Bett tot aufgefunden worden ist?«

Eva setzte sich, feuchtete sich die Lippen an und schluckte. Weiß ich das, fragte sie sich, habe ich schon davon gehört, so früh am Morgen …

Plötzlich starrte sie die Zeitung an, die Schlagzeile lag genau vor ihr.

»Ja. Aus der Zeitung.«

Er nahm die Zeitung, drehte sie um und betrachtete sie von hinten.

»Ja? Sie haben die Zeitung nicht abonniert, wie ich sehe. Kein Adressenaufkleber. Sie gehen sich also schon so frühmorgens die Zeitung kaufen?«

Er wirkte in gewisser Weise verbissen, er war von der Sorte, die auch einen Stein zum Reden bringen könnte. Eva hatte keine Chance. »Ja, vielleicht nicht jeden Tag. Aber ziemlich oft …«

»Woher wußten Sie, daß in der Zeitung von Frau Durban die Rede ist?«

»Wie meinen Sie das?«

»Ihr Name«, sagte er leise, »wird im Artikel nicht genannt.«

Eva wäre fast ohnmächtig geworden.

»Nein, aber ich habe doch ihren Wohnblock wiedererkannt. Und ihr Fenster ist ja angekreuzt. Ich meine, ich habe dem Artikel entnehmen können, daß von Maja die Rede ist. Sie war ja ein besonderer Fall. Hier steht«, sie beugte sich vor und zeigte auf die Stelle im Artikel, »etwas von ›Aufmerksamkeit der Polizei‹ und ›Prostituierte‹. Und ›neununddreißig Jahre‹. Deshalb wußte ich, daß sie es ist, das habe ich sofort begriffen.«

»Ach? Und was haben Sie dann gedacht? Als Sie wußten, daß Frau Durban ermordet worden war?«

Eva suchte fieberhaft nach den richtigen Worten.

»Daß sie auf mich hätte hören sollen. Ich habe versucht, sie zu warnen.«

Sejer schwieg. Sie glaubte, er werde weitere Fragen stellen, aber das tat er nicht, er sah sich im Zimmer um, betrachtete ihre großen Gemälde, nicht ohne ein gewisses Interesse, dann musterte er sie wieder, schwieg noch immer, Eva merkte, daß sie schwitzte, und die Wunde in ihrer Hand tat weh.

»Sie hätten sich doch bei uns gemeldet, davon gehe ich aus, wenn ich Ihnen nicht zuvorgekommen wäre?«

»Wie meinen Sie das?«

»Sie besuchen eine Freundin und lesen am nächsten Tag in der Zeitung, daß diese Freundin ermordet worden ist. Und da gehe ich doch davon aus, daß Sie sich bei uns gemeldet hätten, um eine Aussage zu machen, um uns zu helfen?«

»Ja, ja, natürlich, ich habe es nur noch nicht geschafft.«

»Das schmutzige Geschirr war vielleicht wichtiger?«

Eva löste sich langsam vor seinen Augen auf.

»Maja und ich waren Jugendfreundinnen«, sagte sie schwach.

»Weiter.«

Die Verzweiflung drohte, die Oberhand zu gewinnen, Eva versuchte, sich zusammenzureißen, konnte sich aber nicht mehr erinnern, wie sie alles hatte erzählen wollen.

»Wir sind uns beim Einkaufen begegnet, wir hatten uns seit fünfundzwanzig Jahren nicht mehr gesehen, dann waren wir zusammen Kaffeetrinken. Und sie hat mir von ihrem Gewerbe erzählt.«

»Ja. Sie machte das schon seit einer Weile.«

Er verstummte wieder, und sie konnte ihren Vorsatz, nur Fragen zu beantworten, nicht einhalten.

»Wir waren auch zusammen essen, am Mittwoch. Und danach haben wir bei ihr noch einen Kaffee getrunken.«

»Sie waren also in ihrer Wohnung?«

»Ja, aber nur kurz. Ich bin abends mit einem Taxi nach Hause gefahren, und Maja wollte, daß ich ihr ein Bild brachte. Das wollte sie kaufen. Ich bin nämlich Malerin, und Maja fand das ziemlich hoffnungslos, vor allem, weil ich fast keine Bilder verkaufe, und als ich ihr erzählte, daß mein Telefon gesperrt worden war, wollte sie mir helfen und ein Bild kaufen. Sie hatte sehr viel Geld.«

Sie dachte an das Geld im Ferienhaus, erwähnte es aber nicht.

»Was hat sie für das Bild bezahlt?«

»Zehntausend. Genau den Betrag meiner unbezahlten Rechnungen.«

»Sie hat ein gutes Geschäft gemacht«, sagte er plötzlich.

Eva riß vor Überraschung die Augen weit auf.

»Und Sie sollten wieder zu Maja kommen, und das haben Sie auch gemacht?«

»Ja. Aber nur, um das Bild abzuliefern«, sagte Eva rasch. »Ich habe ein Taxi genommen, Ich hatte das Bild in eine Decke gewickelt ...«

»Das wissen wir. Sie sind mit dem Wagen Nr. F 16 gefahren. Das ging sicher schnell«, er lächelte, »wie lange waren Sie bei ihr?«

Eva rang verzweifelt um Fassung.

»Vielleicht eine Stunde. Ich habe ein Brot gegessen, und dann haben wir noch ein wenig geredet.« Sie stand auf, um sich eine Zigarette zu holen, machte die Tasche auf, die auf dem Eßtisch lag, und starrte die vielen Geldscheine an. Sie ließ die Tasche mit leisem Knall wieder zuklappen.

»Rauchen Sie?« fragte er plötzlich und schwenkte eine Prince.

»Ja, danke.«

Sie nahm sich eine Zigarette und griff nach dem Feuerzeug, das er ihr über den Tisch zuschob.

»Das Taxi hat Sie um achtzehn Uhr hier abgeholt, und da sind Sie wohl so gegen achtzehn Uhr zwanzig bei Frau Durban eingetroffen, nehme ich an?«

»Ja, das kann stimmen. Aber ich habe nicht auf die Uhr geschaut.«

Eva zog langsam an der Zigarette und stieß den Rauch aus, sie versuchte, den Druck loszuwerden, der sich in ihr aufgestaut hatte. Das gelang ihr nicht.

»Und Sie sind eine Stunde dort gewesen, das bedeutet, daß Sie gegen neunzehn Uhr zwanzig wieder gegangen sind?«

»Wie gesagt, ich habe nicht auf die Uhr geschaut. Aber sie erwartete einen Freier, und da wollte ich nicht dabei sein, deshalb bin ich rechtzeitig wieder gegangen.«

»*Wann* sollte der denn kommen?«

»Um acht. Sie hat mir sofort erzählt, daß sie um acht Uhr einen Kunden erwartet. Die Kunden klingelten immer zweimal. Das war das verabredete Signal.«

Sejer nickte.

»Und wissen Sie, wer dieser Freier war?«

»Nein. Ich wollte es auch nicht wissen, ich fand es schlimm, was sie machte, grauenhaft, ich begreife nicht, wie sie das über sich brachte, oder daß das überhaupt jemand tun mag.«

»Sie sind vielleicht die letzte, die Frau Durban noch lebend gesehen hat. Der Mann, der um acht Uhr kommen sollte, kann der Mörder gewesen sein.«

»Ach?« Eva keuchte auf, als schaudere ihr bei diesem Gedanken.

»Ist Ihnen auf der Straße jemand begegnet?«

»Nein.«

»Welchen Weg sind Sie gegangen?«

Die Wahrheit sagen, überlegte sie, *solange das geht.*

»Nach links. Vorbei an der Tankstelle und der Versicherung. Am Fluß entlang und über die Brücke.«

»Das ist doch ein Umweg?«

»Ich wollte nicht an der Kneipe vorbeigehen.«

»Warum nicht?«

»Da lungern abends immer so viele Betrunkene herum.«

Das war wirklich die lauterste Wahrheit. Sie mochte einfach nicht an großen Gruppen von besoffenen Mannsbildern vorbeigehen.

»Na gut.«

Er betrachtete das Pflaster auf ihrer Hand.

»Hat Frau Durban sie zur Tür gebracht?«

»Nein.«

»Hat sie hinter Ihnen die Tür abgeschlossen?«

»Ich glaube nicht. Aber ich habe nicht darauf geachtet.«

»Und im Treppenhaus oder auf der Straße ist Ihnen niemand begegnet?«

»Nein. Niemand.«

»Wissen Sie, ob in der Straße Autos standen?«

»Das weiß ich nicht mehr.«

»Na gut. Dann sind Sie über die Brücke gegangen – und dann?«

»Wie meinen Sie das?«

»Wohin sind Sie dann gegangen?«

»Ich bin nach Hause gegangen.«

»Sie sind nach Hause *gegangen?* Von der Tordenskioldsgate bis nach Engelstad?«

»Ja.«

»Das ist ganz schön weit, oder nicht?«

»Das schon. Doch, aber ich wollte gehen. Ich hatte so viel zum Nachdenken.«

»Und worüber haben Sie so sehr nachdenken müssen, daß Sie einen so langen Spaziergang brauchten?«

»Naja, die Sache mit Maja und so«, murmelte sie. »Daß sie so geworden war. Vor vielen Jahren haben wir uns so gut gekannt, ich konnte es nicht fassen.

Ich hatte geglaubt, sie zu kennen«, sagte Eva verwundert, wie zu sich selber.

Sie drückte ihre Zigarette aus und schob sich die Haare auf den Rücken.

»Am Mittwochmittag ist Maja Durban Ihnen also seit fünfundzwanzig Jahren zum erstenmal begegnet?«

»Ja.«

»Und gestern haben Sie zwischen sechs und sieben Uhr abends bei ihr vorbeigeschaut?«

»Ja.«

»Und das ist alles?«

»Ja. So ist es, das ist alles.«

»Und Sie haben nichts vergessen?«

»Nein, das glaube ich nicht.«

Er erhob sich vom Sofa und nickte noch einmal, nahm sein Feuerzeug, das jetzt Evas Fingerabdrücke aufwies, und ließ es in seine Brusttasche gleiten.

»Hatten Sie den Eindruck, daß Frau Durban aus irgendeinem Grund nervös war?«

»Nein, überhaupt nicht. Maja war ganz obenauf, so wie immer. Hatte alles unter Kontrolle.«

»Und im Laufe Ihres Gesprächs ist kein Wort gefallen, das darauf hinweisen könnte, daß jemand hinter ihr her war? Oder daß es mit irgendwem einen Konflikt gab?«

»Nein. Überhaupt nicht.«

»Hat jemand angerufen, während Sie bei ihr waren?«

»Nein.«

»Dann will ich Sie nicht länger stören. Bitte, rufen Sie an, wenn Ihnen etwas einfällt, das vielleicht von Bedeutung sein kann. Egal, was.«

»Ja!«

»Ich werde dafür sorgen, daß Ihr Telefon sofort wieder geöffnet wird.«

»Was?«

»Ich habe versucht, Sie anzurufen. Und bei der Störungsstelle hieß es, Sie hätten die Rechnung nicht bezahlt.«

»Ach so. Vielen Dank.«

»Falls wir noch mit Ihnen sprechen müssen.«

Sie biß sich verwirrt auf die Lippe.

»Äh«, sagte Sie plötzlich. »Woher haben Sie gewußt, daß ich bei Maja war?«

Er schob die Hand in die Jackentasche und zog ein Büchlein mit rotem Ledereinband hervor.

»Majas Terminkalender. Hier steht, am 30. September: Beim Einkaufen Eva getroffen. Mit ihr im Hannas gegessen. Und ganz hinten standen Ihr Name und Ihre Adresse.«

Wie einfach, dachte Eva.

»Bleiben Sie nur sitzen«, sagte Sejer. »Ich finde schon hinaus.« Eva ließ sich wieder in den Sessel fallen. Sie war restlos erschöpft, sie faltete so hart auf ihrem Schoß die Hände, daß ihre Wunde wieder zu bluten begann. Sejer ging durch das Zimmer und blieb plötzlich vor einem ihrer Bilder stehen. Er legte den Kopf schräg und drehte sich wieder um.

»Was soll das darstellen?«

Eva wand sich.

»Ich erkläre meine Bilder eigentlich nie.«

»Nein, das kann ich verstehen. Aber das hier«, er zeigte auf einen Turm, der aus der Dunkelheit aufragte, »das erinnert mich an eine Kirche. Und das, dieses kleine Graue im Hintergrund, das könnte ein Grabstein sein. Oben ein bißchen gerundet. Weit weg von der Kirche, aber man kann doch sehen, daß sie zusammengehören. Ein Friedhof«, sagte er einfach. »Mit einem einzigen Grabstein. Wer ist hier begraben?«

Eva starrte ihn erstaunt an. »Ich selber, nehme ich an.«

Sejer ging weiter. »Das ist das beeindruckendste Bild, das ich je gesehen habe«, sagte er.

Als die Tür ins Schloß fiel, dachte sie, daß sich ein paar Tränen gut gemacht hätten, aber dafür war es jetzt zu spät. Sie saß mit den Händen im Schoß da und hörte der Waschmaschine zu, die jetzt beim Schleudern angekommen war, sie drehte sich immer schneller und ließ ein bedrohliches Grummeln hören.

Eva schüttelte die Panik ab und steigerte sich in wilden Zorn hinein. Es war ein fremdes Gefühl, sie war noch nie zornig gewesen, nur verzweifelt. Sie hatte die Handtasche vom Tisch geholt, sie geöffnet, umgedreht und die Banknoten herausfallen lassen. Es waren vor allem Hunderter, aber auch einige Fünfziger und ein Stapel Tausender. Eva zählte und zählte, mochte ihren Augen kaum trauen. Über sechzigtausend. Taschengeld, hatte Maja gesagt. Eva sortierte das Geld in ordentliche Stapel und schüttelte den Kopf. Von sechzigtausend konnte sie eine halbe Ewigkeit leben, zumindest aber ein halbes Jahr. Und niemand würde dieses Geld vermissen. Niemand wußte schließlich davon. Wo wäre es sonst gelandet, überlegte Eva, beim Staat? Sie hatte das seltsame Gefühl, das Geld verdient zu haben. Daß es ihr gehörte. Sie legte die Stapel aufeinander, nahm sich ein Gummi und wickelte es darum. Es quälte sie nicht mehr, daß sie dieses Geld genommen hatte. Es müßte sie eigentlich quälen, sie begriff nicht so recht, warum das nicht der Fall war, sie hatte in ihrem Leben noch nie etwas gestohlen, abgesehen von den Pflaumen von Frau Skollenberg. Aber wozu sollte das Geld in Majas Wohnung herumliegen, in Schüsseln und in Vasen, wenn Eva es so dringend brauchte? Nach kurzem Nachdenken ging sie in den Keller. Suchte dort unten eine Weile und fand schließlich einen leeren Farbeimer, der innen trocken war. Lindgrün, halbmatt. Sie legte das Geld in den Eimer, drückte den Deckel darauf und schob ihn unter eine Bank. Wenn ich Geld brauche, kann ich einfach die Hand in den Eimer stecken und ein paar Scheine herausziehen, dachte sie verwundert, genau, wie Maja das gemacht hat. Sie ging wieder nach oben. Es liegt daran, daß niemand das herausfinden kann, überlegte sie. Vielleicht werden wir alle zum Dieb, wenn sich die Gelegenheit bietet. Und das hier war eine gute Gelegenheit. Geld, das niemandem mehr gehört, sollte doch einer zufallen, die es wirklich braucht. Einer wie mir, oder wie Emma.

Und in ihrem Ferienhaus hatte Maja sogar fast zwei Millionen versteckt. Eva schüttelte den Kopf. An soviel Geld durfte sie nicht einmal denken. Aber wenn das nun so gut versteckt war, daß es niemals gefunden wurde? Sollte es denn dort liegen, bis es zu Staub zerfiel? Ich gönne dir die Kohle wirklich, hatte Maja gesagt. Es hatte vielleicht ein Scherz sein sollen, aber dennoch stöhnte Eva bei der Erinnerung leise auf. Vielleicht hatte Maja das wirklich so gemeint. Eine Möglichkeit schien sich aufzutun, Eva versuchte, den Gedanken daran wegzuschieben. Geld, von dem niemand etwas wußte. Sie konnte sich überhaupt nicht vorstellen, was sie mit soviel Geld machen könnte. Natürlich wäre es einfach unmöglich. Ein solches Vermögen ließ sich nicht verstecken, sogar Emma würde Fragen stellen, wenn sie plötzlich soviel Geld zwischen den Fingern hätten, sie würde Jostein davon erzählen, und auch der würde Fragen stellen, oder ihrem Vater, oder Freundinnen und deren Eltern. Deshalb haben Diebe es so schwer, überlegte Eva, immer schöpft irgendwer Argwohn, jemand, der weiß, wie arm sie vorher waren, und die Gerüchte wandern so schnell. Wenn Maja wüßte, was sie sich hier so zusammendachte! Vielleicht lag Maja jetzt in einer Kühlschublade, mit einem Namenszettel am Zeh. Durban, Marie, geboren am 4. August 1954.

Eva schauderte. Aber der Mann mit dem Pferdeschwanz würde nicht lange auf freiem Fuß bleiben, Leute wie er wurden immer erwischt. Sie brauchte nur abzuwarten, während die Polizei ihn einkreiste, er hatte keine Chance, jetzt nicht mehr, wo sie doch die DNA-Methode und vielleicht noch Schlimmeres hatten, und er hatte schließlich mit Maja geschlafen. Was für eine Visitenkarte, die er da zusammen mit Fingerabdrücken und Haaren und Kleiderfasern und was sonst noch allem hinterlassen hatte, Eva hatte schließlich Kriminalromane gelesen. Plötzlich fragte sie sich erschrocken, was für Spuren sie wohl selber hinterlassen haben mochte. Der Polizist würde wiederkommen, da war sie sich sicher. Und sie würde dieselbe Geschichte wie beim ersten Mal erzählen müssen, vielleicht würde es ihr auf die Dauer leichter fallen. Mit energischen Schritten ging sie ins Atelier. Zog sich das Malerhemd über den Kopf und starrte mürrisch die schwarze Leinwand auf der Staffelei an. Sechzig mal neunzig, ein gutes Format, nicht zu groß, nicht zu klein. In der Schublade lagen Sandpapier und ein Holzklotz. Sie riß ein Stück Sandpapier ab und wickelte es um den Klotz, schloß die Hand darum und machte vorsichtige Bewegungen in der Luft. Dann machte sie sich über die Leinwand her. Sie fing oben rechts an und kratzte vier oder fünf Mal kräftig darüber. Die Leinwand wurde mittelgrau, ungefähr wie Blei, etwas heller dort, wo das Gewebe aus dicken Fäden bestand. Sie trat einen Schritt zurück. Wenn sie ihn nun nicht finden! Wenn er ganz einfach davonkommt! Opel Manta, BL 74, wenn sie richtig gesehen hatte? Nicht alle werden gefaßt, überlegte sie, wenn sie ihn nicht in ihrem Archiv haben, wie sollen sie ihn dann finden? Alles war so schnell und vollständig lautlos passiert. Er war innerhalb weniger Sekunden aus der Wohnung geschlichen und verschwunden. Wenn nur Eva seinen Wagen gesehen hatte, dann würden sie es nie erfahren, daß er einen Opel Manta fuhr, einen Wagen, der nicht häufig vorkam, und der es leicht gemacht hätte, ihn zu finden.

Sie trat wieder vor und rieb heftig an einem Punkt etwas weiter links herum, mit etwas weniger hektischen, dafür aber härteren Bewegungen. Was hatte er noch über seine Arbeit gesagt, wie lange mußte er arbeiten, um wieviel zu verdienen? Einen

Häuptling. Ein Häuptling sind tausend Kronen, überlegte sie. Sie sah den blonden Hinterkopf mit dem Zöpfchen im Nacken vor sich. Hatte er nicht die Brauerei erwähnt?

Sie hielt inne. Sie hatte jetzt die weiße Leinwand erreicht, und ein starkes Licht entwickelte sich. Der Klotz fiel zu Boden. Sie schaute auf die Uhr, dachte kurz nach und schüttelte energisch den Kopf. Dann kratzte sie weiter. Schaute noch einmal auf die Uhr. Zog sich das Hemd über den Kopf und ging.

Der Wagen brauchte vollen Choke zum Starten. Er brüllte wütend auf, und die Auspuffgase waren schwarz, als sie schaltete und auf die Straße hinausfuhr. Vielleicht war der Mann ja schon in Schweden. Vielleicht hatte er ein Ferienhaus, in dem er sich verstecken konnte, vielleicht hatte er sich umgebracht. Oder er war wie andere Leute bei der Arbeit, als ob nichts passiert sei. In der Brauerei, vor der der weiße Manta geparkt war.

Sie saß vornübergebeugt hinter dem Lenkrad und gab Gas. Sie wollte nur nachsehen, ob sie recht hatte, ob der Wagen wirklich dort stand. Ob es ihn wirklich gab, ob er nicht nur ihrer Phantasie entsprungen war. Sie fuhr am Elektrizitätswerk auf der rechten Seite vorbei, und plötzlich fielen ihr die unbezahlten Rechnungen ein, die durfte sie nicht vergessen. Jetzt hatte sie ja Geld genug, jetzt konnte sie sogar einige Bilder rahmen lassen. Die Leute kauften keine Bilder, bei denen an der Seite die Fäden der Leinwand heraushingen. Eva begriff das einfach nicht. Jetzt näherte sie sich der Ausfahrt mit den neun Rampen. Ging in den zweiten Gang. Er hat mich nicht gesehen, dachte sie. Ich kann gefahrlos vor der Brauerei herumspazieren, er hat keine Ahnung, wer ich bin, und was ich gesehen habe. Aber er hat Angst und sieht sich vor. Ich muß vorsichtig sein. Sie schaukelte über die erste Rampe. Wenn er clever ist, dann macht er weiter, als ob nichts passiert ist. Geht zur Arbeit. Reißt in der Kantine Zoten. Vielleicht, dachte sie plötzlich, hat er Frau und Kind. Sie fuhr vorsichtig über die nächste Rampe und versuchte, auf ihr altes Auto Rücksicht zu nehmen. In Gedanken taufte sie den Mann Elmer. Diesen Namen fand sie passend, ein bißchen blaß und verwaschen. Sie konnte sich nicht vorstellen, daß er einen normalen Namen haben könnte, so, wie andere Leute, Trygve oder Kåre oder vielleicht Jens. Nicht, wenn sie ihn vor sich sah, wie er auf dem Bett gesessen hatte, mit der Hose auf den Knien und dem scharfen, funkelnden Messer in der Hand. Nichts an ihm war normal. Ob er sich jetzt anders vorkam? War er erschüttert und verängstigt, oder ärgerte er sich nur, weil er eine Grenze überschritten hatte, die ihn vielleicht teuer zu stehen kommen würde? Was war das eigentlich für ein Gefühl?

Eva gab Gas und jagte durch den Kreisverkehr. Sie fuhr an der Glühbirnenfabrik vorbei und sah den Zeitungsständer vor der Bäckerei. »Erstickt aufgefunden«, stand dort, wie auch an der Tankstelle, Maja in der ganzen Stadt, und Elmer hatte es sicher auch gelesen, falls er Zeitungen las, aber das taten schließlich alle. Eva fuhr langsamer, hatte jetzt die Oscarsgate erreicht, glitt an der Brauerei vorbei, erreichte das Schwimmbad und hielt dahinter an. Sie blieb noch eine Weile im Wagen sitzen. Der Parkplatz war groß, und viele Autos waren weiß. Sie schloß ihres ab und ging langsam am Schwimmbad vorbei, registrierte den Chlorgeruch und ging zum Chefparkplatz, direkt neben dem Haupteingang. Elmer war garantiert kein Chef, so war er nicht angezogen, und er hatte sich über sein Gehalt beklagt. Eva ging langsam weiter, jetzt lag der Parkplatz auf ihrer linken Seite, er war mit einer Schranke abgesperrt. Ein Parkautomat blinkte rot, und ein riesiges Schild rechts verkündete, der Platz sei bewacht, verriet aber nicht, auf welche Weise. Sie konnte nirgendwo eine Kamera entdecken. Eva drückte sich an der Schranke vorbei und ging dann nach links, sie mußte systematisch suchen, hier standen viele Autos. Ihr Herz schlug schneller, sie bohrte die Hände in die Manteltaschen und versuchte, lässig umherzuschlendern, hob ab und zu ihr Gesicht in die Sonne und brachte ein kleines Lächeln zustande, von dem sie hoffte, daß es überzeugend wirkte. Dort stand ein Honda Civic, weiß und fast unnatürlich blank, er schien direkt vom Händler zu kommen. Eva ging weiter, sie mußte sich alle Autos ansehen, auch die Autonummern, aber niemand sollte begreifen, was sie da machte. Konnte ein Mann abends morden und morgens zur Arbeit gehen? War das möglich? Ein BMW, ein wenig abgenutzt und verdreckt, hinter dem Fenster lag viel Müll herum. Ein Käfer, auch nicht weiß, eher schmutziggelb. Sie ging zur nächsten Reihe weiter, spürte, daß die Sonne ein wenig wärmte, obwohl sie schon Oktober hatten, eine wehmütige kleine Wärme auf der Wange. Maja war plötzlich unwiderruflich tot. Es war nicht zu glauben. Eva wußte nicht so recht, ob sie das begriffen hatte. Plötzlich tauchte sie aus dem Nichts auf, und ebenso plötzlich war sie wieder verschwunden. Schien einfach kurz vorübergeflogen zu sein, wie ein seltsamer Traum. Ein weißer Mercedes, ein alter Audi, sie schlenderte weiter, auf ihren langen Beinen, mit offenem Mantel, und plötzlich stand ein Mann vor ihr und versperrte ihr den Weg. Er trug einen dunklen Overall mit vielen Reflektorstreifen. Der Parkplatzwächter.

»Haben Sie einen Besuchsschein?«

Eva runzelte die Stirn. Er war ein Rotzbengel, allerdings ein großer.

»Was?«

»Das ist ein Privatparkplatz. Suchen Sie hier etwas?«

»Ja, ein Auto. Ich fasse nichts an.«

»Sie müssen verschwinden, der Parkplatz ist nur für Angestellte.«

Er hatte einen gelben Bürstenschnitt und haufenweise Selbstvertrauen.

»Ich muß doch nur etwas nachsehen. Nur eine Runde über den Parkplatz. Für mich ist das wichtig«, fügte sie hinzu.

»Nix! Na los, ich bringe Sie zum Ausgang.«

Er kam mit befehlerischer Geste auf sie zu.

»Sie können hinter mir hergehen, wenn Sie wollen, ich will mir doch nur die Autos ansehen. Ich suche einen Typen, mit dem ich sprechen muß, das ist wichtig. Bitte. Ich habe selber ein Auto mit Stereoanlage.«

Er zögerte. »Na gut, aber machen Sie schnell. Ich bin doch hier, um Unbefugte zu verjagen, das ist alles.«

Sie ging weiter an den Autoreihen vorbei und hörte hinter sich seine Schritte.

»Was ist das denn für ein Auto?« nervte er.

Sie gab keine Antwort. Elmer durfte nicht erfahren, daß jemand nach ihm suchte. Dieser Rotzbengel im blauen Overall würde sicher tratschen.

»Ich kenne viele, die hier arbeiten«, fügte er hinzu.

Ein Toyota Tercel, ein alter Volvo, ein Nissan Sunny. Der Wächter räusperte sich.

»Arbeitet der unten? Bei den Zapfanlagen?«

»Ich kenne ihn nicht«, sagte Eva kurz. »Ich kenne nur sein Auto.«

»Ganz schön heimlichtuerisch, was?«

»Richtig.«

Sie blieb stehen und nickte. Er hatte die Arme verschränkt und kam sich blöd vor. Eine Frau hielt sich unbefugt auf Privatboden auf, und er rannte hinter ihr her wie ein Hund. Was für ein Wächter! Ein wenig von seinem Selbstvertrauen ging verloren.

»Und was wollen Sie mit einem Typen, den Sie gar nicht kennen?«

Er ging an ihr vorbei und lehnte sich an eine Motorhaube. Seine Beine waren lang, sie versperrten ihr den Weg.

»Ihn erwürgen, natürlich«, sie lächelte süß.

»Ach ja, genau.«

Er wieherte, als habe er plötzlich alles begriffen. Sein Overall war aus Nylon und paßte gut für seinen durchtrainierten Körper, Eva starrte durch seine gespreizten Beine das Nummernschild an. BL 744. Sie drehte sich rasch zum gegenüberstehenden Wagen um, einem silberfarbenen Golf, trat dicht daran heran und starrte ins Fenster. Der Mann folgte ihr.

»Das da ist einer aus der Kantine, ich weiß nicht mehr, wie er heißt. Ein kleiner Wicht mit Locken. Ist er das?«

Sie lächelte geduldig, erhob sich und warf einen raschen Blick auf den weißen Opel hinter dem Mann, jetzt konnte sie die ganze Nummer sehen. BL 74470. Ein Manta. Sie hatte recht gehabt, das war so einer wie Josteins alter, aber schöner, neuer und besser in Schuß. Innen war er rot. Eva ging los, steuerte auf die Schranke zu, sie hatte genug gesehen. Hatte ihn mit großer Leichtigkeit gefunden. Einen ganz normalen Brauereiarbeiter, der einen Mord auf dem Gewissen hatte. Und sie, Eva, wußte genug, um ihn für fünfzehn, zwanzig Jahre einsperren zu lassen. In eine kleine Zelle. Das ist unglaublich, dachte sie. Gestern hat er Maja umgebracht. Heute geht er zur Arbeit, als ob nichts passiert sei. Also ist er clever. Und eiskalt. Vielleicht diskutiert er bei einem Butterbrot in der Kantine über diesen Mord. Sie sah ihn vor sich, er schmatzte und kaute und hatte Mayonnaise an der Oberlippe kleben. »Schreckliche Sache, war sicher ein jähzorniger Freier.« Dann trank er einen Schluck Cola, nahm Zitronenscheibe und Petersilie vom Brot und biß wieder hinein. »Der ist jetzt bestimmt schon in Schweden.«

Vielleicht hatten auch noch andere Kollegen Maja gekannt, dachte sie plötzlich. Und vielleicht ging es ihm wie ihr, vielleicht konnte er fast nicht glauben, was passiert war, und er versuchte, es wie einen grauenhaften Traum von sich abzuschütteln.

»Jetzt weiß ich wieder, wie er heißt!« rief der

Wächter hinter ihr her. »Der mit dem Golf. Er heißt Bendiksen. Kommt aus Finnmark.«

Eva winkte ihm zu, ohne sich umzudrehen, und ging weiter. Dann blieb sie stehen.

»Arbeiten die schichtweise?«

»Sieben bis drei bis elf bis sieben.«

Wieder nickte sie, sah auf die Uhr und verließ den Parkplatz, ging am Schwimmbad vorbei und setzte sich in ihr Auto. Ihr Herz schlug jetzt ziemlich schnell, wie sollte sie mit ihrem neuen Geheimnis umgehen? Aber sie ließ den Wagen an und fuhr nach Hause. Es war noch lange bis drei Uhr. Sie würde ihn erwarten und ihm folgen. Herausfinden, wo er wohnte. Ob er Frau und Kinder hatte. Nur zu gern wollte sie ihn wissen lassen, daß jemand Bescheid wußte. Nur das. Sie konnte den Gedanken nicht ertragen, daß er sich sicher fühlte, daß er aufgestanden und wie immer zur Arbeit gegangen war, nachdem er Maja ganz ohne Grund umgebracht hatte. Sie begriff nicht, warum er das getan hatte, woher seine Wut gekommen war. Als sei das Messer neben dem Bett die größte Beleidigung gewesen, die man ihm überhaupt zufügen konnte. Aber Mörder sind nicht wie andere, überlegte sie und wich einem ausgesprochen unsteten Radfahrer aus. Denen muß irgend etwas fehlen. Oder vielleicht hatte ihm der Anblick des Messers ganz einfach eine schreckliche Angst eingejagt. Glaubte er denn wirklich, daß Maja ihn erstechen wollte? Sie überlegte kurz, ob irgendein gerissener Anwalt ihn vielleicht durch die Behauptung retten könne, es habe sich um Notwehr gehandelt. Dann muß ich eingreifen, dachte Eva, aber sofort gab sie diesen Entschluß wieder auf. Vor Gericht als Freundin der

Prostituierten aussagen, nein, das konnte sie nicht. Ich bin nicht feige, dachte sie, eigentlich nicht. Aber ich muß doch an Emma denken. Immer wieder sagte sie sich das. Aber sie war jetzt einfach unruhig, tausend kleine Ameisen wuselten in ihrer Blutbahn herum. Weil niemand etwas wußte. Weil so etwas passieren konnte und nur eine kleine Zeitungsnotiz wert war, und dabei ging es doch um ihre Freundin, Maja, ihre allerbeste Freundin.

Als sie ihre Haustür aufschloß, schellte das Telefon.

Sie fuhr zusammen. Die Leitung war also wieder freigegeben worden, vielleicht war es die Polizei. Sie zögerte kurz, entschied sich dann aber und nahm den Hörer ab.

»Aber Eva! Wo in aller Welt treibst du dich denn die ganze Zeit herum! Ich versuche schon seit Tagen, dich anzurufen!«

»Das Telefon war gesperrt. Aber jetzt funktioniert es wieder, ich war mit der Rechnung ein bißchen spät dran.«

»Ich habe doch gesagt, du sollst dich an mich wenden, wenn du etwas brauchst«, brummte ihr Vater.

»Ein paar Tage ohne Telefon bringen mich ja wohl nicht um«, sagte sie leichthin. »Und du schwimmst ja auch nicht gerade in Geld.«

»Aber mir ist es lieber, ich muß hungern, und nicht du. – Hol mir mal Emma, ich möchte ihre unverdorbene Stimme hören.«

»Die ist für ein paar Tage bei Jostein, so eine Art Herbstferien. Sag mal, klinge ich denn verdorben, hast du das gemeint?«

»Deine Stimme hat manchmal einen rauhen Unterton, ich habe immer das Gefühl, daß du mir nur einen Bruchteil von allem erzählst, was passiert.«

»Ja, das stimmt. Sowas nennt man Rücksichtnahme. Du bist schließlich nicht mehr der Allerjüngste.«

»Ich finde, du mußt bald mal wieder rüberkommen, damit wir uns gegenseitig richtig hochnehmen können, bei einem Glas Rotwein. So per Telefon fehlt der richtige Schwung.«

Er schniefte leicht, wie bei einer Erkältung.

»Ich komme auch bald. Du kannst doch bei Jostein anrufen, wenn du mit Emma sprechen möchtest. Die ist übrigens auch nicht mehr ganz unverdorben, ich glaube, sie hat große Ähnlichkeit mit dir.«

»Das betrachte ich als Kompliment. Ist es ihm peinlich, wenn ich anrufe?«

»Nein, spinnst du! Er mag dich sehr. Er hat Angst, daß du vielleicht wütend auf ihn bist, weil er mich verlassen hat, und wenn du anrufst, freut er sich bestimmt.«

»Ich bin stinkwütend! Du hast doch wohl nichts anderes erwartet?«

»Sag ihm das aber nicht.«

»Ich habe nie begriffen, warum du so verdammt loyal bist, einem Mann gegenüber, der auf diese Weise abgehauen ist.«

»Ich werde dir das irgendwann mal erklären, bei einem Glas Rotwein.«

»Ein Vater müßte alles über sein einziges Kind wissen«, sagte er beleidigt. »Dein Leben ist weiß Gott ein einziges großes Geheimnis!«

»Ja«, sagte sie leise. »Das stimmt, Papa. Aber weißt du, die wirklich wichtigen Wahrheiten kommen schon ans Licht. Wenn die Zeit reif ist.«

»Die Zeit ist bald zu Ende«, sagte er. »Ich bin alt.«

»Sowas sagst du, wenn du dir selber leid tust. Kauf Rotwein, ich komme bald. Ich rufe dich noch an. Du ziehst doch wohl immer deine Pantoffeln an?«

»Das mache ich, wie es mir paßt. Wenn du anfängst, dich wie eine Frau anzuziehen, dann ziehe ich mich wie ein alter Mann an.«

»Abgemacht, Papa.«

Sie schwiegen eine Weile, aber sie konnte seinen Atem hören. Beide waren ganz still, und Eva hatte das Gefühl, seinen warmen Atem durch die Leitung über ihre Wange streifen zu spüren. Ihr Vater war ein zäher Brocken, und Eva nahm ihre ganze Stärke von ihm. Ganz weit im Hinterkopf dachte sie daran, daß er bald sterben müsse, und daß ihr dann aller Halt im Leben entrissen werden würde, weggefetzt, so, als ob ihr jemand Haut und Haare vom Leibe zöge.

Bei diesem Gedanken wurde ihr kalt.

»Jetzt denkst du düstere Gedanken, Eva.«

»Ich komme bald. Ich finde das Leben im Grunde nicht besonders toll.«

»Dann müssen wir uns wohl gegenseitig trösten.«

Er legte auf. Danach war es so still, sie ging zum Fenster, und ihre Gedanken gingen ihre eigenen Wege, obwohl sie sich dagegen wehrte. Wie sind wir eigentlich gefahren, überlegte sie, um damals zu diesem Ferienhaus zu kommen, waren wir nicht zuerst in Kongsberg? Es war so lange her. Fünfundzwanzig Jahre. Majas Vater hatte sie in seinem

Kastenwagen gefahren. Und sie hatten sich betrunken, im Heidekraut vor dem Ferienhaus hatten überall Brocken von Eintopf und Obstsalat herumgelegen, und das Bettzeug hatten sie auch vollgekotzt. Nach Kongsberg, dachte sie, und dann über die Brücke. Weiter nach Sigdal, war das nicht so? Rotes Haus mit grünen Fensterrahmen. Winzigklein, fast einsam gelegen. Aber es war weit. Zweihundert Kilometer, vielleicht dreihundert. Fast zwei Millionen. Wieviel Platz soviel Geld wohl braucht, fragte sie sich, wenn es kleinere Scheine sind, dann reicht ein Schuhkarton bestimmt nicht aus. Und wo versteckte man in einem kleinen Haus ein solches Vermögen? Im Vorratskeller? Im Schornstein? Oder vielleicht im Klohäuschen, in das sie immer nach dem Benutzen aus einem Sack Erde und Birke schütten mußten. Lag es vielleicht in alten Fischkonserven im Küchenschrank? Maja war erfinderisch gewesen. Es würde bestimmt nicht leicht sein, falls jemand danach suchte, überlegte sie. Aber wer sollte danach suchen? Es wußte doch niemand etwas von diesem Geld, also würde es dort in bis in alle Ewigkeit liegen und zu Staub zerfallen, oder hatte Maja anderen davon erzählt? Dann stellten vielleicht in diesem Moment noch andere dieselben Überlegungen an wie Eva selber, dachten an die zwei Millionen und träumten vom Reichtum. Sie ging wieder in ihr Atelier und kratzte an der schwarzen Leinwand herum. Der Oktober war für Ferienhäuser im Hochgebirge sicher nicht gerade Hochsaison, vielleicht war da oben keine Menschenseele, niemand würde sie sehen. Wenn sie ein Stück weit entfernt parkte und dann das letzte Stück zu Fuß ginge – falls sie sich überhaupt an den Weg erinnerte. Bei einem gelben Laden links abbiegen, das wußte sie noch, und dann immer aufwärts, fast bis zur Baumgrenze. Haufenweise Schafe. Die Herberge für Wanderer und der große See, dort konnte sie den Wagen stehen lassen, unten am Wasser. Sie kratzte und kratzte an der Leinwand herum. Zwei Millionen. Ihre eigene Galerie. Malen und malen und nie wieder Geldsorgen, jedenfalls für viele Jahre nicht. Gut für den Vater und für Emma sorgen. Bei Bedarf Geld aus einer Schüssel fischen. Oder aus einem Banksafe. Warum in aller Welt hatte Maja das Geld nicht in einen Safe gelegt? Vielleicht mußte es dort registriert werden. Und es war schwarz verdientes Geld. Eva kratzte härter. Wenn sie dieses Geld haben wollte, mußte sie in das Ferienhaus einbrechen, aber sie konnte sich nicht vorstellen, daß sie das wagen würde. Die Tür mit einem Brecheisen aufstemmen oder ein Fenster einschlagen, das würde doch weit zu hören sein. Aber wenn da oben niemand war … Sie könnte abends losfahren und in der Nacht dort eintreffen. Obwohl es schwierig sein würde, im Dunkeln zu suchen. Eine Taschenlampe vielleicht. Sie ließ das Sandpapier fallen und ging langsam die Kellertreppe hinunter. In einer Schublade dort lag eine Taschenlampe, die Jostein vergessen hatte. Sie gab ein ungeheuer trübes Licht. Eva griff in den Farbeimer, in dem sie Majas Taschengeld versteckt hatte, und zog ein Bündel Geldscheine heraus, ging wieder nach oben und zog ihren Mantel an. Verdrängte die kleinen Stiche, die ihr schlechtes Gewissen ihr versetzte, und eine schwache, kaum hörbare Warnung ihrer Vernunft. Zuerst wollte sie alle Rechnungen bezahlen und einige Kleinigkeiten erledigen. Es war jetzt zwölf Uhr. In drei Stunden würde Elmer von der Schicht kommen, würde zu seinem Auto gehen. Eva setzte ihre Sonnenbrille auf. Sie starrte in den Spiegel, auf ihre schwarzen Haare, die Brille und den Mantel, und sie erkannte sich selber nicht wieder.

Am Platz lag ein Eisenwarenhandel. Sie wagte nicht, um ein Brecheisen zu bitten, sie wanderte an den Regalen entlang und suchte etwas, das sie in einen Türspalt stecken konnte. Sie fand einen kräftigen Meißel, sehr groß, mit scharfer Kante, und einen soliden Hammer. Der Schaft war aus gerilltem Rohgummi. Nach der Taschenlampe mußte sie fragen.

»Was wollen Sie damit?« fragte der Eisenwarenhändler.

»Leuchten«, antwortete Eva verwundert. Sie starrte den Bauch des Mannes an, der sich unter dem Kittel wölbte. Die Knöpfe schienen jeden Moment vom Stoff springen zu können.

»Ja, sicher, das ist doch klar. Aber es gibt unterschiedliche Typen von Lampen. Ich meine – wollen Sie im Licht dieser Lampe arbeiten, wollen Sie bei nächtlichen Spaziergängen den Weg beleuchten, wollen Sie damit Signale geben …«

»Arbeiten«, sagte Eva schnell.

Er zeigte ihr eine wasser- und stoßfeste Lampe mit langem schmalen Schaft, deren Strahl je nach Bedarf gestreut oder gebündelt werden konnte.

»Das ist so ungefähr das Beste, was es gibt. Lebenslange Garantie. Wird in den USA von der Polizei verwendet. Vierhundertfünfzig Kronen.«

»O Gott! Ja, die nehme ich«, sagte sie schnell.

»Damit können Sie den Leuten auch eins auf den Kopf geben«, sagte er ernst. »Einbrechern und so.«

Eva runzelte die Stirn. Sie wußte nicht so recht, ob er das ernst gemeint hatte.

Das Werkzeug kostete ein Vermögen, über siebenhundert Kronen. Sie bezahlte und trug die graue Papiertüte aus dem Laden. Kam sich vor wie eine altmodische Einbrecherin, es fehlten nur noch Gummischuhe und Haßkappe. Dann merkte sie, daß sie noch nichts gegessen hatte. Sie ging zum Warenhaus Jensen, wo im ersten Stock ein Café lag. Dort kaufte sie zwei Brote, eins mit Lachs und Ei, eins mit Käse, dazu Milch und Kaffee. Sie sah keine Bekannten. Sie kannte ja auch niemanden, sah nur überall namenlose Gesichter, die nichts von ihr verlangten, und das war ihr nur recht. Jetzt, wo sie soviel zu durchdenken hatte. Nach dem Essen ging sie in einen Buchladen und kaufte sich einen Autoatlas. Sie setzte sich in der Fußgängerzone auf eine Treppe, die von einer Eisreklame halb verdeckt wurde, und fing an zu suchen. Ziemlich bald hatte sie den Weg wiedergefunden, sie maß die Entfernung provisorisch mit den Fingern und stellte fest, daß es sich um mindestens zweihundert Kilometer handelte. Auf jeden Fall würde sie zweieinhalb Stunden für die Fahrt brauchen. Wenn sie um neun Uhr losfuhr, konnte sie gegen Mitternacht dort sein. Allein, in einem Ferienhaus auf der Hardangervidda, mit Hammer und Meißel, hatte sie diesen Mut?

Sie schaute wieder auf die Uhr. Sie wartete auf Elmer, der jetzt seit sechs Stunden bei der Arbeit war und bald seinen ersten Arbeitstag als Mörder hinter sich haben würde. Von nun an würde er die Tage zählen, am Kalender verfolgen, daß die Zeit verging. Jeden Abend, an dem er als freier Mann ins Bett ging, glücklich aufatmen. Eines Tages würde sie ihm auf irgendeine Weise einen kleinen Stich versetzen. Damit er seine Sicherheit einbüßte und nachts nicht schlafen konnte, sondern nur noch wartete. Langsam würde er zusammenbrechen, vielleicht anfangen zu trinken, danach blaumachen. Und dann würde es zum Teufel mit ihm gehen. Eva lächelte bitter. Sie stand auf und ging in ein Sportgeschäft. Dort kaufte sie sich eine Windjacke mit Kapuze, dunkelgrün und gut imprägniert, ein Paar Nike Turnschuhe und einen kleinen Rucksack. Dinge, wie sie in ihrem ganzen Leben noch keine gehabt hatte. Aber wenn sie mitten in der Nacht über Gebirgswege kraxeln müßte, dann wollte sie wenigstens aussehen wie eine Ferienhausbesitzerin. Falls jemand sie sähe. Sie bezahlte für alles fast vierzehnhundert Kronen und verdrehte die Augen, aber ihrer Brieftasche war dieser Verlust kaum anzumerken. Wie leicht alles war, wenn man nicht auf das Geld zu achten brauchte. Wenn man es einfach aus der Tasche ziehen und auf den Tresen knallen konnte. Eva fühlte sich leicht und seltsam, fast wie eine andere, aber sie war es, Eva, die hier stand und mit dem Geld um sich warf. Nicht, daß sie sich irgendwelchen Luxus wünschte, das interessierte sie nicht. Sie wünschte sich nur eine Unbeschwertheit, die dafür sorgte, daß sie in Ruhe malen konnte. Sonst wünschte sie sich nichts. Schließlich ging sie in die Bank und bezahlte ihre Rechnungen. Strom, Telefon, Autosteuern, Versicherungen und Gemeindegebühren. Sie steckte alle Quittungen in ihre Handtasche und ging hocherhobenen Hauptes wieder hinaus. Wanderte über den Platz zu den Bänken am Flußufer und starrte das schwarze Wasser an, das vorüberschäumte. Die Strömung war heftig. Ein Pappbecher, der vielleicht Wurst und Kartoffelpüree behaust hatte, fegte wie ein Mini-Speedboot vorbei. Elmer schaut jetzt sicher auf die Uhr, vielleicht häufiger als sonst. Aber niemand hat nach ihm gefragt, niemand ist durch die große Halle gekommen, um ihn zum wartenden Wagen abzuführen. Niemand hat etwas gesehen. Er glaubt, davonzukommen. Vielleicht, vielleicht kommt er davon. Eva erhob sich und ging zu ihrem Auto. Sie fuhr zum Schwimmbad und hielt auf der Vorderseite, wo sie die Schranke im Blick hatte. Der Parkplatzwächter wanderte noch immer an den Wagenreihen entlang. Eva senkte den Kopf und blätterte im Autoatlas. Es war Viertel vor drei.

Schließlich kamen sie, drei Männer nebeneinander. Er blieb bei dem weißen Auto stehen und fuhr sich mit der Hand durch die Haare. Die hingen jetzt offen herab, aber sie erkannte sein Profil und seinen Bierbauch. Er redete und gestikulierte, und er stupste die beiden anderen freundschaftlich mit der Faust an.

Als ob nichts geschehen sei!

Sie sprachen über das Auto. Das entnahm sie ihren Gesten, sie sahen sich die Reifen an, einer bückte sich und zeigte unter die Kühlerattrappe. Elmer schüttelte den Kopf und schien anderer Meinung zu sein. Er legte eine Hand auf das Autodach, vielleicht, um zu demonstrieren, daß der Wagen ihm gehörte. Ein breitbeiniger Typ mit mannhaften Gebärden. Eva fuhr langsam vom Parkplatz. Vielleicht war er ein wilder Verkehrsrowdy, der sie sofort abhängen würde. Aber bei dem dichten Verkehr um diese Zeit würde er es wohl doch nicht schaffen. Sein Auto schien sehr gut in Schuß zu sein, ihres dagegen konnte jeden Moment auseinander brechen. Der Motor brüllte wütend auf, als er angelassen wurde, als ob unter der Motorhaube durchaus kein Standardmodell stecke. Die beiden anderen wichen aus. Elmer winkte, jetzt fuhr er langsam auf die offene Schranke zu. Eva hatte Glück. Er blinkte rechts und wollte an ihr vorbei, wenn sie schnell genug war, konnte sie sich an ihn anhängen. Er trug jetzt eine Sonnenbrille. Als Eva anfuhr, schaute er in den Spiegel. Sie fühlte sich unbehaglich, versuchte, höflichen Abstand zu bewahren, und fuhr ziemlich langsam hinter ihm her durch die verkehrsreiche Hauptstraße, die aus der Stadt herausführte. Er fuhr am Krankenhaus und am Bestattungsunternehmen vorbei, und nach einer Weile wechselte er auf die rechte Spur, fuhr angemessen schnell und ganz korrekt am Videoladen und dem Computerkaufhaus vorbei. Sie näherten sich jetzt der Rosenkrantzgate, er schaute noch einmal in den Spiegel und blinkte plötzlich nach rechts. Sie mußte weiterfahren, konnte aber im Rückspiegel sehen, daß er bei einem grünen Haus anhielt, vor dem ersten Eingang. Ein kleiner Junge kam angelaufen. Vielleicht sein Sohn. Die beiden verschwanden im Haus.

Also wohnte er in dem grünen Haus in der Rosenkrantzgate. Vielleicht hatte er einen Sohn von fünf
oder sechs Jahren. Wie Emma, überlegte Eva.

Konnte er denn nach allem, was passiert war,
weiterhin den Papa spielen? Abends den Kleinen
auf den Schoß nehmen und ihm etwas vorsingen?
Ihm beim Zähneputzen helfen? Mit denselben
Händen, die ihn zum Mörder gemacht hatten? Eva
konnte erst bei der Trabrennbahn wenden, sie bog
nach links ab, legte eine freche scharfe Drehung
hin und fuhr wieder zurück. Jetzt lag das grüne
Haus auf ihrer linken Seite. Vor dem Haus stand
eine Frau mit einem Wäschekorb in der Hand.
Gebleichte, hochtoupierte Haare. Affektierte Kuh,
typisch für ihn, dachte Eva. Jetzt hatte sie ihn. Und
bald, ziemlich bald, würde sie auch zwei Millionen
haben.

Es war neun Uhr abends, als sie sich wieder ins
Auto setzte. Nach zweieinhalb Stunden hatte sie
zehn Zigaretten geraucht, der gelbe Laden aber
war nicht zu sehen. Ihre Beine wurden steif, und
ihr Rücken tat weh. Ihr Plan erschien ihr plötzlich
als hirnrissige Unternehmung. Draußen war es
stockdunkel, und sie hatte Veggli und das Café mit
dem großen Troll und einige Dörfer, deren Namen
sie wiedererkannt hatte, schon hinter sich. Der
Laden müßte auf der linken Seite liegen und
beleuchtet sein, wie Läden das nun einmal waren,
die ganze Nacht hellerleuchtet. Aber alles war
schwarz, nicht ein Haus zu sehen, kein Verkehr.
Auf beiden Straßenseiten ragte der Wald wie eine

schwarze Mauer auf, sie hatte das Gefühl, durch eine tiefe Schlucht zu fahren. Das Radio brachte Musik, und die ging ihr nun auf die Nerven. Scheißladen!

Sie fuhr an den Straßenrand und hielt an. Steckte sich noch eine Zigarette an und dachte nach. Es war fast Mitternacht, und sie war müde. Vielleicht würde sie das Haus ja nicht finden, vielleicht hatte sie sich geirrt. Es war so lange her, fünfundzwanzig Jahre, damals waren sie doch die puren Rotzgören gewesen. Maja hatte die Bande angeführt, die anderen waren wie Schafe hinterhergetrottet, Eva, Hanne, Ina und Else Gro. Alte grüne Schlafsäcke und Konservendosen. Drehtabak und Bier. Vielleicht war der gelbe Laden abgerissen worden, vielleicht stand dort jetzt ein riesiges Einkaufszentrum, überlegte Eva, aber vielleicht wurden so tief im Wald keine Einkaufszentren gebaut. Sie mußte einfach weiterfahren, sie gab sich noch zwanzig Minuten, wenn sie dann nicht fündig würde, wollte sie umkehren. Oder im Auto übernachten und bei Tageslicht weitersuchen. Aber die Vorstellung, auf dem Rücksitz zu schlafen, wirkte nicht sonderlich verlockend, sie wußte nicht einmal, ob sie den Mut dazu aufbringen würde, hier in dieser Einöde. Sie fuhr wieder los und drückte die Zigarette im mittlerweise randvollen Aschenbecher aus. Schaute noch einmal auf die Uhr und gab Gas. Die Straße führte über eine Brücke, glaubte sie, dort hatte es Schafe und Ziegen gegeben, sie waren im Zickzack gefahren, über eine Straße mit scharfen Haarnadelkurven. Im Winter wurde der Schnee nur bis zur Herberge geräumt, und Maja mußte das letzte Stück auf Skiern zurücklegen. Gut, daß es noch nicht geschneit hatte, aber vielleicht lag da oben ja doch schon Schnee, vielleicht würde Eva das letzte Stück durch den Schnee stapfen müssen, daran hatte sie noch gar nicht gedacht. Sie war nicht gerade ein Sportsmensch, und jetzt kam sie sich blöd vor. Nahm sich noch eine Zigarette, jetzt waren die ihr wirklich schon zuwider, hielt immer wieder nach einem Licht im dunklen Wald Ausschau und drehte die Heizung höher. Hier oben war die Luft anders, schärfer. Es war so verdammt weit! Elmer lag jetzt sicher im Bett, vielleicht standen die Albträume auch bei ihm Schlange, vielleicht saß er allein mit seinem dritten Whisky im Wohnzimmer, während seine Frau schon längst schlief, den Schlaf der Unschuldigen. Es war bestimmt nicht leicht, mit Maja vor Augen ins Bett zu gehen, mit dem Gefühl ihrer strampelnden Beine unter sich, als er sie mit dem Kissen auf die Matratze gedrückt hatte, sie hatte sich bestimmt heftig gewehrt. Maja war stark gewesen, aber Männer waren so unglaublich viel stärker, Eva staunte immer wieder darüber. Sie mußten nicht einmal besonders groß sein, sie waren offenbar aus anderem Stoff gemacht. Plötzlich bremste sie. Weiter vorne brannte Licht, auf der linken Seite. Und bald sah sie das vertraute orangefarbene Schild, viereckig, mit einem großen S.

Supermarkt. Und nun sah sie auch Straße und Brücke. Sie schenkte sich das Blinken, fuhr einfach hinüber, dann ging es vorsichtig im zweiten Gang den Hang hinauf. Ihr Puls beschleunigte sich wieder, und in Gedanken sah sie das Ferienhaus vor sich, einen kleinen dunklen Klotz, schlicht und unscheinbar, mit einem wirklich unvorstellbaren

Schatz, das pure Märchenschloß, der Schlüssel zu einem sorgenfreien Leben. Maja hätte sie jetzt sehen sollen, der hätte das gefallen, sie mochte doch Menschen, die sich an den Freuden des Lebens bedienten. Auf jeden Fall hätte sie nicht gewollt, daß ihr Geld an den Staat fiel. Zwei Millionen – was das wohl an Zinsen bringen würde, sechs, sieben Prozent? Nein, auf die Bank konnte sie das Geld nicht bringen. Sie biß sich auf die Lippen, sie mußte das Geld wohl im Keller aufbewahren. Niemand durfte davon erfahren, Emma nicht, niemand. Und sie durfte nicht mit dem Geld um sich werfen, durfte nicht im Schlaf reden, durfte sich nicht betrinken. Das Leben wird eigentlich ziemlich kompliziert werden, dachte sie. Der Ascona kroch weiter aufwärts, ihr begegnete kein einziges Auto, sie hatte das Gefühl, auf einen anderen, menschenleeren Planeten geraten zu sein, selbst die Schafe waren verschwunden. Es war wohl zu kalt, Eva kannte sich da nicht aus. Nach fünfzehn Minuten kam sie rechts an der Herberge vorbei. Sie fuhr weiter, rechts lag jetzt der See, sie suchte eine Abzweigung zum Wasser. Es hatte nicht geschneit, aber hier oben war es heller, und der Himmel war so weit. Auf der linken Seite lag ein großes Ferienhaus, hinter einem Fenster brannte Licht. Sie fuhr zusammen. Wenn hier oben noch Menschen waren, dann mußte sie sich in acht nehmen. Die Leute hier oben hatten bestimmt Kontakt zueinander. Leute aus Oslo, die seit Generationen hier Ferienhäuser hatten. Ja, wir haben hier gestern abend ein Auto vorbeikommen sehen, das muß so gegen Mitternacht gewesen sein. Das Geräusch des Motors kannten wir nicht, Amundsen

253

fährt doch einen Volvo, und Bertrandsen hat einen Mercedes Diesel. Es müssen also Fremde gewesen sein, da sind wir uns ganz sicher.

Eva bog um die Kurve und behielt die ganze Zeit den See im Auge. Der See war ganz still und glitzerte metallisch, wie vereist. Sie entdeckte unten am Wasser einen kleinen Schuppen und nahm an, das dorthin ein Weg führte. Der Weg war voller Löcher, sie versuchte, sich nach unten durchzukämpfen, die ganze Zeit schaute sie sich um, konnte aber nirgendwo ein Licht entdecken. Sie hielt erst unten am Wasser an. Sie konnte auf der anderen Seite des Schuppens parken. Das machte sie. Schaltete Motor und Scheinwerfer aus, und einige Sekunden lang saß sie still in der bodenlosen Finsternis.

Sie wollte gerade die Tür zuschlagen, überlegte es sich dann aber anders. Eine zuschlagende Autotür würde in dieser Stille wie ein Gewehrschuß wirken. Sie drückte die Tür vorsichtig zu, schloß nicht ab und steckte die Schlüssel in die Tasche. Dann nahm sie den Rucksack auf den Rücken, den Rucksack mit Hammer und Meißel und Taschenlampe, zog den Reißverschluß hoch und band die Kapuze zu. Wußte nicht mehr so recht, wie weit es von hier noch war, rechnete aber mit fünfzehn bis zwanzig Minuten. Es war jetzt schweinekalt, die Luft biß ihr in die Wangen, sie ging mit gesenktem Kopf und langen Schritten den Weg mit den vielen Löchern hoch. Hoffte, die Hütte wiederzuerkennen. Dahinter floß ein Bach, das wußte sie noch, sie hatten sich dort die Zähne geputzt und Kaffeewasser geholt. Auf allen Seiten ragten die Berge auf, schwarz und stolz. Den größten, den Johovda, hatten sie bestiegen, sie hatte über die Hardangervidda geblickt und sich seltsam klein gefühlt, aber es war ein gutes Gefühl gewesen, daß fast alles auf der Welt größer war als sie selber. Es hatte ihr gefallen. Witzig, dachte sie plötzlich, als sie allein durch die Dunkelheit ging, wir wissen, daß wir alle sterben müssen, und doch genießen wir das Leben. Der Gedanke rührte sie ein wenig.

Sie bog um eine Kurve und sah in der Ferne einige Ferienhäuser. Mehrere, vier oder fünf, aber in keiner brannte Licht. Sie ging jetzt schneller. Konnte sie am Ziel sein? Hatte die Hütte nicht am Bach gelegen, oder stimmte ihre Erinnerung nicht? Nein, die Häuser waren wohl später gebaut worden, aber das spielte keine Rolle, solange kein Licht brannte und keine parkenden Autos zu sehen waren. Sie lagen so seltsam in der Landschaft, zufällig verteilt, wie aus einem Flugzeug abgeworfene Notrationen. Von weitem sahen alle schwarz aus, aber sie näherte sich dem ersten und hielt es eher für braun, die Fensterrahmen waren weiß. Ein Geweih ragte unter dem Giebel hervor. Eva wandte sich der linken Hütte zu, die dicht am Bach lag, aber die war nicht rot. Das mußte nichts heißen, vielleicht hatten sie sie ja gestrichen. Eva ging langsam weiter, an einer Wand hing ein Holzschild, es sah neu aus, und obwohl sie nicht mehr wußte, wie das Haus damals geheißen hatte, war sie sich jetzt sicher. Das hier war Majas Ferienhaus. Es hieß »Hilton«.

Sie ging auf die Rückseite. Der Bach grub sich seinen Weg durch das Heidekraut, tiefer als in ihrer Erinnerung, aber sie erkannte die Steine, auf denen sie gesessen hatten, und den kleinen Weg, der sich wie eine blasse Schlange zur Haustür hochwand. Sie war am Ziel. Sie war allein. Niemand wußte etwas, und die Nacht war lang. Ich werde dieses Geld finden, dachte sie, und wenn ich mich mit den Fingernägeln durch den Bretterboden graben muß.

Sie traute sich nicht, die Taschenlampe einzuschalten. Sie musterte im Dunkeln die Fenster, sie sahen ziemlich unsolide aus. Vor allem das Küchenfenster. Aber das saß ein bißchen hoch oben, sie brauchte etwas, auf das sie sich stellen konnte. Sie ging wieder um das Haus, fand ein kleines Holzlager und einen Hackklotz. Der war schwer, ließ sich fast nicht bewegen, aber er war wie geschaffen für ihr Vorhaben, fest und breit. Sie packte ihn und versuchte, ihn wegzuzerren. Es ging. Sie warf den Rucksack zu Boden und schleppte und stieß den riesigen Klotz um die Ecke und zum Küchenfenster. Dann holte sie den Rucksack und nahm Hammer und Meißel heraus. Als sie da mit dem Meißel in der Hand und mit vor Geldgier hämmerndem Herzen in der Dunkelheit stand, konnte sie fast nicht mehr atmen. Sie kannte sich selber nicht mehr. Das hier waren nicht ihr Haus und ihr Geld. Sie sprang wieder vom Klotz. Hielt sich einen Moment lang die Hände vor die Brust und füllte ihre Lunge mit eiskalter Luft. Plötzlich ragte der Johovda so drohend zum Himmel empor, als ob er sie warnen wolle. Sie konnte wieder nach Hause fahren und würde ihren Anstand fast gerettet haben, da waren nur die sechzigtausend, die sie schon hatte, aber dabei war sie nicht sie selber gewesen, sie hatte fast unkontrolliert zugegriffen, und deshalb war das zu verzeihen. Es war etwas anderes. Das hier aber war grober Diebstahl, sie nutzte Majas Tod aus. Langsam beruhigte ihr Herz sich wieder. Eva stieg wieder auf den Klotz. Mit leichtem Zögern schob sie den Meißel in einen Spalt zwischen Fenster und Wand. Das Holz war mürbe, der Meißel bohrte sich problemlos hindurch. Als sie ihn losließ, blieb er darin stecken. Sie sprang vom Klotz, nahm sich den Hammer und schlug den Meißel vorsichtig noch tiefer ins Holz. Dann ließ sie den Hammer los und drückte ihn zur Seite. Alles gab nach. Sie hörte brechende Bretter und die Fensterhaken innen, die mit leisem Klirren nachgaben. Das Fenster sprang ein Stück weit auf und hing locker am obersten Fensterhaken. Eva blickte sich um, hob den Rucksack auf und öffnete das Fenster endgültig. Dahinter befand sich ein schwarzer Vorhang. Sie preßte den Rucksack hindurch und warf das Werkzeug hinterher. Dann steckte sie den Kopf hinein, streckte die Arme aus und versuchte, sich ins Haus zu ziehen. Der Klotz hätte ruhig höher sein dürfen, sie mußte springen. Und die Öffnung war so schmal. Sie ging leicht in die Knie und machte dann einen hohen Sprung und hing danach mit Kopf und Armen im Haus, die Beine hingen draußen. Das Fenster kratzte über ihren Rücken. Die Küche war stockfinster, aber sie konnte unter sich den Küchenschrank ertasten, und deshalb zog sie sich vorsichtig über die Kante, blieb jedoch mit dem Fuß an der Fensterbank hängen und stürzte zu Boden. Dabei riß sie Tassen und Töpfe mit, überall krachte und klirrte es, und sie schlug mit dem Kinn auf den Boden auf. Einen Moment lang blieb sie zappelnd liegen und verwickelte sich dabei in einen Flickenteppich.

Dann setzte sie sich auf und rang um Atem. Geschafft.

Vor allen Fenstern hingen dichte schwarze Vorhänge. Licht konnte auf keinen Fall hindurchsickern. Sie knipste die Taschenlampe an.

Ihr weißer scharfer Strahl traf genau den Kamin. Eva ging mitten ins Zimmer und versuchte, sich zu orientieren. Auf dem Sofa lag eine karierte Decke, auf der hatte Maja gesessen und ihre vielen Abenteuer erzählt. Und damals waren sie erst dreizehn gewesen. Die anderen hatten sie in einer Mischung aus Entsetzen und Ehrfurcht angestarrt. Einige hatten die Augen niedergeschlagen. Und Ina hatte den Mund verzogen und nicht mehr hören wollen, sie war nämlich sehr fromm.

Im Kamin stand ein Troll mit Warzen auf der Nase und einer Tanne in der Hand. Unter der Decke hing eine Hexe und glotzte Eva aus schwarzen Knopfaugen an. Sie sah den Eßtisch, hoch oben an der Wand einen kleinen Eckschrank, das Büfett mit Tassen und Töpfen. Eine Kommode, sicher für Handschuhe und Mützen. Zwei kleine Schlafzimmer mit offenen Türen. Die Kochnische mit Schränken und Schubladen. Der kleine Eisenring im Boden und die Luke, die sie öffnen mußten, um in den Vorratskeller zu gelangen. Übrigens ein hervorragendes Versteck, dunkel und kalt. Oder der Werkzeugschuppen, und das ans Haus angebaute Klo, sie mußten nur durch den Gang, sie waren immer zu zweit gegangen, hysterisch und außer sich vor Angst, weil Maja laut aus dem Kriminaljournal vorgelesen hatte, eine Geschichte, in der das Opfer zerlegt worden war. Sie zog die

Schultern hoch und nahm die Petroleumlampe
mit. Und der Gasherd wäre auch ein gutes Versteck. »Daß ihr mir ja das Haus nicht in die Luft
jagt!« waren die letzten Worte des Vaters gewesen,
als er zum Auto gegangen war. Über dem Sofa gab
es zwei riesige Bücherregale, mit Taschenbüchern
und vielen Comics. Maja hatte ein paar Pornos mit-
gehabt, das fiel Eva jetzt ein, sie hatten sich gegenseitig daraus vorgelesen, das aber erst, wenn Ina
schon im Bett war.

Eva fror. Sie durfte hier nicht herumtrödeln, sie
mußte sich entscheiden, wie sie vorgehen wollte.
Mußte versuchen, sich in Maja hineinzuversetzen,
erraten, was sie gedacht hatte, als sie hier mit ihrem
Vermögen in den Händen stand und sicher gehen
wollte, daß niemand es finden würde. Maja hatte
viel Phantasie gehabt, ihr konnte durchaus etwas
ganz Ungewöhnliches eingefallen sein. Eva mußte
sofort an das Klo denken. Vielleicht lag das Geld im
Kot begraben. Oder, bei Gott – konnte es irgendwo draußen unter dem Heidekraut verbuddelt worden sein? Sie stand auf, versuchte, ihre Panik zu
zügeln. Ihre Zeit war begrenzt, sie mußte hier fertig
sein, ehe es hell wurde. Die Eliminierungsmetho-
de, dachte sie dann, die Stellen ausschließen, wo
das Geld ganz bestimmt nicht war. Die nächstliegenden Stellen. Wie das Büfett, der Eckschrank
und die Kommode. Systematisch und ruhig
suchen, sie stellte sich vor, daß das Geld vielleicht
in Plastiktüten stecke, oder in von Gummibändern
zusammengehaltenen Briefumschlägen, geschützt
vor Feuchtigkeit. Im ersten Schlafzimmer stand
eine Kommode. Auch die verwarf Eva, sie konzen-
trierte sich auf die eher außergewöhnlichen Mög-

lichkeiten. Zuerst den Vorratskeller, der bot immerhin die größten Probleme. Sie schob die Finger
unter den Eisenring und hob die Luke an. Ein
schwarzes Loch klaffte ihr entgegen, und eiskalte
Luft wehte sie von unten her an. Vielleicht gab es
dort unten Ratten. Die Luke konnte mit einer
Kette offengehalten werden, und Eva kletterte mit
der Taschenlampe in der Hand nach unten. Sie
konnte hier nicht aufrecht stehen, sie ging in die
Hocke und leuchtete die Wände an, Einmachgläser und Gewürzgurken, Rotwein, Weißwein, Sherry,
Portwein und noch mehr Einmachgläser. Eine
Plätzchendose mit Bildern von Schneewittchen
und Aschenputtel. Eva schüttelte die Dose und
hörte, wie die Plätzchen vor Schreck hüpften und
tanzten. Gefrorene Kartoffeln mit langen Keimen,
Konservendosen, die sie aus dem Regal nahm, alle
waren schwer und dicht. Einige Flaschen Bier,
noch mehr Wein. Maja hatte es nicht mehr
geschafft, vor dem Winter die Hütte zu leeren. Der
Lichtkegel glitt über den unebenen Steinboden, es
roch nach Schimmel und Verwesung, ansonsten
war alles kahl. Schließlich setzte Eva sich auf die
untere Treppenstufe und leuchte noch einmal den
ganzen kleinen Keller aus, langsam und sorgfältig.
Keine Kartons oder Kisten oder Nischen in der
Steinmauer. Ob es wohl möglich war, Geldscheine
zusammenzurollen und sie in leere Weinflaschen
zu quetschen? Nein, Himmel, sie erhob sich und
kletterte wieder nach oben. Schloß die Luke vorsichtig wieder und machte sich an die Küchen-
schränke. Wenn dort Tassen und Gläser standen,
machte sie sie gleich wieder zu, den Topfschrank
dagegen untersuchte sie sorgfältiger, öffnete jedes

Gefäß und leuchtete im ganzen Schrank herum. Sie schaute in den Gasherd, dann ging sie ins Wohnzimmer und blickte unter das Sofa. In den Büchern im Bücherregal, vielleicht, und es würde eine arge Mühe machen, jedes Buch zu öffnen, aber dort war das Geld natürlich nicht, dagegen konnte es im Kamin versteckt sein, vielleicht ein Stück nach oben im Schornstein. Eva setzte einen Fuß in den Kamin und leuchtete nach oben. Nichts. Dann fiel ihr die Bank neben dem Eßtisch ein. Solche Bänke ließen sich ja meistens aufklappen, und das war auch bei dieser der Fall. In der Bank lagen Pantoffeln und alte Skistiefel, Winterpullover, ein alter Anorak und zwei Flickenteppiche. Und dann entdeckte sie ein altes Radio und stellte sich vor, daß Maja es vielleicht geöffnet, die Röhren herausgenommen und dort das Geld versteckt hatte, aber sie war sich nicht sicher, ob Maja über ausreichende technische Kenntnisse für eine solche Operation verfügte.

Der Brotkasten, dachte Eva plötzlich, der Brotkasten in der Küche. Oder die Suppenschüssel auf dem Eckschrank. In der Wanduhr vielleicht? Und was war mit dem alten Rucksack, der an einem Nagel an der Wand hing – da ist es, dachte sie und riß ihn von der Wand. Leer. Eva leuchtete ihre Armbanduhr an, es war schon fast eins. Dann ging sie in die Schlafzimmer, hob Bettzeug und Matratzen hoch, ging doch die Kommoden und zwei Spinde voller Wind- und Daunenjacken durch. Ein altes Salzfaß war vollgestopft mit Schals und dicken Socken. Wieder in die Küche, wo sie die vielen kleinen Porzellangefäße öffnete, die genau das enthielten, was ihre Aufschrift verhieß, Salz, Mehl,

Haferflocken und Kaffee. Dann auf den Flur, wo sie unter einem kleinen Vorhang vor einem Spülbecken nachsah, aber dort fand sie nur eine Waschschüssel, eine Spülbürste und eine klebrige Flasche Spülmittel. Nun blieb nur noch der Anbau. Die Werkstatt, der Geräteschuppen, das Klo. Die Tür quietschte bedrohlich, als sie sie öffnete, und der Raum hatte keine Fenster. Der Boden gab ein wenig nach. Eva hörte in der Stille ihre imprägnierte Windjacke knistern. Ein riesiger Arbeitstisch zog sich quer durch das Zimmer. An der Wand hing eine Platte mit Werkzeug, und jemand hatte den Platz jedes einzelnen Gerätes mit Bleistift markiert, so daß es leicht war, alles nach Gebrauch wieder an die richtige Stelle zu hängen. Noch ein Hackklotz. Alte Gartenmöbel, eine von Mäusen angefressene Schaumgummimatratze, Skier und Skistöcke. Eine Schneeschaufel. Sie wußte nicht, wo sie anfangen sollte. Wenn sie nicht gleich die Klotür aufmachen und im Klo nachsehen wollte. Das Klo war winzigklein, hatte aber zwei Sitze, und es war weit bis zum Boden. Über beiden Löchern lagen Isoporplatten, und es roch auch nicht besonders, aber das Klo war wohl lange nicht benutzt worden, und es war kaltes Wetter. An der Wand hing ein Bild von Kronprinz Haakon in blauem Pullover mit V-Ausschnitt. Seine Zähne leuchteten in der Dunkelheit kreideweiß. Ob er wohl wußte, daß er in Klohäuschen herumhing? Auf dem Boden lag ein Stück Läufer. Eva schob die eine Platte beiseite und beugte sich darüber. Versuchte, den Atem anzuhalten, für den Fall, daß das Geld dort festgeklebt sei. Sie konnte nichts sehen. Sie schob auch die zweite Platte beiseite und leuchtete wieder, die dunkle Masse tief unten war nicht zu erkennen, aber Eva konnte einzelne weiße Papierstücke sehen. Stellte sich vor, daß die Millionen unten in diesem Sumpf lagen, in einem Metallkasten, zum Beispiel. Was für eine Idee aber auch! Sie erhob sich wieder und schöpfte Atem. Vielleicht sollte sie sicherheitshalber mit einer Skistock im Loch herumstochern, neben dem Arbeitstisch standen gleich mehrere. Einige waren ziemlich alt und hatten zerbrochene Schneeteller, andere waren aus Glasfaser mit kleinen weißen Plastikschilden. Und dann kam Eva sich plötzlich sehr dumm vor und überlegte, daß das Geld natürlich nicht unten im Dreck vergraben sei, es mußte schließlich für alles Grenzen geben. Einen Moment lang starrte sie ratlos vor sich hin. Unter dem Arbeitstisch standen ein alter fleckiger Plastikeimer, zwei Flaschen Terpentin – und ein Farbeimer. Der Eimer war groß, enthielt vielleicht zehn Liter. Sie ging zum Tisch, ging in die Hocke und las: Deckfarbe. Almhüttenbraun. Sie schüttelte den Eimer. Hörte, daß sich unten im Eimer etwas bewegte. Sie schob die Nägel unter den Deckel und versuchte, ihn hochzudrücken, aber der bewegte sich nicht. Dann nahm sie von der Platte über dem Tisch einen Schraubenzieher und stemmte ihn unter den Deckelrand. Flache Pakete füllten den Eimer. Pakete, die in Alufolie gewickelt waren, sie sahen aus wie Butterbrotpakete. Eva keuchte auf und klemmte sich die Taschenlampe unters Kinn, nahm ein Paket aus dem Eimer und riß die Folie ab. Geldscheine. Sie hatte das Geld gefunden!

Und Eva fiel auf den Hintern und umklammerte dabei das Geldpaket. Maja hatte genau gedacht,

wie sie selber, hatte das Geld in einem leeren Farbeimer versteckt! Sie schlug für einen Moment die
Hände vors Gesicht, von allem überwältigt, von
dem Geld, von dem niemand wußte, das niemandem gehörte, eine schwindelnde Summe, die jetzt
in ihrem Schoß lag. Eine turmhohe Lebensversicherung. Sie nahm auch die übrigen Pakete aus
dem Eimer, es waren insgesamt elf. Sie waren dick,
fast so dick wie vier oder fünf Scheiben Brot, überlegte sie; sie legte sie auf dem Boden aufeinander,
und am Ende hatte sie einen ziemlichen Stapel
errichtet. Jetzt war ihr nicht mehr kalt. Das Blut
schäumte in ihren Adern, und sie keuchte wie nach
einem langen Lauf. Sie tastete nach den Reißver-
schlüssen an ihrer Jacke, um das Geld dort zu
verstauen, es gab schließlich viele Taschen. Zwei
Pakete in jede Tasche, den Rest in die Hosen-
taschen, das würde wohl gehen. Aber sie mußte danach die Reißverschlüsse sorgfältig zuziehen, konnte
nicht riskieren, unterwegs das Geld zu verlieren.
Sie wollte jetzt zum Auto zurücklaufen, auf irgendeine Weise mußte sie die viele ungewohnte Energie
loswerden, die sich jetzt in ihrem Körper ausbreite-
te. Ein Lauf, ein wilder Lauf durch das Heidekraut,
das war jetzt genau das richtige. Und sie stand auf.
Sie stand auf, um die Taschen besser erreichen zu
können, und in diesem Moment hörte sie ein
Geräusch. Es war ein vertrautes Geräusch, ein
Geräusch, das sie wirklich jeden Tag hörte, und das
sie deshalb auch sofort erkannte, und deshalb setzte ihr Herz einen Schlag aus, es blieb mit einem
schmerzhaften Stich stehen. Sie hörte ein Auto.
   Das Auto näherte sich geräuschvoll der Hütte,
sie hörte, daß geschaltet wurde, hörte wie das starr-

gefrorene Heidekraut gegen die Kotflügel schlug. Das scharfe Licht der Scheinwerfer fand seinen Weg durch die Ritzen in der Wand, Eva stand mit den Geldpaketen in der Hand da und war zur Salzsäule erstarrt, in ihrem Kopf gab es keinen einzigen Gedanken mehr, alle Gedanken schienen wie weggeweht zu sein, Eva empfand nur noch blinde Panik, und ihr Körper übernahm die Führung, er handelte, die Gedanken wurden hinterher geschleift, schienen sich zu wundern, als sie das Geld wieder in den Eimer fallen ließ, den Deckel schloß, den Eimer hochhob und sich über den leise knackenden Boden schlich, während draußen noch immer der Motor zu hören war. Sie öffnete die Klotür, schob eine Isoporplatte beiseite und ließ den Eimer ins Loch fallen. Dann schaltete sie die Taschenlampe aus.

Eine Autotür fiel ins Schloß. Eva hörte rasche Schritte, und bald darauf klirrten Schlüssel im Schloß. Es war mitten in der Nacht, und jemand wollte die Tür zu Majas Haus aufschließen! Das kann niemand mit ehrlichen Absichten sein, dachte Eva, und sie hörte, wie die rostigen Türangeln aufkreischten, als jemand mit schweren Schritten den kurzen Flur betrat. In wenigen Sekunden würde der Mensch dort draußen das offene Fenster entdecken. Er würde das ganze Haus durchsuchen. Eva dachte nicht mehr, sie stand da wie auf einem brennenden Schiff, und in diesem Moment war ihr das eiskalte, schäumende Meer lieber. Entschlossen setzte sie einen Fuß ins Klo. Sie stützte sich auf die Kante, stellte fest, daß für das andere Bein kein Platz mehr war, zog das erste wieder heraus, preßte die Beine aneinander und schob sie gleichzeitig ins

Loch, ließ sich im finsteren Loch nach unten rutschen und bewegte verzweifelt die Füße, als sie
nach dem Boden suchte, und endlich war der da,
eine Art weicher Masse, in der sie ein Stück weit
einsank. Die Schritte bewegten sich noch immer
durch das Haus, als Eva nach der Taschenlampe
griff und sie vor ihre Füße fallen ließ. Dann ging sie
in die Hocke, wand sich, um ihre Schultern durch
das Loch zu bugsieren, und tastete in der Dunkelheit nach der Platte, um das Loch wieder zu ver-
decken, sie erwischte sie mit den Fingerspitzen und
zog sie vorsichtig über ihren Kopf. Dann stand sie
in der tiefen Finsternis da, nirgendwo war auch nur
eine Spur von Licht zu sehen, sie sank noch ein
wenig tiefer ein, mochte nicht mehr hocken und
setzte sich auf den Hintern. Auch mit dem sank sie
ein. Sie legte die Stirn auf die Knie. Vorhin, beim
ersten Leuchten, hatte es nicht so schlimm gero-
chen, aber jetzt brach der Gestank über sie herein,
als sie den Kloinhalt mit ihrem eigenen Körper
anwärmte. So saß sie da, und sie atmete so vorsichtig wie sie konnte, sie preßte sich die Nase auf die
Knie, die Taschenlampe war zur Seite gerollt und
nicht mehr in Reichweite. Der Eimer mit den zwei
Millionen stand zwischen ihren Beinen. In der
Hütte knallte eine Tür, und sie hörte ein wildes
Fluchen. Es war ein Mann, und dieser Mann war
wütend.

Sie mußte durch den Mund atmen. Nicht einen
Moment lang durfte sie die Nase benutzen. Eva
hatte Angst, in Ohnmacht zu fallen. Sie versuchte
zu hören, was der Mann da oben machte, es war
klar, daß er etwas suchte. Er gab sich auch keine

Mühe, leise zu sein, vielleicht hat er sogar das Licht angemacht, dachte sie, und dann fiel ihr plötzlich ihr Rucksack ein, der noch immer im Wohnzimmer auf dem Boden stand. Bei diesem Gedanken hätte sie sich fast erbrochen. Konnte der Mann den Schein ihrer Taschenlampe gesehen haben? Das glaubte sie nicht. Aber der Rucksack – würde der ihm verraten, daß sie noch immer hier war? Würde er das Haus auf den Kopf stellen? Vielleicht machte er das ja gerade, und dann konnte er jeden Moment in den Schuppen kommen und die Tür zum Klo aufreißen. Aber würde er die Klodeckel entfernen und in die Löcher leuchten? Eva preßte die Nase gegen ihre Knie und atmete vorsichtig durch den Mund. Zeitweise war es still im Haus, dann brach der Lärm wieder los. Nach einigen Minuten hörte sie Schritte, die sich näherten, der Mann ging jetzt durch den Flur, sie hörte, daß etwas umkippte und auf den Boden fiel, dann fluchte der Mann wieder. Dann stand er im Geräteschuppen. Wieder war es still. Sie stellte sich vor, daß er in diesem Moment die Klotür anstarrte, und daß er dasselbe dachte, was jeder Mensch jetzt denken würde, nämlich, daß sich dort vielleicht jemand versteckte. Er ging noch ein paar Schritte, Eva duckte sich und wartete, hörte, wie die Tür beim Öffnen quietschte. Für einige Sekunden blieb die Welt stehen, Eva war eine einzige zitternde Masse aus Angst und heißem Blut, das durch ihren Körper gepumpt wurde, und dann hielt plötzlich alles inne, ihr Atem, ihr Herz, ihr Blut, das zu einem dicken Brei erstarrt war. Vielleicht stand er nur einen Meter von ihr entfernt, vielleicht konnte er ihren Atem hören, und deshalb atmete sie nicht mehr und spürte, wie ihre Lunge zu bersten drohte. Jede Sekunde wurde zur Ewigkeit. Dann hörte sie wieder Schritte, er ging zurück und stieß gegen den Tisch. Eva überlegte sich plötzlich, daß er vielleicht aufs Klo müßte, wenn er lange suchte, würde er vielleicht auch aufs Klo müssen, und dann würde er wiederkommen, würde die eine Isoporplatte wegschieben und ins Loch pissen. Und dann würde er entweder ihre Füße treffen, wenn er sich für das Loch neben der Wand entschied, oder ihren Kopf, wenn er das andere nähme. Und wenn er Licht anmachte, würde er sehen, daß unten im Dunkeln jemand saß, mit einem Farbeimer zwischen den Beinen. Sie begriff einfach nicht, wer er wohl sein mochte. Maja hatte nicht die ganze Wahrheit gesagt, irgend etwas hatte sie verschwiegen, Maja hatte Eva in diese irrwitzige Lage gebracht, wie schon tausendmal zuvor, Maja hatte ihr diese Möglichkeit gezeigt, zu Geld zu kommen, zu Unmengen von Geld, obwohl Eva sich nie soviel gewünscht hatte, sie wäre mit genug Geld für Lebensmittel und Rechnungen zufrieden gewesen, mehr brauchte sie nicht. Sie würde ihm gern alles überlassen, vielleicht könnten sie teilen, überlegte sie, warum sollte er denn einen größeren Anspruch haben als sie selber, sie waren schließlich Jugendfreundinnen gewesen und hatten alles geteilt. Maja hatte sie zu ihrer Erbin ernannt. Jetzt durchwühlte der Mann Schubladen voller Werkzeug und altem Schrott, er hörte sich gewalttätig und wütend an, das Haus würde sicher aussehen wie ein Schlachtfeld, ehe er seine Suche beendete. Eva fragte sich, ob er hier wohl übernachten wollte, vielleicht würde er sich in eines der Betten

mit den dicken Winterdecken legen, während sie
hier mit tauben Füßen in diesem Scheißhaufen saß,
sie konnte sich Kalten Brand einhandeln, wenn sie
bis zum Morgen hier sitzen müßte, dann würden
Frost und Verzweiflung und Gestank sie umbringen, aber vielleicht war er ein schnöder Dieb, so,
wie sie eine Diebin war, und mußte weiter, ehe es
hell wurde. Darauf hoffte sie jetzt. Sie hoffte und
hoffte, und er lief im Haus herum und suchte und
suchte. Sie merkte, daß sie schläfrig wurde, wußte,
daß sie nicht einschlafen durfte, glitt aber immer
wieder weg, dann war der Gestank nicht mehr so
schlimm, oder vielleicht war sie auch restlos
betäubt. Es wäre schön gewesen, ein wenig schlafen
zu können, ihr kam der Gedanke, daß es vielleicht
nicht leicht sein würde, wieder nach oben zu klet-
tern, aus diesem nachgiebigen, sumpfigen Boden
würde sie sich nicht abstoßen können, vielleicht
würde sie hier ihrem Schicksal überlassen sitzenbleiben müssen und mit zwei Millionen auf dem
Schoß umkommen. Vielleicht sollte sie ganz einfach um Hilfe rufen, um endlich aus dem Klo her-
auszukommen und ihre Klamotten loszuwerden,
sollte lieber das ganze Vermögen mit diesem
armen Wicht teilen, der da oben herumwühlte und
nicht wußte, wo er suchen sollte. Sie überlegte sich
das alles, während sie vage registrierte, daß es dort
oben still geworden war, vielleicht war er wirklich
ins Bett gegangen, vielleicht hatte er sich unter die
karierte Decke aufs Sofa gelegt. Vielleicht war er
im Keller gewesen und hatte sich eine Flasche Rotwein geholt, die er jetzt auf dem Gasherd erwärm-
te, vielleicht gab er Zucker hinein, heißer süßer
Glühwein, die flauschige Wolldecke und ein Feuer-

chen im Kamin. Eva spreizte die Finger und merkte, daß auch die steif geworden waren. Langsam schien sie sich zu verschließen, schien Frost und Gestank auszusperren, Augen und Gehirn zu schließen, nur eine winzige Öffnung war noch vorhanden, für den Fall, daß er pinkeln wollte, oder noch weiter suchen, aber diese Öffnung wurde immer kleiner, sie sank in der Dunkelheit immer tiefer, und ein letzter Gedanke huschte durch ihren Kopf: Wie in aller Welt war sie bloß hier gelandet?

Sie hörte einen lauten Knall.

Eva fuhr zusammen. Sie breitete instinktiv die Arme aus und schlug mit dem Ellbogen gegen das halbverfaulte Holz. Vielleicht hatte er das gehört. Die Wände waren dünn, und alles war still. Sie wußte, daß sie die Tür gehört hatte, er stand jetzt vor dem Haus, dicht vor der Klowand, er machte drei, vier Schritte, dann blieb er stehen. Eva wartete und horchte, versuchte zu erraten, was er da machte, sie war jetzt stocksteif, konnte Arme und Beine nicht mehr bewegen. Dann hustete er, und gleich darauf folgte das vertraute Geräusch eines kräftigen Strahls, der den gefrorenen Boden traf. Typisch Mann, dachte sie, Männer waren so faul, daß sie nicht einmal aufs Klo gehen mochten, sondern ihr Gerät einfach durch die Tür steckten, und gerade das hatte sie vermutlich vor der Entdeckung gerettet. Sie hätte vor Erleichterung fast laut gelacht. Draußen strömte und strömte es, es mußte wirklich dringend gewesen sein, vielleicht hatte er im Haus ja Bier getrunken, vielleicht war er fertig und wollte fahren. Seltsam, daß er nicht im Klo nachgesehen hat, aber vielleicht hat er nicht genug

Phantasie, überlegte sie, sie dagegen hätte mit dem Skistock im Dreck herumgestochert, wenn sie nicht den Eimer gefunden hätte. Eine Hoffnung, daß alles bald vielleicht vorüber sein würde, stieg in ihr auf, und mit der Hoffnung stellten sich auch Frost und Steifheit wieder ein, zusammen mit dem inzwischen unerträglichen Gestank. Der Mann ging wieder ins Haus. Wie spät es wohl sein mochte, wie lange habe ich geschlafen, fragte sie sich, und sie gab sich alle Mühe, um ruhig zu atmen. Wieder hörte sie allerlei Geräusche, Türen, Schubladen und viele Schritte hin und her. Vielleicht war es schon Morgen, vielleicht war es draußen hell, er konnte auch die Vorhänge öffnen und noch einmal mit der Suche beginnen. Und dann würde er wieder in den Schuppen kommen, und dann würde er auch ins Klo schauen, der Gedanke würde ihn plötzlich treffen wie ein Blitzschlag, so, wie er auch Eva getroffen hatte. Sie versuchte, sich vorzustellen, was er sagen würde, wenn er ihren Kopf entdeckte und begriff, daß sie die ganze Zeit hier gesessen hatte, er würde es nicht glauben wollen und wütend werden, oder er würde erschrecken und Angst bekommen, wenn er einfach nur ein unschuldiger Mann war, der mit Fug und Recht das Haus betreten hatte. Aber das glaubte sie nicht. Wieder hörte sie die Tür, hörte, wie der Schlüssel im Schloß umgedreht wurde. Konnte nicht glauben, daß er vielleicht aufbrechen wollte. Auf ihrem Kopf rührte sich kein Haar, aber die Schritte entfernten sich wirklich durch das Heidekraut, und endlich hörte sie das, worauf sie vor allem gehofft hatte, es war fast zu schön, um wahr zu sein. Das Geräusch einer Autotür, die ins Schloß fiel. Eva brach in heftiges Zittern aus. Der Motor brüllte auf, und Eva schluchzte vor Erleichterung. Sie rührte sich noch immer nicht, sie wartete einfach nur, während der Wagen draußen manövrierte, vielleicht setzte er zurück, um im Vorwärtsgang zur Straße zurückfahren zu können. Sie hörte Zweige, die gegen Metall schlugen, und den für einen Moment schwächer werdenden Motor. Er hatte jetzt wohl den Weg erreicht, jetzt schaltete er und fuhr los, und der Motor wurde leiser und leiser, bis er endlich, endlich nicht mehr zu hören war.

Tiefe Ruhe erfüllte sie.

Sie legte die Hände auf den Eimer und atmete auf, schniefte ein wenig, versuchte, die Beine auszustrecken. Ihre Beine waren krumm wie alte Kiefernwurzeln, und ihre Füße spürte sie überhaupt nicht mehr. Mit einer Hand schlug sie die Isoporplatte vom Loch. Es war noch immer dunkel, es schien noch immer mitten in der Nacht zu sein. Die Taschenlampe, dachte sie plötzlich, was ist aus der Taschenlampe geworden? Sie ballte die Fäuste und wollte nicht, aber widerwillig tastete sie dann doch im Dreck herum, zwischen ihren Beinen, in den Ecken, viel Platz gab es hier unten doch nicht, sie mußte die Taschenlampe finden. Sie suchte hinter sich und bekam den eiskalten Metallschaft zu fassen. Vielleicht funktionierte die Lampe nicht mehr. Sie fand den Schalter. Die Lampe funktionierte. Mit einem Seufzer der Erleichterung starrte sie auf ihre Armbanduhr. Es war halb vier. Es würde noch lange dunkel bleiben, sie hatte Zeit genug. Sie schob die Lampe durch die Öffnung und legte sie neben das Loch, dann packte sie die Kante und versuchte, sich hochzuhieven. Ihr Rücken tat weh, und ihre Beine wollten sie fast nicht tragen, aber sie konnte den Kopf durch das Loch stecken, die Schultern hindurchpressen, und plötzlich hatte sie das Gefühl, zu ersticken und nicht schnell genug nach oben kommen zu können. Sie strampelte und keuchte und wand sich, und sie stieß sich mit aller Kraft von der weichen Masse unter ihr ab, zog sich aus dem Loch, blieb quer über dem Klo liegen, zog die Beine hinterher und traf die Taschenlampe, die auf den Boden knallte. Sie starrte den gestreiften Läufer an, der jetzt angeleuchtet wurde, und zog auch noch die Füße aus dem Klo. Setzte die Füße auf den Boden. Die Füße waren wie gelähmt. Aber immerhin stand sie jetzt, sie bückte sich, leuchtete ein letztes Mal mit der Taschenlampe ins Loch und griff nach dem Eimer. Um den hatte sie gekämpft. Jetzt gehörte das Geld ihr. Sie verließ den Schuppen und ging hinüber ins Haus. Das war vollständig verwüstet. Alle Schränke waren geleert worden, und ihr Inhalt lag wild verstreut auf dem Boden. Eva leuchtete mit der Taschenlampe in alle Ecken, er hatte die Vorhänge nicht entfernt. Alles war dunkel, aber die Luft war seltsam kühl und frisch, Eva hatte fast vergessen, wie gut es tut, ganz normale Luft einzuatmen, so, als ob sie durch die Nase Mineralwasser tränke. Auf unsicheren Beinen wackelte sie zu einem Sessel und ließ sich hineinfallen. Ihre Kleider waren an ihrem Körper erstarrt. Sie würde alles wegwerfen, jede einzelne Faser, die sie am Leib trug. Vielleicht sollte sie sich auch die Haare schneiden, vielleicht würde sie den Geruch nie wieder loswerden. Sie hatte noch eine weite Fahrt vor sich, und sie war von Kopf bis Fuß

273

von Scheiße verdreckt, aber vielleicht fand sie hier im Haus Kleider zum Wechseln. Sie kämpfte sich wieder auf die Beine und ging in das eine Schlafzimmer. Suchte im Licht der Taschenlampe und nahm ein Kleidungsstück nach dem anderen aus der Kommode, sie fand Unterwäsche, Socken, ein altes Unterhemd und einen Pullover, nur die Hose war noch ein Problem. Sie ging wieder nach draußen, dachte an den kurzen Flur, wo die Jacken hingen, und dort wurde sie fündig. An der Wand hing ein alter Daunenanzug, er war weich und bequem, nur vielleicht ein bißchen zu klein. Sie würde das Gefühl haben, sich in eine Wurstpelle zu quetschen. Aber der Anzug war sauber. Im Vergleich zu dem, den sie jetzt noch anhatte, war er sauber. Er roch nach Skiwichse und Brennholz. Eva legte die Kleider auf den Boden und fing an, sich auszuziehen. Das Schlimmste waren ihre Hände, sie gab sich alle Mühe, damit ihr Gesicht nicht zu berühren, sie konnte ihren Gestank nicht mehr ertragen. Vielleicht könnte sie sie mit Spülmittel übergießen und mit einem Handtuch trocknen. Sie zitterte wieder vor Kälte, war aber gleichzeitig guter Dinge. Immer wieder blickte sie zum Eimer hinüber, diesem fleckigen Farbeimer, er sah so unschuldig aus, wer hätte glauben mögen, daß er ein Vermögen enthielt, abgesehen von ihr selber natürlich. Sie war schließlich ein Mensch mit Phantasie. Eine Künstlerin.

Schließlich fand sie in der Ausklappbank ein Paar Skistiefel, deren Schnürsenkel ihr einige Mühe bereiteten. Ihre Finger tauten zwar jetzt auf, wollten ihr aber noch immer nicht gehorchen. Sie stopfte ihre schmutzigen Kleider in den Rucksack, den der Mann in eine Ecke geschleudert hatte. Nahm den Sack auf den Rücken, die Taschenlampe in die eine und den Eimer in die andere Hand. Kein Grund, sich durch das kleine Küchenfenster zu quälen, nicht nach allem, was passiert war. Die Tür war von außen abgeschlossen. Sie ging wieder ins Schlafzimmer, riß das Rollo herunter und machte das Fenster weit auf. Atmete die Gebirgsluft ein und kletterte auf die Fensterbank. Und dann sprang sie hinaus.

Der Mann fuhr einen blauen Saab. Er machte ein wütendes Gesicht, Zorn und Ärger ließen seine Augen aufleuchten. Das Geld war weg. Irgendwer war ihm zuvorgekommen, und er konnte sich einfach nicht vorstellen, wer. Das Auto ruckelte und schaukelte über den Kiesweg, und wieder fluchte der Mann. Der See lag jetzt auf seiner linken Seite, das Wasser war spiegelglatt, die meisten Ferienhäuser waren dunkel. Der Mann fühlte sich betrogen. Etwas Unbegreifliches war passiert, und er suchte in den vergangenen Monaten nach etwas, das diese Katastrophe erklären konnte, die schwindelerregende Tatsache, daß jemand in die Hütte eingebrochen war und das Geld gestohlen hatte. Sein Geld. Natürlich war genau das passiert. Sonst hatte nichts gefehlt, Fernglas und Fotoapparat, Fernseher und Radio hatten an Ort und Stelle gestanden. Nicht einmal der Weinvorrat im Keller war angerührt worden. Der Mann schlug mit der Faust aufs Lenkrad und fuhr in den Kurven ein wenig langsamer. Auf eine plötzliche Eingebung hin bog er links ab, er entdeckte einen kleinen Weg voller Schlaglöcher, der zum See hinunter führte, zu einem kleinen Schuppen oder einer Hütte. Die Hütte schien leer zu stehen und seit langem nicht mehr benutzt worden zu sein. Er fuhr bis zum Wasser und ließ den Motor im Leerlauf. Mußte sich ein wenig beruhigen. Zog die Zigaretten aus der Jackentasche und steckte eine an, während er nachdenklich auf die spiegelglatte Wasseroberfläche starrte. Sein Gesicht war schmal, die Augen saßen dicht beieinander, Haare und Augenbrauen waren dunkel. Er war ein ziemlich gutaussehender Mann, aber seine Miene ruinierte sein Aussehen, er sah verkniffen und beleidigt aus, und wenn er ein seltenes Mal lächelte, dann war dieses Lächeln nicht überzeugend. Jetzt lächelte er nicht. Er zog wütend an seiner Zigarette, ärgerte sich über den in der Stille dröhnenden Motor und schaltete ihn aus, öffnete die Tür und ging zum Wasser, um die großartige Landschaft besser sehen zu können. Es wurde sehr dunkel, als er die Scheinwerfer ausmachte, aber langsam zeichneten sich vor der Dunkelheit die Berge ab. Lagen da wie riesenhafte Ungeheuer aus grauer Vorzeit, die an ihrem Wasserloch schliefen. Der Mann hätte gern wütend in die Dunkelheit hinausgeknurrt, vielleicht würden sie dann aufwachen und das Knurren erwidern. Und dann fiel sein Blick auf den Wagen. Einen alten Ascona. Der stand hinter der Hütte, ein ziemlich heruntergekommenes Auto, ziemlich verlassen. Seltsam. Ob sich doch jemand in der Hütte aufhielt? Der Mann schlich hinüber, war sich plötzlich nicht mehr sicher, ob er allein war, und er versuchte, durch das Seitenfenster in den Wagen zu schauen. Die Tür war nicht abgeschlossen, das machte die Sache noch merkwürdiger. Ansonsten war das Auto leer, weder auf den Sitzen noch im Fenster lagen irgendwelche Gegenstände. Er richtete sich wieder auf und blickte sich um. Ihm kam ein seltsamer Gedanke, und er ging zu seinem eigenen Wagen zurück und setzte sich hinein. Dort saß er dann und rauchte nachdenklich eine Zigarette. Als sie bis zum Filter abgeraucht war, zerdrückte er sie im Aschenbecher und machte sich an die nächste.

Eva merkte plötzlich, wie erschöpft sie war. Sie konnte die Füße fast nicht mehr heben, und sie blieb immer wieder im Heidekraut und an Grasbüscheln hängen. Der Eimer schien für ihren müden Arm eine Tonne zu wiegen, aber der Daunenanzug hatte keine Taschen, und sie wollte das Geld nicht zu ihren verdreckten Kleidern in den Rucksack stecken. Es könnte doch den Geruch übernehmen, man konnte nie wissen. Sie hatte jetzt den Weg erreicht, und das Gehen fiel ihr leichter. Sie ging so schnell sie konnte, hatte aber das Gefühl, ihre Füße hinter sich her zu schleifen. Sie spürte, wie sie die Ferse aufsetzte, mehr aber nicht, der ganze vordere Fußteil war taub. Vor ihr lag die restlos öde Hochebene, sie hielt Ausschau nach dem Haus, in dem das Licht gebrannt hatte, aber dort war jetzt alles dunkel. Beim Gedanken an die lange Autofahrt, die vor ihr lag, verlor sie fast den Mut, aber wo sie schon so weit gekommen war, würde sie es auch noch bis nach Hause schaffen, und vielleicht fand sie ja unterwegs eine offene Tankstelle. Eine, die Würstchen und Hamburger verkaufte, Cola und

Schokolade, oder vielleicht Kopenhagener, immer zwei Stück, in Plastikfolie. Und heißen Kaffee. Sie hatte einen schrecklichen Hunger. Und als sie erst angefangen hatte, an Essen zu denken, konnte sie nicht mehr damit aufhören. Aber konnte sie denn überhaupt irgendwo hingehen, vermutlich stank sie schlimmer, als ihr selber bewußt war. Und was sollten die Leute denken, wenn sie ins warme, helle Lokal kam und dabei nach Scheiße stank? Jetzt konnte sie den kleinen Weg sehen, der zum See führte, sie nahm den Eimer in die linke Hand und die Taschenlampe in die rechte. Alles schien einsam und verlassen zu sein, aber sie wollte die Lampe doch erst anschalten, wenn sie neben ihrem Auto stand und losfahren konnte. Je weniger sichtbar sie war, desto besser. Sie hatte sich noch nie so sehr nach ihrem eigenen Auto und nach einer Zigarette gesehnt. Sie hatte die ganze Zeit nicht geraucht, sie hatte nirgendwo Kippen hinterlassen wollen. Sie schniefte ein wenig, aus purer Bewegtheit, weil soviel passiert war, und ging schneller. Sie hatte nur noch wenige Meter vor sich, als etwas geschah, das sie erstarren ließ. Ein gewaltiges Gebrüll zerriß die Stille, und sie stand wie in Scheinwerferlicht gebadet da. Einen Moment lang stand sie stocksteif und wie angenagelt mit Eimer und Taschenlampe da. Dann identifizierte sie diesen Schock aus Licht und Lärm als Auto, das dicht vor ihr anfuhr, und sie stürzte aus dem Licht heraus, über Heidekraut und Grasbüschel, sie lief um ihr Leben und preßte den Eimer an sich. Noch immer konnte sie den Motor hören, solange sie ihn hörte, konnte sie weiterlaufen, wenn der Wagen anhielt, mußte sie sich fallenlassen. Aber so weit kam es nicht. Plötzlich stolperte sie und fiel auf den Bauch, sie hatte sich einen Fuß verrenkt, und Zweige und Grashalme fuhren ihr durchs Gesicht. Sie blieb wie tot liegen. Auch der Motor erstarb, und eine Autotür wurde geöffnet. Sie wußte jetzt Bescheid. Er hatte ihr Auto gefunden und sie dort erwartet. Eigentlich ist es vorbei, dachte sie. Vielleicht hatte er eine Schußwaffe. Vielleicht würde eine Kugel in den Hinterkopf das letzte sein, was sie auf dieser Welt noch wahrnahm. Das Geld bedeutete gar nicht so viel, plötzlich staunte sie über die Strapazen, die sie nur seinetwegen auf sich genommen hatte. Im Grunde war das unglaublich. Das einzige, das etwas bedeutete, waren doch Emma und ihr Vater. Daß man genug Geld für Brot, für Strom und Heizung hatte. Das alles überlegte sie sich, während sie seine Schritte im Heidekraut hörte, sie wußte nicht, ob er sich näherte oder in die falsche Richtung ging. Sie legte den Kopf auf ihren Arm und wollte nur schlafen, das Geld war doch nicht für sie bestimmt gewesen, und deshalb ging alles schief, und ihr war das wirklich restlos schnuppe. Dann riß sie sich zusammen, sie dachte an Emma, sie mußte vor diesem Mann fliehen, der dem Heidekraut Fußtritte versetzte, sie robbte auf dem Bauch davon, glitt in ihrem glatten Daunenanzug vorsichtig weiter. Sie hörte noch immer seine Schritte, und so lange er sich bewegte, konnte er sie nicht hören. Sie glitt ein Stück und hielt inne, glitt ein Stück und hielt inne, immer wieder. Er war noch um einiges von ihr entfernt, die Hochebene war weit, und er hatte nicht einmal eine Taschenlampe. Ganz schön schlecht vorbereitet, dachte sie, während sie sich damit abmühte,

ohne zu großen Lärm den Eimer vor sich herzu-
schieben. Dann hörte sie, daß sein Wagen wieder
angelassen wurde, und sie sah das Licht, das durch
die Gegend schweifte. Sie ließ sich fallen und
machte sich so platt, wie sie nur konnte. Sie hatte
Glück, ihre Haare waren schwarz, der Anzug war
dunkelblau, nur der Eimer war fast weiß. Sie mußte
sich darauf legen, sonst würde der Mann einen
weißen Flecken sehen können. Es war blöd von ihr
gewesen, den großen Eimer mitzuschleppen, er
hatte ihn bestimmt gesehen. Gleich würde er mit
dem Auto durch das Heidekraut brettern und sie
im Scheinwerferlicht entdecken. Vielleicht würde
er sie glatt überfahren, mit allen vier Rädern, und
niemand würde begreifen, was passiert war. Warum
sie überfahren im Hochgebirge lag, in einem viel
zu kleinen Daunenanzug. Und nach Scheiße roch.
Emma nicht, Jostein nicht, ihr Vater nicht. Und
vielleicht, dachte sie, würde Majas Mörder unge-
straft davonkommen.

Der Mann schüttelte den Kopf und gab Gas. Er
war so sicher gewesen, in der Dunkelheit etwas
gesehen zu haben, etwas Weißes, das durch die Luft
zu fliegen schien. Er starrte aus dem Fenster,
während er langsam den Weg hoch fuhr, aber die
Scheinwerfer tauchten die Umgebung in vollständige Finsternis. Bestimmt hatte er sich alles nur
eingebildet. Vielleicht ein Schaf. Aber die waren
doch jetzt wohl nicht mehr draußen? Aber sicher
gab es Vögel hier oben, oder vielleicht Füchse und
Hasen. Es gab viele Möglichkeiten. Es hatte sich

gerade gebückt, um seine Zigarette auszudrücken, und deshalb war er von diesem Anblick so überrascht gewesen. Aber daß am See ein Auto stand, war schon seltsam. Wenn die kleine Hütte nicht doch bewohnt war. Es gab allerlei, worüber er sich informieren mußte. Das Geld wollte er unbedingt. Es war jetzt sein Geld, niemand sollte sich da etwas anderes einbilden. Er gab Gas und bog auf die Straße ab. Dort schaltete er in den Dritten hoch, und bald darauf passierte er die Herberge. Dann verschwanden die Scheinwerfer hinter der nächsten Kurve.

Der wogende Schaum hatte Ähnlichkeit mit den Bergen der Hardangervidda, und das Wasser war glühendheiß. Eva tauchte vorsichtig einen Fuß hinein, fast hätte sie sich verbrannt, aber das Wasser konnte ihr gar nicht warm genug sein. Sie hätte das Badewasser am liebsten in ihren Körper geholt, in ihre Adern. Auf dem Badewannenrand stand ein großes Glas Rotwein. Sie hatte den Rucksack in die Mülltonne geworfen und den Telefonstecker aus der Dose gezogen. Jetzt ließ sie sich ins vom Schaumbad leicht türkis gefärbte Wasser sinken. Im Paradies konnte es nicht schöner sein. Sie bewegte Finger und Zehen, als die langsam auftauten. Trank einen Schluck Wein und merkte, daß ihr Fuß nicht mehr ganz so weh tat. Es war ein Albtraum gewesen, mit dem verletzten Fuß fahren zu müssen, er war inzwischen ziemlich dick angeschwollen. Sie hielt sich kurz die Nase zu und tauchte ganz unter. Als sie wieder an die Oberfläche kam, saß ihr eine große Schaumflocke oben auf dem Kopf. So sieht eine Millionärin aus, dachte sie verwundert, sie konnte sich im Spiegel über der Badewanne sehen. Die weiche Schaumflocke rutschte zur Seite, glitt abwärts und blieb unter Evas Ohr hängen. Eva ließ sich wieder ins Wasser sinken und versuchte, eine Rechnung aufzustellen. Sie überlegte sich, wie lange das Geld reichen würde, wenn sie pro Jahr zweihunderttausend verbrauchte. An die zehn Jahre. Wenn es sich nun wirklich um zwei Millionen handelte, sie hatte das Geld ja noch nicht gezählt, aber das wollte sie tun, sobald sie gebadet und sich zurechtgemacht und etwas gegessen hatte. Auf dem Heimweg hatte sie nur einen fast leeren Süßigkeitenautomaten gefunden, der nur noch Himbeerdrops und Salmiakpastillen enthalten hatte. Sie schloß die Augen und hörte, wie der Schaum in ihrem Ohr knisterte, als langsam die Luft aus ihm entwich. Ihre Haut gewöhnte sich an die Temperatur, nach dem Bad würde sie durch das heiße Seifenwasser runzlig und hellrot sein, wie die eines Säuglings. Eva hatte schon lange nicht mehr gebadet. Sie begnügte sich sonst mit einer raschen Dusche, und sie hatte vergessen, wie gut so ein Bad tat. Nur Emma wollte immer baden.

Eva streckte die Hand nach dem Weinglas aus und trank ausgiebig. Später, wenn sie gebadet und das Geld gezählt hatte, wollte sie schlafen, vielleicht bis zum Abend. Die Müdigkeit saß hinter ihrer Stirn wie ein Bleigewicht. Jetzt zog das Bleigewicht ihren Kopf nach vorn, und ihr Kinn kam auf ihrer Brust zu liegen. Als letztes registrierte sie noch den Seifengeschmack im Mund.

Es war der 4. Oktober, neun Uhr morgens. Eva schlief im kalten Badewasser. Sie befand sich mitten in einem geräuschvollen Traum, der ihr auf die Nerven ging. Als sich sich im Wasser umdrehte, um dem Traum zu entkommen, glitt sie in der Wanne ein Stück nach vorn. Ihr Gesicht geriet unter Wasser. Sie keuchte und verschluckte sich am Seifenwasser, sie röchelte und hustete, versuchte, aufzustehen, aber die Seiten der Porzellanwanne waren glatt, sie ging wieder unter, spuckte und würgte, bis ihr die Tränen kamen, dann konnte sie sich endlich aufsetzen. Sie fror wieder, und dann hörte sie die Türklingel.

Erschrocken sprang sie auf und wollte aus der Wanne steigen. Dabei hatte sie ihren wehen Fuß vergessen. Sie schrie auf, kam ins Schwanken, weil sie so rasch aufgestanden war, und griff nach ihrem Morgenmantel. Ihre Armbanduhr lag auf dem Ablagebrett unter dem Spiegel, sie warf einen kurzen Blick darauf und fragte sich, wer in aller Welt denn schon so früh vor der Tür stehen könne. Für Vertreter und Bettler war es noch nicht spät genug, ihr Vater konnte sein Haus doch nicht mehr verlassen, und Emma hatte ihre Heimkehr noch nicht angemeldet. Die Polizei, dachte sie und band ihren Morgenrockgürtel. Sie hatte sich nicht vorbereitet, hatte einfach keine Zeit gehabt, um sich zu überlegen, was sie sagen wollte, wenn er wirklich noch einmal auftauchte, und nun war er da, da war sie sich ganz sicher. Dieser Hauptkommissar mit dem scharfen Blick. Natürlich mußte sie die Tür nicht aufmachen. Sie war schließlich in ihrem eigenen Haus die Herrin, und außerdem saß sie in der

Badewanne, und es war einfach eine unchristliche Zeit für ein Verhör. Sie konnte doch einfach in der Badewanne stehenbleiben, bis er wieder weg war. Er würde sicher glauben, sie sei noch nicht aufgestanden oder vielleicht auch nicht zu Hause. Abgesehen davon, daß ihr Auto vor dem Haus stand, aber sie konnte doch den Bus genommen haben, das machte sie bisweilen, wenn sie kein Geld für Benzin hatte. Was er jetzt wohl von ihr wollte? Von Majas Geld wußte er nichts, falls sie kein Testament hinterlassen hatte, und vielleicht war das ja der Fall, und nun hatte er es gefunden, vielleicht hatte sie ihr ganzes Geld dem Notruf vermacht. Bei dem Gedanken drehte sich alles vor Eva. Natürlich war das möglich. Sie hatte kein Geld in einem Safe, dort lag ihr Testament, ein rotes Büchlein voller Wahrheiten über ihr Leben. Wieder wurde geklingelt. Eva faßte einen raschen Entschluß. Es brachte doch nichts, sich in der Badewanne zu verstecken, er würde schließlich nicht lockerlassen. Sie wickelte sich das Handtuch als Turban um den Kopf und ging barfuß zur Haustür, und dabei hinkte sie und jammerte bei jedem Schritt.

»Frau Magnus«, er lächelte, »ich störe Sie mitten in Ihrer Toilette, das ist unverzeihlich. Ich kann natürlich später wiederkommen.«

»Ich war sowieso gerade fertig«, antwortete sie kurz und blieb in der Tür stehen. Er trug eine Lederjacke und Jeans und sah aus wie jeder normale Mann, überhaupt nicht wie ein Feind, dachte sie. Der Feind, das war der Mann im Ferienhaus, wer immer das gewesen sein mochte. Vielleicht hatte er ihre Autonummer notiert. Bei diesem Gedanken wäre sie fast zusammengebrochen.

Denn dann würde auch er bald vor ihrer Tür stehen. Daran hatte Eva noch gar nicht gedacht. Sie runzelte heftig die Stirn.

»Darf ich einen Moment hereinkommen?«

Sie gab keine Antwort, drückte sich nur an die Wand und nickte. Im Wohnzimmer nickte sie wieder, in Richtung Sofa, sie selber stand noch immer mitten im Zimmer, sie steht da wie eine Kältefront, dachte er, während er sich bewußt langsam in ihren schwarzen Sessel setzte. Sein geübter Blick wanderte fast unmerklich durch das schwarzweiße Zimmer, er registrierte die Tüte mit den Himbeerdrops auf dem Tisch, die Autoschlüssel, Evas offene Handtasche, eine Schachtel Zigaretten.

»Fuß verletzt?« fragte er kurz.

»Nur leicht verzerrt. Ist etwas passiert?«

Widerwillig setzte sie sich ihm gegenüber in einen Sessel.

»Nichts Besonderes. Ich würde nur gern Ihre Aussage von neulich noch einmal mit Ihnen durchgehen, von Anfang bis Ende. Bei einigen Einzelheiten brauche ich noch ausführlichere Erklärungen.«

Eva wurde nervös. Sofort streckte sie die Hand nach einer Zigarette aus und fragte sich, ob sie die Antwort verweigern könnte. Sie stand doch nicht unter Verdacht. Oder vielleicht doch?

»Sagen Sie«, fragte sie aufsässig, »bin ich eigentlich dazu verpflichtet, mich zu diesem Fall zu äußern?«

Sejer sah sie an.

»Nein«, sagte er verdutzt, »selbstverständlich nicht.«

Seine Augen, die eigentlich grau waren, nahmen einen unschuldsblauen Farbton an. »Aber haben

Sie denn etwas dagegen? Sie war doch Ihre Freundin, ich dachte, da würden Sie uns sicher helfen wollen. Damit wir den Täter finden. Aber wenn Ihnen das nicht recht ist ...«

»Nein, nein, so war das nicht gemeint.«

Sie gab sofort nach und bereute ihre Frage.

»Der 1. Oktober«, sagte Sejer, »Donnerstag. Fangen wir von vorne an. Sie sind mit dem Taxi in die Tordenskioldsgate gefahren. Der Wagen war um achtzehn Uhr hier?«

»Ja, das habe ich doch schon gesagt.«

»Ihrer Aussage zufolge haben Sie etwa eine Stunde in Majas Wohnung verbracht.«

»Ja, das stimmt wohl. Viel länger kann es jedenfalls nicht gewesen sein.«

Wie lange war ich wohl wirklich da, überlegte sie, zwei Stunden?

Er hatte ein Notizbuch aufgeschlagen und las darin. Das war scheußlich. Alles, was sie gesagt hatte, hatte er notiert und konnte es jetzt gegen sie verwenden.

»Können Sie mir sagen, was Sie während dieser Stunde gemacht haben? So ausführlich wie möglich?«

»Was?«

Sie starrte ihn nervös an.

»Vom Betreten der Wohnung bis zum Verlassen. Absolut alles, was passiert ist. Fangen Sie einfach mit dem Anfang an.«

»Ja, nein – ich habe eine Tasse Kaffee getrunken.«

»Haben Sie die danach abgewaschen?«

»Nein?« Eva hatte das Gefühl, daß der Stuhl unter ihr ins Schaukeln geriet.

»Ich möchte das wissen, weil in der Küche keine benutzte Kaffeetasse mehr zu finden war. Aber dort stand ein Glas, das offenbar Cola enthalten hatte.«

»Ach ja. Natürlich! Cola! Ich schmeiße einfach alles durcheinander. Ist das denn wirklich so wichtig?«

Er bedachte sie mit einem scharfen Blick. Und dann verstummte er wieder, wie beim letzten Mal. Sah sie einfach an und wartete, Eva hatte das Gefühl, vollständig den Boden unter den Füßen zu verlieren, es gab so viele Einzelheiten, an die sie nicht gedacht hatte, viel zu viele.

»Also, ich habe ein Brot gegessen und eine Cola getrunken. Maja hat mir ein Butterbrot gemacht.«

»Ja. Mit Thunfisch?«

Eva schüttelte verwundert den Kopf. Sie begriff überhaupt nichts mehr, vielleicht war er ja auch dabei, überlegte sie, vielleicht saß er in einer Abstellkammer und hat alles beobachtet.

»Können Sie mir sagen«, fragte er dann plötzlich, während er sich auf dem Sofa anders setzte, er sah nachdenklich und neugierig aus, »können Sie mir sagen, warum Sie dieses Brot dann wieder erbrochen haben?«

Jetzt glaubte Eva, endgültig in Ohnmacht zu fallen.

»Naja, mir wurde einfach schlecht«, stammelte sie, »ich hatte zwei Bier getrunken, und ich kann Fisch sowieso nicht gut vertragen. Am Abend davor war es so spät geworden. Und ich hatte so wenig gegessen, ich achte nicht so sehr auf die Essenszeiten, deshalb hatte ich nichts gegessen, und Maja wollte mir dieses Brot unbedingt aufdrängen, sie fand mich zu dünn.«

Sie verstummte und schnappte nach Luft. Sie sollte doch so wenig wie möglich sagen, warum konnte sie sich das nicht merken!

»Und haben Sie deshalb auch bei Maja geduscht? Weil Ihnen schlecht geworden war?«

»Ja!« sagte sie kurz. Und verstummte abermals. Er sah den Trotz in ihren Augen aufsteigen. Bald würde sie sich ganz verschließen.

»Sie haben eigentlich ziemlich viel geschafft, während sie bei Maja waren. In nur einer Stunde. Haben Sie vielleicht auch ein kleines Nickerchen gemacht, im zweiten Schlafzimmer?«

»Ein Nickerchen?« fragte sie schwach.

»Jemand hat dort im Bett gelegen. Oder war es ganz einfach so, Frau Magnus, daß Sie Frau Durbans Partnerin waren, und daß Sie sich die Wohnung geteilt haben? Und haben Sie wie Maja als Prostituierte gearbeitet, um Ihre Kasse aufzubessern?«

»NEIN!«

Eva sprang auf. Ihr Stuhl kippte nach hinten.

»Nein, das habe ich nicht! Ich wollte nichts damit zu tun haben. Maja hat versucht, mich zu überreden, aber ich wollte nicht!« Eva zitterte wie Espenlaub und war kreideweiß im Gesicht.

»Maja wollte mich immer zu irgendwas überreden, sie kam auf die seltsamsten Ideen. Einmal, als wir dreizehn waren ...«

Eva schluchzte auf.

Sejer starrte leicht verlegen die Tischplatte an und wartete. Solche Ausbrüche waren ihm eben peinlich. Eva sah plötzlich so jämmerlich aus. Ihr Turban war aufgegangen und hing ihr auf die Schultern, ihre Haare waren triefnaß.

»Ab und zu frage ich mich«, flüsterte sie, »ob Sie glauben, daß ich es war.«

»Diese Möglichkeit haben wir natürlich in Betracht gezogen«, sagte er leise, »und dabei denke ich nicht daran, ob Sie ein Motiv hatten, oder ob Sie fähig sind, einen Mord zu begehen. Um solche Fragen kümmern wir uns später. Vor allem wollen wir wissen, wer in der Nähe des Opfers war, wer ganz praktisch die Möglichkeit hatte, diesen Mord zu begehen. Dann kümmern wir uns um das Alibi. Und ganz zum Schluß«, er nickte, als er das sagte, »fragen wir nach dem Motiv. Im Moment geht es also um die Tatsache, daß Sie am fraglichen Abend bei Maja waren, kurz vor ihrem Tod. Aber ich möchte eins ganz klar stellen – wir sind sicher, daß Maja von einem Mann ermordet worden ist.«

»Ja«, sagte Eva.

»Ja?«

»Ich meine, das war doch einer von ihren Kunden?«

»Glauben Sie das?«

»Ja, ich – war das denn nicht so? Es hat doch in den Zeitungen gestanden!«

Er nickte und beugte sich vor. Er riecht gut, dachte sie, er hat Ähnlichkeit mit Papa, als Papa noch jünger war.

»Erzählen Sie mir, was passiert ist.«

Sie setzte sich wieder, strengte sich bis aufs Äußerste an und näherte sich in winzigen Schritten der Wahrheit. Jetzt müßte sie alles erzählen, so, wie es gewesen war, an dem Abend, als sie auf dem Hocker gesessen hatte. Und er würde fragen, warum in aller Welt sie das nicht sofort gesagt habe.

Und das, dachte sie, liegt daran, daß ich eine haltlose Person bin, ein Mensch ohne Disziplin und Charakter, unzuverlässig, feige, von zweifelhafter Moral, der sich nicht für eine alte Freundin einsetzt, die ihr doch soviel bedeutet hat, ein Mensch, der das Vermögen dieser Freundin an sich reißt, Eva mochte es fast nicht glauben, es war unerträglich.

»Wir haben wirklich wenig Geld, Emma und ich«, murmelte sie. »Das war immer schon so, seit Jostein weggegangen ist. Ich habe Maja davon erzählt. Sie meinte, ich könnte das Problem doch auf ihre Weise lösen. Ich könnte das andere Zimmer haben. Wir waren im Hannas und ziemlich blau. Ich habe mir ihren Vorschlag wirklich überlegt, ich hatte alles so satt, und ich konnte die schlaflosen Nächte, die Drohungen im Briefkasten und das abgesperrte Telefon nicht mehr ertragen. Also haben wir verabredet, daß ich sie besuchen soll – und die Sache ausprobieren. Maja wollte mir helfen. Mir zeigen, wie das abläuft.«

»Ja?«

»Ich war schon angetrunken, als ich bei Maja eintraf, ich wollte nicht nüchtern werden, denn dann würde mir der Ernst der Lage erst richtig bewußt werden, also war ich wie verabredet bei Maja, und ich wollte wirklich …«

Sie unterbrach sich, weil ihr jetzt eine Tatsache in all ihrer Entsetzlichkeit aufging. Sie war eine potentielle Nutte. Und *er* wußte das jetzt auch.

»Aber dann konnte ich es trotzdem nicht. Maja gab mir zum Ausnüchtern eine Cola, und dann verließ mich der Mut. Ich überlegte mir, daß mir doch

Emma weggenommen werden könnte, wenn das bekannt würde. Mir wurde richtig schlecht, und dann bin ich weggelaufen. Aber vorher hat Maja mir noch einiges erklärt.«

»Was meinen Sie mit ›erklärt‹?«

»Also, sie hat mir die Arbeit erklärt, wie die abläuft.«

»Hat sie Ihnen das Messer gezeigt?«

Eva zögerte kurz.

»Ja, sie hat mir das Messer gezeigt. Sie sagte, es sei nur zur Warnung und zur Abschreckung. Ich lag auf dem Bett. Und da habe ich Angst bekommen«, sagte Eva rasch. »Da habe ich beschlossen, es doch nicht zu tun. Ich begreife nicht, woher Sie das alles wissen, ich begreife überhaupt nichts mehr.«

»Das Messer hat ihr ja wohl nicht sehr viel geholfen?« fragte Sejer.

»Nein, sie …«

Eva unterbrach sich.

»Was wollten Sie sagen?«

»Sie war wohl nicht hart genug.«

»Wir haben in der ganzen Wohnung Ihre Fingerabdrücke gefunden«, sagte Sejer. »Sogar«, fügte er langsam hinzu, »am Telefon. Wen haben Sie angerufen?«

»Meine Fingerabdrücke?«

Ihre Finger krümmten sich bei diesem Gedanken. Vielleicht hatten sie ihr Haus durchsucht, während sie zu Majas Ferienhaus unterwegs gewesen war, vielleicht hatten sie mit einem Dietrich das Schloß geöffnet und waren mit ihren kleinen Pinseln überall ans Werk gegangen.

»Wen haben Sie angerufen, Eva?«

»Niemanden! Aber ich wollte ... ich wollte Jostein anrufen«, log sie.

»Jostein?«

»Meinen Exmann. Emmas Vater.«

»Und warum haben Sie es nicht getan?«

»Ich habe es mir einfach anders überlegt. Er hat mich verlassen, ich wollte ihn nicht anbetteln. Ich habe mich angezogen und bin gegangen. Ich sagte zu Maja, was sie da macht, kann gefährlich sein, aber sie lächelte nur. Maja hat nie auf irgendwen gehört.«

»Warum haben Sie mir das bei unserem ersten Gespräch nicht gesagt?«

»Das war mir peinlich. Ich hatte doch wirklich mit dem Gedanken gespielt, Nutte zu werden, und ich wollte nicht, daß irgendwer davon erfuhr.«

»Ich habe Prostituierten in meinem ganzen Leben noch nie Verachtung entgegengebracht«, sagte er einfach.

Er erhob sich vom Sofa und sah zufrieden aus. Sie mochte ihren Augen nicht trauen.

Auf der Treppe blieb er noch kurz stehen, betrachtete den Hof, das Auto und Emmas an die Mauer gelehntes Fahrrad. Dann ließ er seinen Blick weiterwandern, zu den anderen Häusern in der Straße, als wolle er sich eine Ansicht darüber bilden, in was für einer Nachbarschaft sie wohnte, was für ein Mensch sie war, da sie hier wohnte, in dieser Gegend, in diesem Haus.

»Hatten Sie den Eindruck, daß Maja viel Geld hatte?«

Diese Frage kam überraschend.

»Ja, sicher. Sie hatte doch nur teure Sachen. Und sie ist zum Essen ins Restaurant gegangen.«

»Wir fragen uns, ob sie vielleicht irgendwo eine ziemliche Summe versteckt hat«, sagte er. »Und ob irgendwer davon gewußt haben kann.«

Sein Blick traf sie wie ein Laserstrahl mitten zwischen den Augen, und sie zwinkerte erschrocken mehrere Male.

»Ihr Mann ist gestern mit dem Flugzeug aus Frankreich gekommen, wir hoffen, er kann uns einiges erzählen, wenn wir ihn verhören.«

»Was?«

Eva mußte sich gegen den Türrahmen stützen.

»Majas Mann«, wiederholte Sejer. »Sie sehen so erschrocken aus?«

»Ich wußte nicht, daß sie einen Mann hatte«, sagte Eva mit schwacher Stimme.

»Nicht? Hat sie Ihnen das nicht erzählt?«

Er runzelte die Stirn.

»Seltsam, nicht, daß sie das verschwiegen hat, wenn Sie doch alte Freundinnen waren?«

Wenn, dachte sie. Falls. Falls wir wirklich alte Freundinnen waren. Wenn ich die Wahrheit sage. Sie könnte noch bis in die Nacht weiterreden, er würde ihr natürlich kein Wort glauben.

»Haben Sie sonst noch etwas hinzuzufügen, Frau Magnus?«

Eva schüttelte den Kopf. Sie war außer sich vor Angst. Der Mann, der im Ferienhaus aufgetaucht war, konnte Majas Mann sein. Der nach seinem Erbe suchte. Vielleicht, vielleicht würde er eines Tages vor ihrer Tür stehen. Vielleicht nachts, wenn sie schlief. Maja hatte ihm vielleicht erzählt, daß sie sich begegnet waren. Wenn sie noch die Zeit dazu gehabt hatte. Sie konnte angerufen haben. Ferngespräch nach Frankreich. Sejer brachte die vier

293

Stufen der schmiedeeisernen Treppe hinter sich und blieb auf dem Kiesweg stehen.

»So einen Knöchel dürfen Sie nicht in heißes Wasser legen. Lassen Sie sich einen Verband machen.«

Dann ging er.

Sie mußte das Geld aus dem Haus schaffen. Endlich war der große Peugeot verschwunden, Eva schloß die Tür mit einem Knall und stürzte in den Keller. Ihr Fuß war fast schon wieder taub. Sie stemmte mit einem Messer den Deckel vom Eimer und ließ die Geldpakete auf den Zementboden fallen, dann setzte sie sich hin und riß die Folie ab. Das Geld war mit Gummibändern umwickelt. Ziemlich rasch stellte Eva fest, daß es gut sortiert war. Tausender für sich, Hunderter für sich, da fiel das Zählen leicht. Der Boden war eiskalt, ihr Hintern bald gefühllos. Sie zählte und zählte und rechnete im Kopf mit, legte beiseite und nahm einen neuen Stapel. Ihr Herz schlug immer schneller. Wo sollte sie soviel Geld verstecken? Ein Banksafe wäre zu riskant, sie hatte das Gefühl, daß die anderen sie jetzt nicht mehr aus den Augen lassen würden. Sejer und seine Leute. Und Majas Mann.

Maja war verheiratet gewesen. Warum hatte sie das nicht erzählt? Hatte sie es als Niederlage empfunden, einen Mann zu haben, einen Lebensgefährten? Oder war er eher eine Art Geschäftspartner für das geplante Hotel? Oder war er einfach ein Typ, zu dem sie sich nicht bekennen wollte? Das wirkte am wahrscheinlichsten.

Der Farbeimer war eigentlich ein hervorragendes Versteck, aber sie durfte ihn nicht bei sich im Haus aufbewahren, sie mußte ihn an einen Ort bringen, wo ihn niemand suchen würde, wo sie aber bei Bedarf immer Geld holen könnte. Bei ihrem Vater, natürlich, in seinem Keller, unter dem vielen Gerümpel, das sich dort im Laufe der Jahre angesammelt hatte. Evas altem Kinderbett. Den Äpfeln, die im alten Kartoffelkoben vor sich hinfaulten. Der defekten Waschmaschine. Eva verzählte sich und mußte von vorne anfangen. Ihre Hände schwitzten, deshalb ließen sich die glatten Scheine leicht voneinander trennen, bald lag als hoher Stapel eine halbe Million vor ihr, und sie hatte noch immer sehr viel übrig. Majas Mann. Vielleicht war das so ein richtig zweifelhafter Typ – wenn Maja Nutte gewesen war, was war dem Mann dann alles zuzutrauen? Drogenhai oder so. Vielleicht hatten sie beide keinerlei Moral. Habe ich denn Moral, fragte Eva sich plötzlich, sie näherte sich der Million, und der Haufen ungezählten Geldes wurde langsam kleiner. Das, dachte sie, sind vielleicht Teile des Haushaltsgeldes von hunderten von Hausfrauen in dieser Stadt, Geld, das für Windeln und Konservendosen bestimmt war; es war ein seltsamer Gedanke. Sie war jetzt bei den Hundertern angekommen, und alles ging langsamer. Sie fand die Fünfhunderter am schönsten, die Farben und das Muster, schöne blaue Scheine. Eins komma sechs, ihre Finger waren eiskalt, sie zählte Fünfziger. Wenn er ihre Autonummer hatte, dann konnte er innerhalb weniger Minuten ihre Adresse herausfinden, er brauchte nur beim Wagenregister anzurufen, falls ihm überhaupt ihr Auto aufgefal-

len war, wenn er über Phantasie verfügte, hatte er
es sich sicher angesehen und die Möglichkeit in
Betracht gezogen, hatte sich gewundert, weil es
nicht abgeschlossen war. Mitten im Gebirge, nicht
weit vom Ferienhaus entfernt. Aber genug Phantasie, um im Klohäuschen zu suchen, hatte er nicht
gehabt. Eins komma sieben Millionen. Und einige
Fünfziger. Maja war fast am Ziel gewesen. Eins
komma sieben Millionen Kronen. Die Folienfetzen
funkelten im Licht der Glühbirne an der Decke wie
Silber. Eva legte das Geld wieder in den Eimer und
ging nach oben, der Fuß schien ein wenig abge-
schwollen zu sein, vielleicht lag das an der Kälte im
Keller. Ihre schwarzen Haare hingen ihr steifgefro-
ren über den Rücken. Sie stellte den Eimer in die
Waschküche und ging wieder ins Badezimmer,
nahm rasch eine heiße Dusche und zog sich an. Die
Millionärin im Spiegel wirkte jetzt angespannter,
sie mußte eine Plane für ihr Auto besorgen, vielleicht schnüffelte er ja in der Gegend herum. Oder
sie könnte sich einen neuen Wagen kaufen. Einen
Audi, vielleicht? Keinen von den Großen, vielleicht
sogar einen Gebrauchtwagen. Aber dann fiel ihr
ein, daß das nicht möglich war. Sie konnte sich nur
Brot und Milch kaufen, wie früher. Sogar Omar
würde sich wundern, wenn sich ihr Einkaufskorb
plötzlich füllte. Eva humpelte aus dem Badezimmer und holte den Eimer. Es mußte gehen. Und sie
konnten ja umziehen. In einer Küchenschublade
lag Alufolie, Eva wickelte die Geldscheine sorgfältig
hinein und legte bis auf ein Päckchen alles in den
Eimer. Auf das letzte Päckchen klebte sie ein Etikett, dachte ein wenig nach und schrieb schließlich
»Speck« darauf. Dann legte sie das Päckchen in die

Tiefkühltruhe. Sie wollte ja nicht gleich wieder ohne Geld dastehen. Die sechzigtausend in dem kleinen Eimer waren schon arg reduziert. Sie griff zu ihrem Mantel und ging aus dem Haus. Zuerst schaute sie in den Briefkasten, den hatte sie ganz vergessen. Dort entdeckte sie einen grünen Briefumschlag, vom Staatlichen Kunstrat. Sie lächelte überrascht. Ihr Stipendium war da.

»Du treibst dich ja neuerdings nachts herum«, ihr Vater lächelte. »Das ist ein gutes Zeichen.«

»Wieso denn?«

»Ich habe gestern bis elf Uhr immer wieder versucht, dich anzurufen.«

»Ach, da war ich nicht zu Hause.«

»Hast du endlich jemanden gefunden, an dem du dich wärmen kannst?« fragte er hoffnungsvoll.

Ich wäre fast erfroren, dachte sie, ich habe die halbe Nacht bis zum Bauch im Dreck gesteckt.

»Naja, gewissermaßen. Frag bitte nicht weiter.«

Sie versuchte, die Geheimnisvolle zu spielen, nahm ihn in den Arm und ging hinein. Der Eimer stand im Kofferraum, sie konnte ihn später holen und in den Keller hinunterschmuggeln.

»Hattest du etwas Besonderes auf dem Herzen?«

»Mein Feuermelder hat geheult wie blöd, und ich konnte ihn nicht abstellen.«

»Ach«, sagte sie. »Und was hast du gemacht?«

»Ich habe bei der Feuerwehr angerufen, und die sind sofort gekommen. Nette Leute. Jetzt setz dich, wie lange kannst du bleiben, bleibst du ein bißchen? Und wie lange soll Emma noch bei Jostein sein, du willst sie doch wohl nicht weggeben?«

»Sei nicht so blöd, auf die Idee würde ich nie kommen. Und heute habe ich Zeit, ich kann uns etwas Gutes kochen.«

»Ich glaube, ich habe nichts im Haus.«

»Dann fahre ich einkaufen.«

»Nein, du hast nicht genug Geld, um mich zu füttern, ich kann gut einen Teller Brei essen.«

»Wie wär's mit Filetsteak?« Sie lächelte.

»Benutz nicht so unanständige Wörter«, sagte er mürrisch.

»Ich habe heute mein Stipendium bekommen, und mit wem soll ich denn feiern, wenn nicht mit dir?«

Er gab nach. Eva pusselte im Haus herum, und sein Herz beruhigte sich nach und nach. Vor allem fehlten ihm die Geräusche, die Geräusche eines anderen Menschen, der atmete und herumlief, Radio und Fernseher waren da kein großer Trost.

»Hast du die Zeitung gelesen?« brummte er etwas später. »Da ist ein armes Mädel in seinem eigenen Bett umgebracht worden. Dem Typen sollte man ein Stück Holz in den Nacken knallen. Das arme arme Geschöpf. Eine Frau so zu behandeln, wenn sie sich auf diese Weise mit Bett und allem zur Verfügung stellt, das ist unerhört! Ihr Name kommt mir so bekannt vor, aber ich kann ihn nicht einordnen, hast du über den Fall gelesen, Eva? War das eine, die wir gekannt haben?«

»Nein!« rief Eva aus der Küche.

Ihr Vater runzelte die Stirn.

»Nein, nein. Wie gut. Wenn das eine Bekannte gewesen wäre, dann hätte ich den Kerl ausfindig gemacht und ihm ein Stück Holz in den Nacken geknallt. Die einzige Strafe, die der kriegt, ist doch Fernseher auf dem Zimmer und drei Mahlzeiten pro Tag. Ich meine, fragt denn überhaupt jemand danach, ob die bereuen?«

»Das ist bestimmt der Fall.«

Eva band den Müllsack zu und ging zur Tür. Sie mußte jetzt auf der Hut sein.

»Bei der Urteilsbemessung ist es wichtig, ob jemand bereut oder nicht.«

»Ha! Dann könnten die doch wie wild bereuen und billig davonkommen!«

»So leicht ist das sicher nicht. Dafür gibt es doch Fachleute. Die sehen, ob jemand lügt.«

Ihre eigenen Worte ließen sie erschauern.

Dann ging sie aus dem Haus, und er hörte, daß sie sich am Deckel der Mülltonne zu schaffen machte. Er wartete noch eine Weile, aber sie kam nicht wieder ins Haus. Die Kleine hat irgendwas, überlegte er, irgend etwas läuft da ab, was ich nicht wissen soll, ich kenne sie gut genug, um zu wissen, daß sie mir etwas verheimlicht, das ist wie damals, als Frau Skollenborg gestorben ist, da war sie total hysterisch, ganz unnormal, die Alte war doch fast neunzig, und die Kinder konnten sie alle nicht leiden, aber sie war ja auch eine fiese Kuh. Irgendwas hat damals auch nicht gestimmt. Und jetzt treibt sie sich zum Beispiel im Keller herum, was zum Kranich macht sie bloß da unten?

Dachte er, während er sich mit einem Wegwerffeuerzeug abmühte, das nicht anspringen wollte, er rieb es mit seinen trockenen Händen so lange, bis sich das Gas genügend erweitert hatte, daß er endlich Feuer bekam. Er schaffte es bis zu zehnmal,

einem im Grunde leeren Feuerzeug Feuer zu ent-
locken. Als Rentner lernt man wirklich das Sparen,
dachte er.

»Was willst du zum Filet haben«, fragte Eva, die
endlich mit einer feuerfesten Form in der Hand
aus dem Keller kam.

»Was willst du damit?«

»Die hab' ich im Keller gefunden«, antwortete
sie schnell. »Ich will Gemüse darin backen.«

»Wird Gemüse denn nicht gekocht?«

»Doch, in so einer Form. Ißt du gern Brokkoli?
Bißfest, mit Salz und Butter?«

»Sieh mal nach, ob ich noch genug Rotwein
habe.«

»Du hast jede Menge. Ich wußte ja gar nicht, daß
du im Keller noch ein zusätzliches Lager hast.«

»Das ist für den Fall, daß ich meine Haushaltshilfe verliere. Man weiß ja nie. Die Gemeinde will
unbedingt sparen, in diesem Jahr sollen es zwanzig
Millionen sein.« Er zog heftig an seiner Zigarette,
um zu signalisieren, daß er keine Kommentare
wünsche.

»Seit wann interessierst du dich fürs Essen?«
fragte er dann plötzlich. »Du ißt doch sonst nur
Brot.«

»Ich werde vielleicht langsam erwachsen. Nein,
ich weiß nicht, ich habe einfach Lust dazu. Brei
und Rotwein passen doch nicht gut zueinander.«

»Das ist doch purer Unsinn! Ein guter salziger
Roggenbrei mit ausgelassenem Speck und dazu
Rotwein ist doch wunderbar.«

»Ich will zu Lorentzen, diesem Feinkostladen.
Hast du sonst noch irgendwelche Wünsche?«

»Ewige Jugend«, grunzte er.

Eva runzelte die Stirn. Sie mochte solches Gerede nicht.

Ohne mit der Wimper zu zucken bat sie um ein Pfund Filetsteak. Die kräftige Frau hinter dem Tresen trug Wegwerfhandschuhe, sie packte resolut ein Stück Fleisch, das ungefähr dieselbe Farbe hatte wie eine Leber. Sah Filetsteak wirklich *so* aus?

»Am Stück oder in Scheiben?«

Sie hob schon ihr Messer.

»Was ist denn besser?«

»Dünne Scheiben. Sie lassen die Butter nußbraun werden, dann ziehen Sie die Scheiben durch die Pfanne. Ungefähr so, als wollten Sie barfuß über frischgelegten Asphalt laufen. Und braten Sie sie um Himmels willen nicht.«

»Ich glaube nicht, daß mein Vater rohes Fleisch essen mag.«

»Fragen Sie nicht, was er will, tun Sie einfach, was ich Ihnen sage.«

Sie lächelte plötzlich, und Eva war hingerissen von der dicken Frau in ihrem weißen Nylonkittel und dem niedlichen Spitzenhäubchen. Eine Art Hygienesymbol vielleicht, aber es sieht eher aus wie eine kleine Königskrone, überlegte sie, und das viele tote Fleisch hinter dem Tresen ist ihr Reich, da regiert sie.

Die Frau wog die Scheiben ab und klebte den Preis darauf, behutsam, als gelte es, eine Wunde zu verbinden. Einhundertdreißig Kronen, es war nicht zu glauben. Eva wanderte ein Weilchen zwischen den Regalen umher, nahm die eine oder andere Kleinigkeit heraus und legte alles in ihren Korb; sie wollte die Sachen im Kühlschrank deponieren, ohne ihrem Vater etwas zu sagen, sonst würde er es nicht annehmen. Käse, Leberwurst, zwei Packungen vom besten Kaffee, Butter, Sahne. Gefüllte Kekse. Und ganz spontan nahm sie drei Herrenunterhosen vom La-Mote-Ständer. Die konnte sie nur in seine Kommode schmuggeln und hoffen, daß er sie auch benutzte. An der Kasse nahm sie sich noch eine Schachtel Mozartkugeln, zwei Illustrierte und eine Stange Zigaretten. Der Endbetrag war überwältigend. Aber sie fand, alle alten Menschen müßten sich, auf jeden Fall jeden Freitag, so einen Einkaufskorb leisten können, damit sie es sich am Ende ihres Lebens noch ein bißchen gemütlich machen konnten. Die jungen Leute können Brei essen, dachte sie. Sie bezahlte, brachte ihre Plastiktüten ins Auto und fuhr zurück.

»Warum er das wohl getan hat?« fragte der Vater, während er das zarte Fleisch verzehrte.

»Was denn?«

»Sie umgebracht. Im Bett, und überhaupt.«

»Warum willst du das wissen?«

»Interessiert dich das denn nicht?«

Eva kaute erst langsam, vor allem zum Schein, sie hätte das Fleisch am Stück hinunterschlucken können.

»Im Grunde schon. Aber warum fragst du?«

»Mich interessieren die schwarzen Seiten der Menschen. Du bist doch Künstlerin, interessiert dich das nicht? Das menschliche Drama, meine ich.«

»Aber sie hat doch in einer etwas speziellen Szene verkehrt. Da kenne ich mich nun mal nicht aus.«

»Sie scheint in deinem Alter gewesen zu sein.«

»Ja, und ziemlich dumm war sie offenbar auch. Solche Geschäfte zu betreiben ist ja nicht besonders gescheit. Sie hat wohl nur eins gewollt: Soviel Geld wie möglich in der kürzestmöglichen Zeit. Steuerfrei. Sie hatten sicher Streit, oder so.«

Sie füllte das Glas ihres Vaters und gab neue Soße über sein Fleisch.

»Es gibt eine Art Schwelle, die sie überschreiten müssen«, sagte ihr Vater nachdenklich. »Ich wüßte gern, worin die besteht, was dazu gehört. Warum manche sie überschreiten, während andere nicht einmal im Traum daran denken würden.«

»Das kann allen passieren«, sagte Eva. »Das entscheidet der Zufall. Und sie überschreiten die Schwelle sicher auch nicht – sie rutschen darüber. Sie sehen sie erst, wenn sie auf der anderen Seite sind, und dann ist es zu spät.«

Es ist zu spät, dachte sie verblüfft. Ich habe ein Vermögen gestohlen. Das habe ich wirklich getan.

»Ich habe einmal bei der Arbeit einem Kerl eine gescheuert«, sagte ihr Vater plötzlich. »Weil er so gemein war. Ein richtig mieser Typ. Danach hatte er dann wirklich Respekt vor mir, er schien das akzeptiert zu haben. Das habe ich nie vergessen. Ich habe nur einmal im Leben einen Menschen geschlagen, und gerade das mußte einfach sein. Nichts auf der Welt hätte meine Wut dämpfen können, ich hatte das Gefühl, ich würde verrückt, wenn ich ihm keine reinhauen könnte, mein Gehirn schien zu kochen.«

Er trank mehrere Schlucke Wein und schnalzte nachdenklich mit der Zunge.

»Aggression ist Furcht«, sagte Eva plötzlich.

»Aggression ist eigentlich Notwehr, immer, auf die eine oder andere Weise. Eine Art Selbstschutz, Schutz des eigenen Körpers, des eigenen Verstandes, der eigenen Ehre.«

»Es gibt auch Leute, die aus Habgier morden.«

»Sicher, aber das ist wieder etwas anderes. Diese Frau – die aus der Zeitung – ist sicher nicht wegen Geld umgebracht worden.«

»Auf jeden Fall haben sie ihn bald. Ein Nachbar hat das Auto gesehen. Ich finde das witzig, wie die Autos die Verbrecher verraten. Diese Typen sind ja noch zu doof, um ihre Beine zu benutzen.«

»Was hast du da gesagt?«

»Hast du das noch nicht gehört? Der Nachbar wußte zuerst nicht, daß das wichtig war. War bis heute morgen verreist. Aber er hat am frühen Abend ein Auto in hohem Tempo davonfahren sehen. Ein weißes Auto, nicht mehr ganz neu. Vermutlich einen Renault.«

»Einen was?«

Evas Messer fiel auf ihren Teller, und die Soße spritzte hoch.

»Einen Renault. Ein besonderes Modell, wovon es nicht viele gibt, deshalb glauben sie, daß sie ihn bald haben werden. Gut, daß alle Autos registriert sind, weißt du, dann brauchen sie nur alle mit so einem Wagen herauszusuchen, und sie der Reihe nach zu besuchen. Und diese Leute müssen dann ihr Alibi servieren, und Gnade dem, der keins hat. Sehr gelungen.«

»Einen Renault?«

Eva hörte auf zu kauen.

»Genau. Alter Taxifahrer, kennt sich mit Autos aus. Gut, daß es kein altes Weib war, die können

304

doch nicht mal einen Porsche von einem Käfer unterscheiden.«

Eva stocherte in ihrem Brokkoli herum und merkte, daß ihre Hände zitterten. O verdammt, dachte sie, was für eine blöde falsche Spur!

»Vielleicht hat er sich aber auch geirrt. Und stell dir vor, wieviel Zeit sie dann verlieren.«

»Aber sie haben doch sonst keine Anhaltspunkte?« fragte ihr Vater verwirrt. »Und warum sollte er sich irren? Er kennt sich mit Autos aus, haben sie im Radio gesagt.«

Eva kippte ihren Rotwein und bemühte sich, ihre Verzweiflung zu verbergen. Ein Renault, konnte der denn wirklich mit einem Opel verwechselt werden? Französische Autos sahen doch ganz anders aus. Vielleicht war das einfach nur ein Idiot, der sich wichtig machen wollte. Sie dachte an Elmer, daran, wie sehr der sich wohl über diese blödsinnige Beobachtung freute, er hatte sicher Nachrichten gehört, klebte bestimmt am Radio, und jetzt rieb er sich vor Erleichterung die Hände, es war zum Heulen.

»Möchtest du Pudding zum Nachtisch?« fragte sie kurz.

»Ja, wenn ich dazu Kaffee kriege.«

»Das kriegst du doch immer!«

»Ja, ja«, sagte er verwundert. »Du kannst doch wohl einen Scherz vertragen?«

Eva stand auf und räumte ab, Teller und Besteck klirrten und rutschten hin und her, sie mußte etwas unternehmen. Es war ihre Schuld, daß der Mörder noch frei herumlief, hätte sie die Wahrheit gesagt, wäre er jetzt schon in Haft. Jetzt wurde vielleicht ein anderer festgenommen. Sie legte eine Zigarre

neben das Glas ihres Vaters und spülte die Teller
ab. Danach aßen sie den Pudding, und der klebte
als weißer Schaum an der Oberlippe ihres Vaters.
Der Vater leckte sich genießerisch die Lippen. Ab
und zu schaute er verstohlen zu Eva herüber, er
hielt sich jetzt etwas zurück. Vielleicht ist das
irgendeine Frauensache, dachte er. Als sie ihm aufs
Sofa geholfen hatte, erledigte sie den Abwasch.
Zuerst legte sie vier Hunderter in das Einmachglas im Küchenschrank und hoffte, daß er keinen
vollen Überblick über seine Finanzlage hätte.
Danach saßen sie nebeneinander auf dem Sofa,
schläfrig vom Essen und vom Wein. Eva hatte sich
beruhigt.

»Die finden ihn schon noch«, sagte sie langsam.
»Immer hat irgendwer etwas gesehen und ist nur
ein bißchen langsam, aber schließlich rücken sie
doch damit heraus. Niemand kommt mit so einem
Verbrechen durch. So ungerecht ist die Welt nicht.
Und Dichthalten ist auch schwer, vielleicht vertraut
er sich im Suff jemandem an, oder so. Weißt du,
jemand, der imstande ist, einen Menschen auf
diese Weise umzubringen, im Suff, zum Beispiel,
einer, der so labil ist, kann sich nicht für den Rest
seines Lebens beherrschen, sondern wird sich verraten. Und er muß irgendwann sein Gewissen
erleichtern und darüber reden. Und der andere
erzählt es dann der Polizei. Oder vielleicht wird
eine Belohnung ausgesetzt, und irgendwer stürzt
los, um ihn zu denunzieren, irgendein geldgieriger
Bursche.«

Ihre Worte blieben ihr im Halse stecken.

»Ich meine nur, irgendwo gibt es einen Menschen, der sich dafür verantwortlich fühlt, daß die

Gerechtigkeit siegt. Die Leute sind nur ein bißchen langsam. Oder sie haben Angst.«

»Nein, sie sind feige«, nuschelte ihr Vater müde. »So ist das nämlich. Die Leute sind feige, sie denken nur an ihre eigene Haut, sie wollen in nichts hineingezogen werden. Nett, daß du so sehr an die Gerechtigkeit glaubst, Kind, aber das bringt nicht viel. Für die Frau, meine ich. Der kann niemand mehr helfen.«

Eva schwieg, sie hatte ihre Stimme nicht mehr unter Kontrolle. Sie zog an ihrer Zigarette.

»Warum hast du diesem Typen eine gescheuert?« fragte sie plötzlich.

»Wem denn?«

»Deinem Arbeitskollegen, von dem du erzählt hast.«

»Habe ich doch gesagt. Weil er gemein war.«

»Das ist keine Antwort.«

»Warum warst du so hysterisch, als Frau Skollenborg gestorben ist?« fragte er.

»Das erzähle ich dir ein andermal.«

»Wenn ich im Sterben liege?«

»Dann kannst du ja danach fragen, und dann sehen wir weiter.«

Die Nacht rückte näher. Eva dachte an Elmer und fragte sich, was der jetzt wohl machte. Vielleicht starrte er die Wand an, das Tapetenmuster, seine Hände, und wunderte sich darüber, daß die ihr eigenes Leben leben und außerhalb seiner Kontrolle handeln konnten. Während Maja in einer Kühlschublade lag, ohne Bewußtsein, ohne einen einzigen Gedanken in ihrem kalten Kopf. Eva konnte auch nicht mehr denken, sie goß Wein nach, und sie spürte, daß ihre Gedanken zu einem

Dunst wurden, durch den sie nicht mehr hindurchblicken konnte.

Der Morgen brachte Nebel und Wind, während des Frühstücks klärte es sich jedoch auf. Das Radio brabbelte vor sich hin. Eva hörte mit einem halben Ohr zu, und das richtete sich plötzlich auf. Nachrichten kamen. In Verbindung mit dem Mord war ein Mann festgenommen worden. Ein siebenundfünfzigjähriger Busfahrer mit einem weißen Renault. Sie hörten beide zu und ließen ihre Brote sinken.

»Ha!« sagte der Vater. »Der hat kein Alibi!«

Eva spürte, wie ihr das Herz sank. Der Festgenommene gab zu, mehrmals als Kunde bei dem Opfer gewesen zu sein. Natürlich war er da nicht der einzige, sie hatten Maja doch seit zwei Jahren die Bude eingerannt. Eva stellte sich vor, wie seine Zukunft nun einstürzte, ein unschuldiger armer Wicht, vielleicht hatte er Familie. Sie dachte: Das ist meine Schuld.

»Hab ich's nicht gesagt«, sagte ihr Vater triumphierend. »Sie haben ihn schon.«

»Das hört sich zu einfach an, finde ich. Bloß, weil er so ein Auto und kein Alibi hat. Und Sex zu kaufen ist nicht verboten. Früher«, sagte sie laut, »war man erst ein echtes Mannsbild, wenn man in den Puff ging.«

»Du meine Güte!« sagte ihr Vater und blickte auf.

Eva schwitzte.

»Du bist ja vielleicht negativ! Finden sie die nicht

immer sehr schnell? Wir leben doch in einer kleinen Stadt.«

»Manchmal irren sie sich auch«, sagte Eva kurz. Sie mühte sich mit der harten Brotkruste ab und spürte, wie sich ihr ein Entschluß aufdrängte. Sie mußte etwas unternehmen.

»Es gibt sicher haufenweise Männer, die bei dieser – dieser Dame waren, und die ein weißes Auto und kein Alibi haben.«

Sie aß fertig und stand auf. Räumte den Tisch ab, schob ihre Brieftasche zwischen zwei Zeitungen im Wohnzimmer und suchte ihren Mantel. Dann umarmte sie den Vater rasch.

»Wir sehen uns bald«, sie winkte, »ich komme bald wieder.«

»Das hoffe ich wirklich.«

Er rückte sein Gebiß gerade, denn das verschob sich gern, wenn er breit lächelte, und winkte ihr hinterher. Dann sah er zu, wie der Opel über die Straße huckelte, er merkte, daß er heftiger zitterte, das passierte ihm immer, wenn er Gesellschaft gehabt hatte und dann plötzlich wieder allein war. Bald hielt Eva in gleichmäßigem Tempo auf den Hovtunnel zu. Ich fahre in die Rosenkrantzgate, dachte sie, zu dem grünen Haus. Und stelle fest, wer er ist. Sie hatte eine Schultertasche im Auto liegen, und mit ihrem langen Rock konnte sie eine Vertreterin oder eine Missionarin von irgendeiner Sekte sein. Vielleicht konnte sie sogar kurz die Frau sehen oder ein Wort mit dem Sohn wechseln, wenn das wirklich sein Sohn war, wie sie annahm. Die Zeugen Jehovas, trugen die Frauen da nicht immer Röcke? Und hatten sie nicht immer lange Haare, in Evas Jugend war das jedenfalls so gewesen. Oder

waren das die Mormonen, oder war das dasselbe?
Sie fuhr jetzt durch den Tunnel. Warf kurz im
Rückspiegel einen Blick auf ihr ungeschminktes
Gesicht, aber sie sah es nur in kurzen orangefarbe-
nen Ausrissen, im Licht der Lampen unter der
Tunneldecke, das sich in ihren Pupillen spiegelte.
Sie erkannte sich selber nicht, umklammerte das
Lenkrad und spürte, das unter ihrem schwarzen
Mantel etwas schwelte. Sie hatte dieses Gefühl seit
ihrer Kindheit mit Maja nicht mehr gehabt, unterwegs war ihre Leidenschaft verschwunden, in ihrer
schwierigen Ehe, in den Haufen von unbezahlten
Rechnungen, in ihrer Besorgnis über Emmas Über-
gewicht, in der Frustration über ihren Mißerfolg als
Künstlerin. Es fing irgendwo in der Brust an, sank
dann aber und landete in ihrem Unterleib. Das
Gefühl machte sie lebendig, sie war davon überzeugt, jetzt in ihr Atelier gehen und ein ganz starkes Bild machen zu können, stärker denn je, ange-
trieben von gerechtem Zorn. Und das munterte sie
auf. Ihr Puls wurde schneller, und das flammende
orange Licht des Tunnels hielt das Feuer am
Leben, bis sie die Innenstadt erreicht hatte. Dort
wechselte sie auf die rechte Fahrspur über und
fuhr in die Rosenkrantzgate.

In der Nähe der bunten Häuser war kein
Mensch zu sehen, und es war noch früh. Eva fuhr
am grünen Haus vorbei und hielt hinter einem
Fahrradschuppen am Rand der Siedlung. Sie
hängte sich die Tasche über die Schulter und ging
raschen Schrittes zwischen den Häusern hindurch;
sie versuchte, zielstrebig und zufrieden auszuse-
hen, so, als habe sie in ihrer umfangreichen Schultertasche eine frohe Botschaft. Dabei prägte sie

sich die Details ein, die Fahrradständer, den kleinen Spielplatz mit Wippe und Sandkasten, die Wäschepfähle und die Hecken mit den Resten von gelben Blüten. Hier und dort lag auf den winzigen Grünflächen ein verfärbtes Plastikspielzeug herum. Eva steuerte auf das grüne Haus zu und ging zum ersten Eingang. Sie würde die Blonde wiedererkennen, dieses schmächtige Wesen mit der affigen Körpersprache. Eva starrte die Klingelleiste an, sie entschied sich für den obersten Knopf, neben dem Helland stand, aber sie mußte erst einmal Mut fassen. Sie versuchte, durch die Tür ins Haus zu sehen, aber das Türfenster war aus Drahtglas, und das machte die Durchsicht unmöglich. Sie konnte auch nichts hören, deshalb fuhr sie heftig zusammen, als sich die Tür plötzlich öffnete und ein Mann ihr ins Gesicht starrte. Es war nicht Elmer. In jedem Treppenhaus gab es nur zwei Wohnungen, deshalb nickte sie kurz und trat beiseite, um ihn vorbeizulassen. Er machte ein mißtrauisches Gesicht. Rasch sah sie wieder auf die Klingelleiste.

»Helland?« fragte sie schnell.

»Ja, das bin ich.«

»Ach, dann habe ich Sie verwechselt, ich muß zu Einarsson.«

Der Mann blickte sich noch einmal nach ihr um, dann verschwand er in der Garage, und Eva schlüpfte wie eine Diebin durch die Tür ins Haus.

Das Namensschild war aus Porzellan, und es war auf ziemlich amateurhafte Weise bemalt, eine Mutter und ein Vater und ein Kind, und unter jeder Gestalt stand ein Name, Jorun, Egil und Jan Henry.

Eva nickte langsam und schlich sich wieder aus dem Haus. Egil Einarsson, Rosenkrantzgate 16, dachte sie – ich weiß, wer du bist und was du getan hast. Und bald werde ich es dir erzählen.

Sie war wieder zu Hause, und sie dachte scharf nach.

Alle anderen Aufgaben wurden beiseite geschoben, alle Skrupel platzten wie kleine Blasen, wenn sie die Oberfläche ihres Bewußtseins erreichten, alles Entsetzen hatte sich in Tatkraft verwandelt. Vor ihrem inneren Auge sah sie den unseligen Busfahrer, vielleicht ein wenig zu dick, mit schütteren Haaren, so stellte sie ihn sich vor, jetzt saß er in irgendeinem Verhörzimmer, trank Pulverkaffee und rauchte so viele Zigaretten wie nötig, und das waren sicher viele. Bestimmt schmeckten sie ihm nicht mehr, aber immerhin waren seine Finger beschäftigt, wo sollte er sonst damit hin, wo er doch von allen Seiten von uniformierten Polizisten umgeben war, die seine Hände anstarrten, als habe er Maja mit eben diesen Händen umgebracht. Natürlich würden sie mit ihm eine DNA-Analyse durchführen, aber das würde einige Zeit dauern, vielleicht sogar Wochen, und auch wenn er an dem Abend nicht mit Maja geschlafen hatte, hatte er sie ja vielleicht doch umgebracht, dachten sie. Natürlich blieben sie human, obwohl es sich um einen Mord handelte, das gemeinste, grausamste aller Verbrechen. Und doch konnte sie sich problemlos irgendeinen Rohling mit stechendem Blick vorstellen, der dem Busfahrer jeden Rest von Sicherheit und Würde nahm. Vielleicht konnte sich Sejer bei all seiner stummen Geduld in einen solchen Albtraum verwandeln. Unmöglich war das nicht. Und irgendwo saß vielleicht eine jammernde Ehefrau, die vor Angst fast den Verstand verlor. Im Grunde, dachte Eva, dürfen wir uns allesamt nicht sicher fühlen.

Sie suchte aus einem Schrank, den sie normalerweise nicht benutzte, einige Kleidungsstücke heraus. Eine alte Hose mit Taschen auf den Oberschenkeln, aus einer Verkaufsstelle für alte Militärartikel. Die Hose war dick und steif und unbequem und paßte nicht zu Eva, und deshalb war sie jetzt gerade richtig. Sie mußte aus sich heraus, dann würde ihr alles leichter fallen. Ein schwarzer Rollkragenpullover und weiße Gummistiefel waren jetzt ebenfalls richtig. Dann setzte sie sich mit Block und Bleistift an den Eßtisch. Sie kaute auf dem Bleistift herum, mochte den Geschmack von porösem Holz und weichem Graphit, sie leckte auch gern vorsichtig an ihren Pinseln, wenn sie die in Terpentin ausgespült hatte. Sie hatte das niemals irgendwem erzählt, es war ein heimliches Laster. Nach drei Versuchen war sie zufrieden mit ihrem Text. Er war kurz und schlicht, ohne Schnickschnack, er konnte durchaus von einem Mann geschrieben worden sein, fand sie, und sie freute sich über ihre eigene Tatkraft. Die war etwas Neues, eine neue Kraft, die sie vorwärts trieb, und das hatte sie lange nicht mehr erlebt, sie hatte sich dahin geschleppt und die Füße hinter sich hergezogen, nichts hatte sie angeschoben, nichts gezogen. Jetzt legte sie ein gutes Tempo vor. Das hätte Maja gefallen.

»BIETE EINEN GUTEN PREIS FÜR DEN WAGEN, FALLS SIE VERKAUFEN WOLLEN.«

Mehr nicht. Und dann eine Unterschrift. Dabei zögerte sie kurz, ihr eigener Name durfte nicht erwähnt werden, aber ein anderer fiel ihr nicht ein. Was sie auch versuchte, alle Namen sahen blöd aus. Schließlich ergab sich alles von selber. Sie gab einen echten Namen an, den er nun wirklich nicht kannte, und eine echte Telefonnummer, die nun wirklich nicht ihre war. Nach neunzehn Uhr. So, das war erledigt. Sie verzichtete auf Handtasche und Mantel, zog stattdessen eine alte Daunenjacke an und steckte den Zettel in die Tasche. Dann suchte sie sich ein Gummi und band sich einen Pferdeschwanz. Als sie sich im Flurspiegel musterte, sah sie einen fremden Menschen mit abstehenden Ohren. Sie sah aus wie eine zu groß geratene Göre. Das machte aber nichts, sie war nicht sonderlich eitel. Das Wichtigste war, daß sie nicht erkannt werden konnte. Schließlich ging sie in den Keller, suchte eine Weile bei der Hobelbank und fand in einer alten Angeltasche, die Jostein zurückgelassen hatte, ein Messer. Das Messer paßte gerade in eine der Oberschenkeltaschen ihrer Hose, es war lang und schmal. Nur eine kleine Sicherheitsmaßnahme einer einsamen Frau. Zur Abschreckung und Warnung, falls Egil Einarsson irgendwelchen Ärger machte.

Sie parkte ein gutes Stück vom Schwimmbad entfernt. Der Parkplatzwächter war nicht zu sehen, vermutlich mußte er auch noch andere Bereiche überwachen, dachte sie. Vielleicht schlich er in Personalgarderoben und Toiletten herum, vielleicht behielt er das Bier- und Mineralwasserlager im

Auge. Sicher wurde dort geklaut, wie an allen Arbeitsplätzen. Eva überquerte die Straße und zwängte sich an der Schranke vorbei. Wieder staunte sie über die vielen weißen Autos, und sie suchte das von Einarsson automatisch an derselben Stelle wie beim ersten Mal, aber dort stand es nicht. Die beunruhigende Überlegung, daß er vielleicht an diesem Tag nicht zur Arbeit gekommen sei, daß er endlich einen Zusammenbruch erlitten habe oder sich verstecke, stellte sich ein und bedrohte ihre Gelassenheit. Aber sie suchte weiter die Reihen der parkenden Autos ab. Vielleicht wußte er schon von dem Taxifahrer und fühlte sich sicherer denn je. Ein Renault, wie war soviel Dummheit bloß möglich! Ab und zu schaute sie sich hastig um, konnte aber keinen Menschen entdecken. Schnell wie eine Spinne huschte sie auf den Parkplatz und fand schließlich den Opel. An diesem Tag stand er schräg im vorgezeichneten Feld, Einarsson schien es eilig gehabt zu haben. Das wird sich noch verschlimmern, murmelte sie vor sich hin. Sie fischte den Zettel aus der Jackentasche, faltete ihn auseinander und steckte ihn unter den Scheibenwischer. Blieb ein paar Sekunden stehen und bewunderte den Wagen, für den Fall, daß jemand sie aus irgendeinem Fenster beobachtete. Dann ging sie wieder zu ihrem Auto und fuhr durch die Hauptstraße der Stadt. Sie hatte das Gefühl, ohne vorheriges Training zu einem Marathonlauf angetreten zu sein, aber sie fühlte sich angeregt und ausgeruht und fest entschlossen zur Durchführung ihres Vorhabens. Diesen Tag würde sie nie vergessen. Der Himmel war leicht bedeckt, ein frischer Wind wehte, es war Montag, der 5. Oktober.

Etwa jede Viertelstunde schaute sie auf die Uhr.

Als es langsam auf sechs Uhr zuging, setzte sie sich ins Auto und legte die fünfundzwanzig Kilometer zu ihrem Vater zurück. Er hatte das Auto schon von weitem gesehen und erwartete sie auf der Treppe. Er runzelte die Stirn. Eva war wirklich seltsam angezogen, so, als ob sie zu einer Waldwanderung aufbrechen wollte, oder zu noch Schlimmerem. Er schüttelte den Kopf.

»Hast du einen Einbruch vor?«

»Ja, eigentlich schon. Du kannst vielleicht fahren?«

»Du hast deine Brieftasche vergessen«, teilte er mit.

»Das weiß ich, deshalb komme ich ja.«

Sie streichelte seine Wange, ging ins Haus und warf einen raschen Blick auf die Tür zum Arbeitszimmer, in dem sein Telefon stand. Die Tür war angelehnt. Das Telefon klingelte fast nie. Eva blickte wieder auf die Uhr, überlegte, daß er vielleicht überhaupt nicht anrufen werde, oder vielleicht erst ganz spät am Abend. Aber sie kannte sich mit Männern und deren Autos aus. Mit ihren Autos protzen, über Straßenlage und Konstruktion diskutieren, über PS, Bremswirkung und die deutsche Gründlichkeit, und dabei wie kleine Bengels sabbern und fachmännisch nicken, eine größere Freude gab es für Männer nun einmal nicht. Ihr erster Eindruck würde sich bestimmt bestätigen. Das Auto war ihm wichtig. Frau und Kind kamen erst an zweiter Stelle. Es stand durchaus nicht fest, daß er verkaufen wollte, aber das war ja auch egal. Wenn er hörte, daß er es mit einer Frau zu tun

316

hatte, würde er noch neugieriger werden. Er, ein Hurenkunde und ein Betrüger, der seinen Lohn ausgab, um sich bei einer anderen Befriedigung zu kaufen, wo er doch verheiratet war und ein Kind hatte. Ein schlechter Charakter. Eine miese Karte. Vielleicht ein wenig alkoholisiert und auf jeden Fall psychisch labil. Ein richtiger Arsch, ein …

»Wieso bist du so rot im Gesicht?«

Sie fuhr hoch und riß sich zusammen.

»Ich hab' soviel im Kopf, im Moment.«

»Ach, was du nicht sagst. Hast du was von Emma gehört?«

»Die kommt sicher bald. Hältst du mich für eine Rabenmutter?«

Ihr Vater räusperte sich.

»Du machst deine Sache sicher ziemlich gut. Du gibst dir alle Mühe. Eigentlich ist doch niemand gut genug, jedenfalls nicht für Emma.«

Er humpelte hinter ihr her zur Küche.

»Du kümmerst dich um meine Tochter wahrlich mehr als früher um mich.«

»Natürlich. Warte nur, bis du Großmutter bist. Das ist eine Art zweiter Chance, verstehst du, du kannst bessere Arbeit leisten als beim ersten Mal.«

»Für mich warst du gut genug.«

»Trotz des Umzugs?«

Sie drehte sich mit dem Kaffee in der Hand zu ihm um.

»Aber sicher.«

»Ich dachte, du hättest mir das noch nicht verziehen.«

»Nein, vielleicht nicht. Aber du hast sicher auch eine Fehlerquote, wie alle anderen.«

»Nein, mir geht es um deine Freundin, daß du deine beste Freundin verloren hast – das war sicher hart. Wie hieß sie doch noch gleich?«

Seine Stimme klang ganz unschuldig.

»Äh – May Britt.«

»May Britt? Hieß sie wirklich May Britt?«

Eva schüttete Kaffee in den Filter und hielt den Atem an. Zum Glück war er jetzt ein alter Mann, der sich nicht mehr so gut erinnerte. Aber sie fühlte sich mies. Die Lügen flogen ihr leicht wie Insekten aus dem Mund.

»Und Emma fehlt dir auch, deshalb rennst du mir plötzlich die Bude ein. Wenn sie zuviel bei Jostein ist, mußt du ihn finanziell unterstützen, ist dir das klar?«

»Das würde er doch nie verlangen. Sei nicht ungerecht.«

»Ich meine nur, daß du aufpassen sollst. Seine neue Frau, wie gut kennst du die eigentlich?«

»Überhaupt nicht. Sie interessiert mich nicht. Aber sie ist blond, weißt du, und hat einen großen Busen.«

»Nimm dich in acht, vielleicht kommt sie auf dumme Ideen!«

»Papa!«

Eva fuhr herum und stöhnte.

»Jetzt mach mir doch nicht noch mehr Sorgen, ich habe ohnehin schon genug.«

Er senkte beschämt den Blick.

»Verzeihung. Ich versuche nur, herauszufinden, was in dich gefahren ist.«

»Danke, aber ich habe noch immer das Steuer in der Hand, wirklich. Setz dich. Du solltest die Beine hochlegen, du vernachlässigst dich, so ist das nämlich. Benutzt du die Heizdecke, die ich dir gekauft habe?«

»Ich vergesse immer, den Stecker einzustöpseln. Ich bin ein alter Mann, ich kann mir nicht alles merken. Und ich habe immer Angst vor einem Kurzschluß.«

»Dann müssen wir eine Zeitschaltung besorgen.«

»Hast du geerbt?«

Totenstille folgte. Die ersten Tropfen glühendheißen Wassers landeten im Filter, und Kaffeeduft strömte durch die Küche.

»Nein«, sagte Eva leise. »Aber ich will mir vom Geldmangel nicht länger mein Leben verderben lassen.«

»Ach, du druckst dein Geld jetzt selber! Das habe ich mir doch gedacht.«

Zufrieden ließ er sich auf einen Stuhl sinken. »Ich möchte dazu eine Tia Maria.«

»Das weiß ich.«

»Das weißt du also? Daß heute der 5. Oktober ist?«

»Ja. Dieses Datum vergesse ich nie, und ich werde es auch in Zukunft nie vergessen. Du trinkst für Mama eine Tia Maria, weil sie dich darum gebeten hat.«

»Du kannst beim Einschenken ruhig ein bißchen großzügig sein.«

»Das bin ich immer, ich kenne dich doch.«

Er bekam seinen Likör, sie tranken Kaffee und schauten aus dem Fenster. Es machte ihnen nichts aus, gemeinsam zu schweigen, das taten sie oft. Jetzt sahen sie zur Scheune der Nachbarn hinüber, zum Ahornbaum, der blutrot und gelb war, und sie entdeckten, daß sich auf einer Seite die Rinde löste.

»Jetzt werden sie den Baum bald umhauen«, sagte der Vater leise. »Sieh mal. Auf dieser Seite hat er fast keine Zweige mehr.«

»Aber er ist doch trotzdem ein schöner Baum. Ohne ihn wird der Hof sehr nackt aussehen.«

»Aber er ist krank, weißt du. Dieser Baum ist einfach nicht mehr zu retten.«

»Sollen denn alle großen Bäume abgehackt werden, bloß, weil sie nicht mehr perfekt sind?«

»Nein. Weil sie krank sind. Er hat schon einen neuen gepflanzt, dahinten, links.«

»Diesen kleinen Stummel?«

»So fangen sie eben an. Der wird schon noch größer, aber das dauert eben seine vierzig, fünfzig Jahre.«

Eva schlürfte ihren Kaffee und schaute verstohlen auf die Uhr. Jetzt war er sicher schon seit langem zu Hause, er hatte ihren Zettel gelesen, hatte vielleicht mit seiner Frau überlegt, ob sie verkaufen sollten. Oder nein, das hatte er nicht, er entschied selber. Aber vielleicht hatte er einen Kumpel angerufen und sich erkundigt, was er für einen guterhaltenen Manta verlangen könnte. Sie hoffte, daß er sie nicht fragen würde. Sie hatte schließlich keine Ahnung. Sie könnte höchstens antworten, sie müsse sich selber noch kundig machen. Vielleicht wusch er jetzt ja gerade sein Auto, oder er war mit dem Staubsauger am Werk. Oder vielleicht hatte er ihren Zettel gelesen, verächtlich geschnaubt und ihn weggeworfen, oder vielleicht hatte der Wind das Papier weggeweht, und Einarsson hatte es nie gesehen. Jetzt saß er wohl mit einem Bier vor dem

Fernseher und hatte die Füße auf den Tisch gelegt. Während seine Frau um ihn herumwuselte und den Kleinen ermahnte, leise zu sein, zumindest, bis Papa die Nachrichten gesehen hatte. Oder vielleicht war er zum Bowling mit seiner Clique in die Stadt gefahren. Das alles überlegte sie sich und schlürfte dabei weiter ihren Kaffee, es gab tausend Gründe, warum er vielleicht nicht anrief. Aber es gab auch einen Grund für seinen Anruf: Geld. Es würde sich zeigen, ob er so gierig war wie sie selber, und davon war sie eigentlich überzeugt. Außerdem bestand für ihn die Möglichkeit, etwas loszuwerden, das immerhin mit dem Mord in Verbindung gebracht werden konnte. Sie führte gerade die Tasse an die Lippen und betrachtete den kranken Baum vor dem Haus, als es plötzlich klingelte. Der Kaffee schwappte ihr übers Kinn, als sie aufsprang.

»Was ist los?«

Ihr Vater sah sie überrascht an.

»Dein Telefon klingelt, ich gehe ran.«

Sie lief ins Arbeitszimmer. Schloß vorsichtig hinter sich die Tür und mußte sich erst ein wenig beruhigen, ehe sie mit zitternden Händen den Hörer abnehmen konnte. Es stand ja nicht fest, daß er es war. Vielleicht war die Haushaltshilfe krank geworden. Oder vielleicht war es Emma, oder jemand hatte sich verwählt.

»Liland«, sagte sie leise.

Einen Moment lang war alles still. Seine Stimme klang unsicher, er schien zu befürchten, er werde zum Narren gehalten. Oder vielleicht witterte er auch Gefahr.

»Ja, es geht um einen Opel Manta. Ich würde gern mit jemandem namens Liland sprechen.«

»Ja, das bin ich.«

Einen Augenblick lang war sie davon überwältigt, daß sie seine Stimme hörte. »Sie sind also interessiert?«

»Das gilt ja wohl eher für Sie. Aber ich hatte einen Mann erwartet.«

»Spielt das eine Rolle?«

»Nein, natürlich nicht. Wenn Sie wissen, worum es hier geht.«

»Ach, du meine Güte.« Sie lachte kurz. »Es geht hier ja wohl um Geld, oder nicht? Das meiste kann man kaufen, wenn man nur genug bietet.«

Sie versuchte es mit einem kessen Tonfall. Und das fiel ihr leicht.

»Das schon, aber der Preis muß wirklich gut sein.«

»Ist er, wenn der Wagen so gut in Schuß ist, wie es aussieht.«

Ihr Herz machte unter ihrem Pullover einen wilden Sprung. Der Mann klang irgendwie sauer, sie spürte, daß sie ihn nicht leiden mochte.

»Der Wagen ist prima. Nur das Öl leckt ein ganz klein wenig.«

»Na, das läßt sich wohl reparieren. Ich kann ihn mir also ansehen?«

»Ja, sicher, heute abend noch, wenn Sie wollen. Ich hab' ihn gerade saubergemacht und ein bißchen aufgeräumt. Aber Sie müssen ja auch eine Probefahrt machen.«

»Ja, sonst würde ich ihn wirklich nicht kaufen.«

»Es steht auch noch nicht fest, ob ich verkaufe.«

Beide schwiegen, und sie horchte auf die Feindschaft, die zwischen ihnen in der Leitung knisterte, ohne zu begreifen, woher die stammte. Es war so, als haßten sie einander schon sehr lange.

»Jetzt ist es zehn nach sieben. Ich muß noch etwas erledigen, aber könnten Sie in die Stadt kommen – sagen wir, um halb zehn? Wohnen Sie übrigens in der Stadt?«

»Ja«, antwortete sie kurz.

»Sagen wir – beim Busbahnhof?«

»Von mir aus gern. Um halb zehn. Ich sehe Sie, wenn Sie kommen, ich stehe beim Kiosk.«

Er legte auf, und sie hörte eine Weile dem Freizeichen zu. Der Vater rief aus der Küche. Sie starrte den Hörer an und wunderte sich darüber, wie unberührt der Mann gewesen war. Als sei nichts geschehen. Für ihn war die Sache offenbar erledigt. Er hatte sie hinter sich. Jetzt ging es ihm ums Geld. Aber so war es ihr ja auch gegangen. Ihr schauderte, und sie ging wieder in die Küche und ließ sich auf ihren Stuhl sinken. Jetzt geschah alles fast zu schnell, sie mußte nachdenken, aber ihr Herz hämmerte los, und sie spürte, daß sie mehr Farbe in den Wangen hatte als sonst.

»Ja?« fragte ihr Vater gespannt.

»Da hatte sich jemand verwählt.«

»Ach? Ihr habt aber lange gebraucht, um das herauszufinden!«

»Der war einfach redselig. Sympathischer Typ. Fragte, ob ich sein Auto kaufen wollte.«

»So. Das überläßt du besser anderen, finde ich. Wenn du ein neues Auto brauchst, dann solltest du Jostein um Rat fragen.«

»Ich werde daran denken.«

Sie goß sich neuen Kaffee ein und betrachtete

wieder den Ahornbaum. Die Risse in der Rinde sahen wirklich nicht schön aus. Im Grunde sahen sie aus wie große, eiternde Wunden.

Sie wartete im Dunkeln. Jetzt wehte keine sanfte Brise mehr, der Wind kam in unberechenbaren Stößen über das Dach des Busbahnhofes, und ihr Pferdeschwanz schlug ihr um die Ohren, die jetzt eiskalt waren, weil sie nicht wie sonst von ihren offenen Haaren gewärmt wurden. Ihre Gedanken schweiften wild umher, sie dachte an damals, als sie noch Kinder waren. Sie sah Maja plötzlich ganz deutlich vor sich, ein Bild aus einem Sommer, vielleicht waren sie damals elf gewesen. Maja trug ihren amerikanischen Badeanzug, auf den sie so stolz gewesen war. Ihr Onkel hatte ihr den gekauft, der Onkel, der auf Walfang fuhr und immer spannende Geschenke mitbrachte. Ab und zu bekam auch Eva etwas ab. Schokolade und Kaugummi aus den USA. Der Badeanzug war knallrot und auf witzige Weise gekräuselt. Gummibänder zogen sich quer durch den Stoff, der sich deshalb zu winzigkleinen Hubbeln zusammenzog. Keine andere hatte so einen Badeanzug. Wenn Maja aus dem Wasser kam, füllten die Hubbel sich mit Wasser, und dann sah sie aus wie eine riesige Himbeere. Dieses Bild sah Eva jetzt vor sich, Maja, die aus dem Wasser kommt, es tropft nach unten und strömt über ihre Beine, ihre Haare sehen noch schwärzer aus, weil sie naß sind, und sie hat den schönsten Badeanzug am ganzen Strand. Wieder und wieder kommt Maja aus dem Wasser. Sie lächelt breit und zeigt dabei weiße Zähne, denn sie weiß nichts über die Zukunft und darüber, wie alles enden wird.

Das Geld lag jetzt sicher im Keller ihres Vaters. Eva hatte den Eimer in eine Ecke geworfen, und dort sah er so wertlos aus wie im Schuppen von Majas Ferienhaus. Ihr Vater ging nie in den Keller, die steile Treppe machte ihm zu große Probleme. Und auch sonst kam dort nie jemand hin, falls die Haushaltshilfe dort unten nichts suchte, aber warum sollte sie? Keller und Dachboden brauchte sie nicht aufzuräumen, das stand in den Dienstvorschriften.

Der Busbahnhof war das häßlichste Gebäude, das Eva je gesehen hatte, ein grauer, länglicher Kasten aus Beton mit leeren Fenstern. Ihr Wagen stand auf der Rückseite, bei der Eisenbahnlinie, jetzt lehnte sie am Kiosk und blickte zur Brücke hoch, über die er kommen mußte. Er würde nach rechts abbiegen, hinter der Bank verschwinden und gleich darauf vor dem Kiosk halten. Er würde nicht aussteigen, um sie zu begrüßen, dazu war er nicht der Typ, er würde im Auto sitzenbleiben und Eva aus zusammengekniffenen Augen betrachten, vielleicht kurz nicken, eine Art Signal, daß sie einsteigen solle. Sie würde ziemlich dicht neben ihm sitzen müssen, nur durch die Gangschaltung von ihm getrennt. In einem Auto sitzt man ziemlich eng, dachte sie, so eng, daß ich seinen Geruch wahrnehmen werde, und seine Stimme wird gleich neben meinem linken Ohr zu hören sein. Seine schroffe, unfreundliche Stimme. Sie räusperte sich nervös und formulierte eine einleitende Bemerkung. Vielleicht eine, bei der ihm das Blut in den Adern gefrieren würde? Sie verwarf diese Idee wieder und starrte die Autos an, die in gleichmäßigem Tempo über die Brücke fuhren. Sie konnten nicht schnell genug die windige Stadt hinter sich lassen. Alle hatten ein Ziel, niemand fuhr einfach aus Lust und Laune durch die Gegend, nicht an so einem Abend. Die Busse brummten freundlich vor den Garagen, und die Leute flüchteten sich ins Licht und in die Wärme. Diese roten Busse mochte Eva gern. Die soliden Fahrer, die sich über ihre Lenkräder beugten, und die träge nickten, wenn jemand eine Fahrkarte bezahlte, die Gesichter hinter den Fenstern, herbstlich bleich, mit Augen, die starrten und doch nichts sahen. In einem Bus war man im Niemandsland, den eigenen Gedanken preisgegeben, man saß einfach nur da in der Wärme und folgte den Bewegungen des Fahrzeuges. Plötzlich hätte Eva gern an einem der Fenster gesessen, wäre durch die Stadt gefahren und hätte zugesehen, wie alle ihre eigenen Türen fanden, ihre eigene vertraute Höhle. Statt dessen stand sie hier und fror, rieb sich die kalten Hände in den allzu dünnen Handschuhen, und wartete auf einen Mörder. Als er plötzlich um die Ecke bog, stieß Eva alle Luft aus. Von diesem Moment an atmete sie in einem ganz besonderen Rhythmus, der sich von nichts mehr beeinflussen ließ, sie hatte das Gefühl, in einer eisernen Lunge zu stecken. Sie mußte sich konzentrieren, durfte sich nicht ablenken lassen, durfte sich nicht versprechen, mußte sich vorsichtig vorwärts tasten. Nun fuhr er langsamer, jetzt ging der Motor im Leerlauf, und der Mann beugte sich zum Seitenfenster vor. Er sah dämlich und ein wenig skeptisch aus. Sie öffnete die Tür und stieg ein. Er umklammerte den Schalthebel, mit einem

Trotz, als sei der ein Spielzeug, das er mit niemandem teilen wollte. Eva erschien das wie eine Warnung. Der Mann nickte kurz.

Sie griff nach dem Sicherheitsgurt.

»Fahren Sie zuerst eine Runde, danach probiere ich es dann mal.«

Er gab keine Antwort, sondern schaltete und fuhr quer über die auf dem Boden markierten Busfelder. Sie spürte, daß er auf irgend etwas wartete, vielleicht sollte sie zuerst etwas sagen, schließlich hatte sie die Initiative ergriffen.

Ich bin nicht feige, verdammt noch mal, dachte Eva.

»Haben Sie keine Angst, wenn Sie am Straßenrand Fremde auflesen?« fragte sie mit süßer Stimme.

Es war 21.40, am 5. Oktober, und Evas Vorstrafenregister war weiß wie Schnee.

Seine Hand ruhte träge auf dem Lenkrad, und er ließ den Schalthebel nicht los, diesen kurzen, sportlichen Schalthebel in seiner rechten Hand. Und die starrte sie an. Die kurze breite Hand mit den dicken Fingern. Sie war glatt, unbehaart, die linke Hand, die das Lenkrad hielt, war schlaff, die andere, die am Schalthebel, eine bleiche Kralle. Diese Hände sahen aus wie Bilder in Emmas Büchern, wie blinde und farblose Unterwassertiere. Die Oberschenkel des Mannes waren kurz, sie drohten, die Jeans zum Bersten zu bringen, die kurze Lederjacke stand offen, sein Bauch hervor. Er hätte im fünften Monat sein können.

»Und jetzt wollen Sie einen Manta?« fragte er und rutschte auf dem Sitz hin und her.

»Ich bin ein bißchen sentimental«, sagte sie kurz. »Ich hatte mal einen, aber den mußte ich verkaufen. Und das tut mir heute noch leid.«

Ich sitze neben ihm, dachte sie verwundert, und ich rede, als sei nichts passiert.

»Und was fahren Sie jetzt?«

»Einen alten Ascona«, sie lächelte. »Und das ist wirklich nicht dasselbe.«

»Nein, Himmel.«

Sie fuhren jetzt über die Brücke, dann bog er nach links ab.

»Fahren Sie in Richtung Wasserfall«, sagte sie, »da gibt es einige brauchbare Hänge, an denen wir ein bißchen schneller fahren können.«

»Ach? Voll aufs Gas, oder was?«

Er wieherte und rutschte wieder hin und her, es war eine kindische Angewohnheit, die ihn unintelligent wirken ließ, primitiv, genau wie in ihrer Erinnerung. Sie kam sich neben ihm alt vor, aber vermutlich war das Unsinn, er konnte höchstens zwei Jahre jünger sein. Sein Bierbauch folgte seinen Bewegungen nicht, er wirkte steinhart. Bei jeder Straßenlaterne wurde sein blasses Gesicht angestrahlt. Ein blasses Gesicht ohne Charakter und fast ganz ohne Mimik.

»Ich fahre zum Flugplatz, und Sie fahren dann auf dem Rückweg. Das muß doch reichen?«

»Aber sicher.«

Er spreizte die Finger der rechten Hand, um Luft zu seiner verschwitzten Handfläche durchzulassen, und er fuhr immer schneller. Seine runde Gestalt in den engen Kleidern erinnerte sie an eine prallgestopfte Bratwurst. Er war sicher viel stärker als sie selber, auf jeden Fall war er stärker gewesen als Maja. Und er hatte auf ihr gesessen. Sie versuchte, sich vorzustellen, was passiert wäre, wenn Maja schneller gewesen wäre und ihn erstochen hätte, dann hätten sie und Eva mit einer Leiche dagestanden. Es hätte wirklich so kommen können, es war schon seltsam. Das Leben bestand eben nur aus Zufällen.

»Das ist die GSI-Ausgabe, falls Sie das noch nicht wußten.«

»Halten Sie mich für ganz blöd?«

»Nein, nein, ich wollte es bloß erwähnen«, murmelte er. »Die Karre ist jedenfalls alles andere als lahm, das kann ich Ihnen versprechen. In zehn Sekunden von null auf hundert. Läßt sich auf zweihundert hochdrücken, wenn Sie sich das zutrauen. Aber Frauen haben ja einen seltsamen Fahrstil«, sagte er und wackelte, »die lassen den Wagen bestimmen. Sitzen einfach da und lassen sich fahren.«

»Für mich ist das schnell genug. Die Sitze sind gut«, sagte Eva.

»Recarositze.«

»Läßt sich das Dach auf Knopfdruck öffnen?«

»Nein, da müssen Sie kurbeln. Aber das ist viel besser so, die elektrischen gehen zu leicht kaputt. Der Kofferraum faßt vierhundertneunzig Liter und hat Licht. Wenn Sie mit Kinderwagen unterwegs sind oder so.«

»Himmel, was für ein Kompliment. Und verschlingt der Wagen Benzin?«

»Nein, nein, der hier ist ganz normal. Liegt bei null komma sechs. Ein Liter vielleicht, im Stadtverkehr. Damit müssen Sie rechnen.«

»Ich habe den Wagen schon öfter gesehen«, rutschte es aus ihr heraus.

»Ach? Was Sie nicht sagen!«

Jetzt schien er mißtrauisch geworden zu sein.

»Ich mußte erst Geld auftreiben.«

»Fragt sich bloß, ob Sie genug haben.«

»Habe ich.«

»Sie haben nicht nach dem Preis gefragt.«

»Das habe ich auch nicht vor. Ich werde Ihnen ein Angebot machen, und Sie werden zugreifen.«

»Sie hören sich ja an wie ein Mafiaboß.«

»Genau.«

»Eigentlich will ich ja gar nicht verkaufen.«

»Nein, aber Sie sind genauso geldgeil wie alle anderen, und deshalb werden wir uns schon einigen.«

Sie bewegte sich ein wenig. Sie spürte das Messer, das gegen ihren Oberschenkel drückte.

Ich bin verdammt noch mal nicht feige, dachte sie.

»Und Ihr Angebot«, er räusperte sich, »wie hoch ist das denn?«

»Das wüßten Sie wohl gern. Ich will erst mal fahren, Apparaturen und Fahrgestell ausprobieren, und ich will das natürlich auch bei Tageslicht tun. Und ich will zum Technischen Prüfdienst.«

»Wollen Sie nun einen Manta oder wollen Sie keinen?«

»Haben Sie nicht gesagt, Sie wollten nicht verkaufen?«

Schweigen senkte sich über das Autoinnere, es war warm und feucht, und die Fenster beschlugen. Er ließ das Gebläse an, um sie sauberzumachen. Ein letztes Mal drehte Eva sich um und blickte zur

Stadt zurück. Von der neuen Eisenbahnbrücke her, die gerade gebaut wurde, leuchtete die eine oder andere Schweißflamme. Immer weniger Autos waren hier draußen unterwegs, und schließlich endete auch die Straßenbeleuchtung. Auf dem Kreisel bog er nach rechts ab und fuhr dann auf dem Südufer weiter. Der Fluß war hier ruhiger, aber die Strömung war noch immer kräftig. Nach einigen schweigend verbrachten Minuten bog er wieder nach rechts ab. Der Flugplatz lag jetzt auf ihrer linken Seite, und sie glitten langsam über einen unebenen Weg und durch einen kleinen Wald, dann hielten sie in offenem Gelände dicht vor dem Flußufer. Eva fühlte sich unbehaglich. Hier war es ihr zu einsam. Der Motor lief noch immer, er brummte leise und beruhigend, kein Zweifel, der Wagen war sehr gut in Schuß.

»Prima Angelstelle«, sagte der Mann und zog an der Bremse.

»Zweiundneunzigtausend«, sagte Eva rasch, »stimmt das? Sie haben den Zählerstand nicht manipuliert oder so?«

»Nein, verdammt, auch für Ihr Mißtrauen muß es doch Grenzen geben.«

»Mir kommt das nur so wenig vor. Das ist ein typischer Männerwagen, und ihr fahrt doch gern viel. Mein Ascona ist Baujahr 82 und hat hundertsechzig hinter sich.«

»Dann brauchen Sie auf jeden Fall ein neues Auto. Wollen Sie mal vorn reinschauen?«

»Aber es ist doch stockfinster.«

»Ich habe eine Taschenlampe.«

Er drehte den Motor ab und stieg aus. Eva riß sich zusammen und öffnete die Tür, die ihr von einem gewaltigen Windstoß aus der Hand gerissen wurde.

»Scheißwetter!«

»Das nennt sich Herbst.« Er öffnete die Motorhaube.

»Hat heute erst Motorwäsche gekriegt, das muß ich zugeben. Aber sonst hätten Sie ja nichts sehen können.«

Eva trat neben ihn und starrte den glitzernden Motor an.

»Himmel! Das reine Erbsilber.«

»Ja, nicht wahr?«

Er drehte sich um und grinste. Ihm fehlte ein Eckzahn.

»Beim Opel hat alles seine Ordnung. Verdammt gut beim Reparieren.«

»Das kann schon sein, aber das werde ich nicht selber machen.«

»Nein, natürlich nicht. Ich habe noch ein paar Ersatzteile, die gebe ich dazu, falls wir uns einig werden.«

»Und was wollen Sie sich dann zulegen?«

»Weiß nicht so recht, aber ich bin scharf auf einen BMW. Wir werden ja sehen. Warten wir auf Ihr berühmtes Angebot.«

Er bückte sich wieder, und Eva sah seinen Hintern in den engsitzenden Jeans, er hatte einen Hängearsch, und zwischen Gürtel und Lederjacke prangte ein breiter Streifen Haut. Weiß und feucht wie Brotteig.

»Die undichte Stelle, wo Öl tropft, ist wohl hier. Braucht nur eine neue Dichtung. Das kostet vielleicht dreißig, vierzig Kronen. Ich habe sicher zu Hause noch eine.«

Eva schwieg. Sie starrte immer noch seinen Hintern an, die weiße Haut und die hellen Haare. Er hatte am Hinterkopf eine kahle Stelle. Sie vergaß zu antworten. In der Stille hörte sie den Fluß gleichmäßig rauschen. Der arme Fahrer, dachte sie, der sitzt wohl noch immer beim Verhör. Er hat jetzt den Pulverkaffee satt und grämt sich über sein fehlendes Alibi. Man hat eben nicht immer ein Alibi, oder er hat vielleicht eins, das er nicht verwenden will. Vielleicht hat er eine Freundin, und wenn er die erwähnt, dann geht seine Ehe zum Teufel, falls das nicht ohnehin passiert. Und die Nachbarn denken sich ihr Teil, und die Enkel wissen nicht, was sie zu den Rotznasen auf dem Schulhof sagen wollen, wenn die Gerüchte in Umlauf kommen, daß der Großvater vielleicht die Nutte in der Tordenskioldsgate umgebracht hat. Vielleicht hat er auch ein schwaches Herz, vielleicht erleidet er einen Infarkt und stirbt mitten im Verhör. Er ist im passenden Alter, siebenundfünfzig Jahre. Oder vielleicht hat er überhaupt keine Freundin, sondern träumt nur von einer, ist nur ein bißchen durch die Gegend gefahren, um allein zu sein, auf andere Gedanken zu kommen. Hat vielleicht an einer Würstchenbude Pause gemacht, ist am Fluß entlang spaziert und hat frische Luft geschnappt. Und niemand glaubt ihm, denn ein Mann, der Großvater sein könnte, fährt nicht abends ohne Ziel durch die Gegend, entweder ist er ein Sexualverbrecher, oder er hat eine Freundin. Das mit der Würstchenbude kannst du deiner Großmutter erzählen, uns mußt du schon eine bessere Geschichte servieren. Also: Wir fragen dich zum letzten Mal: Wann warst du zuletzt bei Marie Durban?

»Schauen Sie mal. Die Lampe.«

Er hatte sich wieder aufgerichtet und drückte ihr die Taschenlampe in die Hand. Eva leuchtete das Gras an.

»Ich kann die Lampe halten, während Sie sich alles ansehen.«

»Nein«, stammelte sie, »das ist nicht nötig. Der Wagen sieht wirklich gut aus. Ich meine, ich verlasse mich auf Sie. Autokauf ist doch auch eine Vertrauensfrage.«

»Ich finde aber, Sie sollten sich ein bißchen umsehen. Sie müssen sehen, wie gut er in Schuß ist, nicht alle basteln soviel an ihren Autos herum wie ich. Und ich bin erst der zweite Besitzer. Auch sonst hat niemand ihn gefahren, meine Frau hat keinen Führerschein. Ich sage Ihnen also, machen Sie lieber ein gutes Angebot. Und wenn wir den Vertrag gemacht haben, dann müssen Sie alles noch einmal überprüfen, ich will nicht, daß Sie sich nachher über irgendwas beklagen.«

»Ich bin ja auch nicht blöd«, sagte sie mürrisch. »Und was dieses Auto angeht, kann ich mich auf Sie verlassen glaube ich.«

»Darauf können Sie Gift nehmen. Aber Frauen sind nicht immer ganz klar in der Birne, deshalb habe ich das erwähnt. Manchmal haben die noch unangenehme Dinge in der Hinterhand, um das mal so zu sagen.«

Ein Messer, dachte sie.

Er zog die Nase hoch und und fügte hinzu:

»Ich muß nur sicher sein, daß man mit Ihnen Geschäfte machen kann.«

Sie zitterte. Hob die Taschenlampe und leuchtete ihm ins Gesicht.

334

»Das können Sie. Ich bezahle, und ich erhalte die Ware, um die ich gebeten habe. Ist es nicht seltsam, daß sich alles für Geld kaufen läßt?«

»Ich habe noch kein Angebot gehört.«

»Das kommt, wenn wir beim Prüfdienst waren.«

»Ich dachte, Sie verlassen sich auf mich?«

»Nur in Bezug auf diesen Wagen.«

Er schnaufte.

»Was zum Teufel wollen Sie damit sagen?«

»Das können Sie sich ja mal überlegen.«

Der Fluß schäumte auf, rauschte laut und sank wieder in sich zusammen.

Der Mann schüttelte ungläubig den Kopf und beugte sich wieder über den Motor.

»Verdammte alte Kuh«, murmelte er. «Kommt her und zerrt einen unschuldigen Wicht aus der warmen Garage und hinaus in diesen verdammten Sturm und redet dann nur Scheiß!«

»Unschuldig?«

Eva glaubte, den Boden unter den Füßen zu verlieren. Sie verlor ihren Mut, fühlte sich kraftlos und schlaff, sie mußte sich auf den Wagen stützen, sie stand auf der linken Seite, neben der Stange, die die Motorhaube offenhielt.

»Ich meine nur«, brummte er aus der Tiefe des Motors, »Sie wollten doch das Auto haben. Und ich gebe mir alle Mühe, um mich mit Ihnen zu einigen. Deshalb weiß ich wirklich nicht, warum Sie so verdammt sauer sind.«

»Sauer?« fauchte sie. »Das nennen Sie sauer? Ich habe schon Schlimmeres erlebt, ich habe gesehen, wie Leute wegen einer blöden Kleinigkeit komplett ausgerastet sind.«

Er drehte sich um und starrte sie mißtrauisch an.

»Himmel, sind Sie vielleicht schizophren?«

Er beugte sich wieder über den Motor.

Eva keuchte auf und spürte, wie die Wut sie überwältigte, sie empfand das als Erleichterung, die Wut stieg in wildem Tempo in ihr auf, glühendheiß wie ein Lavastrom, wälzte sich durch ihren Bauch, erreichte die Brust und die Arme, und Eva gestikulierte wütend in der Dunkelheit, und dann stieß sie gegen irgend etwas und hörte ein Scharren. Die Stange, die die Motorhaube gestützt hatte, rutschte ab. Der schwere Metalldeckel schloß sich mit einem Dröhnen. Hintern und Beine des Mannes hingen heraus, der Rest war verschwunden.

Eva wich schreiend zurück. Aus der Tiefe hörte sie Gegurgel und einzelne wilde Flüche. Entsetzt starrte Eva die Motorhaube an, die war bestimmt schwer, jetzt hob sie sich ein wenig, dann senkte sie sich und hob sich dann wieder. Evas Herz hämmerte dermaßen, daß er es hören mußte. Jetzt hatte sie seinen Zorn entfacht, genau wie Maja, seine blinde Wut richtete sich jetzt auf Eva, und in wenigen Sekunden würde er sich befreit haben und sich mit seiner ganzen Kraft auf sie stürzen, und deshalb sprang sie vor, tastete nach der Tasche auf ihrem Oberschenkel, steckte die Hand hinein und fand das Messer. Sie riß es aus der Scheide.

»Ja, verdammt!«

Er wollte hoch, wollte sich umdrehen, aber Eva sprang neben das Auto und legte sich mit ihrem ganzen Gewicht über die Motorhaube. Er schrie hohl, wie aus einer Dose heraus: »Was zum Teufel soll das denn nun wieder?«

»Ich kann nicht mehr«, schrie sie. Ihre Stimme brach.

»Sie sind doch total verrückt!«

»Sie sind hier verrückt.«

»Was wollen Sie eigentlich von mir, zum Henker?«

Eva holte Luft und schrie:

»Ich will wissen, warum Maja sterben mußte!«

Schweigen. Er versuchte, sich zu bewegen, konnte sich aber nicht um einen Zentimeter rühren. Sie hörte seinen keuchenden Atem.

»Woher zum Teufel weißt du …«

»Das wüßtest du wohl gern!«

Sie lag noch immer über der Motorhaube, er bewegte sich jetzt nicht mehr, er japste wie ein erschöpfter Hund und preßte sein Gesicht gegen den Motor.

»Ich kann das alles erklären«, würgte er. »Es war ein Unfall!«

»War es nicht!«

»Sie hatte ein Messer, verdammte Pest!«

Plötzlich bewegte er sich so heftig, daß die Motorhaube sich ein wenig öffnete, Eva rutschte ab und landete im Gras, hatte aber noch immer das Messer in der Hand, sie sah seine Fäuste, mit denen er Maja getötet hatte, sah, wie sie sich ballten.

»Das habe ich auch!«

Sie sprang auf und warf sich wieder über die Motorhaube, er sank in sich zusammen, der erste Stich traf ihn in die Seite, das Messer glitt leicht in ihn hinein, wie in frisches Brot. Er steckte unter der Motorhaube wie in einer Falle. Eva zog das Messer heraus, etwas Heißes strömte über ihre

337

Handschuhe, aber er schrie nicht, er stieß nur ein leises, verwundertes Stöhnen aus. Er bewegte sich heftig und konnte einen Arm befreien, aber dann traf ihn der zweite Stich im Kreuz; Eva spürte, daß ihre Klinge auf Widerstand stieß, sie schien einen Knochen getroffen zu haben, sie mußte am Messer rütteln, um es wieder herausziehen zu können, und in diesem Moment ging er in die Knie. Er sank ein Stück nach unten, hing aber noch immer fest, und sie konnte einfach nicht aufhören, denn er bewegte sich noch, und dem mußte sie ein Ende machen, mußte ihn dazu bringen, mit diesem schrecklichen Gestöhne aufzuhören. Schließlich fand sie ihren Rhythmus, sie stach und stach, traf ihn im Rücken und zwischen den Rippen und ab und zu traf sie auch das Auto, die Kühlerattrappe, den Kotflügel, und endlich sah sie, daß er sich nicht mehr bewegte, sondern einfach nur noch im Auto hing, geschlachtet, wie ein Schweinerumpf an einem Haken.

Etwas Rauhes, Kaltes schien über Eva hereinzubrechen. Sie war vornüber gekippt und lag auf dem Bauch im Gras. Der Fluß strömte noch immer vorüber, vollständig unberührt. Alles war still. Voller Verwunderung merkte sie, wie sich in ihrem ganzen Körper eine Lähmung verbreitete, sie konnte keinen einzigen Muskel bewegen, nicht einmal die Finger. Sie hoffte, bald gefunden zu werden. Der Boden war eiskalt und naß, und schon bald fror sie entsetzlich.

Sie hob den Kopf und starrte einen blauweißen hohen Turnschuh an, dann wanderte ihr Blick seine Wade hoch, und sie wunderte sich darüber, daß er nicht zu Boden gefallen war. Es sah blödsinnig aus. Als ob er beim Untersuchen des Motors eingeschlafen sei. Ansonsten war es seltsam, daß nichts passierte. Kein Mensch war herbeigestürzt, keine Sirene heulte. Sie war mit ihm allein, allein in der Dunkelheit.

Niemand hatte sie gesehen. Niemand wußte, wo sie waren, nicht einmal, daß sie zusammen waren.

Sie kam mühsam auf die Beine. Schwankte, merkte, daß sie triefnaß war. Vom Auto bis zum Fluß waren es vielleicht zehn, zwölf Meter, und besonders groß war er nicht, wog vielleicht siebzig Kilo. Sie selber wog sechzig, es müßte also möglich sein. Wenn er ein Stück weggetrieben wurde, ehe ihn jemand fand, in Richtung Stadt, und wenn sie sein Auto wegbrachte, würde niemand wissen, wo er ermordet worden war, und niemand würde die Spuren finden, die sie hier sicher hinterlassen hatte. Sie horchte ein Weilchen, wunderte sich darüber, daß sie so klar denken konnte, und ging zum Auto. Vorsichtig öffnete sie die Motorhaube und sicherte sie wieder. Er hing noch immer daran. Sie mußte ihn jetzt anfassen, seine glatte, blutverklebte Lederjacke. Automatisch versuchte sie, seinen Geruch zu ignorieren, packte seine Schultern und zog an ihm. Er kippte rückwärts und fiel wie ein Sack vor ihre Füße. Sie packte seine Füße. Jetzt lag er auf dem Rücken. Sie beugte sich über ihn, und dann kam ihr die Idee, die Brieftasche aus seiner Jacke zu nehmen. Als ob sie dann länger brauchen würden, um ihn zu identifizieren. Das war doch lachhaft! Sie packte ihn an den Schultern, drehte sich um, schaute zum Wasser hinunter und fing an zu ziehen. Er war schwerer, als sie erwartet hatte, aber das Gras war naß, und sie glitt ruckhaft mit gespreizten Beinen weiter. Sie zog zweimal an ihm und ruhte sich aus, zweimal, dann Ruhe, und langsam näherte sie sich dem Wasser. Dann blieb sie stehen, betrachtete seinen blaßblonden Schädel und machte weiter. Schließlich lag er mit dem Kopf am Wasser. Sie ließ ihn los und setzte vorsichtig einen Fuß in den Fluß. Seichter Boden. Sie machte noch ein paar Schritte, wäre auf den glatten Steinen fast ausgerutscht, konnte aber noch immer waten. Endlich reichte ihr das Wasser über die Stiefel und ergoß sich eiskalt über ihre Füße. Trotzdem machte sie noch ein paar Schritte, bis sie bis über den Knien im Wasser stand, und ging dann wieder an Land. Sie packte ihn und fing an, ihn in die reißende Strömung hinauszuziehen, und schon bald schwamm er, und das Ziehen fiel ihr leichter. Sie ging weiter, bis die Strömung bedrohlich an ihren Oberschenkeln riß, und drehte ihn dann auf den Bauch. Das Wasser wiegte ihn noch einen Moment, dann riß es ihn mit. Die Strömung verhalf ihm zu einem guten Tempo. Sein Hinterkopf war ein heller Fleck im schwarzen Wasser. Eva stand fast bis zu den Hüften im Wasser und starrte ihm hinterher, stand da wie festgewachsen, und plötzlich passierte etwas Seltsames. Sein einer Fuß hob sich, sein Kopf verschwand unter Wasser. Er sah aus wie ein Taucher. Sie hörte durch das gleichmäßige Rauschen hindurch ein leichtes Plätschern, dann war er verschwunden. Sie starrte ihm weiterhin hinter-

her, rechnete mit seinem Auftauchen, aber der
Fluß strömte dahin und verschwand in der Dunkelheit. Langsam watete sie an Land, drehte sich noch
einmal um und starrte wieder in die Richtung, in
der er verschwunden war. Dann ging sie zum Auto.
Schloß vorsichtig die Motorhaube. Suchte Taschenlampe und Brieftasche, öffnete den Kofferraum.
Darin herrschte peinliche Ordnung, sie entdeckte
einen grünen Nylonoverall. Den zog sie an. Sie trug
noch immer Handschuhe, hatte sie die ganze Zeit
angehabt, jetzt setzte sie sich hinter das Lenkrad.
Dann sprang sie wieder aus dem Wagen und
suchte das Gras ab. Fand gleich vor dem Auto die
Scheide und steckte sie in die Tasche. Zwei Autos
fuhren oben auf der Straße vorbei, deshalb schaltete sie die Scheinwerfer noch nicht ein. Als alles
wieder still war, fuhr sie langsam durch das
Wäldchen. Sie drehte die Heizung voll auf und
erreichte die Straße. Ihre Füße waren wie zwei
Klumpen aus totem Fleisch. Vielleicht würden sie
ihn finden, sobald es hell geworden war. Oder vielleicht, überlegte sie, war er irgendwo hängengeblieben und untergegangen. So hatte es ausgesehen. Als ob seine Jacke und vielleicht ein Arm an
etwas festhingen, das vom Flußboden aus aufragte,
zum Beispiel einem Baum, der umgestürzt und in
den Fluß gefallen war, oder etwas anderem, egal
was, und vielleicht blieb er dort liegen und wiegte
sich in der Strömung, bis Wasser und Fische sein
Skelett reingeleckt hatten. Das ist ein gutes Auto,
dachte sie, und hielt auf die Stadt zu. Wenn ihr ein
Auto entgegenkam, hielt sie den Atem an, als könnten die anderen ihr ansehen, was passiert war. Hinter der Brücke fuhr sie auf die Schnellstraße und

fuhr in Richtung Hovland, zur Müllhalde. Dort wollte sie den Wagen abstellen. Sie würden ihn bald finden, vielleicht schon am nächsten Tag, nichts ließ sich für alle Ewigkeit verstecken. Aber dann würden sie die Müllhalde absuchen und Zeit vergeuden, würden den Müll durchkämmen. Und vielleicht nahm der Fluß ihn ja noch weit mit, vielleicht bis zum Meer, und dann trieb er irgendwo in einer anderen Stadt an Land, und dann würde wieder an der falschen Stelle gesucht werden, und die Zeit würde vergehen und sich wie grauer Staub über alles legen.

Sejer erhob sich und trat ans Fenster.

Es war spät in der Nacht. Er hielt Ausschau nach Sternen, konnte aber keine entdecken, der Himmel war zu hell. In dieser Jahreszeit stellte er sich oft vor, daß sie für immer verschwunden waren, weggegangen, um über einem anderen Planeten zu funkeln. Bei dieser Vorstellung wurde er traurig. Ohne Sterne hatte er nicht dieses Gefühl von Sicherheit, das Dach der Welt schien verschwunden zu sein. Der Himmel ging einfach endlos weiter.

Er schüttelte den Kopf über diese Gedanken.

Eva nahm die letzte Zigarette aus der Schachtel, sie wirkte gefaßt, fast erleichtert.

»Wann haben Sie gewußt, daß ich es war?«

Er schüttelte den Kopf.

»Gar nicht. Ich dachte, Sie hätten vielleicht zu zweit gearbeitet, und Sie bekämen Geld dafür, daß Sie den Mund halten. Ich konnte wirklich nicht verstehen, was Sie von Einarsson wollten.« Noch immer starrte er aus dem Fenster.

»Aber jetzt verstehe ich«, murmelte er.

Ihr Gesicht war offen und ruhig, er hatte sie noch nie so gesehen, trotz der geschwollenen Lippe und der Schrammen am Kinn war sie schön.

»Sie fanden vielleicht, daß ich nicht wie eine Mörderin aussehe?«

»So sieht niemand aus.«

Er setzte sich wieder.

»Ich wollte ihn nicht umbringen. Ich habe das Messer mitgenommen, weil ich Angst hatte. Aber das wird mir niemand glauben.«

»Sie müssen uns eine Chance geben.«

»Es war Notwehr«, sagte sie. »Er hätte mich umgebracht. Das wissen Sie.«

Sejer schwieg. Für Eva hatte alles, was gesagt wurde, plötzlich einen ganz fremden Klang.

»Wie sah er aus, dieser Mann, der Sie die Keller-treppe hinuntergezogen hat?«

»Dunkel, ausländisch. Ein bißchen schmächtig, fast dünn, aber er hat Norwegisch gesprochen.«

»Hört sich an wie Cordoba.«

Eva fuhr zusammen: »Was sagen Sie da?«

»Er heißt Cordoba. Majas Mann. Jean Lucas Cordoba. Gar kein schlechter Name, finde ich.«

Eva lachte auf und schlug die Hände vors Ge-sicht. »Doch«, keuchte sie, »man könnte fast heira-ten, nur um sich diesen Namen zu sichern, nicht wahr?«

Sie wischte sich ein paar Tränen ab und zog an ihrer Zigarette. »Maja hatte Besuch von allen mög-lichen Leuten. Auch von Polizisten, wußten Sie das schon?«

343

Sejer konnte nicht dagegen an, wider Willen lächelte er. »Naja, wir sind auch nicht anders als andere. Nicht besser und nicht schlechter. Aber nennen Sie bitte keine Namen.«

»Könnt ihr mich durch die Tür beobachten?« fragte Eva plötzlich.

»Ja, das können wir.«

Sie schniefte und starrte ihre Hände an. Kratzte sich mit einem scharfen Fingernagel Farbe von den Fingern.

Sie hatte nichts mehr zu sagen. Jetzt wartete sie auf ihn, jetzt sollte er alles in Ordnung bringen. Damit sie sich ausruhen und entspannen konnte und nur zu tun brauchte, was ihr gesagt wurde. Genau das wünschte sie sich jetzt nämlich.

Markus Larsgård kämpfte sich unter der Decke auf seinem Sofa hervor. Wenn das irgendwelche Bekannten waren, dann würden sie das Telefon noch oft klingeln lassen. Wenn das jemand war, der wußte, daß er alt und langsam war, daß das Telefon im Arbeitszimmer stand, und daß er auf seinen Beinen voller Wasser das ganze Wohnzimmer durchqueren mußte. Wenn es ein Fremder war, dann würde er nicht rechtzeitig das Telefon erreichen. Aber bei Markus Larsgård riefen nicht viele Fremde an. Ab und zu jemand, der etwas verkaufen wollte, oder der sich verwählt hatte. Ansonsten rief Eva an. Endlich saß er, und noch immer klingelte es, also war es jemand, den er kannte. Ächzend zog er sich an der Tischplatte hoch und packte seinen Stock. Wackelte los und dankte seinem Schicksal, daß sich überhaupt jemand die Mühe machte, anzurufen und ihn mitten in seinem Vormittagsschläfchen zu stören. Er humpelte durch das Zimmer, versuchte, den Stock an den Schreibtisch zu lehnen, schaffte das aber nicht. Der Stock fiel zu Boden. Ein wenig überrascht hörte Larsgård am anderen Ende der Leitung eine fremde Stimme. Ein Anwalt. Es gehe um Eva Marie, sagte der. Ob Larsgård zur Wache kommen könne. *Untersuchungshaft.*

Larsgård tastete nach dem Stuhl und mußte sich setzen. Vielleicht sollte das ein Witz sein, vielleicht war das ein Telefonterrorist, der ihn quälen wollte, er hatte schon in der Zeitung über solche Fälle gelesen. Aber der Mann hörte sich nicht so an, er klang gebildet und fast freundlich. Larsgård hörte zu und gab sich alle Mühe, fragte noch einmal nach, versuchte, zu verstehen, was der Mann ihm da sagen wollte, schaffte das aber nicht. Es war natürlich ein Mißverständnis, und alles würde sich klären. Aber für die arme Eva war es doch ein entsetzliches Erlebnis, eine schreckliche Geschichte. Untersuchungshaft? Er würde sich sofort auf den Weg machen. Sich ein Taxi rufen.

»Nein, wir schicken einen Wagen, bleiben Sie nur so lange ruhig sitzen.«

Larsgård wartete. Er vergaß, den Hörer aufzulegen. Er müßte seinen Mantel finden, ehe der Wagen eintraf, aber im Grunde spielte das keine Rolle. Ob er fror oder nicht. Sie hatten Eva festgenommen und eingesperrt. Vielleicht sollte er lieber etwas für *sie* suchen, vielleicht saß sie in einer kalten Zelle. Dann versuchte er, sich im Zimmer zu orientieren und sich zu erinnern, wo er seine

Sachen aufbewahrte. Die Haushaltshilfe räumte immer auf. Vielleicht sollte er eine Flasche Rotwein mitnehmen. Aber das war vielleicht nicht erlaubt. Und was war mit Geld? In seinem Einmachglas hatte er viel Geld, es schien nie ein Ende zu nehmen, sondern sich viel eher zu vermehren. Er gab auch diesen Gedanken auf, sicher gab es im Gericht überhaupt keinen Kiosk, er war ja einmal dort gewesen, in dem Herbst, als sein Moped gestohlen worden war, und er konnte sich jedenfalls nicht an einen Kiosk erinnern. Und sie saß doch in Untersuchungshaft, dann durfte sie sowieso nicht herumlaufen. Er wollte aufstehen und wieder ins Wohnzimmer gehen, aber seine Beine fühlten sich lahm und schwach an. Das kam vor, daran war er gewöhnt, und jetzt hatte er ja noch dazu einen Schock erlitten. Er würde noch ein wenig sitzen bleiben. Vielleicht sollte er Jostein anrufen. Er machte noch einen Versuch, sank aber wieder zurück, und plötzlich war ihm schwindlig. Das kam oft vor, das lag an Kalkablagerungen in den Nackenadern, die die Blutzufuhr zum Gehirn erschwerten, und das war normal, weil er alt war, es war ganz einfach normal so, unter diesen Umständen. Aber es quälte ihn, vor allem jetzt, weil es einfach nicht aufhören wollte. Die Decke kam ihm entgegen. Auch die Wände rückten zusammen, alles wurde so eng, und langsam wurde es auch dunkel. Eva war wegen Mordes festgenommen worden, und sie hatte gestanden. Er riß sich zusammen und stieß sich vom Stuhl ab. Als letztes spürte er, wie seine spitzen Knie heftig gegen seine Stirn stießen.

Sejer betrachtete durch das Fenster den Fuhr-
park. Das nicht verschließbare Tor, durch das die
Straßenrowdies immer wieder hereinkamen und
Fahrzeuge ramponierten oder Teile daraus stahlen,
die trockenen Grasbüschel am Zaun. Frau Brenningen hatte dort einmal Petunien gepflanzt, jetzt
hatte das Unkraut den Kampf um die Beete gewon-
nen. Im Protokoll konnte er lesen, daß die Untersuchungsgefangene Eva Magnus nicht geschlafen
und Essen und Trinken abgelehnt habe. Das sah
nicht gut aus. Ansonsten machte ihr die Tatsache
arg zu schaffen, daß sie durch die Türklappe beobachtet werden konnte, und daß die ganze Nacht
hindurch das Licht brannte.

Er mußte aufstehen und mit ihr sprechen, aber
er wollte einfach nicht, und deshalb war er erleichtert, als an die Tür geklopft wurde. Ein winziger
Aufschub. Karlsen steckte den Kopf herein.

»Das war ja vielleicht eine Nacht, wie ich gehört
habe.«

Er ließ sich am Tisch nieder und schob einen
Stapel Papiere beiseite.

»Wir haben eine Vermißtenmeldung.«

»Ach!« sagte Sejer. Ein neuer Fall käme ihm jetzt
wie gerufen, konnte ihn daran erinnern, daß er
trotz allem nur seinen Job machte, für den er
bezahlt wurde, und den er um vier Uhr in die
Schublade stecken konnte, jedenfalls, wenn er sich
Mühe gab.

»Ich nehme alles, wenn es nur nicht um ein Kind
geht.«

Karlsen seufzte. Auch er warf einen Blick hinaus
auf die Dienstwagen, wie, um sich davon zu über-

zeugen, daß alle noch vorhanden waren. Sie sahen aus wie alte Cowboys, die im Saloon einen Tisch gefunden hatten und immer wieder nach Pferdedieben Ausschau hielten.

»Hast du übrigens Eva Magnus schon informiert?«

Sejer schüttelte den Kopf. »Ich gebe mir große Mühe, um noch einen Aufschub zu finden.«

»Aber das bringt doch nichts.«

»Nein, aber ich habe Angst davor.«

»Ich kann das für dich übernehmen.«

»Danke, aber das ist meine Aufgabe. Wenn ich meine Arbeit nicht mehr machen kann, kann ich auch gleich in Pension gehen.«

Er sah seinen Kollegen an. »Wer ist denn diesmal nicht nach Hause gekommen?«

Karlsen zog ein Papier aus seiner Uniformtasche und faltete es auseinander. Er las es, zog sich zweimal am Schnurrbart und räusperte sich widerwillig. »Ein sechsjähriges Mädchen, Ragnhild Album. Hat letzte Nacht bei einer Freundin in der Nachbarschaft geschlafen und sollte heute morgen wieder zu Hause sein. Ein Weg von höchstens zehn bis zwölf Minuten. Sie hatte einen rosa Puppenwagen mit einer Puppe, die schreien kann. Und Elise heißt.«

»Elise?«

»Eine Puppe mit Schnuller. Wenn man den rauszieht, fängt sie an zu schreien. Das ist jetzt total in, alle Mädels haben so eine. Aber du hast ja nur einen Enkel, deshalb hast du solche Puppen noch nicht gesehen. Ich wohl. Hören sich an wie echte Säuglinge. Wie irgendwas aus einem Hitchcockfilm. Egal. Im Wagen hatte sie auch ein Nachthemd und eine kleine Tasche mit Zahnbürste und Kamm. Alles ist verschwunden.«

»Vermißt seit …«

»Acht Uhr.«

»Acht?« Sejer schaute auf die Uhr. Es war elf.

»Sie wollte gleich nach dem Aufstehen nach Hause, und die Mutter ihrer Freundin lag noch im Bett. Sie hat gehört, daß die Kinder aufgestanden sind, und daß so gegen acht die Tür ging. Ragnhild war allein unterwegs, es ist ja nicht weit, und dann hat um zehn Uhr Ragnhilds Mutter bei der Mutter der Freundin angerufen, weil Ragnhild nach Hause kommen sollte. Sie wollte mit ihr einkaufen fahren. Und jetzt ist sie spurlos verschwunden.«

»Und wohnt – wo?«

»In Fagerlundsåsen in Lundeby. In der neuen Siedlung. Neu zugezogen.«

Sejer trommelte auf seiner Schreibunterlage herum, einer Weltkarte. Seine Hand bedeckte ganz Südamerika.

»Dann müssen wir hinfahren.«

»Wir haben schon einen Streifenwagen geschickt.«

»Dann spreche ich erst mit Frau Magnus. Dann ist die Sache wenigstens aus der Welt. Ruf die Eltern an und sag, daß wir kommen, nenn aber keine genaue Uhrzeit.«

»Die Mutter. Der Vater ist verreist, sie können ihn nicht erreichen.«

Karlsen schob seinen Stuhl zurück und erhob sich.

»Ach, übrigens, hast du die Strumpfhose für deine Frau gefunden?«

Karlsen stutzte.

»Die Slipeinlagen«, erklärte Sejer.

»Nein, Konrad, ich habe keine Strumpfhose gekauft. Slipeinlagen sind so Dinge, die Frauen sich
an heißen Tagen in die Unterhose legen.«

Er ging, und Sejer nagte an einem Fingernagel
und spürte, wie sich sein Magen vor Nervosität
zusammenkrampfte.

Es gefiel ihm überhaupt nicht, wenn sechsjährige Mädchen nicht erwartungsgemäß nach Hause
kamen. Obwohl er wußte, daß es viele Möglichkeiten gab. Alles, von geschiedenen Vätern, die ihr
Besitzrecht demonstrieren wollten, bis zu heimat-
losen Hündchen, die ein Kind mit nach Hause
nehmen wollte, oder gedankenlosen größeren
Kindern, die mit den Kleinen Ausflüge machten,
ohne Bescheid zu sagen. Ab und zu wurden Kinder
schlafend und Däumchen lutschend in irgendeinem Gebüsch gefunden. Nicht viel Sechsjährige
vielleicht, aber mit Zwei- oder Dreijährigen war
das schon passiert. Manchmal verirrten sie sich
ganz einfach und wuselten Stunde um Stunde
herum. Manchmal brachen sie dann gleich in Tränen aus, und dann kümmerte sich jemand um sie.
Andere verstummten vor Angst und fielen niemandem auf. Um acht Uhr morgens ist es jedenfalls still
auf den Straßen, überlegte er und beruhigte sich.

Er schloß seinen obersten Hemdenknopf und
stand auf. Er griff auch nach seiner Jacke, als ob
der Stoff ihn vor dem schützen konnte, was jetzt be-
vorstand. Dann ging er durch den Flur. Der sah im
Vormittagslicht grünlich aus und erinnerte an das
alte Schwimmbad, das Sejer als Junge besucht hatte.

Die Untersuchungszellen lagen im fünften
Stock. Er nahm den Fahrstuhl und kam sich wie

immer ein wenig idiotisch vor, als er da in der kleinen Schachtel stand, die an den Wänden auf- und abfuhr. Und es ging zu schnell. Alles sollte irgendwie seine Zeit brauchen. Er spürte, daß er zu schnell war. Plötzlich stand er vor der Zellentür. Einen Moment lang versuchte er, den Wunsch, zuerst hineinzuschauen, zu unterdrücken, aber das gelang ihm nicht. Durch das Türfenster konnte er sehen, daß sie in die Decke gehüllt auf der Pritsche saß. Sie starrte aus dem Fenster, durch das ein kleiner grauer Himmelsflecken zu sehen war. Sie fuhr zusammen, als sie das Schloß klirren hörte.

»Ich kann dieses Warten nicht ertragen!« sagte sie.

Er nickte verständnisvoll.

»Jetzt warte ich auf meinen Vater. Sie holen ihn. Der Anwalt hat angerufen, sie holen ihn mit einem Taxi. Ich begreife nicht, warum das so lange dauert, das schaffen sie doch in einer halben Stunde.«

Sejer blieb stehen. Es gab nichts, wo er sich hinsetzen konnte. Sich neben sie auf die Pritsche zu setzen, wäre zu intim gewesen.

»An das Warten werden Sie sich gewöhnen müssen, davon steht Ihnen noch einiges bevor.«

»Ich bin aber nicht daran gewöhnt. Ich bin daran gewöhnt, die ganze Zeit beschäftigt zu sein, ich bin daran gewöhnt, daß der Tag zu wenig Stunden hat, und daß Emma immer quengelt und etwas von mir will. Hier ist es so still«, sagte Eva verzweifelt.

»Lassen Sie sich einen guten Rat geben. Versuchen Sie, nachts zu schlafen. Versuchen Sie, etwas zu essen. Sonst wird es zu hart für Sie.«

»Warum sind Sie gekommen?«

Sie musterte ihn plötzlich mißtrauisch.

»Ich muß Ihnen etwas sagen.«

Er trat etwas näher an sie heran und holte tief Atem.

»Für Ihren Fall und das Urteil ist das vielleicht nicht so wichtig. Aber in anderer Hinsicht kann es schlimm für Sie sein.«

»Ich verstehe wirklich nicht, wovon Sie reden ...«

»Im Laufe der Zeit haben wir von der Gerichtsmedizin etliche Unterlagen erhalten ...«

»Ja?«

»Über Maja Durban und über Egil Einarsson. Es sind nämlich diverse Untersuchungen angestellt worden. Und dabei ist eine für Sie unangenehme Entdeckung gemacht worden.«

»Nun reden Sie doch endlich!«

»Maja Durban wurde dadurch getötet, daß ihr Mörder ihr ein Kissen ins Gesicht drückte.«

»Ja, das habe ich doch gesagt. Ich habe doch alles mit angesehen.«

»Aber zuerst hatten sie Sex. Und diese Tatsache gibt uns physische Anhaltspunkte, um die Identität des Täters zu ermitteln. Und nun ist es so«, er holte wieder tief Atem, »daß dieser Mann nicht mit Einarsson identisch ist.«

Eva starrte ihn an. Ihr Gesicht war ausdruckslos. Dann lächelte sie.

»Es ist so, Eva«, sagte Sejer, »daß Sie den Falschen umgebracht haben.«

Sie schüttelte heftig den Kopf und breitete die Arme aus, sie lächelte noch immer, aber langsam erstarrte das Lächeln dann.

»Entschuldigen Sie – aber bei dem Auto bin ich mir sicher. Wir hatten auch so eins, Jostein und ich.«

»Vergessen Sie bitte bis auf weiteres dieses Auto. Vielleicht haben Sie dabei wirklich recht. Aber dann hat nicht Einarsson darin gesessen.«

Ein plötzlicher Zweifel überkam sie.

»Er hat es doch nie verliehen«, stammelte sie.

»Vielleicht hat er eine Ausnahme gemacht. Oder jemand hat das Auto entwendet.«

»Das kann nicht sein!«

»Wieviel haben Sie eigentlich gesehen? Sie haben durch einen schmalen Türspalt geschaut. Das Zimmer war halbdunkel. Und hatten Sie nicht lange Zeit die Hände vors Gesicht geschlagen?«

»Bitte, gehen Sie«, schluchzte sie.

»Tut mir leid«, sagte er schwach.

»Seit wann wissen Sie das schon?«

»Schon ziemlich lange.«

»Fragen Sie, wo mein Vater bleibt.«

»Der ist bestimmt unterwegs. Versuchen Sie, sich auszuruhen, das werden Sie noch brauchen.«

Er stand noch immer vor ihr und wäre gern weggerannt, riß sich dann aber zusammen.

»An Ihrem Verbrechen ändert das nichts«, sagte er.

»Doch.«

»Vor Gericht ist wichtig, daß Sie geglaubt haben, es sei Einarsson gewesen.«

»Nein! Ihr müßt euch da geirrt haben!«

»Das kommt durchaus vor. Diesmal aber nicht.«

Sie saß lange mit den Händen vor dem Gesicht da, dann sah sie ihn an. »Einmal, mit dreizehn…«

»Ja?«

Sejer wartete.

»Meinen Sie, man kann vor Angst sterben?«

Er zuckte mit den Schultern. »Ich glaube schon. Aber nur, wenn man alt ist und ein schwaches Herz hat. Wieso fragen Sie?«

»Ach, einfach so.«

Sie schwiegen eine Weile. Eva fuhr sich über die Stirn und warf dann einen Blick auf ihr Handgelenk, dann fiel ihr ein, daß ihr die Uhr weggenommen worden war.

»Aber wenn es nicht Einarsson war – wer war es dann?«

»Das werde ich noch feststellen. Möglicherweise war es ein Bekannter von Einarsson.«

»Stellen Sie fest, wo mein Vater bleibt!«

»Das werde ich.«

Er ging zur Tür, öffnete sie und drehte sich um.

»Nehmen Sie es nicht so schwer, daß wir Sie durch das Türfenster beobachten können. Wir wollen uns nur vergewissern, daß es Ihnen gut geht. Wir sind keine Voyeure.«

»Aber mir kommt das so vor.«

»Ziehen Sie sich die Decke über den Kopf. Versuchen Sie, daran zu denken, daß Sie hier nur eine unter vielen sind. Sie sind nichts Besonderes, auch, wenn Sie sich so vorkommen. Ein wirklich interessanter Mensch sind Sie nur draußen, oder etwa nicht?«

»Sie haben gut reden.«

»Ich melde mich.«

Er schloß die Tür und drehte den Schlüssel um.

Das Haus in der Rosenkrantzgate 16 war frisch gestrichen und grüner denn je.

Sejer hielt vor der Garage und wollte gerade aussteigen, als er hinten bei den Wippen Jan Henry entdeckte. Der blieb einen Moment lang sitzen und sah verlegen aus, dann kam er angetrottet.

»Ich dachte, Sie würden nicht mehr kommen.«

»Das habe ich doch versprochen. Wie geht's?«

Jan Henry zuckte mit den schmalen Schultern und schlang die Beine umeinander.

»Ist deine Mutter zu Hause?«

»Sicher.«

»Und hast du jetzt schon richtige Ausflüge gemacht? Mit dem Motorrad?«

»Ja. Aber Ihr Auto gefällt mir besser. Auf dem Motorrad ist es so kalt«, fügte er hinzu.

»Warte hier draußen auf mich, Jan Henry, ich hab' dir was mitgebracht.«

Sejer ging auf die Haustür zu, und der Junge setzte sich wieder auf die Wippe. Jorun Einarsson öffnete, sie trug nur eine Strumpfhose, aber vielleicht hatten auch Strumpfhosen jetzt einen fetzigen neuen Namen, überlegte er, und einen weiten Pullover. Ihre Haare waren bleicher denn je.

»Ach, Sie sind's?«

Er nickte höflich. Sie wich zurück und ließ ihn ins Haus. Er blieb im Wohnzimmer stehen, holte Luft und sah sie mit ernster Miene an.

»Im Moment habe ich nur eine einzige Frage. Ich werde Ihnen diese Frage stellen und dann gleich wieder gehen. Überlegen Sie sich Ihre Antwort gut, sie ist wichtig.«

Die Frau nickte.

»Ich weiß, daß Ihrem Mann sein Auto sehr wichtig war. Daß er daran herumgebastelt und es in jeder Hinsicht gut in Schuß gehalten hat. Und daß er es nur sehr ungern ausgeliehen hat. Stimmt das?«

»Das kann ich Ihnen flüstern. Er hat mit dem Auto richtiggehend gegeizt. Und er ist deshalb bei der Arbeit auch bisweilen angemacht worden.«

»Aber trotzdem – ist es ausnahmsweise doch vorgekommen, daß er es verliehen hat`? Können Sie sich erinnern, ob das passiert ist? Und wenn es nur ein einziges Mal war?«

Sie zögerte. »Doch, vorgekommen ist das schon. Aber sehr selten. Er hat es einem Kumpel gegeben, mit dem er viel zusammen war, einem aus der Brauerei. Der hatte selber kein Auto.«

»Wissen Sie seinen Namen?«

»Äh, ich habe fast Angst davor, hier Namen zu nennen«, sagte sie, als wittere sie eine Gefahr, die sie nicht ganz begriff, »aber ab und zu hat er den Wagen Peddik geliehen. Peter Fredrik.«

»Ahron?«

»Ja.«

Sejer nickte langsam. Wieder betrachtete er das Hochzeitsbild der Einarssons und registrierte die blonden Haare. »Ich komme wieder«, sagte er leise. »Sie müssen mich entschuldigen, aber solche Ermittlungen sind zeitraubend, und wir müssen alles mögliche überprüfen.«

Frau Einarsson nickte und brachte ihn zur Tür. Jan Henry sprang auf und lief ihm entgegen, er schien jetzt nicht mehr zu frieren.

»Das ging aber schnell.«

»Ja«, sagte Sejer nachdenklich. »Jetzt muß ich

ganz schnell einen bestimmten Mann finden. Komm mit zum Auto.«

Er öffnete den Kofferraum und nahm eine Plastiktüte mit dem Aufdruck »Fina« heraus.

»Der Schmieranzug. Ich weiß, der ist zu groß, aber du wächst ja schließlich noch.«

»Oh!«

Jan Henrys Augen wurden feucht. »So viele Taschen! Der paßt doch fast schon, und ich kann die Beine hochkrempeln!«

»Das kannst du.«

»Aber wann kommen Sie wieder her?«

»Schon bald.«

»Ach. Sie haben sicher viel zu tun.«

»Ja, es reicht. Aber manchmal habe ich auch frei. Vielleicht können wir dann wieder eine Runde fahren, wenn du Lust hast?«

Jan Henry gab keine Antwort. Er starrte auf die Straße, wo das Dröhnen eines großen Motorrades die Stille zerriß. Es war eine BMW.

»Da kommt Peddik.«

Jan Henry winkte schlaff. Sejer drehte sich um. Ein Mann im schwarzen Lederanzug hielt bei den Fahrradständern und nahm den Helm ab. Ein blonder Mann mit halblangen Haaren und einem kleinen Pferdeschwanz im Nacken. Er öffnete den Reißverschluß seines Anzuges, und ein beginnender Bierbauch kam zum Vorschein. Im Grunde hatte er durchaus Ähnlichkeit mit Einarsson. Bei trübem Licht würde man vielleicht keinen Unterschied sehen.

Sejer starrte den Mann an, bis der vom Motorradsitz glitt. Dann lächelte er, nickte kurz und fuhr los.

»Wo hast du denn gesteckt?«

Karlsen wartete im Foyer, er hielt schon seit einer Weile nach Sejers Wagen Ausschau, die Uhr tickte, niemand hatte mit der frohen Botschaft angerufen, daß die kleine Ragnhild wohlbehalten wieder zu Hause sei. Sie war noch immer verschwunden. Karlsen war im Streß.

»Bei Jorun Einarsson.«

Sejer wirkte hektisch, was nicht oft vorkam. »Komm mit, ich muß mit dir reden.«

Sie nickten Brenningen zu und wanderten durch den Flur.

»Wir müssen einen Typen zum Verhör holen«, sagte Sejer. »Und zwar sofort. Peter Fredrik Ahron. Der einzige in Einarssons Umgangskreis, dem zuweilen der Manta anvertraut wurde. Allerdings sehr selten. Er arbeitet in der Brauerei und rennt jetzt Jorun die Bude ein. Wir haben schon einmal mit ihm gesprochen, nach Einarssons Verschwinden. Ich bin ihm eben begegnet, vor dem Haus in der Rosenkrantzgate. Und weißt du was? Sie sehen sich ziemlich ähnlich. Bei trübem Licht würdest du keinen Unterschied sehen. Verstehst du?«

»Wo ist er jetzt?«

»Noch immer bei Jorun, hoffe ich. Albums müssen warten, und wir haben ja auch schon Leute hingeschickt. Nimm Skarre mit und hol ihn her, ich warte.«

Karlsen nickte und drehte sich um, blieb dann aber stehen.

»Du, ich soll dir übrigens etwas ausrichten, von Evas Anwalt.«

»Ja?«

»Larsgård ist tot.«

»Was sagst du da?«

»Der Taxifahrer hat ihn gefunden.«

»Weiß sie das schon?«

»Ich habe eine Kollegin zu ihr geschickt.«

Sejer schloß die Augen und schüttelte den Kopf. Er wanderte allein durch den Flur und gab sich alle Mühe, diese Nachricht zu verdauen, er hatte jetzt wirklich nicht die Zeit, um sich genauer zu überlegen, was das für die Untersuchungsgefangene im fünften Stock bedeuten würde. Er schloß die Tür des Verhörszimmers auf, öffnete das Fenster und ließ frische Luft herein. Räumte ein wenig den Schreibtisch auf. Ging rasch zum Waschbecken und wusch sich die Hände, trank Wasser aus einem Pappbecher. Öffnete den Aktenschrank, nahm eine Kassette heraus, die dreihundertsechzig Minuten lief und Evas Magnus' Aussage enthielt. Er steckte sie in den Rekorder auf dem Schreibtisch, einen ganz normalen Kassettenrekorder aus dem Kaufhaus und ließ sie zurücklaufen. Hielt sie ab und zu an, ließ sie dann weiterlaufen und fand schließlich die gesuchte Episode, worauf er auf Stop drückte und die Lautstärke regulierte. Dann setzte er sich hin und wartete. Er saß sehr bequem in seinem teuren Schreibtischsessel, und seine Gedanken schweiften umher. Vielleicht ist Ahron abgehauen, dachte er, und dann kann er mit seiner schweren Maschine schon weit gekommen sei. Aber das war nicht der Fall. Ahron saß mit der Zeitung in der Hand und einer Packung Tabak in Reichweite auf Joruns Sofa. Sie stand mitten im Zimmer am Bügelbrett und hatte einen Stapel Wäsche vor sich liegen. Sie blickte die beiden uniformierten Polizisten und den Mann auf dem Sofa unsicher an, und der Mann hob nur eine Augenbraue, wie um anzudeuten, daß ihm dieser Besuch doch sehr ungelegen komme. Er erhob sich resignierend vom Sofa und ging mit den Beamten aus dem Haus. Jan Henry sah ihnen nach, als sie zum Wagen gingen. Er sagte nichts. Ihm war es eigentlich egal, was mit Peddik passierte.

»Sie heißen Peter Fredrik Ahron?«

»Ja.«

Ahron drehte sich eine Zigarette, ohne um Erlaubnis zu bitten.

»Geboren am 7. März 1956?«

»Warum fragen Sie mich das, wenn Sie das doch schon wissen?«

Sejer blickte auf. »An Ihrer Stelle würde ich den Mund nicht zu voll nehmen.«

»Wollen Sie mir drohen?«

Jetzt lächelte Sejer beruhigend. »Nicht doch, wir arbeiten hier nicht mit Drohungen. Wir warnen nur. Adresse?«

»Tollbugata 4. Geboren und aufgewachsen in Tromsø, jüngstes von vier Geschwistern, Wehrpflicht geleistet. Ich stehe ja gern zur Verfügung, aber ich habe wirklich alles gesagt, was ich zu sagen hatte.«

»Dann sagen Sie das alles noch einmal.«

Sejer schrieb unbeeindruckt weiter. Ahron rauchte wütend, fühlte sich aber weiterhin obenauf. Vorläufig war er obenauf. Er lehnte sich über den Schreibtisch und fragte mit resignierter Miene:

360

»Nun sagen Sie mir doch einen einzigen guten Grund, warum ich meinen besten Kumpel umbringen sollte!«

Sejer ließ den Kugelschreiber sinken und sah Ahron verwundert an.

»Aber lieber Ahron, niemand glaubt doch, daß Sie das waren! Deshalb sind Sie nicht hier. Haben Sie geglaubt, wir hätten Sie deshalb kommen lassen?«

Er starrte Ahron an und sah in dessen blaßblauer Iris, daß in dem Mann langsam ein Verdacht aufkam.

»Das ist doch wirklich kein Wunder«, sagte Ahron langsam, »beim letzten Mal ging es doch auch um Egil.«

»Dann sind Sie aber wirklich auf dem Holzweg«, sagte Sejer. »Hier geht es um etwas ganz anderes.«

Schweigen. Der Rauch von Ahrons Zigarette stieg in dicken weißen Spiralen zur Decke hoch. Sejer wartete.

»Na? Wie steht's mit Ihnen?«

»Gut. Wieso fragen Sie?«

Sejer verschränkte auf der Tischplatte die Arme und starrte Ahron weiterhin in die Augen. »Ich meine, wollen Sie nicht fragen, worum es geht? Wo es nun mal nicht um Einarsson geht?«

»Ich habe nicht die geringste Ahnung davon, worum es geht.«

»Nein, genau. Und deshalb dachte ich, Sie würden fragen. Das hätte ich gemacht«, sagte Sejer aufrichtig, »wenn ich zum Verhör geholt würde, während ich gerade die Sportseiten lese. Aber Sie sind vielleicht nicht von der neugierigen Sorte. Also werde ich Sie ein bißchen informieren.

Nach und nach jedenfalls. Aber zuerst noch eine kleine Frage: Wie halten Sie es mit den Frauen, Ahron?«

»Da sollten Sie lieber die Frauen fragen«, sagte Ahron mürrisch.

»Ja, da haben Sie wohl recht. Wen soll ich denn fragen, was meinen Sie? Hatten Sie denn soviele?«

Ahron gab keine Antwort. Er brauchte seine ganze Kraft, um nicht die Fassung zu verlieren.

»Vielleicht sollte ich Marie Durban fragen? Wäre das eine gute Idee?«

»Sie haben einen ekelhaften Sinn für Humor.«

»Vielleicht. Sie hat ja nicht viel gesagt, als wir sie im Bett gefunden haben. Aber Sie hatte doch etwas für uns. Ihr Mörder hatte seine Visitenkarte hinterlassen. Verstehen Sie?«

Ahron fing an zu zittern. Er leckte sich die Lippen.

»Und ich rede jetzt nicht von der Art Visitenkarte, die Sie sich in einer Druckerei bestellen. Ich rede von einem ganz persönlichen genetischen Code. Alle vier Milliarden Menschen auf der Erde haben unterschiedliche Codes. Überlegen Sie sich diese Zahl, Ahron. Wenn wir den Code vergrößern, sieht er im Grunde aus wie eine moderne Graphik. Schwarz und weiß. Aber das wissen Sie natürlich, Sie lesen schließlich Zeitungen.«

»Das ist doch alles nur Gerede. Sie brauchen eine amtliche Erlaubnis, um mich zu testen, falls Sie das vorhaben. Und die kriegen Sie nicht. Ich bin doch kein Idiot. Und außerdem will ich einen Anwalt. Ohne Anwalt sage ich kein Wort mehr!«

»Von mir aus.«

Sejer ließ sich in seinem Sessel wieder zurücksinken. »Ich kann auch allein weitersprechen. Aber die Testerlaubnis ist das geringste Problem, darüber sollten Sie sich im klaren sein.«

Ahron verzog den Mund und rauchte weiter.

»Der 1. Oktober. Sie waren im Königlichen Wappen, zusammen mit einigen Kollegen, unter anderem Arvesen und Einarsson?«

»Das habe ich nie bestritten.«

»Wann haben Sie die Kneipe verlassen?«

»Ich gehe davon aus, daß Sie das schon wissen, Ihre Leute haben mich schließlich geholt.«

»Ich meine, davor. Als Sie mit Einarssons Auto losgefahren sind. So gegen halb acht, vielleicht?«

»Mit Einarssons Auto? Soll das ein Witz sein? Einarsson hat sein Auto doch nie verliehen. Was für ein Unfug. Und außerdem hatte ich getrunken.«

»Das war für Sie noch nie ein Hindernis. Sie sind doch wegen Alkohol am Steuer vorbestraft. Und Jorun hat gesagt, daß Sie als einziger das Auto leihen durften. Sie waren eine Ausnahme. Sie waren ein guter Freund und hatten kein Auto.«

Ahron zog hart an seiner Zigarette und stieß den Rauch aus.

»Ich bin nirgendwohin gefahren, ich war den ganzen Abend in der Kneipe und habe mich volllaufen lassen.«

»Zweifellos. Sie waren sinnlos betrunken, das hat der Koch bestätigt. Vergessen Sie nicht, daß er bei der Arbeit nüchtern sein muß, und daß er die Leute im Auge behält. Daß er sieht, wer kommt und geht. Und wer *wann* kommt und geht.«

Ahron schwieg.

»Sie haben also einen Ausflug gemacht, haben vielleicht nachgesehen, was in der Stadt so los war, und Ihre kleine Runde haben Sie dann bei Durban beendet, haben Einarssons Wagen vor dem Haus abgestellt und um Punkt acht geklingelt. Zweimal kurz klingeln, nicht wahr?«

Schweigen.

»Sie haben bezahlt und die Ware gefordert, für die Sie bezahlt hatten. Und danach«, Sejer nickte kurz und starrte Ahron an, »haben Sie sich mit ihr gestritten.«

Sejer hatte die Stimme gesenkt, Ahron den Kopf. Als liege auf seinen Knien etwas, das ihn sehr interessierte.

»Sie haben ein gefährlichen Temperament, Ahron. Ehe Sie sich's versahen, hatten Sie sie umgebracht. Sie sind zurück in die Kneipe gejagt und haben gehofft, damit ein Alibi zu haben, denn vielleicht hatte ja niemand bemerkt, daß Sie eine Weile weggewesen waren. Und dann haben Sie angefangen zu trinken.«

Ahron schüttelte verzweifelt den Kopf.

»In ihrem Rausch, der zweifellos sehr heftig war, ist Ihnen aufgegangen, was Sie getan hatten. Sie haben sich Einarsson anvertraut. Sie dachten, er könne Ihnen vielleicht zu einem Alibi verhelfen. Er war doch Ihr Freund. Ihr Jungs habt doch zusammengehalten. Und es war doch ein Versehen, nicht wahr? Sie waren eigentlich nur ein armes Würstchen, das voll in der Tinte saß, und das würde Egil sicher verstehen, und deshalb haben Sie sich ihm anvertraut. Und er war nüchtern, vielleicht der einzige von allen, der nüchtern war, ihm würde man also glauben.«

Ahron verfehlte den Aschenbecher, vermutlich aber ganz bewußt.

»Aber dann ist Ihnen wohl alles aus dem Ruder gelaufen. Blöd von Ihnen, Sie sind wirklich aufgefallen. Später in der Nacht hat der Wirt uns angerufen und uns gebeten, Sie zu holen und in die Ausnüchterungszelle zu stecken. Einarsson kam mit seinem Auto hinterher. Vielleicht hatte er Angst, Sie könnten unterwegs oder in der Zelle zuviel reden. Er wollte Sie nicht nur vor der Ausnüchterungszelle retten, sondern auch vor einer Verurteilung wegen Mordes. Und das hat er dann sogar geschafft! Wie schrecklich das alles war, ist Ihnen erst am nächsten Tag aufgegangen, und ich nehme an, Sie haben eine Gänsehaut bekommen bei dem Gedanken, wie leicht alles hätte schiefgehen können.«

Ahron drehte sich eine neue Zigarette.

»Es war sicher seltsam für Sie, daß Einarsson verschwunden ist. Haben Sie sich mal gefragt, warum er gestorben ist? Ich meine, haben Sie wirklich darüber nachgedacht? Es war nämlich, genau wie Sie gesagt haben, ein gediegenes Mißverständnis.«

Ahron sammelte Kräfte und ließ sich im Sessel zurücksinken.

»Und dann haben Sie etwas mit Jorun angefangen. Sie wußten, daß wir bei ihr gewesen waren. Hatten Sie Angst, Egil hätte ihr alles noch erzählen können?«

»Sie haben sicher lange geübt, um mir diese Geschichte so gekonnt auftischen zu können.«

»Hören Sie lieber zu. Ich habe Ihnen nämlich etwas zu erzählen. Sie sind gesehen worden. Eine Zeugin hat Sie gesehen, und ich meine nicht, als

Sie in Einarssons Opel den Tatort verließen. Eine Zeugin hat gesehen, wie Sie Maja Durban ermordet haben.«

Diese Behauptung wirkte so unwahrscheinlich, daß Ahron lächeln mußte.

»Manchmal fürchten sich Zeugen und melden sich deshalb nicht sofort. Manchmal haben sie dafür ihre guten Gründe, und deshalb hat es so lange gedauert. Aber am Ende ist sie dann aufgetaucht. Sie saß im Nebenzimmer, auf einem Hocker, und hat euch durch den Türspalt zugesehen. Sie hat sich soeben gemeldet.«

Peddiks Blick flackerte, dann lächelte er wieder.

»Eine ziemlich wilde Behauptung, nicht wahr?« fragte Sejer. »Da stimme ich Ihnen zu. Aber wissen Sie, diesmal ist es die Wahrheit. Sie haben einen Mord begangen, und Sie sind dabei beobachtet worden. Es war ein brutaler und ganz und gar unnötiger Mord. Übel. Eine Frau«, Sejer erhob sich und ging durch das Zimmer, »sogar eine kleine Frau, mit nur einem Bruchteil Ihrer Muskelmasse. Laut Bericht der Gerichtsmedizin war sie eins fünfundfünfzig und wog vierundfünfzig Kilo. Sie war nackt. Sie lag unten. Sie waren oben. Mit anderen Worten«, er ließ sich wieder in seinen Sessel sinken, »sie war vollständig wehrlos.«

»Sie war nicht wehrlos, verdammt noch mal, sie hatte ein Messer!«

Ahrons Ruf dröhnte durch das Zimmer, und danach keuchte er auf.

Er schlug die Hände vors Gesicht und versuchte, ruhig zu sitzen, aber sein ganzer Leib zitterte jetzt heftig.

»Ich will sofort einen Anwalt.«

»Der kommt schon noch.«

»Sofort, verdammt!«

Sejer beugte sich über den Rekorder und ließ die Kassette laufen. Eva Magnus' Stimme war klar und deutlich, fast ein wenig monoton. Bei der Aufnahme war sie bereits erschöpft gewesen, konnte aber nicht mißverstanden werden.

»Ihr Nutten seid verdammt noch mal gierig, ich habe für fünf Minuten einen Häuptling hingeblättert, weißt du, wie lange ich in der Brauerei malochen muß, um einen Häuptling zu verdienen?«

»Jetzt begreifen Sie vielleicht, warum Egil sterben mußte? Sie haben sich ziemlich ähnlich gesehen. Bei schlechtem Licht ist da schnell ein Irrtum passiert.«

»Den Anwalt!« sagte Ahron heiser.

Jan Henry hatte sich in der Garage versteckt. Er versuchte, die Hosenbeine des Schmieranzuges hochzukrempeln, und als ihm das gelungen war, wollte er sich in einer alten gesprungenen Fensterscheibe spiegeln, die an der Wand lehnte.

Emma Magnus stand im Gästezimmer ihres Vater, wo ihr Bett stand, sie blickte sich ratlos um.

»Ich möchte lieber bei euch schlafen«, bettelte sie.

»Da ist kein Platz für dein Bett«, sagte ihr Vater verzweifelt.

»Dann kann ich doch in eurem Bett schlafen«, schluchzte Emma. »Ihr könnt mich doch auf der Ritze liegen lassen.«

Larsgård wurde mit dem Krankenwagen ins Krankenhaus gebracht. Die Rettungssanitäter sahen sich in der Wohnung um, um nicht aus Versehen eine Katze oder einen Hund dort einzusperren. Alle Zimmer wurden durchsucht, auch der Keller, aber dort gab es nur alten Müll, eine defekte Waschmaschine, verfaulte Äpfel und diverse alte Farbeimer.

Eva Magnus hatte sich die Decke über den Kopf gezogen. Unter der Decke war es dunkel, und ziemlich bald war es auch warm. In ihrem Kopf war alles leer.

Karlsen und Sejer gingen schweigend durch den Flur. Sie gingen zum Hinterhof, wo die Autos standen. Karlsen steuerte einen Ford Mondeo an.

»Wo wird Magnus wohl landen, was meinst du?« Er schaute zu Sejer hinüber.

»Bei zwoeununddreißig, vorsätzlich, fürchte ich.«

Sejer seufzte tief. Sein Zwerchfell krampfte sich zusammen. Kinder kamen auf so seltsame Ideen, Kinder vergaßen die Zeit, hatten kein Verantwortungsgefühl, alles war möglich; sicher war nichts Schlimmes passiert, wahrscheinlich war es nur eine Kleinigkeit. Das war seine Hoffnung, als sie zum Wagen gingen. Aber instinktiv, wie auf ein Signal hin, gingen beide schneller.